Phillip Lewis • Rückkehr nach Old Buckram

Phillip Lewis

Rückkehr nach Old Buckram

Roman

Deutsch von
Sigrid Ruschmeier

btb

Für Ashley

O Brüder, wie unsere Väter zu ihrer Zeit, brennen wir,
wir brennen, brennen in der Nacht.

Thomas Wolfe, *Es führt kein Weg zurück*

Prolog

Der Schreibtisch ist noch immer so, wie er ihn verlassen hat. An der Wand der Rabe – oder welcher Vogel das auch immer sein soll. Wolfe. Poe. Chopin. Eine Erstausgabe von Camus' *Der Fremde*, völlig zerfleddert und zerlesen. Eine von Thomas Wolfe signierte Erstausgabe von *Schau heimwärts, Engel*, die ihm teurer war als jedes andere Buch. Poes *Tales of Mystery and Imagination*, mit blutroter Tinte signiert von Harry Clarke. Eine in schwarzes Leder gebundene Bibel. Drei Kerzen; reichlich geflossenes Wachs. Eine Flasche Hill's Absinth, leer. Zwei Flaschen Wodka, leer. Eine Flasche spanischer Wein, auch leer. Ein Streichholzbriefchen. Eine Lampe, ohne Glühbirne. Einundfünfzig Tagebücher, handgeschrieben. Die Titelseite eines unveröffentlichten Romans mit einer Anmerkung auf Latein. Der gesammelte Staub von neun Jahren und eine Handvoll Fotos, die ihm etwas bedeutet haben müssen. Ich schlage den *Fremden* auf und sehe die Widmung in meiner eigenen Handschrift. Ich blättere um, lese die erste Zeile des Buches: »Heute ist Maman gestorben.« Und allmählich verstehe ich.

TEIL I

1

Mein Vater war eins von nur zwei Kindern, die in dem kalten, harten Herbst 1939 in der schmucklosen Klinik von Old Buckram geboren wurden. Das andere, ebenfalls ein kleiner Junge, lebte nicht lange genug, um einen Namen zu bekommen oder um seine Seele zu retten. Es wurde von seiner Mutter auf einem Berghang in der Nähe beerdigt, als der Boden noch warm genug war, dass sie ihm ein Grab schaufeln konnte. Ohne einen Pfarrer, ohne dass die Kirchengemeinde ein Lied sang. Als Grabstein, wenn man ihn denn als solchen bezeichnen wollte, diente lediglich ein großer glatter Flusskiesel. Dort wurde es zur letzten Ruhe gebettet, nur mit dem stummen Gebet der Mutter an einen abwesenden Gott, die darum bat, Er möge dem Kind die Sünde vergeben und es gütigst im Himmel aufnehmen.

Old Buckram, wo diese Geschichte beginnt, ist ein graues abgeschiedenes Städtchen in den Appalachen, in der nordwestlichsten Ecke von North Carolina gelegen. 1799 betrug die Bevölkerungszahl 125; 1939 war sie auf 400 gestiegen. Die Straßen und Bürgersteige sind meist leer und verwaist. Die wenigen Läden – eine altmodische Eisenwarenhandlung, ein Futtermittelladen, eine Schuhmacherei, ein Café, ein billiges Textilgeschäft und die Werkstatt eines Grabsteinmetzes – können nur mit Müh und Not überleben. In den dunklen Wintertagen, bevor der erste Schnee fällt, schließen sie früh. Eine Bahnstrecke führt durch die Stadt, aber Züge kommen schon seit Jahren nicht mehr hindurch. Es ist ein Ort mit kleinen roten Backsteinkirchen, einfachen Gebäuden mit einem einzigen Versammlungsraum, die über die Hänge und kleinen Täler verstreut sind. Ein Ort, an dem man an einen Gott glaubt, der lebendig, aber zugleich weit weg ist. Ein Bestattungsunternehmen bringt fast alle Toten unter die Erde. Old Buckram ist aber auch eine Stadt der Gespenster und des Aberglaubens. Hier gibt es die Teufelstreppe, den Schlangenzungenfels und den Abaddon Creek, der bei der Überschwemmung von 1916 tatsächlich ein Ort des Verderbens wurde und eine ganze Familie in den Tod riss. Oberhalb des Flusses, am Stadtrand, liegen die Barrowfields, auf denen aus irgendeinem mysteriösen Grund nichts wächst außer grauem Moos, das über Felshügel und versteinerte Baumstümpfe kriecht, die die gläubigeren Stadtbewohner für Grabsteine aus einer Zeit vor unserer Zeit halten. Andere behaupten, vor tausend Jahren sei ein mächtiger Windstoß über die Berge gefegt, habe alle Bäume ausgerissen und alles Gute aus dem Erdreich fortgetragen, sodass nie wieder etwas darauf gewachsen sei. Fast alle glauben, der Boden sei verhext. Niemand würde auf den Gedanken kommen, sich dort zum Picknick hinzusetzen.

Wenn überhaupt einmal bekannt war, wie die Familie meines Vaters nach Old Buckram kam, dann sind die Geschichten längst von den gnadenlos verrinnenden Jahren und Jahrzehnten zum Verstummen gebracht worden. Mein Großvater, dessen Taufname Helton war, erzählte mir einmal, dass die Asters irgendwann im 18. Jahrhundert aus dem Norden zugewandert seien, über die Great Wagon Road, die von Pennsylvania zum Piedmont in North Carolina verlief. Unsere Vorfahren hätten vermutlich zu den ersten Siedlern auf diesem rauen, unwirtlichen Land gehört. »Was beweist, dass sie nicht die Hellsten waren«, sagte er.

Sie waren arm, bettelarm, wie fast alle in den Bergen, doch mit harter Arbeit und Entschlossenheit schafften sie es, sich eine einigermaßen würdige Existenz aufzubauen. Mein Großvater nahm jede Arbeit an, erledigte sie ehrlich und sorgfältig und murrte nicht – außer wenn er sonntagmorgens in der Kirche mit Gott Zwiesprache hielt. In den Dreißigern arbeitete er mehrere Jahre lang als Sprengmeister für die Works Progress Administration am Blue Ridge Parkway. Seitdem war er auf einem Ohr taub und kriegte von Gesprächen kaum noch etwas mit. Er war wie ein alter Hund, der still in seiner Zimmerecke sitzt und das, was um ihn herum passiert, an sich vorbeiziehen lässt.

Ich wüsste nicht, dass er je in seinem Leben etwas Außergewöhnliches getan hätte. Er arbeitete fünf Tage die Woche, blieb trotz unzähliger bitterer Winter und unbarmherziger Armut bis zum Schluss mit meiner Großmutter Madeline verheiratet und erwarb weder nennenswertes Geld noch Gut. Am Tage seines Todes besaß er kaum mehr als ein leidlich großes Farmhaus, das sich neigte, wenn der Wind blies, und ein unbrauchbares Stück Land, das er für fünf Dollar den Morgen auf einer Auktion erstanden hatte. Das einzige Buch in seinem Besitz war die Heilige Schrift, die nach seinem Tod an mich überging. Auf der ersten, leeren, pergamentenen Seite steht in kaum lesbarer Schrift ein Satz seines Vaters William, meines Urgroßvaters: »Lies diese Bibel und verhalte dich danach.« Auf der nächsten Seite befindet sich eine verblasste Reproduktion des Bildes »Christus in Gethsemane« von Heinrich Hofmann. Mein Großvater hatte seinen Namen in die Bibel geschrieben und im Laufe der Zeit etliche Kommentare. Der erste steht am Anfang des ersten Buches Mose und lautet schlicht und ergreifend »4004 v. Chr.«. Für ihn das Jahr, in dem die Zeit begann.

Obwohl mein Großvater sein gesamtes Leben in Old Buckram verbrachte, tauchte er nur einmal in der Lokalzeitung auf. Wider besseres Wissen ließ er sich nämlich zur Kandidatur für ein politisches Amt im County aufstellen. Der Pfarrer seiner Gemeinde hatte ihn dazu überredet, weil er ihn als besonnenen, anständigen Mann mit gesundem Menschenverstand schätzte, aber er bekam nach einem kurzen Wahlkampf in einem eisigen Herbst nur zwei von fünfundzwanzig Stimmen. In der Zeitung stand ein einziger Satz dazu:

T. VANHOY AUS VELLUM'S CASKE GEWINNT WAHL
ZUM LANDRAT MIT GROSSEM VORSPRUNG
VOR H. L. ASTER

Weil mein Großvater wusste, dass er sich selbst gewählt hatte, sagte er, dass er von da an weder seiner Frau noch seinem Pfarrer so recht über den Weg traute. Und bevor er am nächsten Tag in die Stadt ging, verwendete er viel Mühe und Sorgfalt darauf, seine Pistole zu säubern und zu laden. Die Familie beobachtete es mit stummer Besorgnis. Maddy erzählte später, er sei vom Tisch aufgestanden, habe sich die Waffe betont feierlich in den Gürtel gesteckt und auf ihre Frage: »Meine Güte noch mal, Helton, was willst du mit der Knarre?« erwidert: »Ich schätze mal, dass ein Mann, der nicht mehr Freunde hat als ich, zumindest so klug sein sollte, Vorkehrungen zu seinem Schutz zu treffen.« Dann schloss er die Tür hinter sich und ging den langen Weg zur Stadt zu Fuß. Für ein Amt bewarb er sich nie wieder. Es schlug ihn auch keiner mehr vor.

Als Junge fuhr ich mit meinem Großvater in seinem verrosteten Ford Pritschenwagen manchmal nach der Schule oder am Wochenende zum Schlachthof, der nördlich von Old Buckram lag. Im Erdgeschoss befand sich ein Laden, in dem Speck, Wurst, Gemüse und andere Lebensmittel verkauft wurden.

Hinter dem Gebäude hatte man vier Rinnen in den Betonboden gehauen, die in einem schwarzen Gully endeten. Auf dem Schild an der Straße prangte ein wohlgenährtes schwarz-weißes Schwein.

Jeder kannte hier draußen jeden. Als mein Großvater und ich einmal freitagnachmittags Milch kaufen wollten, begrüßte ihn ein riesiger Mann in Latzhose mit einem jovialen Schlag auf den Rücken.

»Helton, was gibt's Neues?«, fragte er.

Worauf mein Großvater erwiderte: »Woher soll ich das wissen? Seit wann passiert hier überhaupt was?«

Der Kerl in der blauen Latzhose lachte und zwinkerte mir freundlich zu. Vor dem Laden saßen Männer, allesamt arbeitslos, stundenlang auf Bänken, erzählten sich Witze, prokelten sich mit Zahnstochern in den Zähnen und beobachteten das Kommen und Gehen ihrer Mitmenschen. Wieder andere saßen drinnen auf den Holzstühlen mit geflochtener Sitzfläche und beugten sich mit offenen Mündern über ihre Schachbretter. Nur hin und wieder hoben sie den Kopf, um sich umzuschauen oder auszuspucken. Die Männer tranken Cola aus Flaschen und redeten über das Wetter und darüber, wie schnell sich die Dinge änderten. Sie änderten sich nicht. Rote und gelbe Tomaten in den verschiedensten Formen lagen hübsch aufgereiht neben Weidenkörben voll frisch gepflückter grüner Bohnen; Kartoffeln, noch mit trockener brauner Erde verkrustet, hatte man in Papiertüten verpackt. In einer Ecke summte ein antiquierter Getränkeautomat. Und der unebene Holzboden knarzte jedes Mal, wenn die Leute an den Regalen entlangliefen.

Einmal kam ein Schwarzer, den niemand kannte, herein und bezahlte eine Gallone Benzin. Mit ihm kam Stille und ging mit ihm wieder hinaus. Als er die Straße hochlief, schüttelten ein, zwei faltige alte Männer ungläubig den Kopf. In Old Buckram wohnten wenige schwarze Familien, und wenn, dann fast ausnahmslos in dem klar abgegrenzten Viertel hinter dem städtischen Parkplatz. Laut einem arg strapazierten alten Witz lebten im ganzen County genau einhundert Schwarze – keiner mehr, keiner weniger. Die Pointe, unweigerlich mit schiefem Grinsen und einem Seitenblick erzählt: Wenn einer mehr in die Stadt komme, bitte man einen anderen höflich darum, zu gehen. Schenkelklatschen, brüllendes Gelächter, verschleimtes Raucherhusten.

Während meiner Zeit in Old Buckram lebten in der Stadt nicht einmal tausend Leute, Weiße und Schwarze. Die anderen wohnten außerhalb, an unbefestigten Straßen und Schotterwegen, die sich endlos bergauf wanden und schließlich im Nichts endeten. In Trailern, deren Dächer zum Schutz gegen den starken Wind mit abgefahrenen Autoreifen beschwert waren, oder in kleinen Holzhütten mit dünnen, kaum regenfesten Asbestdachplatten.

Auf dem Heimweg vom Schlachthof fuhren mein Großvater und ich quer durch die Stadt und bogen am Ende auf die Larvatis Road ab, die zu seinem und Maddys Haus führte. Maddy hängte draußen Wäsche auf, als wir ankamen. Der Wind hatte aufgefrischt.

»Na, gerade noch rechtzeitig zum Abendessen«, sagte sie. »Ich wollte schon ohne euch anfangen.«

»Das hättest du nie«, erwiderte mein Großvater. Die verrosteten Angeln der Wagentür protestierten laut beim Öffnen und Zuschlagen.

»O doch«, sagte Maddy. Sie drückte mich liebevoll in die erstickenden Stoffmassen ihrer Schürze. »Wartet, ich habe eine Überraschung für euch.«

»Wirklich?«

»Und ob. Lass uns mal lieber reingehen. Hier draußen wird's langsam kalt, und ihr habt keine Jacken an.«

»Vorhin war es noch warm«, sagte ich. Ein ungewöhnlich milder Oktober ging schnell auf den Winter zu. Bunte Herbstblätter lagen im hohen, gelb werdenden Gras auf dem Hof.

»In den Bergen wird es immer kalt, sobald die Sonne untergeht, mein Junge«, erwiderte Maddy. »Ganz egal, ob Frühling, Sommer oder Herbst.« Sie hatte stets eine Weisheit zum Wetter und zu den Jahreszeiten auf Lager. Besser als jeder Meteorologe konnte sie einem sagen, ob es regnen oder schneien würde, und früher als alle anderen wusste sie, ob der Winter besonders hart wurde. Ich hatte keine Ahnung, woher, aber sie wusste es immer.

Helton und Maddy wohnten am Ende einer Schotterpiste, zirka sechs bis sieben Kilometer außerhalb der Stadt in einem engen Tal, in das sich selten die Sonne verirrte. Hinter dem Haus floss ein Bach den Berghang hinunter und weiter durch eine tiefe pflanzenüberwucherte Schlucht bis zum Highway, der über eine einspurige Brücke aus Baumstämmen führte. Unter einer Trauerweide in der Nähe des Hauses, die aussah, als trinke sie aus dem Bach, hatte Maddy eine Holzbank aufgestellt, auf der nie jemand saß. Im Garten auf der anderen Seite des Hauses stand ein Holzapfelbaum, unter dem immer haufenweise halb verfaulte, verschrumpelte Äpfel lagen. Wenn beide Öfen im Haus bollerten, der in der Küche und der im Wohnzimmer, hielt man es vor Hitze kaum aus. An kalten Wintertagen stand Maddy früh morgens auf, um einzuheizen, und trieb damit meinen Großvater aus dem Bett. Der riss dann immer sämtliche Fenster auf und entgegnete auf ihre Proteste, er lasse ihre ganze Wärme raus, nur: »Sonst schmilzt hier gleich alles.«

Aus den Holzäpfeln, die Maddy aufsammelte, machte sie

Cider. Das Gebräu köchelte und dampfte den ganzen Tag auf dem Küchenofen vor sich hin, und ich roch es immer schon von draußen. Im Haus goss Maddy mir gleich einen Becher zum Aufwärmen voll.

In der Highschool war Maddy eine ordentliche Schülerin und Mitglied in den wenigen Clubs gewesen, die es gab. Ansonsten verlief ihre schulische Karriere unauffällig. Sie ging nicht aufs College, sondern nahm nach der Highschool eine Stelle als Pfarrhelferin an einer der wenigen Baptistenkirchen in Old Buckram an. Sie behielt sie fast ihr ganzes Leben und sah mehr Pfarrer kommen und gehen, als man an einer Hand abzählen kann.

Wenn sie nicht arbeitete, zog sie sich gern zurück und bemalte Geschirr. Die Veranda hinter dem Haus stand voller Tassen, Teller und Krüge aus Keramik, die sie stolz mit ihren Initialen versehen hatte. Sie bewahrte auch allen möglichen wertlosen Krimskrams auf, Raritäten wie ein Blumenfossil in einem braunen Kalksteinstück, das die Fensterbank zierte, seit sie es für fünfzig Cent auf einem Straßenmarkt in Ohio erstanden hatte. Die Blütenblätter sah man schon gar nicht mehr, aber sie war mächtig stolz darauf. So manches Mal nahm sie es auf, betrachtete es und legte es wieder hin.

Maddy kochte gern, doch zuverlässigen Quellen zufolge war das Ergebnis recht mittelmäßig. Sie sei eben kein Naturtalent, sagte mein Großvater immer. Ihre Spezialität waren der Cider und ein nahezu ungenießbares Maisbrot, das hart wie Stein war und vor dem Verzehr in Milch eingeweicht werden musste. Als meine Großmutter erkrankte, nicht mehr arbeiten konnte und das Geld knapper wurde, gingen sie nur noch selten zum Essen aus. Aber sie hatten sich ohnehin keinen Luxus im Leben erlaubt und erwarteten auch keinen. Sie hatten gelernt, ihre begrenzten Mittel nur für das unbedingt Nötige auszugeben und sich mit sehr wenig zu bescheiden.

Während ich nun dasaß und mir die Hände am Cider wärmte, stand Maddy in der einen Spaltbreit offenen Küchentür und rauchte eine Zigarette. Sie blies den Rauch nach draußen, doch der Wind wehte ihn gleich wieder herein. Sie hustete, bis mein Großvater ihr die Zigarette wegnahm und ihr auf einen Stuhl half.

»Entschuldige, Schatz«, sagte sie zu mir. »Wie schmeckt dir der Cider? Gut?«

»Ja«, sagte ich, aber das stimmte nicht. Er war grauenhaft herb. Bei jedem Schluck kniff ich die Augen zusammen.

»Merkst du, dass irgendwas anders daran ist?«

Nein, aber das sagte ich nicht.

»Als kleines Extra habe ich Zimt reingetan.« (Das also war die Überraschung.)

»Schmeckt total lecker«, sagte ich.

»Na, dann trink ihn, bevor du nach Hause musst.«

»Mach ich. Fährst *du* mich?«

Mein Großvater brachte mich hin und wieder zurück, Maddy nie.

»Nein, mein Junge«, sagte sie wie so oft. »Ich bin einmal da gewesen, und das hat mir gereicht. Das Haus erinnert mich an einen fiesen alten Geier, der dort am Berghang hockt.«

»Wie kannst du das sagen? Ich wohne da«, protestierte ich.

»Ich weiß, ich weiß, und besser du als ich«, sagte Maddy.

Mein Großvater hielt mir mit seinen großen Händen die Ohren zu. Als ich zu ihm hochschaute, sah es aus, als berühre sein Kopf die Decke. Maddy stand auf, warf ein Holzscheit in den Ofen, und ich saß weiter vor meinem ekelhaften Cider, der jetzt noch schlechter schmeckte, weil mich ihre Worte getroffen hatten.

»Das Holz würde nicht so schnell verbrennen, wenn du den Ofen nicht so heiß werden ließest«, sagte mein Großvater.

»Hier drin ist es eiskalt.«

»Brauchst du deine dicke Jacke? Ich hole sie.«

»Ich soll in meinem eigenen Haus eine Jacke tragen? So weit kommt's noch.« Maddy lächelte mich an. Ihr grauschwarzes Haar hatte sie an den Seiten mit unzähligen Haarklemmen zurückgesteckt. Nach der Zigarette malte sie sich die Lippen neu an. Orangefarben. »Wenn du so weitermachst«, sagte Helton und zeigte auf den Ofen, »dann ist bald in ganz Amerika kein Baum und kein Strauch mehr übrig.«

Maddy holte ihr Scheckheft heraus und rechnete ein wenig herum. Sie saß an dem kleinen viereckigen Tisch in der Küche, wo sie alle Mahlzeiten einnahmen. Die Vinyltischdecke klebte ihr an den Ellenbogen und knatschte, wenn sie die Arme hob. Ungefähr neunzig Prozent der Arbeitsfläche in der Küche waren von unterschiedlichsten Behältern und Gefäßen belegt. Eine Wanduhr zeigte dieselbe Zeit wie bei meinen letzten vier Besuchen. Ich schaute hin, um zu sehen, ob sich die Zeiger bewegten. Nein.

»Helton, hast du gehört, dass die kleine Ola Hamilton krank ist?«

Viola Hamilton war eine zweiundfünfzigjährige Witwe, deren Mann vor etlichen Jahren von einem Trecker überrollt worden war. Sie hatte nicht wieder geheiratet, und man sah sie kaum noch in der Stadt.

»Nein, woher sollte ich? Was ist passiert?«

»Sie schafft es nicht mehr aus dem Bett. Es heißt, sie hat schlimme Arthritis, und ihre Gelenke sind böse entzündet. Vielleicht ist es an der Zeit, den Trost-Trupp hinzuschicken.«

Trost-Trupp nannte man die Gruppe älterer Damen aus der Gemeinde, die wie eine Schar eitler Pfauen in das Haus von Kranken einfiel und mehr Essen, Brot und Pasteten brachte, als ein Mensch in seinem ganzen Leben verspeisen konnte. Eine

Splittergruppe, der Bet-Trupp, rauschte später an, wenn der Patient langsam die Zuversicht verlor und wieder auf den rechten Glaubensweg gebracht werden musste.

»Könntest du ihr was vorbeibringen?«

»Aber sicher.«

Meine Großeltern waren gute, freundliche Menschen. Sie nörgelten aneinander herum, wie üblich bei Eheleuten, aber sie liebten sich sehr. Es hingen zwar keine Diplome an den Wänden, doch sie waren auf eine andere Art klug, so wie es die Leute in den Bergen sind, die gelernt haben, endlose Winter mit Eis und Schnee und einem Wind zu überleben, der einem das Dach über dem Kopf wegreißt. Die ersten Kinder kamen, kaum dass sie geheiratet hatten, und es hatte erst ein Ende, als sie fünf hatten und genau wussten, dass ein sechstes Hunger leiden würde. Dank großer Selbstaufopferung und schieren Glücks schafften sie es, alle Kinder irgendwie großzukriegen. Das Jüngste war mein Vater.

2

Für die Kinder in Old Buckram war es normal, mit der Schule zu beginnen, aber nicht, sie zu beenden, und so legte – wenig überraschend – von den Vorfahren meines Vaters keiner über die Highschool hinaus Wert auf weitere Bildung. Einmal fragte ich meinen Großvater in aller Unschuld, ob er am College gewesen sei. »Nein, mein Sohn, ich bin zwar an ein paar vorbeigefahren, habe aber nie angehalten«, erwiderte er trocken. Auch die Geschwister meines Vaters besaßen offenbar keinerlei intellektuelle Neugierde oder den Ehrgeiz zu studieren, ja überhaupt nennenswerten Wissensdurst. Mein Vater war anders. Vollkommen und verblüffend anders, was sich schon früh zeigte. So brachte er sich selbst das Lesen bei, eine Fähigkeit, die in seiner Familie eher für pure Notwendigkeit und keineswegs für eine Stärke gehalten wurde. Man sah ihn nie ohne Buch.

»Wo hat der Junge das denn her?«, sagten die Leute.

Ferner sprach er aus unerfindlichen Gründen in vollständigen, grammatisch komplexen Sätzen, obwohl rings um ihn her der eher hemdsärmelige Dialekt der Appalachen zu hören war. Besucher der Familie vermaßen seinen Kopf, um zu sehen, ob der normal groß war, und bestaunten den Jungen, als sei er ein singender Frosch. Seine Tante George (lange Geschichte) erklärte das Rätsel gern mit ihrer felsenfesten Überzeugung, er sei der wiedergeborene Mark Twain. Dabei sahen sie sich nicht im Geringsten ähnlich.

Bei seinen Altersgenossen in der Grundschule war er wenig beliebt, und so kam er an manchem Tag in der kühlen Hitze eines Bergsommers über die Schotterstraße gelaufen und barg zu Hause schluchzend seinen Kopf in Maddys Schoß. Oft wartete sie schon auf ihn und ging mit ihm ins Wohnzimmer, wo sie beide im farblosen Mittagslicht auf der Couch saßen wie zwei Steingolems, er mit einem Buch, sie mit einer Zigarette in der Hand, während das Rauschen des Bachs und das Singen der Vögel durchs offene Fenster drangen. »An dir ist absolut nichts verkehrt«, beschwichtigte Maddy ihn. Er schaute sie mit seinen großen Augen an. »Und wenn du lieber lesen willst, Henry, dann machst du das auch. Lass dir das von niemandem ausreden.«

In Wirklichkeit bereitete seine unbändige Lesewut ihr große Sorgen. Wenn sie ehrlich zu sich gewesen wäre, hätte sie gesagt, dass er seine Zeit verschwende, lieber mit den anderen Jungs draußen spielen solle und später einmal schielen werde. Jedes Mal, wenn sie ihm widerstrebend versicherte, seine Leserei sei vollkommen in Ordnung, tat sie das gänzlich wider ihre eigene Überzeugung. Aber wenn sie ihn dann getröstet hatte, konnte sie zum Schluss doch nicht anders, als zumindest diese wenig zartfühlende Warnung (oder eine ähnliche) noch anzuhängen: »Wenn du so weitermachst, gibt es irgendwann nichts mehr zu lesen für dich.«

Er wiederum begann schon früh zu ahnen, dass er in eine Welt geboren worden war, die ihm nicht genügte. Wenn er auch nie arrogant oder herablassend wurde, wusste er doch immer tief in seinem unruhigen Inneren, dass er sich über das ihm bestimmte Los hinwegsetzen und über die Menschen um ihn herum hinauswachsen werde. Und so wurde er mit der Zeit zum Außenseiter und blieb es, wie alle großen Männer und Frauen in ihrer Zeit.

Er verschlang jedes Buch, das er finden konnte. Da die Familie kein Geld zum Bücherkaufen hatte, verbrachte er Stunden in der County-Bibliothek und blieb einmal sogar so lange, dass er über Nacht dort eingeschlossen wurde. Um Mitternacht suchte ihn die ganze Stadt. Manche mutmaßten, er sei, obwohl erst zwölf, Old Buckram wahrscheinlich schon »entwachsen« und in die große Stadt abgehauen – nach Charlotte oder sogar Raleigh. Doch früh am nächsten Morgen tauchte er übernächtigt und seltsam euphorisch wieder zu Hause auf, ein gebundenes Buch, von dem dort noch nie jemand gehört hatte, in der Hand. Dann schilderte er der staunenden Familie sein nächtliches Abenteuer. Aus irgendeinem komischen Zufall hatte ein Roman von Thomas Wolfe auf dem »Aussortiert«-Stapel seine Aufmerksamkeit erregt, und er war die ganze Nacht wach geblieben und hatte ihn im Licht einer Straßenlampe gelesen. Alle waren sprachlos, er ging schlafen und stand erst zum Abendessen wieder auf. Kurz darauf bekam er seine erste Brille.

Ein Jahr später wurde ihm der Bibliotheksausweis entzogen, nachdem herausgekommen war, dass er im Verlauf mehrerer Monate über hundert Bücher mitgenommen hatte. Die Untat wurde entdeckt, als Maddy eines Tages das Bett in seinem Zimmer frisch beziehen wollte und mit dem linken Fuß so heftig gegen eine gebundene Ausgabe von *Wiedersehen mit Brideshead* stieß, dass sie ihn sich beinahe gebrochen hätte. Bei näherem Hinsehen entdeckte sie seine literarische Beute. In alphabetischer Reihenfolge standen die Bücher ordentlich nebeneinander unter dem Bett, das er mit seinem Bruder teilte. Bewerkstelligt hatte er das Ganze, ohne auch nur den geringsten Verdacht zu erregen. Nicht einmal die hexige Bibliothekarin Mrs. Tichborne hatte etwas mitbekommen, der es sowieso lieber war, wenn niemand Bücher auslieh. In dem winzigen Karzer der Schule, wo unheilschwanger ein großes Holzpaddel an der Wand hing, fand das Verhör statt.

»Was wolltest du mit all diesen Büchern?«, fragte Bent Smeth, der Rektor, der Henry schon mit Schulverweis gedroht hatte. Mr. Smeth war lang und dünn wie eine junge Birke, hatte aber einen schrecklich krummen Rücken und war dadurch nur halb so groß, wie er es ohne den Buckel gewesen wäre. Da er sich obendrein als Kind mit kochendem Wasser aus einem verrotteten Holzbottich verbrüht hatte, war er nicht nur gefleckt wie eine Kuh, sondern hatte auch noch einen schiefen Mund. Er leitete die Vernehmung, und Mrs. Tichborne, die nach allem, was man wusste, vom jahrelangen Starren auf Deweys tückisches Klassifikationsschema für Bibliotheken blind wie ein Maulwurf war, stand erwartungsvoll hinter ihm. Sie war seit jeher dafür bekannt, dass sie Schüler vom Lesen abhalten wollte, besonders vom Lesen angeblich unzüchtiger Romane, und wenn sie nun allein das Sagen gehabt hätte, hätte sie bei einem Untersuchungsrichter mit Sicherheit einen Haftbefehl erwirkt. »Ja, genau, was wolltest du mit meinen Büchern unter deinem Bett?«, mischte sie sich sofort ein. Schon die Frage suggerierte etwas Unanständiges.

»Ich wollte sie lesen«, entgegnete mein Vater, den man auf einen wackligen Stuhl in die Mitte des Raumes gesetzt hatte. Seine Inquisitoren umkreisten ihn wie ein Bussardpaar. »Das heißt, die meisten habe ich schon gelesen.« Er begann detailfreudig eine bis dato noch nie gehörte Hypothese zu erläutern, der zufolge der Mensch so gepolt sei, dass man ein bestimmtes Buch in einem bestimmten Moment lesen wolle, weshalb es wichtig sei, ja, lebensnotwendig, dieses Buch jederzeit zur Hand zu haben. Die Argumentation des Knaben überzeugte nicht.

»Er wollte sie bloß lesen und nicht etwa verkaufen.« Helton

kam ihm gerade noch rechtzeitig zu Hilfe. »Außerdem müssen Sie zugeben, dass Bücher hier in Old Buckram vermutlich keinen reißenden Absatz finden. Sie können den Jungen nicht dafür bestrafen, dass er lesen will.«

»Das ist richtig«, sagte Mr. Smeth, »aber er hätte sie genauso gut eins nach dem anderen ausleihen können.«

»Stimmt«, erwiderte mein Großvater, »dagegen kann ich nichts sagen.«

»Ich habe sie nicht gestohlen«, sagte mein Vater. »Ich wollte jedes Einzelne zurückbringen.«

Nachdem sich Mr. Smeth endlich dazu durchgerungen hatte, Gnade vor Recht ergehen zu lassen, entließ er meinen Großvater mit den Worten: »Sie wissen schon, dass Ihr Junge recht eigenartig ist?«

»Und ob!«

Als mein Vater vierzehn war, schrieb er dann ein paar kurze Theaterstücke, zeigte sie jedoch niemandem. Im Unterricht sahen allerdings alle, wie er ständig etwas auf sein Blatt kritzelte. Mit sechzehn bekam er einen Job bei der Stadtzeitung, dem *Old Buckram Echo*. Zuerst trug er die Zeitungen mit dem Fahrrad aus, bald danach begann er Artikel zu schreiben, und binnen weniger Monate war er de facto zum Chefredakteur aufgestiegen. Neun von zehn Texten verfasste er, kaufte regelmäßig Kreuzworträtsel ein, gestaltete die Titelseite und änderte den Namen der Zeitung in *Old Buckram Meteor*, was bei manchen Ortsansässigen auf einigen Widerstand stieß. Es war das Jahr 1955. Tennessee Williams hatte gerade den Pulitzerpreis für *Die Katze auf dem heißen Blechdach* bekommen und Nabokov in Paris *Lolita* veröffentlicht. Es war das Jahr von Claudette Colvin und Rosa Parks. Überall auf der Welt fanden große Veränderungen statt, nur nicht in Old Buckram, das mit seinen einspurigen Straßen und verwaisten Veranden vor den Häusern dumpf vor sich hinbrütete. Niemand nahm von den Ereignissen der großen weiten Welt da draußen Notiz – nur mein Vater, der brannte auf Entkommen.

Als der Besitzer des *Old Buckram Meteor* ihn zu einer Journalistenkonferenz in Charlottesville, Virginia, schickte, verließ mein Vater zum ersten Mal den Staat North Carolina. Er verliebte sich in die Universität dort, deren Büchersammlung seine kühnsten Vorstellungen übertraf, und lernte zum ersten Mal Seelenverwandte kennen, die ihm ohne die genervten, schrägen Blicke begegneten, an die er sich in Old Buckram gewöhnt hatte. Ein Wunder, dass er überhaupt wieder nach Hause kam.

Mittlerweile war er zu einem blendend aussehenden jungen Mann herangewachsen. Er hatte das schwarze Haar über der hohen Stirn nach hinten gekämmt und die hagere, aber zähe Statur eines Langstreckenläufers. Auch sein selbstsicherer Gang verriet Zielstrebigkeit und Selbstvertrauen. Sein Lächeln war offen, obgleich eher schüchtern. Den wenigen Fotos aus dem Jahr nach zu urteilen, besaß mein Vater die Aura eines wahrhaften Zeitreisenden, den es aus einer fernen, goldenen Zukunft in diese Berge verschlagen hatte.

Seit er alt genug war, hatte ihm Maddy erzählt, dass er, wenn er denn wollte, dank seiner Klugheit gewiss einen Posten bei der örtlichen Spar- und Darlehenskasse bekommen könnte – mit oder ohne College. »Die Arbeit dort ist gut«, sagte sie. »Du bist nicht auf den Kopf gefallen, und es wäre eine Schande, wenn du das nicht nutzen würdest.« Besonders auf ein wichtiges Argument griff sie oft zurück: »Der Großcousin deines Vaters, Bishop Stonecipher, ist diesen Oktober seit zwanzig Jahren bei der Bank und kurz vor der Pensionierung. Wir hätten nie gedacht, dass er es so weit bringt, aber er hat dort gutes Geld verdient. Wenn du willst, gehe ich gern vorbei und rede mit ihm. Ich wette, ich kriege dich dort rein.« Man kann sich vorstellen, wie das bei Henry ankam.

Da Maddy jedoch ganz genau wusste, dass mein Vater die vergrämte Stadt in den Bergen um jeden Preis verlassen und studieren wollte, bat sie ihn, kurz bevor er mit der Highschool fertig wurde, zu sich auf die Wohnzimmercouch. »Mein Sohn«, sagte sie, »du bist so ein kluger Junge. Und wenn es dein Wille ist, kannst du natürlich aufs College gehen. Wir können dir nur nicht finanziell unter die Arme greifen. Wir haben einfach nicht …«

Das wusste Henry.

»Okay, dann hör mir einen Moment lang zu«, sagte Maddy ihm dann dort auf der Couch. »Du musst mit dem, was du lernst, später deinen Lebensunterhalt verdienen, und glaub mir, ich würde mich wirklich wundern, wenn … Hm, wie soll ich das sagen …?« Sie schlug die Asche ihrer billigen Zigarette in einen Pappbecher ab, indem sie zweimal rasch mit der Fingerspitze darauf klopfte. Er spürte, wie ärgerlich sie wurde, weil sie ihre Gedanken nicht in Worte fassen konnte. »Also, ich möchte nur sagen, dass ich deine Begeisterung für Bücher im Grunde nie verstanden habe. Wir haben es, Gott weiß, versucht. Aber Bücher sind nicht alles, Schatz. Schreiben ist nicht alles. Die Wahrheit ist – aber das willst du nicht hören –, dass du damit kein Geld verdienst. Wie soll das gehen? Glaub mir. Neulich abends habe ich mit deinem Vater gesprochen, und er hat gesagt – und was er gesagt hat, stimmt: ›Außer Jesus Christus kenne ich keinen Einzigen in der Geschichte, dessen Worte auch nur das Schwarze unterm Fingernagel wert waren.‹ Und da ist was dran. Schau, was aus Jesus geworden ist.« Durch den Qualm ihrer Zigarette sah sie ihn schief an und schüttelte den Kopf. »Mit den reichen Gaben, die dir der Herr gegeben hat, könntest du einfach so viel mehr tun.«

Dieser wenig hilfreiche Rat war nun in fast jeder Hinsicht falsch und stieß auf taube Ohren. Henry hatte seine Entscheidung ohnehin getroffen. Er bewarb sich an der University of Virginia und wurde angenommen. Da er weder ein Auto besaß noch jemanden kannte, der auch dorthin ging, fuhr er per Anhalter nach Charlottesville, wo er amerikanische Literatur studierte und in Liebe zu Wolfe, Poe und Faulkner entbrannte. Hier beschloss er auch ernsthaft und wider Maddys gut gemeinten, aber törichten Rat, sich seinen Lebensunterhalt mit Schreiben zu verdienen. Worüber, das wusste er noch nicht so recht.

Als er dreieinhalb Jahre später seinen Abschluss gemacht hatte, schickte er in der Hoffnung auf eine Dozentenstelle Bewerbungsschreiben an mehrere bedeutende Universitäten. Tagsüber zu unterrichten und frühmorgens und abends zu schreiben, das war sein Traum.

Er bekam einige Angebote von Colleges im nördlichen Mittleren Westen, doch er lehnte sie ab. Auch an der Appalachian State University in North Carolina wollte er nicht unterrichten, weil es ihm zu nah an Old Buckram und den Bergen, an Helton und Maddy war. Die allerletzte Offerte, von der University of Baltimore, war die beste, und er nahm sie an.

Im ersten Jahr musste er feststellen, dass er neben dem Unterrichten nicht, wie erhofft, genug zum Schreiben kam. Trotzdem schaffte er es, eine Erzählung fertigzustellen, die am Ende jedoch in der Schublade landete. Er versuchte es erneut. In einem Ausbruch von Kreativität verfasste er fünf avantgardistische Short Stories, die nacheinander in einer damals berühmten Literaturzeitschrift veröffentlicht wurden und ihm kurze, aber exklusive Aufmerksamkeit in der postmodernen Literaturszene eintrugen. Er experimentierte mit Formen und kombinierte sie zu weiteren kurzen Arbeiten, von denen ein paar in unbedeutenderen Zeitschriften erschienen und bei der Kritik weniger Interesse als vielmehr Verwirrung hervorriefen. In einer Rezension stand: »Asters Arbeiten sind zwar brillant, aber undurchdringlich.« Er lernte wichtige Lektionen und begann mit einem Roman.

Nach einem weiteren Jahr, in dem er tagsüber lehrte und bis spät in die Nacht schrieb, nahm er langsam Blässe und Züge einer Geistererscheinung an, hatte aber fünfzigtausend wohlgeordnete Worte zu Papier gebracht. Dieses Mal hatte er über sein Leben geschrieben. Über seine Mutter und seinen Vater, die Berge von North Carolina und einen klugen jungen Mann, der dort geboren wurde: fehl an diesem Ort, fehl in seiner Zeit.

Irgendwo in seinem Unterbewusstsein, absichtlich unter all den bitteren und vergessenen Erinnerungen an Zuhause gut vergraben, lauerte eine ihn vergiftende Idee: Wenn er dieses Buch geschrieben und veröffentlicht hätte, würde er nach Old Buckram zurückkehren und es Maddy als endgültigen Beweis seiner Tüchtigkeit präsentieren. In stillen Momenten gestattete er sich allerdings, seinem Dämon ins Gesicht zu blicken und sich seinen insgeheimen Wunsch nach Abrechnung einzugestehen, ehe er ihn wieder verdrängte und sich sagte, dass Maddys Meinung keine Rolle spiele und er nicht für sie schreibe. Ohnehin war er sich darüber im Klaren, dass sie nie auch nur ein Wort von dem lesen würde, was er geschrieben hatte. Das hätte ihn eigentlich retten müssen, doch ihre Zweifel an ihm sollten sein Leben lang wie eine erbarmungslose, nie leichter werdende Bürde auf seinen Schultern lasten, ihm Kraft rauben und ihn klein machen.

Trotzdem arbeitete er unermüdlich weiter. Tag für Tag, Nacht für Nacht. Er schrieb hunderte Seiten, war aber nie zufrieden damit. Er suchte nichts Geringeres als eine neue Art des Schreibens und des Geschichtenerzählens, und das erwies sich als vergeblich. Da kam er auf die Idee, vielleicht weniger zu schreiben als zu lesen, und zwar so lange, bis er seine Stimme gefunden hatte. Noch einmal nahm er sich alle Klassiker vor, studierte sie bis in die feinsten Verästelungen und schrieb seine Gedanken dazu auf. Er las jedes Buch von der Bestsellerliste der *New York Times*, hielt aber alles durch die Bank für uninteressant, weil immer das Gleiche. Irritiert durch seine wachsende Unlust, führte er sich den gesamten *Index Librorum Prohibitorum* zu Gemüte und genoss diese Lektüre weit mehr. Seinem eigenen Vorhaben kam er dadurch aber nicht näher. Etwas sagte ihm, er müsse mehr nachdenken, das Buch in seinem Kopf sei noch nicht ausgereift und müsse eine Weile länger köcheln. Er legte also die Teile des Romans, die er bereits geschrieben hatte, weg und ließ sich vom Strom seines Lebens weitertragen. Aus einer Laune heraus belegte er juristische Abendkurse an der Universität von Baltimore, um sich abzulenken. Doch eines Samstags ging er in die Bibliothek, um sich dort ein lateinisch-englisches Wörterbuch zu holen.

Seit seiner Ankunft in Baltimore war er fast täglich in dieser Bibliothek, und bereits mehr als einmal hatte ihn ein Student für einen der Angestellten gehalten. Schließlich schleppte er ständig Bücherstapel hin und her. Er selbst hatte jedes Mal das Gefühl, nach Hause zu kommen, wenn er durch die schweren Türen aus Holz und Glas trat und ihm der Duft all der Bücher entgegenschlug. Er kannte die Bibliothek wie seine Westentasche und wusste stets genau, wo er was fand. Leute mit Büchern im Arm kamen und gingen, und es gefiel ihm, wenn ihm eine Gruppe seiner Studenten respektvoll zunickte und ihn mit »Professor« grüßte. Dann kam einmal eine junge Dame, die er nicht kannte, vor ihm aus einem Verwaltungstrakt der Bibliothek. Er sah ihr zu, wie sie ein Paar weiße Handschuhe anzog, die Treppe zum Raritätenraum hinaufging, dort einen dicken antiquarischen

Folianten holte und damit zum Aufsichtstisch zurückkehrte. Er hatte noch nie jemand so Schönes gesehen und vergaß auf der Stelle, wo er hinwollte und warum er hier war. Als sie an ihm vorbeiging und Hallo sagte, war er völlig außer Gefecht gesetzt. Alle Neuronen in seinem großen Hirn hatten Fehlzündungen und feuerten in neue, unbekannte Richtungen.

Obwohl sie diese Begegnung später ganz anders schilderte als er (zurückhaltend und dezent versus haushoch übertrieben), gab es in beiden Versionen ein paar auffallende Details. Übereinstimmung herrschte (mehr oder weniger) bei ihrer Kleidung und ihrem allgemeinen Äußeren: blondes Haar, grüne Dreiviertelhose. Er sagte »grünliche Caprihosen«, sie »hellgrüne knöchellange Hosen, die mir meine Zimmergenossin geborgt hatte«. Und er hätte darauf schwören können, dass sie eine schlichte weiße Bluse trug, die seiner Erinnerung nach »tief ausgeschnitten« und »ihrer Zeit um Jahre voraus« war. Sie hielt dagegen, dass es sich um ihre üblichen Arbeitsklamotten gehandelt habe, was glaubhafter und der Wahrheit sicher näher war.

Unstrittig war, dass er minutenlang kein Wort herausbrachte. Erst nachdem er schließlich an die frische Luft gegangen und wieder hereingekommen war, hatte er die Fassung wiedergewonnen. Und beide erinnerten sich daran, dass er vergessen hatte, welches Buch er suchte. Als es ihm wieder einfiel, es aber ausgeliehen war, bot sie ihm an, ihn anzurufen, sobald es zurückgebracht worden sei. Doch er gab ihr aus Versehen eine Telefonnummer mit mehreren falschen Ziffern. Es sei so ähnlich gewesen, erzählte er später, als wolle man einen Schwung Worte in die Schreibmaschine tippen und die Finger erwischten ständig die falschen Tasten.

Sie fragte ihn nach seinem Namen. »Ich heiße Henry Aster«, erwiderte er. »Ich bin Schriftsteller. Darf ich erfahren, wie Sie heißen?« Sie errötete und sagte, Eleonore.

3

Er vergaß alles um sich herum und träumte die nächsten Tage nur von ihr. Er schrieb ihr Liebesbriefe mit selbstverfassten Gedichten, doch sie war für seine Dichtkünste nicht sonderlich empfänglich. Er hatte von Männern gelesen, die Byron und Keats rezitierten, woraufhin den Frauen die Sinne schwanden. Eleonore freilich war für diesen Typus gehobenen Annäherungsversuchs viel zu pragmatisch. Bei ihrer ersten Verabredung ging er mit ihr in *Warten auf Godot*, und nach dem Theaterbesuch bat sie ihn nicht mit in ihre Wohnung. Beim zweiten Mal hatte er dazugelernt und ging mir ihr eislaufen.

Sie hatte keine wissenschaftlichen oder intellektuellen Interessen im herkömmlichen Sinn, aber sie war alles andere als dumm. Bereitwillig gab er zu, dass sie ihm in puncto natürlicher Intelligenz überlegen sei, sie aber auf deutlich andere Dinge verwende. Sie war gern in der freien Natur, liebte Blumen, Vögel, kühle Frühlingsmorgen und warme Sommernächte. Sie konnte reiten und kannte jedes Gewächs, jede Blume, jeden Baum und jedes Kraut an der Ostküste ebenso wie jede bekannte Vogelart dort, ob Zugvogel oder nicht.

Ihre Kindheit und Jugend hatte sie in Canonsburg, Pennsylvania, verbracht, südlich von Pittsburgh, und dort oft auf dem Chartiers Hills Friedhof gespielt, wo sie gelernt hatte, sich nicht vor Gespenstern zu fürchten. Ihr erstes Pferd, einen unbezähmbaren Araber namens Kashmir, bekam sie mit zwölf, und von da an gab es für sie nur noch das Reiten. Kashmir trainierte sie selbst. Sie las Bücher zum Thema, und er benahm sich würdevoll wie ein römisches Streitross. Ein Mädchen, das in diesem Alter ganz allein und ohne irgendwelche Anleitung, nur mit ihrem Instinkt und ihrer Willenskraft lernt, ein majestätisches Tier von solcher Statur zu trainieren, besitzt eine andere Art von Intelligenz als die, die gemeinhin in der Schule gefragt ist.

Sie hatte drei smarte ältere Brüder, die alle an Ivy-League-Universitäten studierten – zwei in Harvard, einer in Yale. Niemand in ihrer Familie wäre auf den Gedanken gekommen, dass auch sie hätte aufs College gehen können. So etwas war für eine Frau nicht vorgesehen. Während ihre Herren Brüder an den Hochschulen im Nordosten reüssierten, wurde sie mit der Highschool fertig und musste sich entscheiden, auf welcher Höhe ihre Lebensbahn verlaufen sollte. Sobald sie das Thema Studium anschnitt, stellte ihr Vater sich taub, und ihre Mutter verzog sich in die Küche. Eines Abends setzte sie sich zu ihnen an den Abendbrottisch und verkündete ihnen, dass sie studieren wolle und ein paar gute, bezahlbare Colleges herausgesucht habe. Ihr Vater reagierte mit hemmungslosem, hämischem Lachen und beißendem Sarkasmus. Was *sie* mit einem Hochschulstudium wolle? Ob sie Reitseminare besuchen wolle? Habe sie schon bei der örtlichen Volkshochschule angerufen? Dort gebe es Pferde, soweit er wisse. Aber für solcherlei Flausen sei ohnehin kein Geld da. Noch auf Jahre hinaus habe er sich verpflichtet, jeden Dollar in die Ausbildung seiner Söhne zu stecken. Glaube sie, das Geld liege auf der Straße? Mitnichten!

»Dann unterstützt ihr mich also nicht?«, sagte sie ganz ruhig.

Ihr Vater streckte ihr seine leeren Hände entgegen. Ein deutliches Zeichen. »Siehst du? Wir haben nichts.«

Ein Jahr zuvor waren in der Nachbarschaft Eltern von ihrem eigenen Sohn ermordet worden. Er war in Eleonores Alter –

und bis zu dem strahlenden Augustmorgen, als er nach dem Frühstück in die Scheune ging und die Axt holte, ein mustergültiges Kind gewesen. Nach der Tat saß er eine Weile lang in dem endlich gefundenen Frieden, rief dann die Polizei an und meldete das Verbrechen. Auf die Frage, warum er es getan habe, erwiderte er: »Mehr Hohn und Spott konnte ich nicht ertragen.«

Eleonore stand auf.

»Wo willst du hin?«, fragte ihr Vater.

»In die Scheune.«

»Um die Axt zu holen?«

»Nein, um den Pferden Auf Wiedersehen zu sagen.«

Sie nahm ihr Geld und ihr gebrochenes Herz und schrieb sich im Herbst an der California University of Pennsylvania ein. Zwei Jahre später hatte sie ihr Lehrerdiplom und war für alles bereit, was das Leben zu bieten hatte. Weil sie es an der Zeit fand, in die Welt hinauszugehen, und sich selbst beweisen wollte, dass sie den Mumm dazu hatte, zog sie weiter in den Süden, nach Baltimore. Sie arbeitete seit drei Wochen in der Bibliothek, als Henry dort hineinging und alles anders wurde.

Ich kann wahrscheinlich von Glück reden, dass sich meine Eltern getroffen haben und einander so attraktiv fanden, dass sie Kinder in die Welt setzten. Jetzt allerdings begreife ich, dass es für beide besser gewesen wäre, wenn das nie passiert wäre.

Mein Vater hatte Old Buckram mit großen Plänen verlassen. Er fand, er habe die nötigen Voraussetzungen – den Verstand, das Talent, das Ohr –, um im Laufe der Zeit ein erfolgreicher Schriftsteller zu werden. Er träumte davon, eines Tages auf einer Stufe mit Wolfe, Faulkner, Fitzgerald zu stehen. Doch letztlich war er nur ein Mann, dessen Träume, wie bei so vielen von uns, größer waren als er selbst.

Und dieser Mann traf auf die strahlende Seele einer Frau,

die meine Mutter werden sollte. Im Verlauf der Jahre sollte das Leben ihnen vieles abverlangen und sie schwer prüfen. Sein unstillbarer Durst nach allem und jedem würde sich verflüchtigen wie ein Trugbild, während ihre unbeugsame Daseinsfreude nur dann wieder auflebte, wenn sie im wilden Galopp über die Wiesen preschte, nur sie selbst Zeugin ihrer Kühnheit. Ja, sie waren zum Scheitern verurteilt. Doch das war damals nicht vorauszusehen.

Als mein Vater 1967 mit dem Jurastudium fertig war, heirateten sie vor dem Friedensrichter und zogen in eine Wohnung im zweiten Stock der West Fairmont Avenue in Baltimore. Meine Mutter liebte ihren Mann sehr und war überglücklich. Das sehe ich auf den Fotos. Eine langmütige, wunderschöne Zufriedenheit liegt in ihrem Lächeln.

Er fing ernsthaft an zu schreiben. Schrieb über Maddy. Schrieb über Old Buckram. Davon, wie die wirbelnden weißen Nebelschwaden in den Tälern aufstiegen und die grünen Berge in der Ferne zu herrlichen Blautönen verblassten. Wie an frühen Herbstabenden allenthalben der Holzrauch aus den Feuern stieg und die Milchstraße langsam sichtbar wurde. Er erinnerte sich an jede Einzelheit. Die Zeit vergehe dort langsamer, erzählte er Eleonore, aber nicht für ihn. Für ihn sei es anders. Für ihn habe Old Buckram eine Traurigkeit, die er nie verwinden werde. Warum, wisse er nicht. Wenn er nachts bedrückt war und nicht schlafen konnte, las er ihr vor, was er geschrieben hatte. Mit staunenden Augen lag sie dann am Fußende des Bettes.

Ein Dutzend Mal stellte er die Schreibmaschine um und versuchte, den perfekten Platz zum Schreiben zu finden. Ihre Wohnung hatte im Schlafzimmer einen winzig kleinen Balkon zur Straße hin, und abends schob er seinen Schreibtisch an die offene Tür, um dort im letzten Tageslicht zu arbeiten. Von Zeit zu Zeit schaute er auf und beobachtete die wenigen Menschen, die unter ihm hergingen. Er ließ sich leicht ablenken, regte sich aber entsetzlich über alles auf, was seine Aufmerksamkeit vom Schreiben abzog. »Schostakowitsch hat draußen auf dem Flur komponiert«, sagte er einmal, »nicht, um seine Familie vor dem Terror des KGB zu bewahren – er musste ja immer damit rechnen, dass man kam und ihn abholte –, sondern weil er meinte, er könne sich dort besser konzentrieren.«

Er musste nur rufen, dann brachte meine Mutter noch ein Glas Bier, einen Wodka-Tonic oder sonst was, je nachdem, welche Flasche gerade angebrochen war. Sagte ihm, wenn es dunkel wurde oder die Kälte durch die Balkontür kam. Sie bereitete einfache Abendessen für sie beide, und falls ihm mal nicht nach Essen war, stellte sie den Teller auf den Schreibtisch neben ihm. Irgendwann sah er ihn dann und nahm etwas zu sich.

An einem Freitag im Mai 1968 fing Henry früh zu schreiben und noch früher zu trinken an, und als er sich am Spätnachmittag nicht mehr rühren konnte, kamen auch die Worte nicht mehr. Schlecht gelaunt und frustriert, wie er war, vertrieb er Eleonore aus der Wohnung. Sie trat gerade aus der Haustür, da sah sie seine Schreibmaschine wie ein Flugzeug durch die Luft sausen und mitten auf die Straße krachen. Je nun. Eine Weile lang schrieb er eben mit der Hand.

Kurz danach bekam er von Helton eine lapidare Mitteilung auf einem ausgerissenen, unlinierten Blatt Papier. Da sein Vater nicht gerade als großartiger Briefeschreiber bekannt war, deutete allein schon der Umstand, überhaupt einen Brief mit der selten gesehenen Handschrift zu bekommen, auf schlechte Nachrichten aus Old Buckram hin. »Deine Mutter fühlt sich nicht gut«, schrieb Helton, »aber es geht bestimmt vorbei. Ich wollte es Dir nur sagen.« Auf der Rückseite des Blattes ein Nachsatz: »Du musst nicht nach Hause kommen. Es sei denn, Du wolltest es ohnehin. Ich schaffe das auch so.« Helton wollte ihn nicht unter Druck setzen, aber sein Ansinnen war klar.

Der Gedanke an Maddys sich verschlechternden Gesundheitszustand begann an meinem Vater zu zerren wie ein Schiffsanker. Er wollte nicht alles Helton überlassen, der sich kaum selbst versorgen konnte. Ein paar Wochen später bekam er wieder einen Brief. Jetzt hieß es: »Langsam mache ich mir Sorgen.«

In der Nacht nach dem zweiten Brief saß das junge Paar, ans Kopfende gelehnt, auf dem Bett. Durch die offene Balkontür kam die sommerliche Wärme herein. Henry trank Wein, las im trüben Licht der einzigen Lampe Updike und versuchte sich einzureden, dass er wegen Maddy sowieso nichts tun könne. Völlig unvermittelt sagte er zu Eleonore: »Ich will nicht zurück.«

Sie hatte die Briefe gelesen. »Ich weiß, dass du das nicht willst«, erwiderte sie, »aber vielleicht sollten wir.«

Er stand auf, holte eine neue Weinflasche aus der kleinen Küche und kam ins Bett zurück. »Es fühlt sich nicht wie zu Hause an. Hat es nie.«

»Es muss ja nicht zu Hause sein«, sagte sie und nahm seine Hand. »Falls es uns nicht gefällt, können wir wieder gehen, wenn …«

»Wenn? Wenn wir dort nicht mehr sein müssen?« Wenn Maddy gestorben ist, hatte sie gemeint, aber nicht sagen wollen, und er wusste es. »Wenn ich gehe«, sagte er, »gehst du dann mit?«

»Natürlich. Das weißt du doch.«

Die Worte auszusprechen, es sich real vorzustellen, machte es plötzlich möglich. Sie fand einen Umzug in die Berge von North Carolina im Hochsommer sogar eine erfreuliche, abenteuerliche Aussicht. Ganz kurz hatte sie die grünen Berge und hochgelegenen Wiesen und Felder von Old Buckram in immerwährender blühender Üppigkeit vor Augen. Ein verführerischer Optimismus führt nur allzu oft zu einer törichten Entscheidung.

»Wenn wir hinziehen«, sagte sie aufgeregt und schon ganz verzaubert, »meinst du, dann könnten wir …«

»Ein Pferd kaufen? Es gibt jede Menge Pferde in Old Buckram.«

»Auch Araber? Es würde mich überraschen, wenn es welche gäbe. Aber dann brauchen wir ein Haus mit einer eingezäunten Weide daneben oder nicht weit entfernt und einen Stall. Um den Rest kümmere ich mich.«

»Wenn wir uns ein Pferd zulegen«, sagte er, »möchte ich ihm den Namen geben.«

»Henry«, sagte Eleonore und legte die Hände auf ihren Bauch, »ich habe auch noch über was anderes nachgedacht. Ich will ein Kind nicht in der Stadt großziehen.«

Bevor sie nach Old Buckram gingen, besuchte mein Vater ein letztes Mal das Poe-Haus im Herzen von Baltimore, um sich gebührend von dort zu verabschieden. Eleonore fand ihn, als er betrunken auf der Vordertreppe saß und laut Gedichte rezitierte, die sie noch nie gehört hatte. »Nun mir flüstern Ulmenblätter / misstön'ge irre Melodien / Und Klagemelodien wie Schatten / spuken in den Trauerweiden …« Eine halbe Flasche Wodka hatte er schon intus. Kein verheißungsvoller Beginn, aber ein passendes Ende. Nachdem Eleonore am nächsten Morgen die Karten von drei Bundesstaaten studiert hatte, während er noch schlief, lud sie ihn ins Auto, und zusammen fuhren sie in die nebligen Berge North Carolinas. Er kehrte nach Hause zurück.

4

Als mein Vater klein war, machte die ganze Familie zu Beginn des Frühlings, wenn die Hartriegelsträucher in der blauen Gebirgskette weiß und golden blühten, einen Ausflug zum Farmers' Market. Über eine schmale Schotterstraße die bewaldeten Hänge hinauf und hinab. Von einer Bergkuppe aus sah man, wie die Wälder gen Westen zurückwichen. Von dort ging es tief in ein großes Tal, stieg steil wieder an, und dann zeigte sich das steingraue Antlitz des Ben Hennom, eines uralten, von Zeit und Witterung glatt und dunkel geschliffenen Berges. Halb verborgen von einer Reihe gespenstischer Bäume, so alt wie die Zeit selbst, stand ein riesiges Haus aus schwarzem Eisen und Glas. Bei Tag war es ein architektonisches Kuriosum. Wegen der eigenartigen Faltungen des Berges schien es, selbst wenn die Sonne vom wolkenlosen Himmel knallte, immer im Schatten zu liegen und war von morgens bis abends von einem langsam wabernden Nebel, dicht wie Feuerqualm, umhüllt. Im Dunkel der Nacht brütete es hingegen wie ein Raubvogel mit glühenden Augen am Berghang. Niemals vorher oder nachher war ein solches Haus erbaut worden. Die Kinder drängten sich immer an die Autofenster, um ehrfurchtsvoll schweigend dieses großartige, mysteriöse Gebäude zu betrachten.

Ein stellvertretender Direktor der R.J. Reynolds Tobacco Company in Winston-Salem ließ es 1918 planen und errichten, gewiss, um in den höheren Lagen von Old Buckram Erholung von der drückenden Sommerhitze des Piedmont zu finden. Er kaufte für billiges Geld die hundert Morgen um das Haus – zu der Zeit war Land preiswert und reichlich vorhanden –, doch bei seinem Bau scheute er weder Kosten, noch hielt er sich an den herrschenden Architekturgeschmack. Entworfen wurde es von einem Schwager des Mannes, der ausgebildeter Architekt und Hobby-Okkultist war und, gelinde gesagt, eine Vorliebe fürs Unkonventionelle und Makabre hatte. Ein Jahr nach seinem Abschluss in Princeton war er nach Palenque gereist, um sich Inspirationen für seine beginnende Architektenkarriere zu holen und dem fantasielosen Design im amerikanischen Süden etwas entgegenzusetzen. Nach der üblen Attacke eines großen schwarzen Vogels, der ihm beinahe ein Auge auspickte, wurde er wochenlang von hohem Fieber geschüttelt. Knapp dem Tode entronnen, konnte er Mexiko zwar wieder verlassen, war aber hinfort ein Gezeichneter. Ein dunkler Zauber hatte sich seiner Seele bemächtigt. Zurück in North Carolina begann er mit seinem Opus Magnum, das gleichzeitig seine erste und letzte Schöpfung werden sollte: das große Haus am Berg. Bevor er erleben konnte, wie aus seinen Zeichnungen Wirklichkeit wurde, kehrte das Fieber zurück, und er tat seinen letzten Atemzug in der kalten Bergluft am Ben Hennom. Gebaut wurde trotzdem.

Jahrzehntelang wurde das fertige Haus kaum benutzt oder bewohnt und, völlig heruntergekommen, 1963 an einen exzentrischen Hotelier verkauft, dessen Gattin dort ein exklusives Bed and Breakfast betreiben sollte, damit sie nicht mehr ausschließlich zu Hause auf ihn wartete. Als das endete wie alle schlechten Ideen, zog er mit Frau und drei Töchtern dort ein. Er ließ ein großes Einfahrtstor am Fuß des Berges errichten, und die Familie verschwand langsam aus dem öffentlichen Leben. Dann jedoch verwahrlosten Haus und Grundstück wieder, und in der Stadt munkelte man, der Hotelier habe eine unheilbare exotische Krankheit. Eines Tages fiel jemandem auf, dass Tag und Nacht die Lichter in dem Haus brannten. Die Wochen vergingen, ehe eines nach dem anderen dann doch erlosch. Schließlich rief jemand die Polizei, die stieg über das Tor und durchsuchte das Anwesen. Offenbar war niemand da. Als zum fünften Mal die Hypothek nicht getilgt wurde, wollte die Bank wissen, was los war, und schickte einen Angestellten hin. Nachdem dieser Unglücksvogel lange geklopft und in alle Fenster geschaut hatte, trat er eine Glasscheibe ein und ging ins Haus. Es war vollkommen eingerichtet und aufgeräumt, als erwarte man Gäste. Der Mann rief, aber niemand antwortete. Dann entdeckte er in der kalten, düsteren Festung Entsetzliches. Er rannte hinaus und rief die Polizei.

Der mit dem Fall betraute Beamte schrieb in seinen ersten Bericht: »Etwas Schreckliches ist dort vorgefallen. Was genau, kann ich nicht sagen. Es ist seltsam. Zwei Erwachsene sind tot. Die drei Kinder nicht aufzufinden. Keine Hinweise auf ihren Verbleib. Die Todesursache der Eltern ungeklärt (die genauen Untersuchungen stehen noch aus), könnte aber selbstverschuldet sein, entweder freiwillig oder unfreiwillig (unter Zwang). Grabungsarbeiten im Gelände beginnen diese Woche.« Drei Wochen später hieß es: »Heute sind die Kinder gefunden worden. Mit dem Gesicht nach oben verscharrt in einer Grube im Wald hinter dem Haus. Nebeneinander, nicht übereinander. Offenbar mehrfache Knochenbrüche.« Ein ergänzender Bericht nannte als Todesursache für die Kinder Ertrinken. Wie oder warum die Morde verübt worden waren, konnte die Polizei niemals schlüssig erklären.

Fünf Jahre später gehörte das Haus immer noch der Bank, ein Verkauf war nicht absehbar. Das war der Stand der Dinge, als meine Eltern, Eleonore schwanger, nach Old Buckram kamen und zu Helton und Maddy in das beengte kleine Haus am Ende der Schotterstraße zogen. Ihr Zimmer war gerade so groß, dass ein durchgelegenes Doppelbett und ein kleiner Arbeitstisch für die Schreibmaschine meines Vaters hineinpassten. Noch bevor sechs Monate um waren, hatte der Tisch einer Wiege Platz gemacht, die angeschimmelt vom Boden des Hauses geholt, gründlich gesäubert, angestrichen und baulich verstärkt worden war. Meine Eltern nannten mich Henry, nach meinem Vater.

Aus Mangel an anderweitigen Möglichkeiten wurden Arbeitstisch und Schreibmaschine meines Vaters kurzerhand auf die hintere Veranda verbannt, wo sich auf verstaubten Regalen die von Maddy bemalten Keramiksachen stapelten. Dort draußen, zwischen lauter Sperrmüll, saß dann mein Vater, während das Haus schlief, stundenlang in der hereinbrechenden Nacht und versuchte, im Lampenlicht zu schreiben, belagert von flatternden weißen Faltern.

Da er in einem Umkreis von hundertfünfzig Kilometern keinen interessanten Lehrerjob fand, begann er in einer der beiden Anwaltskanzleien der Stadt zu arbeiten. Die Einkünfte eines Anwalts sind selten so exorbitant, wie die Leute meinen, vor allem nicht für jene, die in den ländlicheren Gegenden eines Bundesstaats viel mit Bau-, Grundstücks- und Bergrecht, Wasserrechten und einfachen Strafsachen sowie wenig lukrativen Grundstücksverkäufen zu tun haben. In manchen Monaten schrieb mein Vater mit Müh und Not schwarze Zahlen. Meistens arbeitete er für Leute, die ihn überhaupt nicht bezahlen konnten. Um sein Einkommen aufzustocken, benutzte er seinen messerscharfen Verstand und übernahm ein paar komplizierte Fälle von ärztlichen Kunstfehlern gegen Erfolgshonorar, vertragsgemäß ein Drittel jeder Schadensersatzzahlung. Die ersten drei Fälle kosteten ihn Geld und fast den Job. Der vierte wurde für etwas mehr als drei Millionen außergerichtlich beigelegt. Jetzt können wir ein Pferd für Eleonore kaufen, war sein erster Gedanke.

Kurz darauf kam ihm zu Ohren, dass das große Haus am Berg zum Verkauf stand, und zwar deutlich unter dem Marktpreis. Exakt viereinhalb Stunden nach dieser verheißungsvollen Entdeckung stieg er die steile Kiesauffahrt hinauf und betrachtete aus der Nähe, was er bis dahin nur von Weitem kannte. Was für ein Anblick! Düster und unheilvoll erhob sich das Haus, ein monströses Skelett, in den aschgrauen Himmel. Wenn er vom Vorplatz aus nach Osten schaute, konnte er die wenigen Lichter von Old Buckram und gen Südwesten in der blauen Ferne die uralte Bergkette der Blue Ridge Mountains sehen. Er schob die bleischwere Haustür auf und betrat staunend ein Mausoleum von Vorhalle, das ihn mit Spinnwebvorhängen und einer Schar davonflitzender Mäuse begrüßte. Langsam zog es ihn ins Innere, wo er im ersten Stock eine große holzvertäfelte Bibliothek mit endlosen, bis zur Decke reichenden Regalen vorfand. Bücher bedeckten die Wände, stapelten sich in Ecken und Nischen. Auf der Stelle entschloss sich mein Vater zum Kauf des Hauses, ganz egal, was es kostete. Hier kann ich schreiben, dachte er.

Weit unter den Felswänden und einem schwindelerregenden Abhang verlief das zum Haus gehörende Gelände wieder eben bis zur Straße. Dort verbarg sich in einem Hain von Buchen und Schwarzeichen ein dunkler Stall, alt wie der Berg selbst. Mindestens dreißig Morgen dieses ebenen Bereichs waren gerodet und von einem an vielen Stellen eingebrochenen Zaun umgeben. Abends, zurück im Haus von Helton und Maddy, sagte mein Vater zu Eleonore: »Wir ziehen um, und wir kaufen ein Pferd. Ich möchte, dass es Annabel Lee heißt.« Sie brauchten weniger als einen Tag zum Einzug und den Rest ihres Lebens zum Auszug.

5

Das viele Holz in dem Haus wäre, gebeizt und auf Hochglanz poliert, innen über alle Maßen elegant und hochherrschaftlich gewesen. Mit zusammengekniffenen Augen konnte man erkennen, was der wahnsinnige Architekt vorgehabt hatte, mit offenen nicht mehr.

Sein finsteres Antlitz wandte es nach Osten, der aufgehenden Sonne zu. Der erste Raum, den man durch die Haupteingangstür aus massivem Eichenholz betrat, war die schon erwähnte Vorhalle, mit düsterem Schiefer ausgelegt und doppelt so groß wie die Wohnung meiner Eltern in Baltimore. Rundbogengänge führten in alle Richtungen davon ab, eine weit geschwungene Treppe mit blutroten Stufen wand sich asymmetrisch nach oben, außer Sichtweite. Zur Rechten kam man durch eine Reihe von Türen zuerst in ein ungemütliches Wohnzimmer (das wir nie benutzen sollten), dann in ein Esszimmer mit Platz für fünfzig Leute sowie ein tristes, trostloses Raucherzimmer. Wir gebrauchten es nicht als solches, aber in seinem früheren Leben war das eindeutig sein Sinn und Zweck gewesen. Zwei taillenhohe Granitobelisken, unter deren pyramidenförmiger abnehmbarer Spitze man Zigarrenstummel und Zigarettenkippen in den Behältern darunter ablegen konnte, bezeugten es.

Die Außenwände bestanden aus Glasfenstern vom Boden bis zur Decke, ein ähnlicher Raum in der gegenüberliegenden Ecke des Hauses bildete das Pendant. Schaute man vom Raucherzimmer zur Stadt hin, sah man immer wieder Teile der Avernus Road, der alten, sich am gegenüberliegenden Hang entlangwindenden Schotterstraße, über die Helton mit Maddy und den Kindern vor so vielen Jahren zum Farmers' Market gefahren war.

Hinter dem Raucherzimmer lag ein offener Raum, den wir den Bunten Salon nannten. In dem gut gemeinten, aber vergeblichen Versuch, ein wenig dringend notwendigen Frohsinn in die ansonsten leichenblasse Umgebung zu bringen, war eine Wand olivgrün gestrichen, die zweite paprikaorange, die dritte kanariengelb und die vierte lavendelblau. Eine faszinierende Farbzusammenstellung. Hoch oben an den Wänden verlief eine eierschalenfarbene Leiste für Bilderrahmen und versuchte erfolglos, dem Raum etwas Zusammenhängendes zu verleihen. In bizarrem Kontrast zu den Farbtsunamis hingen graue Bilder mit trostlosen Winterszenen aus den Bergen an den Wänden. In allen vier Ecken stand ein grellbunt längs gestreifter Sessel mit hoher Rückenlehne, der wiederum gar nicht zu den dahinter zusammenstoßenden, verschiedenfarbigen Wänden passte. Mein Vater drohte ständig damit, das Ganze weiß zu übertünchen, doch meine Mutter fand es reizend, und so blieb es, wie es war.

Eine kleine Tür in der Südwand des Salons bot Zutritt zu einem Korridor, an dessen Ende drei Stufen zu einem ausladenden Raum führten, der sich genau in der geometrischen Mitte des Hauses befand. Das war der Große Saal. Er war halb so geräumig wie eine moderne Sporthalle und vermittelte mit seiner dunklen Holzvertäfelung und den barocken Schnitzereien sofort den Eindruck einer englischen Kathedrale. An einer Wand zog sich ein Tresen aus Eichenholz entlang mit sechs silbernen Barhockern davor. Dahinter standen Dutzende Flaschen mit allen nur denkbaren Alkoholika sowie Tumbler, Weingläser, Mixer und dergleichen. Neben dem Tresen in einer Nische prangte ein schickes Grammofon samt Füllhornlautsprecher. Der Raum wurde von vier gemauerten Kaminen beheizt, deren Umrandungen mit Holzschnitzereien verziert waren.

An einem Ende des Großen Saals stand ein Ungetüm von Tafelklavier. Im Jahre 1899 von Henry F. Miller und J. H. Gibson aus Boston erbaut, später penibelst Stück für Stück restauriert von Fendom Bower, dem exzentrischen Besitzer des Musikinstrumentengeschäfts in Old Buckram, der vom Verkauf aufgearbeiteter Instrumente und dem Stimmen der wenigen Klaviere in der Stadt lebte. Ob zufällig oder geplant, drangen die Klänge des Klaviers in jeden Winkel des unendlich großen Hauses.

Absolut markant war eine gigantische elliptische Öffnung in der Decke des Großen Saals, deren Längsachse gut neun und deren Querachse gut sechs Meter maßen. Dadurch war der Raum vom Erdgeschoss bis hinauf zum reich ornamentierten Dach aus Eisen und Glas zwei Stockwerke darüber offen – endete also gewissermaßen in einer Rotunde, nur, dass statt einer hübschen runden Kuppel oben nur schräge Winkel und unregelmäßige Kanten waren. Wenn man an der Bar saß, konnte man über sich die vorüberziehende Mondsichel am Sternenzelt betrachten.

Unmittelbar über dem Großen Saal befand sich die berühmte Bibliothek, die meinen Vater zum Kauf des Hauses bewogen hatte. Das finstere Herz des Gebäudes. Man konnte sie sowohl über eine zusätzliche Wendeltreppe aus dem Großen Saal erreichen als auch über den Dalíesken Treppenaufgang aus der Vorhalle.

In jeder der vier Wände der Bibliothek mit ihren gut dreieinhalb Metern hohen Bücherregalen befand sich eine schlichte Tür. Sie bildeten die Enden eines gedachten Kreuzes und führten zu einer Anzahl Schlafzimmer. Am Südende der Bibliothek befand sich wie eine Art Apsis ein schlichter Sitzbereich mit Ledersesseln und einem kleinen Büchergestell auf Rädern. Durch eine Tür am Scheitelpunkt der Apsis gelangte man ins Zimmer meiner Eltern.

Rund um den ovalen Abgrund im Boden verlief ein Eisengeländer mit feinsten, verworrenen Ornamenten. Spazierte man, in ein Buch vertieft, herum, bewahrte es einen davor, aus Versehen kopfüber in den Großen Saal darunter zu plumpsen.

Im zweiten Stock des Hauses, dessen Dimensionen bescheidener als die der unteren Etagen waren, gab es mehrere kleinere Zimmer mit Wänden und Böden aus kaltem, knarzendem Holz, die durch verwinkelte Durchgänge und verborgene Treppen miteinander verbunden waren. In einem davon abgesetzten schlichten Glasobservatorium gen Osten war ein kleines Spiegelteleskop auf ein Messingdrehgelenk im Boden montiert. Wenn ich an den seltenen Abenden, an denen meine Eltern Besuch hatten, zu Bett geschickt worden war, ging ich oft von meinem Schlafzimmer ins Observatorium, legte mich auf den Boden, um nicht gesehen zu werden, und lugte eine Weile lang durch die Bibliothek in den Großen Saal, wo meine Eltern mit ihren Gästen saßen. Dann wehten wohl helle Stimmen und Gelächter herauf, und die komplexe Glasarchitektur sorgte für akustische Tricks. Später verbrachte ich lange Stunden am Teleskop und bestaunte die grenzenlosen Wunder des Nachthimmels. Schöne Erinnerungen.

Trotz der närrischen Extravaganzen und Auswüchse verströmte das Haus eine unentrinnbare Leere, eine freudlose Kälte und Feindseligkeit. So sehr man sich auch bemühte, sich die einzelnen Räume anzueignen, und malerisch hier und dort persönliche Gegenstände drapierte – das Haus vermittelte einem stets und unweigerlich seine chronische Tristesse. Entfernte Ecken und Flure kriegte man nie richtig hell, manche Zimmer nie warm, und winterliche Zugluft aus keiner feststellbaren Quelle sorgte dafür, dass einem die Füße taub wurden, und blies einem kalte, böse Vorahnungen in den Nacken. Auf manchen Schränken richteten sich unbeirrbare Spinnen mit dichten Netzen häuslich ein, und zu allen Jahreszeiten kreisten in der Dämmerung zwitschernde schwarze Fledermäuse in heller Aufregung wegen des am Himmel hängenden Mondes hoch oben um die Schornsteine.

Nachdem wir nun ausreichend mit dem spukhaften Haus vertraut sind, begeben wir uns zurück in den ersten Stock und wandern durch die Bibliothek. Halten Sie sich schön fest am Geländer; wenn Sie mit den Fingern darüber gleiten, wird sich eine schwache Rostspur an Ihren Fingerspitzen und in Ihren Handflächen sammeln. Beim Anblick all der hochragenden Regale fragen Sie sich sicher: »Wie viele Bücher passen hier rein? Könnte ich so viele Bücher im Laufe meines Lebens lesen?« Schließlich kommen wir an einen schmalen Flur in der Ecke, der in die Finsternis führt. Sie haben ihn zuerst gar nicht bemerkt, er ist den Blicken fast verborgen. Aber nun sehen Sie, dass er uns in eine kleine würfelförmige Kammer bringt, fast eine Kerkerzelle, ausgestattet mit Schreibtisch, Stuhl und Stehlampe. Sie gehörte meinem Vater. Hier saß er und schrieb, und hier verschwanden all seine Stunden.

6

Eine Stunde nach Anbruch der Dunkelheit holte mich mein Vater von Helton und Maddy ab. Maddy begrüßte ihn an der Tür, umarmte ihn ausgiebig, und er küsste sie liebevoll auf die Wange. Dann trat er zurück, musterte ihr Gesicht, ihre Haltung, wollte sehen, ob etwas anders war. Aber Maddy wandte sich schnell ab und zog Vater ins Haus.

»Ist mein Sohn hier?«

»Wir haben ihn nicht gesehen«, erwiderte Großvater.

»Hier bin ich doch«, sagte ich, aber alle taten so, als sei ich unsichtbar. Das Spiel spielten wir oft. »Hier!« Ich zog Vater am Mantel.

»Danke, dass ihr ihn gehütet habt. Ich weiß, er ist ganz schön anstrengend.«

»Nein, er macht überhaupt keine Probleme. Wir hatten viel Spaß miteinander.«

Maddy hustete in ihre Armbeuge. Länger als eine halbe Minute. Dann wartete sie eine Weile, um sicher zu sein, dass es damit auch gut war, spuckte in ein Papiertaschentuch, knüllte es zusammen und warf es in den Ofen. Mein Vater fragte sie, ob alles in Ordnung sei.

»Doch, doch. Es hat mich nur ein bisschen im Hals gekitzelt. Kannst du zum Abendessen bleiben?«

»Nein, ich muss nach Hause. Ich muss heute Abend noch arbeiten. Aber trotzdem danke.«

»Immer in Eile, was?«, sagte Maddy.

»Ja, leider, ich habe wirklich nie viel Zeit.«

»Ich weiß nicht, warum für dich die Zeit so schnell vergeht, und für mich so langsam.«

»Da sind wir beide geschlagen«, sagte Vater. Und an mich gewandt: »Sohn, wo ist deine Jacke?«

»Ich habe keine«, sagte ich.

»Draußen ist es kalt.«

»Ich habe aber trotzdem keine.«

»Na, dann will ich dir erzählen, was deine Großmutter mal zu mir gesagt hat, als ich ungefähr so alt war wie du. Wer dumm sein will, muss zäh sein. Komm, wir gehen. Du wirst es schon überleben.« Draußen zog er seine Jacke aus und legte sie mir über die Schultern.

Als ich am nächsten Morgen, einem Samstag, aus meinem Zimmer in die Bibliothek kam, arbeitete Vater immer noch an seinem Schreibtisch. Sein Kopf war so tief heruntergebeugt, dass Gesicht und Haar fast eine offene Kladde berührten. Er schrieb, aber ganz langsam, und was er schrieb, konnte ich nicht lesen. Stapel von Papieren und aufgeschlagene Bücher bedeckten Schreibtisch und Boden. Eine leere Weinflasche lag als Lesezeichen in einem voluminösen Wörterbuch. Ich hatte ihn wohl überrascht, denn als ich ihn am Arm berührte, warf er den Stift auf den Schreibtisch und schoss aus dem Stuhl hoch, als hätte er eine Trompete gehört. Nach seinen langen Schreibnächten rechnete ich mittlerweile mit solch schreckhaften Reaktionen.

»Bist du gestern Abend nicht ins Bett gegangen?«, fragte ich.

»Keine Ahnung. Wie spät ist es jetzt?« Er versuchte, an irgendwelchen Anhaltspunkten die Zeit abzulesen und sah, dass der Tag schon angebrochen war. »Verdammt«, sagte er, »ich werde blind.«

»Ich hab Hunger. Können wir was frühstücken?«

»Fährst du uns?«

»Ich bin zehn.«

»Dann also, nein?«

»Du willst ja sicher noch nicht sterben?«

»Wo ist Threnody? Müssen wir sie mitnehmen?«

Threnody war meine Schwester. Sie wurde geboren, als ich neun war. Am siebenundzwanzigsten Juni. Mutter nannte sie nach einem Gedicht, das Vater geschrieben hatte und das ich später gesucht, aber nie gefunden habe. Wenn die Leute fragten, wie man den Namen ausspreche, erwiderte Vater immer gereizt: »Es reimt sich auf Kennedy.«

»Nein«, sagte ich. »Sie ist mit Mutter zum Einkaufen in Blowing Rock.«

Wir fuhren in die Stadt und hielten in einer Seitenstraße vor Dick Swift's Diner. Eine schäbige Bude, aber nur dort bekam man Frühstück. Das Standardmenü bestand aus wässrigem Rührei, labbrigen Brötchen, vor lauter Salz fast mumifiziertem Landschinken, Speck und Pommes frites in allen denkbaren Polyederformen, die aus mehr Fett als Kartoffeln bestanden. Der dünne schwarze Kaffee wurde in Pappbechern serviert. Auf den Tischen standen ein, zwei Plastikaschenbecher, die normalerweise von zerdrückten Zigarettenkippen überquollen, geriffelte Salz- und Pfefferstreuer und klitzekleine Milchkännchen. An der Tür begrüßte uns eine Frau mit einer geradezu vorsintflutlichen Hochsteckfrisur.

»Hallo! Setzt euch, wo ihr ein Plätzchen findet. Heute Morgen ist hier der Teufel los. Und der Schinken ist alle.« Durch die vorderen Fenster strömte helles Morgenlicht und machte es innen warm. Der kleine Essbereich war fast voll, aber bis auf die Geräusche aus der Küche war es still wie in einer Kirche. Auf unserem Weg zwischen den Tischen hindurch trafen wir

Charles Young, mit dem mein Vater weiter unten in der Straße in der Anwaltskanzlei arbeitete.

»Guten Morgen, Charlie.«

»Guten Morgen, Henry. Guten Morgen, junger Mann. Spendiert dein Vater dir ein Frühstück?«

Charlie hatte ein gutmütiges Gesicht mit lebhaftem Mienenspiel, das vor allem an einen hellen Vollmond erinnerte. Aus seinen Augen sprach die pure Güte. Er war mit seiner ebenso liebenswürdigen Frau Sarah da. Zwei derart herzliche, aufrichtige Menschen habe ich nie wieder getroffen.

»Na, hoffentlich«, sagte ich. »Tag, Mrs. Young.«

Sie grüßte zurück, neigte den Kopf und lächelte. »Dein Vater sagt, du bist ein richtiger kleiner Virtuose am Klavier. Stimmt das?«

»Weiß nicht. Aber ich spiele gern.«

»Und ich würde dich gern mal hören.«

Ich bedankte mich und zog mit der Schuhspitze Kreise auf dem Boden. Charlie sagte zu meinen Vater: »Henry, das, was du für die Leute getan hast, war richtig, richtig gut. So haben sie wenigstens ein bisschen Gerechtigkeit bekommen – falls man von Gerechtigkeit reden kann, wenn man auf diese Weise ein Kind verliert. Ich fasse es immer noch nicht.«

»Du hättest das Gleiche getan«, sagte Vater. »Jeder hätte das.«

»Nein, nicht jeder«, sagte Charlie. »Setzt euch und esst mit uns.« Er schaufelte Rührei und Speck auf ein halbes Brötchen und verspeiste es mit zwei Bissen.

»Nein, esst ihr nur«, sagte Vater. »Wir wollen nicht stören. Bis Montag, Charlie, wenn nicht früher.«

Wir fanden einen leeren Tisch an der Wand. Vater setzte sich, nahm den Aschenbecher und stellte ihn auf den Fußboden. Er sah aus wie aus dem Irrenhaus entflohen: unrasiert, nicht geduscht, sein Haar stand wirr nach allen Seiten ab, und seine Brille – das war neu – war an einer Ecke abgesplittert. Er trug noch seine Arbeitskleidung vom Tag zuvor, doch sein weißes Oberhemd hatte jetzt Holzkohleflecken an beiden Ellenbogen. Ein Mann in Latzhose und schmutzigen Arbeitsschuhen setzte sich an den Tisch neben uns und rauchte. Er blies den Rauch zielgerichtet zur Decke.

»Machst du dir was daraus, was die Leute von dir denken?«, fragte ich Vater.

»Warum fragst du?« Er nahm seine Brille ab, kniff die Augen zusammen und schaute mich an. Jetzt im Licht fiel mir ein roter Fleck auf seiner Unterlippe auf und ein dazu passender auf seinem Hemd. Vom Wein?

»Du siehst nicht aus, als kämst du hier aus der Gegend«, sagte ich.

»Aber nicht mit Absicht.«

»Ich glaube, ich will auch nicht von hier aus der Gegend sein«, sagte ich, weil ich seine Haltung zu der Angelegenheit falsch einschätzte.

»Aber du bist von hier«, sagte er. »Und ich auch. Selbst wenn wir wollten, könnten wir beide nichts daran ändern.«

Die Kellnerin kam an unseren Tisch geschlurft und hielt an, als sei sie außer Atem. Ich bemerkte, dass die Sohle ihres rechten Schuhs mehrere Zentimeter dicker war als die des linken. Sie stützte sich auf Vaters Stuhllehne und sagte: »Wie geht's euch heute Morgen?« Das sagte sie genauso träge und bedächtig, wie sie sich im Diner bewegte. Sie hatte Altersflecken auf den Händen, und ihre Arme erinnerten an Baumwurzeln, die man ausgegraben und zum Trocknen in die Sonne gelegt hat. Immer noch ein bisschen atemlos holte sie einen Notizblock aus der Schürze, leckte sich Daumen und zwei Finger an und blätterte eine vorherige Bestellung samt Durchschlag um. »Was kann ich euch zu trinken bringen? Wir haben die Produkte von Pepsi.« Vater bestellte zwei schwarze Kaffee und ich einen Orangensaft.

Sie kritzelte was auf die neue Seite und trottete von dannen. Kaum war sie weg, kam ein Mann aus Old Buckram, legte Vater die Hand auf die Schulter, nahm mich fest in den Blick und fragte dann ihn: »Fertig mit dem Buch? Das Sie neulich hier gelesen haben?«

»Noch nicht ganz«, erwiderte Vater. »Aber so gut wie.« Er tätschelte dem Mann die Hand. »Danke der Nachfrage.«

Genau wie damals als Junge hatte Vater in der Stadt schon den Ruf als der Mann, der, wo er ging und stand, ein Buch dabeihatte. War das Wetter unter der Woche entsprechend, setzte er sich in der Mittagspause mit einem Sandwich von zu Hause auf einen Baumstumpf am Rand der Barrowfields und las ganz für sich. Oder er widmete sich seiner Lektüre an einem leeren Tisch in der Ecke eines der wenigen Lokale in Old Buckram, wie zum Beispiel hier im Diner. Alle ein, zwei Wochen war es ein anderes Buch. Beim Lesen machte er sich in dünnen blauen Heftchen Notizen, die er immer dabeihatte. Wenn die Leute sich erkundigten, was er las, widerstand er – da bin ich sicher – der Versuchung zu sagen: »Davon haben Sie sowieso noch nie gehört.« Und wenn sie wissen wollten, ob er das Buch von neulich zu Ende gelesen hätte, antwortete er höflich, ja leutselig: »Noch nicht« oder »Fast« oder »Ja«.

Als der Mann weg war, fragte ich Vater, warum er so viel Zeit mit Lesen verbringe. Er lachte, machte seine Brille mit dem Hemdzipfel sauber, bemerkte offenbar das abgesplitterte Glas zum ersten Mal und sagte: »Ich lese gern. Ich liebe Worte und die Sprache. Schon immer. Es gibt nichts, was mir mehr Vergnügen bereitet.«

»Und warum verbringst du so viel Zeit mit Schreiben?«

Darüber musste er nachdenken. Ich hatte ihn etwas gefragt,

auf das er, obwohl er sich schon sein ganzes Leben lang darum bemühte, selbst keine Antwort wusste.

»Ich schreibe«, sagte er und schaute mir in die Augen, was er selten tat, »weil es eines der wenigen Dinge ist, die ich als wirklich empfinde.« Dann überlegte er noch einen Moment und fügte hinzu: »Es ist das Einzige außer Sterben, mit dem man die Zeit anhalten kann.« Keine simple Erklärung für einen Zehnjährigen. Aber seine Wahrheit.

Wir verzehrten unser Frühstück und fuhren mit heruntergedrehten Fenstern durch die Stadt – der Pritschenwagen, den Vater für alle möglichen Zwecke brauchte, hatte keine Klimaanlage, und die Heizung funktionierte auch kaum. Zum Tanken hielten wir an Baldwin's Sunoco-Tankstelle auf dem alten Highway 820. Stand man vor der Pumpe, kamen zwei junge Männer heraus, von denen der eine das Benzin in den Tank pumpte und der andere die Windschutzscheibe putzte. Jahrein, jahraus dieselben Burschen. Arnie Baldwin war der Eigentümer. Er hatte zwei riesige messerscharfe Vorderzähne und sah aus wie ein Kaninchen. Als er Vater erblickte, kam er aus der Werkstatt, lehnte sich weit ins Fenster auf der Fahrerseite und unterhielt sich mit ihm. Wie Großvater hatte er sein weißes Haar glatt zurückgekämmt. Während die beiden redeten, nutzte ich die Gelegenheit, ins Tankstellenhäuschen zu flitzen und mir eine Flasche Mountain Dew zu holen. Einer der Tankwarte setzte dann nämlich nach kurzem Kopfrechnen den Preis mit auf die Benzinrechnung. Als ich noch drin war, hörte ich quietschende Reifen und das schreckliche Geräusch eines Fahrzeugs, das in ein anderes krachte. Ein großer schwarzer Buick hatte das Hinterteil unseres Pritschenwagens geknutscht. Eine dampfende grüne Flüssigkeit tropfte auf den Boden.

Die Frau am Steuer des Buick war im ganzen County für ihre grauenhaften Fahrkünste berüchtigt. Sie hieß Dorthea Graybeal und hatte angeblich über hundert, zum Glück nur geringfügige Unfälle verursacht. Alle in der Stadt kannten sie und ihr Auto allzu gut. Sah man sie kommen, fuhr man tunlichst an den Straßenrand.

Als ich aus der Tankstelle trat, sah ich, wie sich eine bedepperte Ms. Graybeal vergeblich abmühte, aus ihrem Auto zu steigen. Offenbar fand sie den Türgriff nicht. Vater schaffte es als Erster zu ihr, vergewisserte sich, dass sie unverletzt war, und dann kamen die Tankstellenangestellten und kurz danach die Leute, die auf der anderen Straßenseite wohnten. Sie halfen ihr aus dem Auto, und Vater ging mit ihr zu einer Bank, wo sie sich setzen konnte.

»War das dein Wagen? Es tut mir schrecklich leid, dass ich hineingefahren bin. Ich dachte, in meinem Auto wäre ein Kolibri«, sagte sie und schaute Vater betreten an, der sich, ein halbes Lächeln auf den Lippen, neben ihr niederließ.

»Schon gut, Dorthea«, sagte er. »Es war meine Schuld. Mach dir da mal keinen Kopf.«

»Ach, Gott sei Dank!«

Als man ihr Auto kurze Zeit später von dem Pritschenwagen weggezogen hatte, sagten Arnie und die Tankwarte zu Vater: »Es war nicht deine Schuld. Wie denn? Du standest doch vollkommen still.«

»Doch, es war meine Schuld«, erwiderte Vater. »Ich hatte gehört, dass Dorthea heute unterwegs sein würde, und bin trotzdem in die Stadt gefahren.« Die Männer lachten brüllend.

Vater spielte seine Rolle in Old Buckram zwar ziemlich gut, doch in Wahrheit war er am falschen Ort und in der falschen Zeit. Rein äußerlich betrachtet fuhr er jeden Tag zur Arbeit, in den Lebensmittelladen und zurück zum Haus auf dem Berg. Aber die Welt um ihn herum blieb ihm fremd, wenn er mit seinem ganz eigenen Blick in seinem Kopf die Bilder aufbaute und deren mehrdimensionale Flächen erschloss. Ebenso fremd blieben ihm die Menschen. Sie waren nicht wie er. Sie dachten nicht wie er. Wenn er in Gesprächen vielleicht an etwas von Whitman, Coleridge oder Proust dachte, das ihm besonders zu der jeweiligen Situation zu passen schien, so erwähnte er das nie. Der Gedanke blieb in ihm verschlossen, er würde mit ihm sterben, und niemals würde ihn jemand hören. Trotzdem verstand er es, wie die Leute dort zu reden. Hörte er eine erstaunliche Geschichte, wusste er, wie er den Kopf neigen, den Mund öffnen und »Was du nicht sagst« und »Alle Wetter« sagen musste. Kam das Gespräch mit einem Bekannten, den er unerwartet irgendwo traf, zu einem Ende, waren ein »Jep« oder ein »Nöö« und immer ein »Komm mit uns« angebracht. Traf er jemanden zufällig im Lebensmittelladen, hörte er ihm aufmerksam zu, ein wenig gebeugt, um mehr oder weniger mit seinem Gegenüber auf gleicher Höhe zu sein, aber mit einem kaum mehr als anthropologischen Interesse an der Geschichte und dem Erzähler. Zum Schluss lachte er und sagte beispielsweise: »Na, denn, Junior. Ich wünsche dir eine gute Nacht. Ich mach mich mal besser auf die Socken.«

So hatten Gespräche abzulaufen. Und Vater beherrschte diese Kunst, während er in Gedanken mitten in Faulkners Yoknapatawpha County war, das von Old Buckram fast tausend Kilometer und vermutlich mehr als eintausendzweihundert Höhenmeter entfernt war.

Als wir nach Hause kamen, lief ich schnell nach drinnen und erzählte Mutter, dass Ms. Graybeal in unser Auto gefahren war. »Ach, du lieber Gott. Ist jemandem was passiert?«, rief sie.

»Vater ist schwer verletzt«, erwiderte ich, wie er mir aufgetragen hatte. »Er ist im Krankenhaus und wartet auf eine Transplantation.«

»Das hätte er gern«, lachte Mutter.

Vater kam in die Küche und küsste sie auf die Wange.

»Ich muss ein Weilchen schlafen«, sagte er.

»Das hab ich mir schon gedacht. Möchtest du etwas essen?«

Keine Antwort. Er ging aus dem Raum, stieg die Treppe hoch in die Bibliothek und schlief bis zum Abendbrot.

7

Als es Zeit war zu essen, weckte ich Vater mit lautem Klopfen an seiner Tür, und schon bald kam er mit Mikrofon und Tonbandgerät herunter, die mit einem Kabel an ein Messgerät und an einen kleinen, taschenrechnergroßen Drucker angeschlossen waren. Im Esszimmer arrangierte er das Ganze auf einer halbmondförmigen Anrichte an der Wand und holte ein Galgenstativ dazu, wie es bei Filmaufnahmen benutzt wird. Kaum fingen wir zu essen an, stand er auf und fummelte an den Knöpfen des Aufnahmegeräts herum. Mittlerweile an sein merkwürdiges Verhalten gewöhnt, ließen wir alles stillschweigend geschehen. Das Essen verlief wie sonst auch: Threnody trällerte in ihrem eigenen kleinen Glücksuniversum Nonsensgeräusche vor sich hin. Vater ging mit dem am Stativ befestigten Mikrophon bis auf fünf Zentimeter an Mutters Gesicht heran. Sie reagierte nicht.

»Mach einfach weiter wie sonst auch«, sagte er. »Tu so, als sei kein Mikrophon an deiner Wange.«

Als Mutter bedächtig einen Happen zum Mund hob, drückte Vater auf ein paar Knöpfe und setzte sich wieder auf seinen Platz am Kopfende des Tisches. Alle Naselang ratterten etliche Zentimeter Papier aus dem Drucker.

»Lasst euch durch mich nicht stören«, sagte er. »Verhaltet euch normal.«

Das taten wir, aber dann wollte Mutter noch Spargel in der

Küche holen. In unserem Garten gezogen und mit Pferdeäpfeln gedüngt, waren die großen, festen Spargelstangen schon legendär in Old Buckram.

»Kann ich aufstehen?«, fragte Mutter.

Vater warf einen Blick auf die Ausdrucke mit den Messungen und sagte: »Ja, das reicht.« Sie kam mit ihrem Spargel aus der Küche zurück und fragte, ob wir sonst noch was wollten.

»Nein, danke«, sagte ich.

»Kuuu«, sagte Threnody.

Nach einer Weile schaute Vater von seinen Ausdrucken auf und sah, dass wir ihn alle anstarrten. »Ja?«

»Eigentlich«, sagte Mutter, »verspüren wir doch einen Hauch Neugierde, was das alles zu bedeuten hat.« Sie zeigte auf Vater und seine Gerätschaften.

»Natürlich. Es ist ein Experiment. Ihr findet es bestimmt verrückt, aber, bitte, hört mich an. Seid nicht böse. Ich hatte schon immer den Verdacht, dass aus irgendeinem Grund, vielleicht weil deine Wangen erblich bedingt nicht ausreichend gepolstert …«

»Meine Wangen, gepolstert?«

»Die Polsterung nicht ausreichend ist.«

»Aha …«

»Vielleicht wegen eines angeborenen Mangels. Schon seit längerem hege ich den Verdacht, dass der …«

»Seit wann?«, sagte Mutter.

»Einer Weile«, sagte Vater. »… dass der Geräuschpegel, den du beim Kauen erzeugst …«

»Beim Kauen?«

»Ja, wenn du kaust«, sagte Vater. »… dass der Geräuschpegel, den du beim Kauen erzeugst, höher ist, als es normal oder typisch oder üblich ist.«

Mutter stand auf und ging in die Küche.

»Du bist ein Idiot«, sagte ich zu ihm.

Von dem Abend an ließen wir bei den Mahlzeiten Musik laufen.

Nach dem Essen half ich Mutter, Threnody ins Bett zu bringen. Ich las meiner kleinen Schwester immer aus ihren Bilderbüchern vor und sang ihr Liedchen. Unser Abendritual. Bestimmt hoffte ich insgeheim, dass wir uns dann in dem einsamen alten Haus, das in den Nachtstunden, wenn Vater schrieb, oft totenstill wurde, ein Weilchen lang ein bisschen wohler fühlten. Wenn Threnody endlich eingeschlafen war, wollte ich aber unbedingt bei Vater sein, holte mein Buch aus meinem Zimmer und wagte es, ihn am Schreibtisch zu stören. In Ermangelung eines zweiten Stuhls setzte ich mich auf den Boden, lehnte mich mit dem Rücken gegen einen der Bücherschränke und begann zu lesen.

»Was machst du da?«, fragte er ärgerlich, denn offenbar ging ihm schon meine bloße Anwesenheit auf die Nerven.

»Ich dachte, ich könnte ein Weilchen hier bei dir lesen«, sagte ich zaghaft. »Ich bin auch ganz still.«

Einen Moment lang kratzte sein Stift nicht auf dem Papier, offenbar dachte er über mein Ansinnen nach. Ich wagte kaum zu atmen und wartete auf seine Entscheidung. Endlich sagte er: »Geht in Ordnung, aber wenn du …« Natürlich wusste ich, was das »aber wenn du« bedeutete, er musste es nicht aussprechen.

Er fing wieder an zu schreiben und ich wieder an zu lesen. Nach ein paar Minuten reichte er mir einen zusammengefalteten Zettel unter den Schreibtisch. »Bitte blätter die Seiten ein ganz kleines bisschen weniger dramatisch um. Danke«, stand darauf.

Zumindest eine weitere Stunde wechselten wir kein Wort miteinander – aber still war es nicht. Er las sich nämlich beim

Schreiben immer und immer wieder seine neuen Sätze laut vor und veränderte Rhythmus und Satzmelodie so lange, bis ein ganzer Absatz zu seiner Zufriedenheit klang. Und weil er mich, auf der anderen Seite des Schreibtischs seinem Blick verborgen, vergaß, stieß er unwillkürlich immer wieder mir bekannte und unbekannte Flüche aus. Einmal war er so frustriert, dass er eine Pause machen wollte und aufstand. Erst da fiel ihm wieder ein, dass ich da war. »Ich dachte, du wärst weg«, sagte er und setzte sich zu mir auf den Boden. Ohne mich zu rühren, schaute ich angestrengt in mein offenes Buch, las aber kein Wort. Ich hatte schon gelernt, dass es eine gewisse Zeit dauerte, bis sein Unmut verraucht war.

»Was liest du?«, fragte er.

»*Flatland«,* sagte ich eifrig und zeigte ihm das Buch.

»Von Edwin Abbott. Gefällt es dir?«

»Ja, gut.«

»Hast du schon mal mein Exemplar gesehen?« Er ging hinaus und schlenderte an den Bücherregalen an der Ostwand entlang, ich dicht hinter ihm her. Bei den As in der Belletristik stieg er auf die Leiter, holte das Buch und trug es wie einen antiquarischen Schatz mit mir zusammen zu seinem Schreibtisch. Dort betrachteten wir es im Licht.

»Ist das eine Erstausgabe?«

Er bestätigte es.

»Signiert?«

»Leider nicht.«

Das Buch war wirklich wunderschön. Wie die meisten von Vaters Raritäten war es zum Schutz in eine chemisch träge, ph-neutrale klare Kunststoffhülle geschlagen. Der Einband sah aus wie eine alte, vergilbte Schatzkarte und verhieß unendlich viele Geheimnisse. »*FLATLAND: Eine phantastische Geschichte über viele Dimensionen*. Von einem Quadrat. Preis:

eine halbe Krone«. Ganz oben stand kursiv »Beim Sonnenlicht, dies ist erstaunlich fremd« und unten »So heiß als einen Fremden es willkommen«. Als ich meinen Vater mit Fragen bombardierte, erklärte er mir ausführlich die Gründe für Abbotts kluges Pseudonym (»ein Quadrat«) und die Zitate aus *Hamlet*. Ganz in Bann geschlagen, verzückt, wie kultiviert das alles war, bat ich ihn, mir sein Exemplar zu überlassen, aber er sagte: »Kommt nicht in Frage.«

»Hast du es gestohlen?«

»Wie bitte?«

»Wo hast du es gekauft?«

»In einer alten Buchhandlung in der Nähe von Baltimore, vor ungefähr zehn Jahren. Ich glaube, sie wussten gar nicht, was sie da hatten. Es war so ein toller alter Laden, wo sich die Bücher kunterbunt durcheinander bis zur Decke stapelten. Eigentlich hatte man Angst, dass dort jederzeit ein Feuer ausbrechen könnte. Es roch nach alter, nasser Wäsche, die man zu lang im Korb hat liegen lassen. Auf meine Frage, in welcher Ordnung die Bücher stünden, sagte der Besitzer: ›Alphabetisch – oder anders.‹ Dann war es im Grunde wie eine Schatzsuche. Die Hälfte der Bücher lag noch in Kisten und ein Drittel hinter Möbelstücken – alten Plattenspielern, Kommoden, Stühlen. Und es gab keine Klimaanlage. Nur hier und da Ventilatoren. Mit uns beiden im Laden hätte kein Dritter reingepasst. Also habe ich die Ärmel aufgekrempelt, und los ging's. Nach vier Stunden war ich schweißüberströmt und hatte dieses Buch und noch fünf andere gefunden, die ich dir bei Gelegenheit mal zeige. Alles Erstauflagen in der einen oder anderen Form.«

»Warum wussten sie nicht, was sie da hatten?«

»Also, meine Theorie ist, dass man seltene Bücher am besten in Buchhandlungen in Gegenden sucht, wo vergleichsweise wenig gelesen wird. In Manhattan wäre dieses Buch in null Komma nichts weg gewesen. Im ländlichen Kentucky sieht die Sache anders aus.«

»Toll!«

»Auf die Art habe ich viele Bücher gefunden. Wenn auch mit der Zeit immer weniger.«

»Kann ich das hier bitte mit in die Schule nehmen und es dort allen zeigen?«

»Sprechen wir morgen früh darüber. Lass es jetzt erst mal hier auf dem Schreibtisch liegen.« Das war seine höfliche Art zu sagen: Wo denkst du hin, mein Junge? »Wichtiger ist jetzt etwas anderes«, fuhr er fort. »Würdest du runtergehen und deine Mutter bitten, mir was zu trinken zu machen?«

Ich sprang auf und rannte die Vordertreppe hinunter, durch die Vorhalle, das Wohnzimmer und das Raucherzimmer und schließlich in den Bunten Salon, wo Mutter saß und auch ein Buch las.

»Vater möchte wissen, ob du ihm was zu trinken machst.«

»Frag ihn, ob er vergessen hat, wo die Bar ist.« Die Bar war natürlich im Großen Saal unter der Bibliothek und von dem innen umlaufenden Geländer aus sichtbar.

Ich sprang die Treppe wieder hoch, rannte durch die Bibliothek und Vaters Flur und blieb neben seinem Schreibtisch stehen. Beinahe wäre ich ausgerutscht, weil ich nur Socken trug.

»Sie möchte wissen, ob du vergessen hast, wo die Bar ist.«

»Sag ihr, wenn ich aufstehe und sechs Meter laufe, kann ich die Bar sehen, aber ich möchte so gern, dass sie den Drink macht, damit ich zum Geländer gehen, hinunterschauen und ihr wunderschönes Gesicht sehen kann.« Mit dieser Antwort sauste ich wieder nach unten.

»Er sagt, er möchte, dass du den Drink machst, damit er hinunterschauen und dein wunderschönes Gesicht sehen kann.«

»Frag ihn, was er trinken möchte.«

Wieder schoss ich nach oben, jetzt völlig außer Atem.

»Sie will wissen, was du trinken möchtest.«

»Sag ihr, einen Wodka-Tonic, ohne Eis, wenig Tonic.«

Mutter und ich gingen durch den Flur in den Großen Saal, sie mixte den Drink wie gewünscht, und wie versprochen kam Vater ans Geländer und rief hinunter: »Danke, mein Liebling.«

»Vielleicht solltest du einen Speiseaufzug oder ein Haustelefon installieren lassen.«

»Warum denn das, wenn wir diesen energiegeladenen Jungen haben, der sich so gut als Bote macht?« Der Wodka-Tonic, den ich vorsichtig hinauftrug, roch wie ein leicht entflammbarer Treibstoff.

»Dank dir, mein Junge, dafür, dass du mir dieses köstliche Stärkungsmittel besorgt hast. Jetzt muss dein Vater aber wieder schreiben.«

Lange nachdem ich ins Bett gegangen war, hörte ich Musik von unten. Vater spielte bei Kerzenlicht Klavier. Oft, wenn wir uns alle hingelegt hatten und er das Schreiben fürs Erste aufgegeben hatte, spielte er nachts leise ein paar süß-melancholische Stücke, die uns weckten, aber angenehm zurück in den Schlaf lullten. Das passierte besonders häufig am Wochenende – zumindest bis, wie er sagen würde, »all seine Hoffnungen verschlang die Erde«.

Vater hatte, kurz nachdem wir ins Geierhaus gezogen waren, mit dem Klavierspielen begonnen, und warum auch nicht? Das Klavier war ein Meisterstück der Instrumentenbauerkunst, und wenn es nicht gespielt wurde, schien es wie ein ausgemustertes Rennpferd am Weidezaun zu schmollen. Nachmittags hatte er mal ein Nocturne von Chopin im Radio gehört und bekam Lust, es selbst zu lernen. Unterricht nahm er nie. Technische Hindernisse galt es auch ohne Ausbildung zu überwinden. Ein Nocturne führte zum anderen – mit ansteigendem Schwierigkeitsgrad –, aber er krempelte die Ärmel hoch, kaufte sehr spezielle Bücher zur Technik und las die ersten paar Kapitel. Die Ohren gespitzt wie ein Foxterrier, hörte er stundenlang Aufnahmen von Meistern des Klavierspiels und las wild entschlossen die Partitur mit.

Er hatte kein schlechtes Gehör, war aber ungeübt und brauchte normalerweise mehrere Wochen, bis er ein Stück ganz gelernt hatte. Er spielte es immer und immer wieder, sorgsam, methodisch einen Abschnitt nach dem anderen, die Tastatur hinauf und hinunter. Er übte die Läufe bis zum Gehtnichtmehr, erst langsam, dann schließlich im richtigen Tempo, bis er das Stück endlich mehr oder weniger korrekt spielen konnte. Sein Handicap war, dass er nicht richtig Noten lesen konnte. Er schrieb also in mühevoller Kleinarbeit alle Töne mit Bleistift in seine Notenhefte und konnte die Stücke zum Schluss auswendig und ohne Noten spielen. Die Musik, die er liebte, war ausnahmslos langsam und bittersüß. Was es für Stücke waren, erfuhr ich erst Jahre später. Nachdem er gegangen war, trug ich die Melodien im Kopf mit mir herum wie Namen, die ich vergessen hatte. Mal hätte ich sie singen können, mal nicht, eigentlich waren sie immer gerade außer Reichweite wie ein Stern, den man nur sehen kann, wenn man ihn nicht direkt anschaut.

Als ich in jener Nacht erwachte, spielte er ein Stück, das ich nicht kannte, aber natürlich kannte ich sie alle nicht. Es begann mit drei pianissimo gespielten Tönen aus einem Akkord 1-2-3 1-2-3 1-2, und dann einer Pause und dann einer erlesenen Melodie, die mit der rechten Hand begann – zart, langsam und wahrscheinlich trauriger gespielt, als es die Noten verlangten. Ich stieg aus dem Bett, ging die Hintertreppe hoch zum dunklen Observatorium und legte mich auf die Dielen, das Gesicht an das kalte Eisengeländer gedrückt. Ich sah ihn von hinten. Er trug ein weißes Hemd, die großen Manschetten lose über die

Unterarme zurückgeschlagen. Selbst von so weit entfernt sah ich, dass sein Haar wild zerrauft war – vom ewigen Hindurchfahren, wenn er Stunde um Stunde verzweifelt nach Worten suchte und Sätze schmiedete. Trotz seiner bescheidenen Fähigkeiten am Klavier wirkte er der äußeren Erscheinung nach wie der Maestro, der sich zu einem öffentlichen Konzert niedersetzt. In meiner Fantasie erklärte ich mir diese Diskrepanz damit, dass er in Wirklichkeit komponierte.

Er begann wieder: 1-2-3 1-2-3 1-2, die leise gespielten drei Töne eines Akkords. Kaum fielen die Finger seiner linken Hand auf falsche Tasten, hörte er auf, seufzte, nahm einen langen, geduldigen Schluck aus seinem Glas und begann von neuem – und das ging bis tief in die Nacht, bis ich fest schlief.

8

An einem Sonntagmorgen standen wir auf – Vater war schon wach und schrieb –, zogen uns schön an und gingen in die Kirche. Ich steckte in einem Kleinen-Lord-Anzug und Threnody in einem Spitzenkleidchen, in dem sie von Weitem einem Fabergé-Ei mit kastanienbraunem Haar ähnelte. Wir gingen, beileibe nicht regelmäßig, in eine Baptistenkirche etwa anderthalb Kilometer außerhalb der Stadt. Ein uriger kleiner, weiß und grau angestrichener Holzbau, grüngeschindeltes Dach, ein einziger Raum, zehn Holzbänke und acht schmale Bleiglasfenster auf jeder Seite des Hauptgangs. Hinten etwas erhöht eine schnarrende Orgel. Von dem Vorraum darunter führte eine Treppe zu einem Betonuntergeschoss, wo die Sonntagsschule für die Kinder stattfand, die man mit unheilschwangeren Untertönen über die Realitäten von Himmel und Hölle aufklärte.

An kalten Tagen spürte man, dass es keine Heizung gab. Es gab auch keine Klimaanlage – ohnehin ein sehr seltener Luxus in Wohnhäusern, Geschäften und sonstigen Gebäuden in Old Buckram. Im Sommer wurde der wöchentliche Gottesdienst eine Stunde früher bei geöffneten Fenstern abgehalten, damit die Luft zwischen den schwitzenden Leibern zirkulieren konnte. Im Winter zogen die Leute sich warm an, rückten zusammen und bibberten.

Die Kirche stand direkt an der Straße, nur ein weißer Lattenzaun trennte sie von vorüberfahrenden Autos. Dahinter fiel eine Wiese sanft zu einem Nebenfluss des Abaddon Creek ab, einem schmalen Bergbach, in dem sich Kaulquappen und Krebse tummelten, die die Jungen und Mädchen, der quälenden Enge der Sonntagsschule entronnen, gern aus dem Wasser fischten und in Kunststoffbechern aufbewahrten, während oben am Hang ihre Eltern in ernste Betrachtungen der Heiligen Schrift vertieft waren.

Maynard Houck, Pfarrer und gestrenger Kontrolleur des Kirchenbesuchs, bezog vor dem Gottesdienst auf den Stufen der Kirche Posten. Jahrelang hatte er brav als Organist gedient, bis der ehemalige Pastor und dessen Nachfolger fast simultan das Zeitliche segneten. Ersterer erlitt plötzlich und unerwartet einen Herzstillstand, Letzterer fiel einem gutplatzierten Bienenstich in die Schläfe zum Opfer. Der Moment war günstig, Maynard erklomm die nun freie Kanzel und ließ sich nicht mehr von dort vertreiben.

Für einen Mann, der auf das Streben nach Aufklärung so ausdrücklich verzichtete, war er ein Meister der sprachlichen Feinheiten. Auf hundert verschiedene Arten wusste er anzudeuten – ohne es direkt auszusprechen –, dass dieses oder jenes Gemeindemitglied seine Pflichten gegenüber Gott sträflich vernachlässigte. Treue Kirchgänger begrüßte er mit »Schön, dich zu sehen«, und es klang wirklich erfreut. Aber wenn er dem nächsten exakt die gleichen Worten entgegenrief, hieß es: »Ne Weile her, dass Sie unser Gotteshaus beehrt haben.« Vielleicht hörten aber auch die Schäfchen (insgesamt ohnehin selten mehr als hundert) mit dem schlechten Gewissen die moralischen Vorhaltungen eher heraus.

Niemanden hatte Maynard so auf dem Kieker wie meinen Vater. Dessen kaum verhüllte Verachtung für die in Old Buckram und Umgebung herrschende, eher unwissenschaftliche

Interpretation der Heiligen Schrift sowie seine absolute Gleichgültigkeit gegenüber religiösen Ermahnungen trieben den bedauernswerten Kirchenmann dermaßen zur Verzweiflung, dass er, wann immer möglich, subtile Feindseligkeiten auf Vater abfeuerte. Normalerweise gingen wir einfach an Maynard vorbei und ignorierten ihn. An diesem Morgen aber war er gut vorbereitet.

Er erwischte uns auf der Treppe zum Gotteshaus und sagte mit zusammengepressten Lippen: »Willkommen, Leute! Freut mich, dass ihr heute hier seid. Letzte Woche haben wir euch vermisst.« Und dann fast unhörbar: »Und in der Woche davor, glaube ich, auch.« Ein unechtes Lächeln, zwei Reihen schlecht gepflegter Zähne. Seine dünne blasse Zunge schoss vor wie eine Schlange aus einem Loch und zuckte über seine wabbeligen Lippen. Diese abstoßende Manie hatte er anscheinend entwickelt, weil er sie für charmant hielt. »Ich kann mich gar nicht erinnern, wann ich die ganze Familie das letzte Mal hier zusammen gesehen habe. Welche Freude, dass ihr es heute mal wieder für richtig erachtet habt zu kommen.« Er rückte Vater dicht auf die Pelle und begleitete uns ins Gotteshaus.

»Fast hätte ich vergessen zu fragen. Arbeiten Sie immer noch an Ihrem Buch?«

»Ja«, erwiderte Vater.

»Ach, schön. Ich dachte, es gehört sich, dass ich mich mal danach erkundige. Haben Sie vor, es eines Tages zu beenden?« Maynard lachte, Vater nicht.

»Ja.«

»Worum geht es in diesem?«

»Ich glaube, mein Leben. Meinen Vater, meine Mutter. Aber ich mache es nicht wie üblich …«

»… Ihre Mutter!«, rief Maynard. »Eine wunderbare Frau. Wie geht es ihr? Ich habe gehört, nicht so gut.« Jetzt schüttelte er natürlich ernst den Kopf. »So liebenswürdig. Die Zeit rast für uns alle.«

»So ist es«, sagte Vater. Ich hörte ihn fast mit den Zähnen knirschen.

»Wissen Sie, Henry, ich wünschte, ich hätte auch was geschrieben«, säuselte Maynard heuchlerisch. »Wahrscheinlich wollen wir ja alle Schriftsteller werden. Stimmt's, oder hab ich recht? Und Sie sind es schon. Aber – Sie sind auch Rechtsanwalt. Sind Sie Schriftsteller oder Anwalt? Beides geht nicht, würde ich meinen.«

»Ich bin beides, wenn es auch manchmal so aussieht, als wäre ich beides nicht besonders gut«, sagte Vater.

»Das Gefühl kennen wir alle«, erwiderte Maynard und schob schnell noch mal hinterher: »Trotzdem! Wie schön, dass ihr es heute hierher geschafft habt. Ich hatte mich ja, ehrlich gesagt, schon gefragt, ob ihr euch einer anderen Gemeinde angeschlossen habt.«

»Maynard«, sagte Vater, seine Geduld rasant im Schwinden begriffen, »an einem wunderschönen Tag wie diesem feiere ich den Sabbat oft lieber, indem ich zu Hause bleibe – mit einem Fink als Chorsänger und einem Obsthain als Dom.« Den letzten kleinen Schlenker – den Chorsänger und den Obsthain als Dom – hatte er von Emily Dickinson entliehen und argumentierte auch häufiger so, wenn er nicht mit Mutter in die Kirche gehen wollte.

Jetzt packte sie Vater am Arm und schob ihn von Maynard weg in eine Bank vor sich. »Ich hatte schon Angst, du würdest ihn ermorden«, flüsterte sie.

»Wie bei T.S. Eliot, *Mord im Dom*. König Heinrich II. und der fromme Mr. Becket«, sagte Vater und freute sich an seinem hinterhältigen Gedanken. »Aber ein Ende als Märtyrer würde ich Maynard gar nicht gönnen.«

Die Haltung meines Vaters zur Religion war vielschichtig und kam in meinem Beisein selten zur Sprache. Viele seiner Verwandten waren so genannte Primitive Baptisten und, gelinde gesagt, übertrieben gottesfürchtig. Im Spektrum der Freunde des rechten Glaubens lagen sie irgendwo zwischen Fundamentalisten und Fanatikern, und manche waren fast so verbohrt und radikal wie normalerweise nur klinisch Verrückte oder Pharisäer, die sich der Religion um des persönlichen Gewinns willen bedienen. Während die gottesfürchtigen Eltern meines Vaters regelmäßig zur Kirche gingen, aber keine übermäßigen Frömmler waren, gebärdeten sich, für mich ein Rätsel, viele seiner Geschwister und deren Kinder als sabbernde Eiferer.

Mutters diesbezügliche Überzeugungen waren viel schlichter. Sie glaubte, dass die Menschen gut sein konnten, einfach, weil sie gut waren und das Gute um seiner selbst willen taten, einerlei, ob mit oder ohne Gott oder welcher religiösen Gemeinschaft oder welchem Glauben angehörig. Man tat, was man für richtig hielt, mehr gab's nicht dazu zu sagen. Dass sie selbst anderen in der Stadt half, ohne den geringsten Lohn dafür zu erwarten – weder auf Erden noch sonst wo –, war allgemein bekannt. Sie tat es, weil es richtig war.

Sie brachte zum Beispiel manchmal Essen in ein städtisches Heim für schwer erziehbare Jugendliche, das Copper Kettle. Einmal entkam ein junger Mann durchs Fenster, zündete das Haus an, stahl ihr Auto und überschlug sich prompt dreimal, bevor er drei Kilometer entfernt auf einer Kuhweide landete. Zum Glück kam niemand ernstlich zu Schaden. Mutter musste bei seinem Prozess als Zeugin aussagen. Er war siebzehn Jahre alt und schon als Kind Waise. Nachdem Mutter sich unter Eid zur Sache geäußert hatte, legte sie den Geschworenen ungefragt ihre ganz persönliche Meinung dar: Dieser junge Mann, mit dem sie über die Jahre notgedrungen regelmäßig Kontakt gehabt habe, brauche sehr viel dringender als eine lange Haftstrafe einmal eine liebevolle Umarmung und jemanden, der ihm ein stabiles Zuhause bot und sich um ihn kümmerte. Dann verließ sie den Zeugenstand, ging zum Tisch des Angeklagten und umarmte den armen Kerl. Minutenlang saß er danach da und weinte. Nach Ende der Beweisaufnahme und kaum fünfminütiger Beratung kamen die Geschworenen zurück, erklärten den Angeklagten für nicht schuldig, und der Vorsitzende fragte den Richter noch von den Bänken aus, wie die Aussichten stünden, gute Pflegeeltern für ihn zu finden.

Mutter ging gern zur Kirche, aber nicht, weil sie meinte, sie brauche Vergebung für ihre Sünden oder weil sie sich für die Predigt interessierte, sondern weil sie das Beisammensein mit ihren Nachbarn genoss und für ihr Leben gern Kirchenlieder sang. Wenn gesungen wurde, erhob sie sich mit aufgeschlagenem Gesangbuch als Erste aus der Bank und schmetterte unbefangen und triumphierend wie ein Singvogel drauflos. Das erklärte, zumindest zum Teil, warum wir trotz Vaters Widerwillen gegen hinterwäldlerische Glaubensgemeinschaften fast jeder Couleur in die Kirche gingen.

Nach dem Gottesdienst gingen wir außen herum zur Nordseite der Kirche, vor der unser Auto geparkt war. Im kalten Schatten einer riesigen Blautanne lagen hier unter schiefen, schwarz bemoosten Grabsteinen die Kirchenältesten begraben. Die Namen konnte man noch lesen, aber das tat niemand mehr. Direkt hinter dem Flüsschen und dem nächsten Tal lagen die trostlosen braunen Barrowfields.

Vor dem Auto wurden wir von der hinterlistigen Rancy Grubb abgefangen, Mitglied nicht nur unserer Gemeinde, sondern auch mehrerer anderer, einer unverbesserlichen, skrupellosen Klatschbase. Sie verdiente (meist unredlich) ihren

Lebensunterhalt, indem sie Immobilien verkaufte, die sie Leuten abschwatzte, die leicht übers Ohr zu hauen waren, was sie frischfröhlich und ohne schlechtes Gewissen tat. Zu ihrem Metier ebenso wie zu ihren Gewohnheiten gehörte es, über alle Leute Bescheid zu wissen. Besonders unappetitlich war sie deshalb, weil sie sich am Unglück anderer nicht nur weidete, sondern oft genug auch bereicherte. Allzeit die gewiefte Maklerin, brachte sie über andere etwas Schlimmes in Erfahrung, bevor diese selbst es wussten, und verwendete es dann zu deren Nachteil.

Damit wir nicht entkommen konnten, hatte sie sich vor der Fahrertür unseres Autos positioniert, flötete in ihrem geschmeidigsten, gedehnten Tonfall: »Naaa, alle gesund und munter?«, und stellte den Plastikbecher aufs Autodach.

»Ja«, sagte Vater.

»Ich sage dir, Henry«, hob sie dann an, und ihre langen betrügerischen Krallenfinger schlossen sich um Vaters Hand, »bei mir ist mehr los als in der Hölle beim Jüngsten Gericht. Dabei sollte man meinen, dass ich es in meinem Alter etwas ruhiger angehen lassen könnte.« Vater schaute zu mir herunter und schüttelte den Kopf.

»Hör mal, Henry, was ich dich schon lange fragen wollte: Habt ihr eigentlich Interesse, was von eurem Land zu verkaufen? Ich rede nicht von dem Haus. Das will ich nicht. Ich rede über das Land ganz unten, da, wo die Pferde sind.«

»Ich glaube nicht«, sagte Vater. »Nicht in absehbarer Zeit.«

»Also, das Haus, das ist was anderes«, sagte Rancy mit geheimnisvoller Miene und Stielaugen. »Das ist euer Problem. Das kriegt ihr nie verkauft, falls ihr überhaupt mal umziehen wollt.«

»Innen ist es schön«, sagte Mutter. »Und von da oben können wir alles sehen.« Ihre letzten Worte wurden von einem

LKW übertönt, der, beladen mit engen Käfigen voller Hühner, auf der schmalen Straße kaum zwei Meter entfernt an uns vorbeirumpelte und lauter schmutzige schwebende Federn und einen bestialischen Gestank hinterließ. Die Umstehenden verzogen die Gesichter.

»Stimmt es, dass einer ganzen Familie in dem Haus was Schreckliches zugestoßen ist?« Rancy ließ Vater nicht aus dem Blick, mit gierig aufgerissenem Mund wartete sie auf die Antwort. Natürlich kannte sie die längst, aber sie wollte die Geschichte mal aus erster Hand hören, um sie so glaubwürdiger weiterverbreiten zu können.

»Soweit wir wissen, ja«, sagte Vater. »Aber das ist lange her, und wir denken nie daran.«

»Was ist denn genau passiert?«

»Das weiß eigentlich keiner«, sagte Vater.

»Aber es war Mord, stimmt's?«

»Offenbar ja.«

»Wusstet ihr das, als ihr das Haus gekauft habt? Es gehört zu den Mängeln, die man angeben muss. Und wenn man sie verschweigt, ist das arglistige Täuschung. Ihr könntet vor Gericht gehen.«

»Nein, meiner Meinung nach nicht«, sagte Vater.

»Doch, doch«, sagte Rancy und hielt wie eine Bettlerin Vaters Hand immer noch umkrallt.

»Ach, ja?«, sagte Vater.

»Na, du bist doch der Anwalt«, gab sie zurück und ließ seine Hand endlich los.

»Uns stört es nicht«, sagte Vater. »Jeder, der in einem Haus wohnt, das älter als fünfzig Jahre ist, weiß, dass darin jemand gestorben ist. Das ist keineswegs ungewöhnlich. Noch zwanzig Jahre, und kein Hahn kräht mehr danach.«

»Genau«, sagte Mutter und schob Threnody und mich auf

die andere Seite des Autos. »Es ist ganz normal. Und wir reden eigentlich nicht vor den Kindern darüber.«

Bevor wir abfuhren, ging Vater mit seinen üblichen langen Schritten zu Maynard vor der Kirche. Sein langer schwarzer Reitmantel wehte hinter ihm her wie eine Flagge. »Bis in ein paar Wochen«, sagte er. Maynard wusste nicht, was er antworten sollte, aber jetzt weiß ich, dass er sich damals, wie immer, schwor, Vater seine mangelnde Ehrerbietung heimzuzahlen. Und zu gegebener Zeit tat er es auch.

Im Auto fragte ich, was mit der Familie passiert sei, die vor uns in dem Haus gewohnt hatte. Mutter und Vater schauten sich an. »Die Geschichte erzähle ich dir ein anderes Mal, junger Mann«, sagte Vater. »Frag nicht wieder danach.« Und damit war das Thema erledigt.

9

Einen guten Kilometer von unserem Haus entfernt fuhren wir an Violet Claybanks Haus vorbei. Sie wohnte in einem kleinen weiß-blauen Single-Wide-Trailer am Hang eines Hügels gleich oberhalb der Straße. In ihrem Vorgarten wuchsen ein paar struppige Bäume, in ein altes Metallbettgestell hatte Violet schön in Reih und Glied Blumen gepflanzt.

Nun stand sie im Nachthemd an der Straße und winkte uns, damit wir anhielten. Ich wusste eigentlich nur von ihr, dass sie komische Sachen mit ihrer Katze machte, die Princess Mary Love hieß. Violet hatte sie irgendwo gefangen, vermutlich in einer Falle. Mann oder Kind hatte sie leider nie gehabt, und als sie sich dieser armen streunenden Katze erst einmal bemächtigt hatte, ließ sie sie nie mehr aus den Augen. Manchmal durfte das Tier raus, aber immer nur angebunden an einen großen roten Ziegelstein. Dazu benutzte Violet ein langes Stück Schnur und setzte die unmöglichen Gefährten Katze und Ziegelstein zusammen auf die kleine Vorderveranda. Zuerst wagte sich die Katze nur so weit von dort weg, dass sie ihr Geschäft verrichten konnte. Später wurde sie mutiger und zog den Ziegelstein von der Veranda herunter und mit offensichtlicher Anstrengung über den ganzen vorderen Hang des Hügels. Im Vorbeifahren sah man manchmal, wie sie da saß und aufs Tal hinausschaute, den Ziegelstein immer dicht neben sich. Gelegentlich hatte man auch Glück und sah, wie sich das arme Ding auf dem Weg zurück zum Wohnmobil unendlich langsam mit dem Ziegelstein buchstäblich im Schlepptau den grasbewachsenen Hügel hinaufquälte und dabei wie ein Bergsteiger mühsam ein Bein vors andere setzte.

Einmal hörte ich, wie jemand Violet fragte: »Hast du keine Angst, dass ein Hund oder ein Berglöwe die Katze schnappen? Mit dem Ziegelstein kann sie doch gar nicht wegrennen.«

»Nein, ich sitze ja am Fenster und passe auf«, erwiderte Violet. »Soll'n sie es nur versuchen. Ich hab ein Schrotgewehr, das würde ich gern mal benutzen.«

»Alles in Ordnung, Violet?«, rief Mutter aus dem Autofenster.

»Nein«, schrie Violet. »Ist es nicht. Ganz und gar nicht!« Sie war weiß wie Mehl.

»Was ist los, meine Liebe?«, fragte Mutter und stieg aus dem Auto.

»Princess Mary Love.«

Mutter und Violet steckten kurz die Köpfe zusammen, dann kam Mutter mit ernstem Gesicht zurück und sah mich an. »Violet braucht deine Hilfe. Dauert nicht lang«, sagte sie.

»Wozu?«

»Für ihre Katze.«

»Die Katze, die sie an einen Ziegelstein bindet, wenn sie rausgeht?«

»Ja.«

»Also …«

»Die Katze hat uns verlassen«, erklärte Mutter.

»Das habe ich befürchtet«, sagte Vater.

»Ist sie weggelaufen?«, fragte ich. »Braucht Violet Hilfe beim Suchen?« Dabei hätte ich gern geholfen.

»Nein, sie ist gestorben. Violet meint, du könntest ihr vielleicht helfen, ein kleines Grab auszuheben und sie zu beerdigen.«

»Hat sie sich mit dem Seil erdrosselt?«

Nein, das heißgeliebte Katzenkind, erzählte Mutter, habe sein Ende in den Krallen eines Habichts gefunden, bevor Violet, die auch diesmal aufgepasst hatte, aus dem Haus eilen und es retten konnte. Obwohl sie mit dem Besenstiel wie eine Furie auf den Habicht eingeprügelt hatte, zerriss er die Katze. Violet hatte schon einen selbstgebundenen Grabkranz an die Tür gehängt.

»Muss ich?«

»Ja, mein Junge, du musst.«

Ich stieg aus und sah verzagt dem Auto nach, das sich langsam in einer trüben Staubwolke von mir entfernte. Widerwillig, weil ich der verrückten Katzenfrau zu Diensten sein musste, folgte ich ihr in den Hinterhof, wo unter einem Hartriegelstrauch eine Kiste aus alten Zaunlatten stand. Das war sicher der Sarg, den sie oder jemand anders für die Katze gezimmert hatte. Er war so groß, dass bequem ein Kind darin hätte Platz finden können.

»Wo soll ich das Loch graben?«

»Gleich hier, im Schatten unter dem Baum.« Violets Hängebrüste schwangen unter ihrem Nachthemd lose hin und her.

»Haben Sie eine Schaufel?«

»Ja, warte, ich hole sie.«

Ich fing wie ein Wilder an zu graben und brauchte bald eine Pause.

»Hast du wirklich schon mal mit einer Schaufel gegraben? Du musst keine Schlangen erschlagen. Das Loch läuft dir nicht weg.«

Ich schuftete eine geschlagene Stunde (und hatte eine schmerzhafte Blase an der rechten Hand), bis das Loch groß genug für die Kiste war. Ich hörte förmlich, wie mein Vater sagte, ich hätte um ein Paar Handschuhe bitten sollen.

Endlich konnten wir die Kiste in dem Loch versenken. Damit war es aber beileibe nicht getan. Schließlich war es eine Beerdigung. Violet verschwand im Haus und kam in schwarzem Kleid, mit einer Bibel und Blumen, vermutlich aus dem Beet im Vorgarten, zurück. Sie weinte unentwegt.

»Ich will sie noch einmal sehen, bevor ich sie bestatte«, sagte sie, kniete sich in den aufgeworfenen Dreck neben dem Katzengrab und nahm den noch nicht festgenagelten Deckel von dem Sarg. Weil ich eine morbide Neugierde verspürte, die tote Katze und die Verletzungen zu sehen, die der Habicht ihr zugefügt hatte, trat ich auch näher. Zu meinem Entsetzen war die Katze mit Puppenkleid und weißem Spitzenhäubchen angezogen wie ein totes Kind. Sie lag auf der Seite, hatte ein Auge verloren, ihre buntscheckigen Beine standen gerade ab, und die Zunge hing ihr komisch aus dem Maul. Für die Beine hatte Violet das Kleid offenbar vorn aufgeschnitten und unterm Kinn der Katze wieder zusammengebunden.

Ich riss mich von dem Anblick los und beobachtete, wie Violet leise weinend mit einer Hand das tote, steife Tier streichelte. Nach ich weiß nicht wie langer Zeit schloss sie den Sarg, legte die Blumen darauf und erhob sich, um die Grabrede zu halten.

Die Erde wieder in das Loch zu schaufeln erwies sich als nicht halb so schwer, wie sie auszuheben, und nach einer weiteren Stunde hatte ich einen schönen, glatten Hügel unter dem Baum errichtet.

»Jetzt brauchen wir ein paar Steine«, sagte sie. »Da draußen auf dem Feld sind jede Menge.«

Zum Schluss setzte ich mich aus lauter Pietät mit Violet eine Weile in ihre Küche, trank ein Glas Milch und dachte darüber nach, was hier passiert war.

Sie umarmte mich und bot mir an, mich nach Hause zu fahren, aber ich wollte lieber laufen.

Ich wanderte durch das hohe Gras den Berghang hinauf, dann den Wald entlang bis dorthin, wo es wieder bergab zur Schotterstraße ging. Im Westen sah ich das schwarze Antlitz des Ben Hennom und unser Haus, das wie ein Baum ohne Erde auf dem nackten, verwitterten Fels stand, und dachte über die Menschen nach, die vorher dort gewohnt hatten. Was war ihnen wohl zugestoßen? Und schlief ich in einem der Zimmer, in dem jemand zu Tode gekommen war?

10

Zu Hause wollte ich Vater gleich von meinem Abenteuer mit der toten Katze erzählen. Wenig überraschend saß er in seinem Arbeitszimmer und schrieb. In der Hoffnung, dass mir wie am Abend zuvor auch heute wieder Zutritt gewährt würde, holte ich mir *Flatland* aus meinem Zimmer und setzte mich leise auf meinen Platz auf dem Boden neben seinem Schreibtisch. Als er mich irgendwann bemerkte, schaute er ein bisschen benommen drein, als wäre er gerade erwacht. Aber er legte den Stift hin und nahm mich in die Arme.

»Wie war's?«

»Schlimmstes Erlebnis meines Lebens«, sagte ich und zog gedankenverloren an dem Haarwirbel auf seinem Kopf.

»Echt? So schlimm?«

»Ziemlich schlimm.«

»Aber die Katze habt ihr beerdigt?«

»Klar doch. Sie trug ein Kleid.«

»Die Katze?«

»Ja, stell dir vor.«

Da staunte Vater wirklich, und ich freute mich, weil ich ihn mit so was schön Groteskem beeindruckt hatte. Er schrieb »tote Katze/Leichenhemd: Kinderkleid« in sein Notizbuch.

»Wenn sie sich noch mal eine Katze besorgt, helfe ich ihr nicht beim Begraben«, sagte ich. »Selbst wenn sie sich die Adoption amtlich beglaubigen lässt.«

Das konnte mein Vater nachvollziehen.

Ich fragte ihn, ob er einen Ausflug in den Wald hinter dem Haus mit mir machen würde. Dieser Wald zog sich hunderte Morgen weit über Steine und Felsen, und noch niemand hatte ihn, soweit ich wusste, hinreichend erkundet. Vater nannte ihn in Anlehnung an Dante das »knorrige Gehölz«, und der Name passte. Ich hatte mehrere halbherzige Vorstöße vom Rand her gemacht, mich aber noch nie so weit hineingetraut, dass ich mich verirrt hätte.

»Ich muss wirklich arbeiten, mein Junge. Machen wir das ein anderes Mal«, sagte er.

Aber als ich bettelte und bat und sogar ein kleines Tänzchen aufführte, heiterte sich seine Miene auf, und er schloss sein Notizbuch.

»Weißt du was? Ich frage deine Mutter, ob sie uns was zu essen einpackt. Wir wollen schließlich da draußen nicht verhungern«, sagte er und dann noch heiterer: »Hast du schon mal von Magellan gehört? Von Ponce de León? Cavendish? Alexander Gordon Laing? George Drouillard?« Er ratterte die Namen herunter, dass mir der Kopf schwirrte.

»Von Magellan habe ich gehört«, sagte ich. »Wonach riechst du?«

»Was weiß ich.«

»Versuchst du, nicht zu atmen?«

»Nein, natürlich nicht.« Das war Quatsch. Es stimmte.

»Es riecht wie Lakritz.«

»Ist es nicht, das kann ich dir versichern.«

An der Wand vor seinem Schreibtisch befand sich eine gerahmte Fotografie von Thomas Wolfe, der ein wenig verloren in Mantel und Weste in einer Zimmerecke steht und dessen Schatten dreifach auf die geschlossene Tür neben ihm geworfen wird. Rechts vom Schreibtisch hing, Tag und Nacht von einer einfachen Bilderlampe von oben beleuchtet, eine gruselige Daguerreotypie von Poe in einem schwarzen Lederrahmen mit darum herumlaufenden, eingelegten kupfernen Sternchen. Vater hatte die glänzende, naturgetreue Nachbildung eines Vogels darauf gesetzt, was das Ganze noch skurriler machte. Egal aus welchem Blickwinkel, wenn man Vater über seinen Schreibtisch gebeugt mit dem Vogel über ihm an der Wand sah, hatte die Szene etwas Wahnhaftes. Tagsüber wirkte sie wie eine Karikatur, aber nachts war sie wahrhaft gespenstisch; sie verfolgte mich in meinen Träumen.

»Was ist das für ein Vogel?«

»Das weiß ich nicht genau«, sagte Vater und nahm ihn genauer ins Visier. »Vielleicht eine Amsel. Vielleicht eine Krähe. Vielleicht eine Dohlengrackel. Es soll ein Rabe sein, ist es aber nicht. Das sieht man am Schnabel.«

»Woher hast du ihn?«

»Ich habe ihn gefunden.«

»Unmöglich.«

»Doch, wirklich.«

»Wo?«

»Du glaubst es wahrscheinlich kaum, aber ich schwöre dir, dass es die Wahrheit ist: Ich habe ihn in einem Maisfeld gefunden.«

»Den Vogel.«

»Ja, genau den.«

»Was hat er denn in dem Maisfeld gemacht?«

»Was weiß ich.«

Mutter wickelte uns Schinkenbrote in Wachspapier und verschloss sie mit Klebeband. Als wir losgingen, verdrehte sie die Augen und bekreuzigte sich. Wie Wüstenkartographen begannen Vater und ich den Aufstieg. Er erzählte mir, der Wald wachse nicht bis ganz den Berg hinauf und oben gebe es eine freie Fläche, von der aus wir die ganze Gegend vermutlich sogar bis Tennessee und Virginia überblicken könnten. Er sei noch nie dort gewesen, sehe aber den kahlen Gipfel von der Stadt aus.

Als wir den Wald betraten, fühlten wir uns bald wie in einer Höhle. Die Bäume, zeitlos, riesig, waren wie aus Obsidian. Auf dicken Schichten vermoderten Laubs lagen hier und da morsche Äste, schwere, gewundene Ranken hingen bis zum Boden. Schaukeln konnte man an ihnen nicht, stellte ich ein ums andere Mal fest. Unter dem dichten Blätterdach hungerten kümmerliche Lorbeerbüsche und Rhododendren nach Licht. Gewaltige Felsplatten stachen scharf und schief aus der Erde und bildeten breite Unterstände und Kuhlen.

Manchmal ging es sehr, sehr steil bergauf, und wir mussten uns an den Schlingpflanzen und Bäumen hochhangeln. Zum zweiten Mal an dem Tag bedauerte ich, dass ich keine Handschuhe trug. Die Stämme der Robinien waren so rau, dass meine Hände aufschürften, und da tat meine nässende Blase noch mehr weh.

»Hast du Handschuhe mit?«, fragte ich Vater, als er sich auf eine Felsnase direkt über mir hievte.

»Ja.« Hinten in der Hosentasche. »Du nicht?«

»Nein«, sagte ich missmutig.

Vater ließ sich auf dem moosigen Sitz nieder, den er gerade erklommen hatte, und wartete, dass ich zu ihm aufschloss. »Also«, sagte er, »wir haben vier Hände, aber nur zwei Handschuhe. Was schlägst du vor?«

»Eigentlich nichts. Du könntest mir deine geben.«

Ich setzte mich zu ihm, und wir tranken abwechselnd Wasser aus der Thermoskanne, die Mutter uns mitgegeben hatte. Als seine Brille beschlug, wischte er sie mit seinem Hemd ab, doch sie beschlug gleich wieder. Dann zog er einen Schuh aus und schüttelte einen Stein heraus.

»Wer ist zäher, mein Junge? Du oder ich?«

Ohne richtig nachzudenken, sagte ich: »Ich.«

»Da hast du wahrscheinlich recht. Und deshalb brauche ich die Handschuhe dringender als du.«

Nachdem er mir diese hintergründige Lektion erteilt hatte, warf er mir die Handschuhe zu, und wir setzten unseren Aufstieg fort. Dabei kam ihm jedes der unzähligen Wald- oder Baumgedichte in den Sinn, die er je gelesen hatte. Mit einer Birke fing es an. Er brach einen Zweig ab, gab ihn mir, damit ich darauf kaute, und dann folgte Robert Frosts Gedicht »Birken«, von dem er ein, zwei Strophen ganz konnte. Dann trug er mir »Nichts Goldnes bleibt« vor, und ich musste es so lange immer wieder aufsagen, bis ich es auswendig konnte. Wir kletterten weiter. Angesichts der Schönheit der wilden Natur deklamierte er ein paar Zeilen aus Coleridges Gedicht über einen schattigen Platz unter einer Linde. »Nun sind sie fort, und ich muss bleiben hier … / über federnde Heide und Bergesgipfel / wandern sie heiter hinab den gewund'nen Pfad / ins tosende Tal, von dem ich sprach …« Während bei unserem Aufstieg der Wald immer dichter und dunkler wurde, zitierte er, eigentlich passender, Poe: »Dämmernde Täler – schattige Fluten – / Wolkige Wälder / die wir nicht sehn / vor lauter tropfenden Tränen.«

»Wolkige Wälder«, sang ich, »Wolkige Wälder.«

Bis zum Gipfel unseres Berges mussten wir gute zwei Stunden mühsam und stetig hochkraxeln. Je näher wir ihm kamen, desto spärlicher wurden Bäume und Gehölz. Niedrige duftende Heidebüschel bildeten merkwürdige Muster. Bis ganz oben gab es noch einzelne kümmerliche Bäume, doch die Vegetation wurde karger, und wir stiegen auch nicht mehr über Erdreich, sondern nur noch über weißen, alterslosen Fels. Um uns herum blauer Sommerhimmel. Verstreute Reste umgestürzter Bäume, vom gnadenlosen Auge der Sonne knochenbleich gebrannt wie Skelette uralter vergessener Untiere. Wir blieben auf dem breiten Felsplateau des Gipfels stehen und schauten über eine unermessliche Weite grüner Hügel, Wälder und Weiden, die sich gleichmütig bis zu den Blue Ridge Mountains im Westen und Norden hinzogen. Uns schwindelte.

Direkt unter dem Gipfel nach Süden zu stand ein mächtiger Baum einsam und allein an der Bergkante, darunter fiel der Hang hundertfünfzig Meter tief ab. Erst dachte ich, der Baum sei tot, die meisten Äste waren kahl, und er hatte auch keine Rinde mehr. Doch dann sah ich ein einziges grün-gelbes Blatt ganz oben in der Sonne flattern. Und dann weitere, hier eins, da eins.

»Was um Himmels willen ist mit ihm passiert?«, fragte ich.

»Sieht aus, als sei er ein paarmal vom Blitz getroffen worden. Ja, siehst du, wie schwarz der Stamm ist? Bis oben hin. Er hat bestimmt gebrannt, vielleicht mehrmals. Im Übrigen gar nicht überraschend. Der arme Baum steht ja ganz allein da.« Vater legte die Hände auf den Stamm, als sage er einem teuren Freund Auf Wiedersehen.

Im Laufe der Zeit trat ich mir einen Pfad durch das knorrige Gehölz zum Gipfel des Berges, wo der altehrwürdige Baum stand. Er wurde zum Zufluchtsort für mich, einem Ort, wo ich lesen oder denken oder mich im Ozean der Bedeutungslosigkeit verlieren konnte. Denn das war leicht, wenn man sich dort hoch oben in Betrachtungen seines Platzes im Universum erging. Erst sechs Jahre später würde ich mit meinem Vater wieder unter dem Baum stehen, und es sollte das letzte Mal sein.

11

Seit meine Eltern nach Old Buckram gezogen waren, hatte sich Maddys Zustand merklich, wenn auch langsam verschlechtert. Jetzt ging es schneller. Ihre Hustenanfälle wurden schlimmer, ihre Beine und Füße schwollen immer mehr an. Ohne Gehhilfe kam sie nirgendwo mehr hin, und selbst mit fiel es ihr sehr schwer. Sie hörte mit ihrer Arbeit in der Kirche auf, traf ihre Freundinnen nicht mehr zum Lunch und blieb nur noch zu Hause. Selbst bei schönem Wetter setzte sie sich nicht mehr auf die vordere Veranda. Allmählich schwand der Duft nach Zimt und Cider, und im ungemähten Gras häuften sich die Äpfel und verfaulten. Wieder kamen ein Herbst und ein Winter, und mit dem Winter schwere Schneefälle, gefrorener Boden und rissige Erde. Ungebeten würde sich der Tod in diesem Jahr einstellen, das spürte ich.

Vater, der als einziges der fünf Kinder nach Old Buckram zurückgekehrt war, sah Maddy im Gegensatz zu den anderen regelmäßig. Das Haus meiner Großeltern war im Herbst und Winter immer wie ein Glutofen gewesen. Seit Maddy nun mit der Erde kälter geworden und offenbar noch fester entschlossen war, die Welt von innen zu erwärmen, war es heißer als je zuvor. An diesem Februarabend lagen zwanzig Zentimeter festgebackener Schnee, und lange nach Sonnenuntergang blies noch ein kräftiger Wind. Zu Beginn der Woche war der Drugstore auf der Main Street in Folge eines Kurzschlusses bis auf die Grundmauern niedergebrannt, weil die städtische Wasserzufuhr eingefroren war. Die Feuerwehrleute hatten die Hydranten aufgedreht, und Stunden später gab es mannshohe Eiswolken auf dem Bürgersteig.

Vater und ich trampelten uns den Schnee von den Schuhen, schüttelten ihn von den Mänteln und betraten das Haus. Großvater stand in Shorts und kurzärmeligem Hemd in der Küche.

»Wie geht es euch?«, sagte Vater. Die Männer gaben sich die Hand.

»Eigentlich ganz gut«, erwiderte Großvater, der in dem Alter war, in dem eine solche Frage nicht mehr rhetorisch ist. Gedankenverloren fasste er sich an die Brust. »Und euch?«

»Gut bis leidlich«, sagte Vater und spielte mit. »Ich kann nicht klagen.«

»Würde auch nichts nützen«, gab Großvater zurück.

»Hat euch jemand gesagt, dass draußen Winter ist?«, fragte Vater mit Blick auf das Sommerhemd. Die Männer lachten, und Vater fing an, das Gemüse auszupacken, das er eingekauft hatte.

»Herr im Himmel, ist das heiß hier.«

»Ich hab hier nicht das Sagen«, meinte Großvater.

»Ich habe euch ein paar Süßkartoffeln mitgebracht und ...«

»Ich mach mir nichts aus Süßkartoffeln.«

»Ich weiß. Und ein paar Moschuskürbisse. Ich fand, sie sahen gut aus für die Jahreszeit. Und hier ist eine Zucchini.«

»Die sieht doch aus wie eine Gurke.«

»Ist aber keine. Sondern eine Zucchini. Sie sind verwandt, aber nur entfernt.«

Mein Großvater blinzelte mir zu und sagte: »Ich verzichte auf die Zucchini. Sie sieht aus, als käme sie aus der Familie der Gurken, und an einer Gurke wäre ich fast mal krepiert.«

»Dein Großvater hat eines Tages entdeckt, dass er gegen

Gurken allergisch ist«, erklärte Vater mir, schaute erst im Kühlschrank nach einem Bier und dann nach was Stärkerem.

»Hört mal zu«, sagte Großvater. »Stellt euch vor, ihr hättet zwei Schweine. Wenn man eins nur mit Gurken füttert und dem anderen gar nichts gibt, dann verhungert das zuerst, das die Gurken frisst.« Er lachte rasselnd, und Vater schüttelte den Kopf. Großvater war eben immer für eine lahme Geschichte gut.

Langsam kam Maddy mit der Gehhilfe aus dem Wohnzimmer in die kleine Küche geschlurft, wo wir nun zusammen unter der niedrigen Decke saßen. Maddy trug einen dicken, schwer entflammbaren Pyjama aus Topflappenstoff sowie Stoppersocken, die sie aus der Klinik mitgenommen hatte. Im Korb ihrer Gehhilfe lag einsam ein billiges Zigarettenetui, mit dem sie jetzt herumhantierte und sich dann eine Zigarette herausschüttelte. Sie nahm sie zwischen Zeige- und Mittelfinger, sagte »Hallo, Sohn« zu Vater und küsste mich auf die Wange, wo sie eine orangefarbene Lippenstiftspur und einen modrigen Geruch hinterließ. Dann wurde sie jäh von ihrem typischen trockenen Husten gepackt, ihre Gehhilfe kippte um, sie suchte verzweifelt Halt an der Rückenlehne eines Stuhls, erwischte sie aber nicht. Während die Zigarette zu Boden fiel und unter den Tisch rollte, wo das Linoleum sich gelockert hatte und Wellen schlug, packten Vater und Helton Maddy an den Armen und hielten sie. Krampfhaft hustete sie weiter. Als es nachließ, half Vater ihr zurück ins Wohnzimmer, wo sie sich hinsetzen konnte.

»Ich würde gern fernsehen«, sagte sie, woraufhin Vater den kleinen Schwarzweißfernseher anstellte und die mit Alufolie umwickelte Antenne drehte und wendete, bis das Bild klar war. Schweigend hörten wir in den Nachrichten, dass ein Ehepaar bei einem Raubüberfall in Charlotte erschossen worden war und vier Menschen bei einem Verkehrsunfall mit einem Sattelschlepper auf der Interstate bei Statesville ums Leben gekommen waren. Helton und Maddy schüttelten ungläubig den Kopf. »Was ist bloß aus der Welt geworden?«, fragte Maddy. »Man ist ja nirgendwo mehr sicher.«

Nach den Nachrichten kam eine (kurzlebige) Abendunterhaltungsshow; ein Comedian erzählte einen Witz über einen Mann, der das Familienauto fuhr, während seine Frau, egal, wohin und weshalb, zu Fuß gehen musste. Das erinnerte meinen Großvater – wie fast alles – an eine Geschichte. Wie immer, wenn er einen von seinen klugen Ratschlägen oder Witzen an den Mann bringen wollte, begann er mit »Der Mann hat recht«.

»Der Mann hat recht. Einmal sah er eine Rothaut auf einem Pferd reiten, und die Squaw latscht hinter ihm her. Sagt der Mann zu der Rothaut: ›Warum muss sie laufen, und du reitest?‹ ›Sie hat kein Pferd‹, sagt die Rothaut.«

Vater reagierte milde amüsiert, ich lachte, weil ich den Witz noch nicht kannte, und Maddy, die ihn bestimmt schon hundert Mal gehört hatte, verzog das Gesicht und zündete sich eine neue Zigarette an. Sie wirkte, als habe sie mehr oder weniger aufgegeben. Als sei sie des Lebens müde.

Mein Großvater setzte sich in den La-Z-Boy-Ruhesessel in einer Zimmerecke. Seine Stoffslipper hatten Löcher, wo sich die Zehen durchgebohrt hatten. Maddy saß in einer Ecke der Couch und spuckte in eine Tasse mit zusammengeknülltem Küchenpapier. Vater saß in der anderen Couchecke und ich auf einem Stuhl aus der Küche. Es war seltsam, aus dem Haus auf dem Berg mit Büchern in allen Zimmern hierherzukommen, wo es überhaupt keine gab.

»Wie geht es dir, Mutter?«, fragte mein Vater.

»Gut. Ich bin müde«, erwiderte sie.

»Ihr geht's gut«, sagte mein Großvater. »Sie ist nur müde.«

»Kann ich irgendwas für euch tun?«, fragte Vater.

»Eigentlich nicht, höchstens irgendwann in dieser Woche den Eingang freischaufeln. Sonst bricht sich Helton noch den Hals, wenn wir einen Notfall haben und er versucht, mich ins Auto zu bringen.«

»Ja, alles klar«, sagte Vater und nickte mir zu, was hieß, dass ich derjenige war, der sich daran erinnern musste. »Ich habe euch ein paar Sachen zum Essen mitgebracht …«

»Das habe ich schon gehört«, sagte Maddy. »Helton, bitte dreh den Ventilator von mir weg. Davon kriege ich Halsschmerzen.« Mein Großvater stand auf und ging zu dem kleinen Gerät, das Hitze von dem Holzofen aus der Küche ins Wohnzimmer blies. Er drehte es um dreißig Grad gegen die Wand, wo es ein gerahmtes Bild neben dem Fenster zum Zittern brachte. Ich fürchtete, es würde herunterfallen, aber außer mir schien das keiner zu bemerken.

»Wie kommst du mit deinem Buch voran?«, fragte Maddy.

Vater seufzte und überlegte, was er sagen sollte. Dann erwiderte er: »Ich komme richtig gut voran, prima. Bald ist es fertig.«

»Du arbeitest schon ganz schön lange daran«, sagte Maddy. »Sehr lange. Solange ich denken kann.«

»Ich weiß«, sagte Vater, »aber jetzt bin ich fast an dem Punkt, wo ich …«

»Das sagst du auch schon lange.«

»Es ist auch verdammt harte Arbeit.«

Was für eine sprachliche Entgleisung. Entsetzt sagte Maddy: »Die Leute schreiben aber doch ständig Bücher. Wie zum Beispiel dein Cousin Eddie. Das verkaufen sie an der Tankstelle. Er meint, er hat weniger als ein Jahr dazu gebraucht.«

»Er und ich schreiben nicht die gleiche Art Buch. Seins ist über Wasserfälle. Er hat es auf einem Fotokopierer in der Schule gedruckt.«

»Egal. Vielleicht solltest du mal mit ihm reden.« Maddy wischte sich die Mundwinkel mit einem zusammengefalteten Papiertaschentuch ab und wandte sich wieder dem Fernseher zu.

»Im Prinzip bin ich fertig«, sagte Vater in die Mitte des Zimmers hinein, zu niemandem speziell. »Ich überarbeite es nur noch ein bisschen.« Ich versuchte, seinen Blick aufzufangen, weil ich ihm zeigen wollte, dass wenigstens ich zuhörte und verstand. Aber er sah mich nicht.

»Das klingt nicht nach fertig«, lachte mein Großvater. Das Wichtigste auf der Welt für meinen Vater war für seine Eltern nichts als irgendein törichtes Hobby, von dem er bald ablassen würde, so wie als Kind vom Briefmarkensammeln.

»Helton«, sagte Maddy, »ich muss ins Bett. Hilfst du mir? Jungs, danke, dass ihr vorbeigekommen seid. Ich wünschte, es ginge mir besser und ich könnte noch länger mit euch plaudern.«

Wir gingen mit Maddy ins Schlafzimmer, und Vater half ihr ins Bett, wo sie sich noch eine Zigarette anzündete und dann hinlegte. Der grau gestrichene oder von dem jahrelangen Qualm grau verfärbte Raum hatte Jalousien und Schabracken an den Fenstern, aber keine Gardinen, und die Gipswände zierte nichts außer Löchern von Nägeln – eine schwache Erinnerung an die Kopien von Bildern, die hier mal gehangen hatten, jetzt aber, niemand wusste, warum, abgenommen worden waren. Auf einer Kommode an der Wand standen in einem Wald nicht zusammenpassender Rahmen Fotos der Familie, alle uralt. Der Holzboden neben Maddys Bett war übersät mit Brandflecken. Wie oft war sie mit brennender Zigarette eingeschlafen, die heruntergefallen und verglüht war. Aber wundersamerweise hatte sie nie das Haus abgefackelt. Vater setzte sich zu Maddy ans Bett, sie nahm seine Hand und hielt sie fest. Eine Mutter – ihr Sohn. Es gab nichts zu sagen.

Als Vater und ich Helton und Maddy im Schlafzimmer zurückließen, war es, als seien wir nie da gewesen; als seien wir wie eigentlich gar nicht vorgesehene Akteure kurz in der Szene eines Theaterstücks aufgetreten und unsere Anwesenheit nicht weiter aufgefallen. Auf dem Heimweg meinte Vater: »Mein Junge, lass dir eins gesagt sein: Wenn ich dich jemals mit einer Zigarette erwische oder sonst welchem Tabak, dann brauchst du dir wegen Krebs keine Sorgen mehr zu machen. So lange lebst du dann nämlich gar nicht mehr.« Im Licht der wenigen Straßenlampen, an denen wir vorbeifuhren, sah ich den Schmerz in seinem Gesicht.

»Kannst du sie nicht zwingen aufzuhören? Und wenn sie Zigaretten kauft, sie ihr einfach wegnehmen?«

»Ich wünschte, ich könnte es. Ich habe es weiß Gott versucht. Und sie kauft sie auch nicht selbst. Großvater kauft sie.«

»Weiß er denn nicht, dass das schlecht für sie ist?«

»Doch. Er will auch nicht, dass sie raucht. Es ist kompliziert.«

»Er darf sie ihr nicht kaufen. Das solltest du ihm sagen. Möchtest du, dass ich es ihm sage?«

»Ich habe schon vor langer Zeit gelernt, dass du einen erwachsenen Menschen nicht zu etwas zwingen kannst. Wenn er nicht will, will er nicht. So funktioniert das in der Welt.«

Es begann wieder zu schneien, wie schon seit Tagen. Der Wind ließ nach, und der Schnee fiel langsam, gleichmäßig in großen Flocken, die von den Autoscheinwerfern beleuchtet wurden, und dahinter war nichts als der undurchdringliche schwarze Himmel und eine schwarze Welt. Kalt kam es einem gar nicht mehr vor. Als wir auf dem Ben Hennom angelangt waren, stellte Vater den Motor ab, blieb sitzen und starrte in die Dunkelheit. »Ich habe gerade begriffen«, sagte er, »dass ich keine Zeit mehr habe.«

Am nächsten Abend bat er darum, dass wir vor dem Essen ein Tischgebet sprachen. Das taten wir so gut wie nie. Die ein oder zwei Ausnahmen waren, wenn ich mich recht erinnere, als Maddy starb.

Und dann ging Vater nicht mehr zur Arbeit in der Anwaltskanzlei. Soweit ich es mitbekam, aß er auch nicht mehr. Er tat überhaupt nichts mehr, was längere Zeit in Anspruch nahm – außer schreiben. Ich glaube, er wollte sein Buch vor Maddys Tod zu Ende bringen oder sie irgendwie am Leben erhalten, indem er es nicht beendete. Er würde so lange in seiner Hölle schmoren, wie sie lebte, und falls er sie auf diese Weise retten konnte, würde er das für sie tun.

Sein Haar wurde lang; er rasierte sich nicht mehr und ließ sich einen zotteligen Bart stehen. Tag und Nacht saß er an seinem Schreibtisch. Weil mein Zimmer neben seinem Schreibzimmer war, hörte ich ihn oft mitten in der Nacht. Ich erinnere mich an die einzelnen Geräusche: wie sein Stuhl weg vom Schreibtisch über den Boden schrappte; seine leisen Schritte, wenn er die Treppe hinunterging und sich noch was zu trinken holte; wie er im letzten Moment eine Flasche schnappte, die umzukippen drohte, und dann ein Schweigen, ein Vakuum, folgte; wie aus großer Höhe Wein in ein Glas gegossen wurde; wie er aufgeregt an den Regalen entlanglief; wie die Leiter verhalten quietschte, wenn sie gerollt wurde, und unter seinem Gewicht knarzte, wenn er hochstieg und ein Buch holte. Morgens war er nicht mehr da.

12

Vor Morgengrauen in einer mondlosen Nacht im September 1981 fuhr mein Großvater aus dem Schlaf. Er hörte Maddy nicht mehr neben sich atmen. Sie war in der Nacht ruhig gestorben. Er nahm sie in die Arme und flüsterte ihr weinend ins Ohr, nun habe ihr Leiden endlich ein Ende. Als ich das Telefon klingeln hörte, wusste ich, was passiert war.

Maddy hatte verfügt, dass sie in dem alten Familiengrab in Avernus beerdigt werden wollte. Dort sollte auch die Trauerfeier sein. Morgens gab es eine erregte Diskussion darüber, was ich anziehen und ob Threnody mitgehen sollte. Sie war krank gewesen, und Mutter fand, sie solle zu Hause bleiben.

Vater und ich fuhren zu Heltons und Maddys Haus, wo wir die Familie antrafen. In der Einfahrt lauter unbekannte Autos, auf der Veranda mir unbekannte Menschen in Trauerkleidung von überallher. Sie hatten so viel selbstzubereitetes Essen mitgebracht, dass wir uns einen Monat davon hätten ernähren können. Die Behälter standen auf der Küchenarbeitsplatte, dem kleinen Esstisch und sogar auf dem Couchtisch im Wohnzimmer. Vaters Schwestern waren mit ihren Männern aus Hickory und Lenoir gekommen und sein Bruder aus Elizabethtown. Wir gingen ins Haus und alle fassten sich an den Händen, weinten und lachten und erzählten Geschichten, um nicht vom Schmerz überwältigt zu werden.

Ich wusste nicht, was ich angesichts von Maddys Tod denken

oder fühlen sollte. Ich lief im Schatten der Trauer aller anderen herum. Das neue, mir unbekannte Gefühl des Verlusts hielt ich bei mir selbst für eher zweitrangig, viel weniger wichtig als die Gefühle meines Vaters und meines Großvaters, die doch von Maddys Tod so viel unmittelbarer betroffen waren. Wie heftig sie litten, war offensichtlich. Die Traurigkeit, die ich an dem Morgen und in den kommenden Tagen zu fühlen meinte, war natürlich nicht die Trauer, die sich in den vielen ruhigen Tagen nach einer Beerdigung auf einen herabsenkt und an einem klebt wie ein schwerer Mantel, also dann, wenn man allmählich begreift, dass der Mensch, der gestorben ist, nie mehr zurückkommt und die Welt nie mehr so sein wird, wie sie einmal war. Es war mehr wie der konkrete Schmerz, den man empfindet, wenn ein geliebter Mensch leidet und man nichts tun kann.

Wir fuhren nach Avernus und dann über eine unbefestigte Straße bis zum Gipfel eines flachen, gerodeten Hügels, auf dem, allein oder in Gruppen, Dutzende von Grabsteinen standen. Offenbar erfolgten Bestattungen hier eher unorganisiert. Viele Grabsteine waren so alt, dass die eingemeißelten Buchstaben, falls es sie überhaupt je gegeben hatte, von Zeit und Witterung zerfressen und vollkommen unleserlich waren. In der entferntesten Ecke des Friedhofs war ein provisorisches Zelt neben einem großen Haufen roter Lehmerde errichtet worden. Neben dem Zelt standen ein betagter grauer Leichenwagen und davor zwei Klapptische, auf denen jemand vier Zweiliterbehälter süßen Tee und ein paar Teller mit dünnen gekauften Butterkeksen hergerichtet hatte. Ein Dutzend Metallstühle lehnten an dem Zelt. Tischtücher und Stoffservietten gab es nicht. Für den Tee standen Pappbecher bereit, auf einem kleinem Stoß Papierservietten lag ein Stein, damit sie nicht wegflogen.

Ein hagerer Mann in Polyesterhosen und Hemd mit breitem Kragen stand neben den Tischen, drückte sich eine Bibel an die

Brust und kaute auf einem Ulmenzweig. Er hieß Harold Specks und hatte vor kurzem übergangsweise das Amt des Pastors in Heltons und Maddys Kirche übernommen. Wie alle Pfarrer in Old Buckram hatte er keine formale theologische Ausbildung und außer den Büchern in seiner Schulzeit nichts anderes als die Bibel gelesen. Zu welchen Machenschaften Gott, Jesus, der Heilige Geist oder die Engelscharen und Dämonen, die die Luft bevölkern und verdunkeln, fähig waren, wusste er nicht, doch die Glaubensgewissheit, mit der er die Sünder zur Hölle verdammte, katapultierte ihn in jungen Jahren an die Spitze seiner Kirche, und er predigte sein Leben lang. An diesem Tag sollte also er reden.

Wir waren früh da. Immer mehr Autos kamen und parkten in Reihen unweit des Friedhofs. Die meisten Trauergäste waren nicht mehr jung. Sie schleppten sich langsam zum Gipfel des Berges, zu dem ausgebleichten grünen Leinwandzelt über dem Grab. Frauen, die sitzen mussten, bekamen einen Stuhl, die Männer blieben stehen. Hier und dort begrüßte man sich leise, insgesamt herrschte feierlicher Ernst, nirgendwo hörte man ein Lachen. Der Septemberhimmel über uns war bis zum Horizont grau.

Um halb zwei war das letzte Auto den Berg hinaufgekommen, und eine Gruppe von etwa sechzig Personen stand in einem weiten Bogen um die Grabstelle. Der Wind zerrte am Stoff des Zeltes, doch die wenigen Bäume auf dem Hügel hinter dem Friedhof bewegten sich nicht.

Pastor Specks trat vor in den Kreis und hielt in seiner Linken die Bibel auf diese merkwürdige Art der Prediger in den Bergen. Er las nicht daraus. Es folgte auch keine Trauerrede auf die Verstorbene. Sondern eine normale Predigt, und wehe, die Leute hörten nicht zu.

Er predigte eine Stunde lang. Jedes Wort Feuer und Schwefel. Er hielt kaum inne, um zu atmen. Im Stakkato eines diabolischen Auktionators tönte seine Stimme über die Berge. Er spuckte und brüllte die Botschaft hinaus. In seinen Mundwinkeln bildete sich klebriger weißer Schaum und verteilte sich über die Lippen. Die Bibel hoch über seinem Kopf gen Himmel schüttelnd, feuerte er seinen zunehmend hysterischen Sermon auf die Menschen ab. Sie beobachteten ihn, ohne eine Miene zu verziehen. Sie kannten das alles zur Genüge und glaubten. Oh, sie glaubten. Sie wussten ja, dass die Botschaft gar nicht für sie bestimmt war, sondern für den Ungläubigen unter ihnen! Ein Mann hier hegte Zweifel in seinem schwarzen Herzen, das wusste der Prediger, und diese Zweifel mussten wie eine Krebsgeschwulst herausgerissen werden. Er selbst kannte durchaus auch Zweifel, in Augenblicken der Finsternis und Kälte. Die rätselhafte Dreieinigkeit war ihm ein Buch mit sieben Siegeln, ein eigenes echtes Wunder hatte er nicht bewirkt, manche Bücher im Alten Testament nie gelesen. Oder wenn doch, nicht verstanden. Nur wenn er seine triumphierende Stimme erhob und die Luft vom Wort Gottes widerhallte, würden die Dämonen aus dem heiligen Tempel vertrieben. Endlich, endlich war er so erschöpft, dass er schwieg, sich in den Schatten des Bestattungszelts zurückzog, sich setzte und in leerer Kontemplation des Nichts versank.

Dann war es an der Zeit, die liebe Maddy der Erde zurückzugeben. Mein Vater und die anderen Sargträger nahmen den schmucklosen Holzsarg vom Leichenwagen und trugen ihn mit großer Mühe zum Grab. Vater schloss die Augen und weinte, als seine Mutter hinabgelassen wurde.

13

Mein Vater wurde zum Gespenst. In den Tagen und Wochen nach Maddys Begräbnis saß er an seinem Schreibtisch, schrieb aber nicht mehr und las selten. Nachts war unser Haus still bis auf die melancholischen, von unten hochwehenden Klänge des Klaviers. Aber nicht mein Vater spielte, sondern ich. In dem Maße, in dem ich meine künstlerischen Bemühungen verstärkte, ließ er in seinen nach, als gebe es in unserem Haus keinen Platz für zwei Pianisten. Das ging monatelang so, ohne dass ein Ende abzusehen war.

Als dann der Winter mit seinem tagein, tagaus anämischen Himmel nach Old Buckram zurückkehrte, versank mein Vater immer tiefer in seiner Depression. Eines bitterkalten Morgens, Vater und Threnody schliefen noch, standen Mutter und ich vor Sonnenaufgang auf und versorgten die Pferde. Der Wind, der die ganze Nacht ums Haus geheult hatte, hatte sich woandershin verzogen. Die schwarz-weiße Winterwelt lag ruhig da.

Im Stall am Fuß des Hügels schaufelte ich mit einer ausrangierten Kaffeebüchse das Kraftfutter in die Eimer der Pferde, der Geruch der schwarzen Pellets und der Melasse drang mir in die Nase. Aus dem kalten Wassertrog stieg Dampf. Während die Pferde fraßen, kletterte ich über die Leiter unters Dach und warf Mutter zwei Ballen Heu herunter, die ihr vor die Füße plumpsten. Mit einem Hufmesser schnitt sie das Bindegarn durch, zog eine Handvoll Heu aus der Mitte eines Ballens, hielt sie sich ans Gesicht und atmete tief ein. »Das riecht so gut, dass ich es selbst essen könnte«, sagte sie. Sie fand Luzerne köstlich.

»Na, das möchte ich sehen«, lachte ich.

»Du meinst, ich trau mich nicht?« Sie zog ihren Schal herunter, steckte sich à la Huckleberry Finn einen Stängel in den Mund und kaute darauf herum. »Ah, herrlich, wie das schmeckt«, sagte sie. »Ich sollte mir ein Sandwich damit machen.« Skeptisch schaute ich auf sie herab. »Du glaubst mir nicht? Probier doch auch mal ein Stück.« Ich kletterte hinunter und kostete. Wie angepriesen schmeckte es süß, staubig und nach Blumen. »Jetzt verstehe ich, warum die Pferde das Zeugs mögen«, sagte ich.

Als Mutter und ich bester Dinge und angeregt von unserem Aufenthalt im Freien zurückkamen, saß Vater am Klavier, spielte aber nicht. Er saß nur sehr aufrecht da, die Hände im Schoß gefaltet. In der Luft kein abklingender Ton, kein Echo eines letzten angeschlagenen Akkords, nur abgrundtiefe Stille. Vater neigte den Kopf, um uns anzudeuten, dass er uns bemerkt hatte, und ließ das Kinn wieder auf die Brust sinken. Wir waren in seine Fegefeuerruhe eingedrungen.

Während ich rasch an ihm vorbeiging, entschuldigte ich mich ganz leise für die Störung. Auf der Treppe drehte ich mich um und schaute ihn noch einmal an. Er hatte sich nicht bewegt. »Guten Morgen«, flüsterte ich. Aber weil meine Stimme brach, verstand er mich wahrscheinlich nicht, und es kam keine Reaktion. Als ich den Gruß wiederholte, nickte er, ohne mich anzusehen, und versuchte zu lächeln. »Immer wenn ich spiele, klingelt es mir in den Ohren«, sagte er. »Das macht mich wahnsinnig.« Jetzt sah ich, dass ein weißer Wattebausch aus seinem Ohr guckte.

An dem Morgen fuhr mich Mutter zur Schule. Als ich durch den Korridor zur ersten Stunde ging, packte mich die Englischlehrerin Ms. Williams am Ärmel. Sie war eine Freundin meines Vaters, vielleicht sogar eine Verbündete. Allem Anschein nach verstand sie ihn besser als die meisten Leute in Old Buckram. Aber gut, die verstanden ihn ja überhaupt nicht. Ms. Williams und Vater teilten die Liebe zu Büchern und Literatur. Sie war sogar ein paarmal zu uns nach Hause gekommen, um seine »atemberaubende Büchersammlung« (ihre Worte) anzusehen, und wenn sie mit mir sprach, ging es normalerweise um Vater. Nicht, dass er wirklich viel mit ihr geredet oder sich ihr wie einer guten Freundin anvertraut hätte. Doch er schätzte ihr Interesse an seinen Büchern. Bisher hatte ich noch keinen Unterricht bei ihr gehabt, aber sie war immer überaus freundlich zu mir, und deshalb mochte ich sie sehr.

In heller Aufregung, die Nase noch rot von der Kälte, sagte sie: »Ich hab's gerade gehört, das ist doch unglaublich! Was hat dein Vater gesagt?« Ich hatte keine Ahnung, worüber sie sprach, was sie wiederum aus meiner verdutzten Miene schloss. »Zu dem Buch! Was hat dein Vater dazu gesagt? Ist er wütend?« Immer noch verstand ich nichts. Redete sie über Vaters Buch? »Er hat nichts gesagt«, erwiderte ich. »Von welchem Buch …«

»Ah, du weißt gar nichts davon. Na, dann ist es ja auch nicht so schlimm, dass ich nicht Bescheid wusste. Die Bibliothek … Mrs. Ester«, böse zeigte sie den Flur entlang, »sie versuchen, noch ein Buch zu verbieten. Das heißt, sie haben es schon verboten. Letzte Woche.«

»Ich hab nichts davon gehört«, sagte ich.

»Ich eben auch nicht. Jemand hat wohlweislich dafür gesorgt, mich, so lange es ging, im Dunkeln zu lassen, davon bin ich überzeugt. Sie wissen, dass ich Krach schlage. Tu mir bitte einen Gefallen. Wenn du heute deinen Vater siehst, sag ihm, er möge mich anrufen. Dieses Mal ist es Faulkner. Ausgerechnet Faulkner.«

Bereits bei einer früheren Gelegenheit, lange, bevor ich Bekanntschaft mit bedeutender Literatur machte, hatte die Schule zwei Bücher aus ihrer Bibliothek verbannt, und die zuständigen Behörden waren dem Beispiel prompt gefolgt und hatten diese Titel auch aus der Bezirksbibliothek entfernt. Es handelte sich, was Wunder, um *Lolita* und *Wendekreis des Krebses.* (Vom *Wendekreis des Steinbocks* besaß man offenbar kein Exemplar oder wusste gar nicht, dass es existierte, sonst wäre es garantiert auch verboten worden.) Vater hatte an einer öffentlichen Diskussion teilgenommen und ein feines, beredtes Plädoyer für eine Revision der Entscheidung in beiden Fällen gehalten. Warum auch immer, er hatte eine ausreichende Zahl von Leuten aus der Stadt überzeugt, und die Anordnungen wurden widerwillig rückgängig gemacht. Unvermeidliches Zugeständnis war allerdings, dass für das Ausleihen der Titel forthin eine Altersbeschränkung galt. Vater war natürlich der Einzige, der die Bücher gelesen hatte und beurteilen konnte, ob sie so hoffnungslos obszön waren, wie allgemein behauptet. Von den Auseinandersetzungen damals wusste ich nur, weil mir die nette Ms. Williams davon erzählt und die legendären Schlachten in den unglaublichsten, schillerndsten Tönen ausgemalt hatte. Leider war ich zu jung und dumm gewesen, um deren Wahrheitsgehalt anzuzweifeln oder zu wissen, dass Legenden, in denen das Gute über das Böse triumphiert, mit der Zeit immer mehr ausgeschmückt werden.

Für die Probleme mit Faulkner zeichnete die Bibliothekarin Mrs. Ephegene Ester verantwortlich, eine prüde Cousine der bereits erwähnten Mrs. Tichborne. Mrs. Ester, die sogar noch respekteinflößender war als Mrs. Tichborne, besaß erheblichen Einfluss bei den Erziehungsbehörden, denn seit langem taten sich Mitglieder ihrer Familie im Schuldienst von Old Buckram und als unbeugsame Stützen der Gemeinde hervor. Als Mrs.

Ester von der »wenig schmeichelhaften Passage über Gottvater« in *Als ich im Sterben lag* hörte, war ihr sofort klar, dass dieses Meisterwerk aus der Schulbibliothek und von allen Lektürelisten der Schulen zu entfernen sei. Selbstverständlich hatte sie dabei die volle Unterstützung einer Koalition der städtischen Kirchen, einschließlich derjenigen, die wir gelegentlich besuchten. Kaum waren die zuständigen Stellen im County von Mrs. Esters Vorgehen in Kenntnis gesetzt, brachten sie flugs die beschlussfähige Anzahl an Entscheidungsträgern zusammen und verbannten das anstößige Buch auch aus der (eher kärglich bestückten) Bezirksbibliothek. Leider, leider störte sich in Old Buckram niemand an literarischer Zensur.

Im Unterricht war ich kaum bei der Sache, sondern malte mir in den leuchtendsten Farben aus, wie Vater die Neuigkeit aufnehmen und sofort in Aktion treten würde. Töricht, wie ich war, sah ich es als *die* Gelegenheit, die ihm seine frühere Lebenskraft zurückgeben würde. Bei mehreren Lehrern und Klassenkameraden schnitt ich das Thema an und verkündete stolz und ohne Rücksicht auf Verluste: »Glaubt mir, mein Vater, der bläst diesen Leuten schon noch den Marsch!« Oder: »Ja, natürlich! Er ist Anwalt. Notfalls bringt er die Behörden vor Gericht.« Und: »Dagegen geht er vor! Mit allen Mitteln. Mrs. Ester wird den Tag verfluchen, an dem sie dieses Buch aus dem Regal genommen hat!« Einmal log ich sogar, ich hätte mit ihm gesprochen und er sei außer sich vor Wut.

Als ich an diesem Nachmittag nach Hause kam, ging ich schnurstracks in die Bibliothek, wo ich sofort in dem der drei Exemplare des Buches von Faulkner zu lesen begann, das mir am wenigsten teuer erschien. Es war nicht so schlüpfrig, wie ich gehofft hatte, ja, eigentlich war es gar nicht schlüpfrig. Von dem, was ich las, verstand ich herzlich wenig. Trotzdem konnte ich es kaum abwarten, Vater von dem Verbot zu erzählen. Ich wusste, er würde stinkwütend sein und sofort dagegen wettern. Warm eingemummelt und trotzdem zitternd wartete ich abends auf der Terrasse, dass er von der Arbeit heimkam, die er seit einiger Zeit wieder aufgenommen hatte. Kaum sah ich sein Scheinwerferlicht über den ersten Hügel streifen, rannte ich in die Einfahrt, um ihn dort abzufangen.

»Du glaubst es nicht«, sagte ich, und die Zähne klapperten mir fast aus dem Kopf. »Mrs. Ester und die Behörden haben Faulkner verboten!«

Er ging im Dunklen neben mir her. »Ja, hab ich gehört.«

»Und, wie findest du es?«

Als Antwort zuckte er kaum merklich mit den Schultern.

Seine Gleichgültigkeit traf mich bis ins Mark, erschüttert trottete ich hinter ihm ins Haus. Dort zog er den Mantel aus und legte ihn über den Stuhl in der Vorhalle. Ich spürte seinen unausgesprochenen Ärger. Aus irgendeinem Grund war er genervt. Als er Mutter die Treppe herunterkommen hörte, nahm er seinen Mantel und ging rasch den Flur entlang in den Großen Saal. Dort dimmte er die Lampen mit einem heftigen Schlag auf den Schalter und begann mit unverhohlener Ungeduld Ordnung zu schaffen. Ein Kissen, das im Sessel nach vorn gefallen war, rückte er ebenso gerade wie einen schiefen Stapel Bücher. Dann bückte er sich hinter dem Tresen und tauchte mit einem dunklen Schnaps wieder auf, der auch nach dem Hinzufügen von Wasser oder Eis und einmal Durchschütteln nicht weniger trübe wurde. Ärgerlich schaute er mich an.

»Willst du auch einen?«

Diese Frage gab mir den Rest.

Als ich nichts erwiderte, redete er mit seinem Glas: »Ein alter Klient hat mir neulich eine Flasche Selbstgebrannten gegeben. Als Bezahlung.«

»Hast du ihn schon probiert?«

»Noch nicht. Ich bewahre ihn für eine bessere Gelegenheit auf.«

Er trank das Glas in einem Zug leer. Goss es wieder voll. Fügte auch dieses Mal Eis hinzu. Er schaute sich im Raum um, wo sich allmählich die vergehende Zeit bemerkbar machte. Eine einsame Vase vergessener Frühlingsblumen, darum herum abgefallene vertrocknete Blütenblätter, Stapel ungelesener Zeitungen. Alles erinnerte daran, dass hier Versprechen gemacht und nicht gehalten worden waren.

»Das Buch«, sagte ich.

»Ja, das Buch. Erzähl mir davon.«

Er wollte es aber gar nicht wissen. Ich hätte genauso gut »Ich zünde jetzt das Haus an« sagen können, und er hätte geantwortet: »Großartig.« Der Wind war mir aus den Segeln genommen. »Es interessiert dich wirklich nicht die Bohne, was?«

»Sag mir, warum es das sollte.«

»Es geht um Faulkner. Sie verbieten Faulkner. Verdammt, sie setzen *Als ich im Sterben lag* auf den Index. Du hast drei Exemplare davon. Drei gebundene sogar. Wie kann dir das egal sein?«

Während Vater und ich redeten, herrschte in Old Buckram rege Aktivität. Meine Prahlereien hatten sich herumgesprochen, und ich hatte unabsichtlich dafür gesorgt, dass die Affäre um Faulkner eskalierte. Auf meine Andeutungen rascher und verheerender Vergeltungsmaßnahmen seitens meines Vaters, des literarischen Helden der Massen, hatte ein Treffen sämtlicher Kirchenvertreter stattgefunden, einberufen von keinem Geringeren als Maynard Houck. Die Nachricht verbreitete sich über die üblichen Kanäle, und binnen weniger Stunden organisierte man auf den Barrowfields einen spontanen Scheiterhaufen, auf dem mitgebrachte Exemplare des anstößigen Texts zu Staub und Asche verbrannt werden sollten.

Um halb neun klingelte unser Telefon, lange nach Einbruch

der Dunkelheit und so lange nach Vaters Heimkehr, dass er eine Flasche Schnaps leeren und eine zweite hatte anfangen können. An Mutters Stimme merkte ich, dass es sich bei dem Anrufer weder um einen Fremden noch einen engen Freund handelte und das, was er sagte, einigermaßen beunruhigend war.

»Wo findet das Ganze statt?«, vermeinte ich zu hören. »Und warum machen sie das? Ja, ich sage es ihm, aber …« Ich rannte in das Zimmer. Mutter sah aus, als sei sie unentschlossen, was zu tun sei.

»Wo ist Vater?«

»An seinem Schreibtisch. Warum? Ist was passiert?«

»Ich weiß nicht mal, ob ich was sagen soll. Komm mit, dann muss ich es nur einmal erzählen.«

Wir gingen nach oben. Vater arbeitete nicht und las nicht. Verblasste Kondensringe, die in letzter Zeit das Holz befleckten, bildeten auf dem Schreibtisch ein nun teils von Vaters Whiskyglas verdecktes Spiralenmuster.

»Henry«, sagte Mutter zu Vaters Rücken, »das war Catherine Williams am Telefon. Sie lässt dir ausrichten, dass die Bücher heute Abend auf den Barrowfields verbrannt werden sollen. Sie meinte, das würdest du bestimmt wissen wollen. Sie hofft, dass du was tun kannst, aber …« Mutter hinterbrachte ihm Ms. Williams' Worte mit der Begeisterung eines Henkers, der einem Mann am Galgen sein Todesurteil verkündet. Vater drehte sich um und schaute mich an, sagte aber nichts.

»Was für Bücher?«, fragte er dann.

»*Als ich im Sterben lag*!«, schrie ich. »Ich hab's dir doch erzählt!« An Mutter gewandt, fragte ich: »Sie wollen sie verbrennen?«

»Deine Mutter hat von mehreren Büche*rn* gesprochen.«

»Alle Exemplare von *Als ich im Sterben lag*«, rief ich fassungslos. »Sie werden alle verbrannt.«

Nun, da die Nachricht von der Verbrennung sozusagen amtlich war, rastete ich vor Empörung regelrecht aus. In meinem jugendlichen Wahn interpretierte ich sie als geradewegs gegen meinen Vater gerichtet und das wiederum als Konsequenz meiner Prahlerei – einen Affront gegen meine gesamte Familie. Wie man uns verhöhnte und offen seine Missachtung zeigte, war mir unerträglich.

Mein Vater schaute wieder tief in sein Glas und kippte den Inhalt hinunter.

»Es ist egal«, sagte Mutter. »Man kann eh nichts tun.«

»Wir müssen aber etwas tun«, sagte ich zu Vater. »Wie … wie können sie das wagen? Wir müssen hingehen und sie davon abhalten.« Mein Vater blieb ungerührt.

»Du gehst nirgendwohin«, sagte Mutter zu mir. »Denk doch mal nach. Willst du, dass dein Vater hoch zu Ross dort einreitet und Pistolenschüsse in die Luft abfeuert? Was glaubst du, was dann passiert?«

»Wie kannst du so gleichgültig sein?«, kreischte ich Vater an, ging in die Bibliothek, kam mit einem Buch zurück und schlug es auf. »Ist dir wirklich einerlei, dass sie solche Bücher aus den Regalen nehmen und verbrennen?« Ich riss eine Handvoll Seiten heraus und warf sie zu Boden.

»Hör auf«, sagte Mutter.

Ich holte noch ein Buch.

»Untersteh dich«, sagte Mutter.

»Du sagst, es ist dir egal. Na gut. Wenn es dir egal ist, dann mir erst recht.« Auch aus diesem Buch riss ich eine Handvoll Seiten heraus und warf sie vor ihm auf den Schreibtisch.

»Das reicht!«, sagte Mutter.

»Wir müssen sie daran hindern!«, schrie ich. »Wir dürfen es nicht zulassen!«

»Sei still«, sagte Mutter scharf. »Du weckst Threnody.«

»Was können wir machen, um sie davon abzuhalten?«, überlegte Vater nun doch einigermaßen überraschend.

»Wir müssen hingehen!«

»Das ist keine gute Idee!«, entgegnete Mutter. »Es könnte jemandem etwas passieren.«

»Niemandem passiert was«, sagte Vater, die Zunge schwer vom braunen Schnaps. »Aber, verdammt und zugenäht, machen kann man sowieso nichts, wie du schon gesagt hast. Wir sind keine Bürgerwehr. Streng genommen, verstößt ihr Vorhaben nicht gegen das Gesetz. Selbst wenn sie die Bibliothek von Alexandria niederbrennen wollten, dann, zum Donnerwetter noch mal, dürften sie das.«

Da fiel mir etwas ein. »Sie wollen Bücher verbrennen, die dem County gehören. Die Bücher sind mit Steuergeldern bezahlt worden, sie sind öffentliches Eigentum!« Wie ein verwöhntes Kind zog ich Vater am Arm. Er sollte endlich aufstehen.

Er wehrte sich. »Man kann nichts machen, mein Junge.«

»Dann gehe *ich*«, schrie ich. »Dann gehe ich und nehme es selbst in die Hand!«

Ich stürmte aus dem Raum und rannte nach draußen. Auf der Veranda blieb ich schwer atmend stehen und spähte in die Dunkelheit. Drang von den Barrowfields jenseits des Tals schon ein Feuerschein zu uns hoch? Nein – noch hatten sie nicht angefangen. Mein Mund und meine Kehle wurden trocken, während ich mir vorstellte, wie ich allein ohne ihn dorthin ging. Eine überwältigende, vernichtende Traurigkeit überfiel mich. Ich hatte Todesangst. Was sollte ich sagen? Würde ich etwas sagen? Ich wusste, ich würde kein Wort herausbringen.

Hinter mir ging leise die Tür auf. Es war Vater. Ich wischte mir mit dem Ärmel die Tränen ab, drehte mich zu ihm um und versuchte, meinen Mut und meinen Trotz zurückzugewinnen. Bevor ich etwas sagen konnte, sprach er.

»Gehen wir.«

Die Erleichterung, die ich empfand, und das Gefühl von Erlösung waren so stark, dass ich fast auf die Knie gefallen wäre.

»Es ist aber ein Fehler, mein Junge.«

»Warum ein Fehler?«

»Weil nichts Gutes daraus entstehen wird.«

»Das begreife ich nicht. Wir müssen was tun. Ich habe gesagt, du würdest …«

»Ich weiß«, sagte er. »Ich weiß.«

Wir holten uns warme Kleidung und gingen hinaus. Mutter, eine Decke um die Schultern gewickelt, folgte uns. In der Einfahrt fand ein stummer, aber eindringlicher Dialog zwischen meinen Eltern statt. Vater senkte resigniert den Kopf, Mutter ebenfalls.

Dann sagte sie zu mir: »Du musst das nicht tun.«

Aber ich war nicht umzustimmen. Meine Wut war aus irgendeinem Grund an die irrationale Überzeugung geknüpft, dass ich meinen Vater nur sanft und nachdrücklich mitzuziehen brauchte, und er würde wie Phönix aus der Asche auferstehen und sich selbst wiederfinden. Bevor ich allerdings erneut mit Mutter argumentieren konnte, schnitt sie mir das Wort ab. »Du musst es mir nicht erzählen«, sagte sie. »Glaub mir, ich weiß, was in dir vorgeht. Schließlich bist du der Sohn deines Vaters.«

»Wir müssen los«, sagte ich. »Sonst kommen wir zu spät.«

»Ich wünschte, ihr würdet nicht gehen.«

»Mir passiert schon nichts«, sagte ich.

»Um dich mache ich mir auch keine Sorgen.«

Wir parkten auf der Main Street, knapp dreihundert Meter von den Barrowfields entfernt. So viele Autos hatte ich in der Stadt noch nie gesehen; die Leute standen in kleinen Gruppen herum, froren, bliesen sich Atemluft in die Hände und wippten auf den Fersen, um sich warm zu halten.

Ich war bereit, aus dem Auto zu springen und die Barrowfields zu erstürmen, aber Vater rührte sich nicht. Er saß lediglich da und starrte ins Nichts, und die Rädchen in seinem Kopf begannen zu rattern. Sein Mund bewegte sich, aber was er sagte, verstand ich nicht. Vielleicht rief er sich den gesamten Text des verbotenen Buchs in Erinnerung. Irgendwo in seinem Kopf hatte er jedes Wort gespeichert. Dazu war er fähig. Ich hatte es schon erlebt. Bestimmt aber malte er sich auch aus, was passieren würde, was er für eine Strategie verfolgen sollte, wie er die dichtgedrängt stehenden Leute umstimmen konnte. Ich dachte: Er ist hier. Mein Vater ist hier. Er weiß, was zu tun ist.

Er schloss die Augen und sagte: »Du kommst nicht mit. Verstanden? Bleib hier, und verlass das Auto nicht. Wenn du nicht hierbleibst, passiert was.« Vielleicht hatte er sich genau darauf mit Mutter geeinigt, Widerspruch war offenbar zwecklos. »Hast du verstanden?«, fragte er noch einmal. »Ja, alles klar«, sagte ich. Er knöpfte sich den Mantel bis zum Hals zu und ging in die Nacht hinaus.

Kaum war er aus dem Licht der Straßenlaternen im Dunkel, Richtung Barrowfields, verschwunden, machte ich mich auf. Unsicher, welches der richtige Weg war, ging ich instinktiv auf die schwach zu hörenden Stimmen und den kaum erkennbaren Lichtschein zu. Prompt verhedderte ich mich in dem schwarzen Moos, das weich aussah, in Wirklichkeit jedoch borstig und keineswegs biegsam war, und fiel unsanft auf den hart gefrorenen Boden. Ich wusste, dass sich ein selten benutzter Pfad durch die Barrowfields wand, aber ich fand ihn nicht.

Endlich kam ich zu einem großen Kreis von Menschen. Männer und Frauen bewegten sich um ein mir nicht einsehbares Zentrum von Aktivität herum. Auch die überall aufflammenden Blitzlichter verschafften mir keine Klarheit. Da ich Vater nicht fand, schob ich mich durch die Menge – und sah einen Scheiterhaufen aus Stöcken und Zweigen, aufgeschichtet um eine leere, hölzerne Kabelrolle. Auf einem improvisierten Podest auf dem Scheiterhaufen stand hochkant, etwa auf Kopfhöhe der Menschen, ein einzelnes gebundenes Exemplar von *Als ich im Sterben lag.*

Die Zuschauer um das noch spärlich aufgehäufte Brennholz machten keinen fröhlichen Eindruck. Die Stimmung war eher wie bei einer Beerdigung. Die Menschen wirkten ernst und unsicher, ich sah sogar ängstliche und skeptische Blicke. Vater hatte mir von Exekutionen in Old Buckram erzählt und dass zum letzten Mal im Jahre 1907 ein Mann vor dem Gerichtsgebäude gehängt worden war: »Gar nicht so lang her.« Diese krankhaft neugierige Menschenmenge befand sich offenbar in einem ähnlichen Gefühlszustand, nur, dass heute Abend kein Mensch gehängt, sondern ein Buch verbrannt werden sollte.

Die Arme voll Holz, traten Maynard und ein weiterer Mann aus der Dunkelheit. Ein dritter, bedächtiger Dünner in Tankwartlatzhose folgte ihnen auf dem Fuß, in Händen einen großen roten, mit Öl und Sägemehl verschmierten Benzinkanister. Jemand rief »Hierher mit dem Licht!«, und Maynard begann, Benzin über den Scheiterhaufen zu gießen, als besprenkele er eine unbekehrbare Gemeinde mit Weihwasser. Fieberhaft suchte ich die Gesichter ab, konnte Vater aber nicht finden.

Maynard strich sich den Talar glatt und rief: »Ruhe bitte! Beruhigt euch. Könnt ihr mich dort hinten alle hören? Jetzt Ruhe bitte.« Seine wurmartige Zunge ringelte sich um seine Mundwinkel. Das war sein Moment. »Gut dann, alles klar. Hört zu …« Es wurde still. Aber Maynard hatte weder Zeit noch Geduld für Stille und rief: »Ihr wisst alle, warum wir hier sind.«

»Ja, warum, Maynard?«, rief jemand, und ein paar Leute lachten. Der Mann, der das Benzin mitgebracht hatte, entzündete einen ölgetränkten Lumpen, der an einer Metallstange befestigt war. Er steckte die Stange in den Boden, brennende Stofffetzen rissen sich von der Fackel los, schwebten herunter und um den bemoosten Baumstumpf herum, wo Maynards Fuß aus Gewohnheit rhythmisch-mechanisch wie auf das Pedal einer Orgel trat. Jetzt, da es heller war, sah ich die Pastoren von den Kirchen Old Buckrams mit finsteren Mienen in einer Reihe stehen. Maynard war der Richter, sie die Geschworenen.

»Das hier ist kein Scherz, Leute«, hob Maynard wieder an. »Ich weiß natürlich, dass man es von zwei Seiten betrachten kann.« Pause und dann mit dem einstudierten Crescendo, das alle religiösen Eiferer so gut beherrschen und vielleicht sogar erfunden haben: »Aber ich weiß, auf welcher Seite ich stehe!«

»Amen«, sagte jemand neben mir. Auch von der gegenüberliegenden Seite des Kreises kam ein beherztes »Amen!«. Dann eine Stimme: »Rede, Bruder!« Zwei Damen in meiner Nähe flüsterten eigene, je verschiedene Gebete, die sich umeinander zu winden schienen wie zwei Schlangen um einen Baum.

»Also, das Buch habe ich nicht gelesen«, sagte Maynard.

»Sie haben es nicht gelesen?«, fragte Vater fassungslos. Aus dem Nichts war er neben Maynard aufgetaucht, dem wiederum vor Überraschung fast die Augen aus dem Kopf sprangen.

»Sie haben es nicht gelesen?«, wiederholte Vater, diesmal etwas nachdrücklicher. Die Wirkung des Alkohols war unüberhörbar, mühsam brachte er die Worte heraus.

»Nein«, sagte Maynard mit zusammengebissenen Zähnen. »Ich habe es nicht gelesen, und ich werde es auch nicht lesen.« Und dann rief er seinem Publikum zu: »Aber ich weiß, was drin steht!«

Falls die Leute bisher zwiespältige Gefühle gehegt hatten, so schlugen sie sich jetzt auf seine Seite. Zustimmende Rufe ertönten, und als die langsam verstummten, rief eine Frau: »Solchen Quatsch braucht man nicht zu lesen!«

Vater räusperte sich. »Darf ich, darf ich …«, sagte er und drehte sich zu den Versammelten um. Es dauerte eine halbe Ewigkeit, bis er die ersten Worte fand. »Hört zu, Leute. Was Mr. *Houck* vorschlägt, *das* ist Quatsch.« Er sprach nicht überzeugend, und ich hörte ein leichtes Zittern in seiner Stimme. »Das Buch«, fuhr er fort, »das ihr hier brennen sehen wollt, ist kein schlechtes Buch. Wirklich nicht. Es ist von einem Mann geschrieben worden, dessen Namen ihr alle kennt! Weil er nämlich ein großartiger amerikanischer Schriftsteller ist. Einer der wichtigsten, die je gelebt haben, und darauf sollten wir alle stolz sein, so wie wir auf Mark Twain und John Steinbeck und Emily Dickinson stolz sind.« Man sah förmlich, wie er sich bemühte, Namen zu nennen, die ihnen vielleicht vage bekannt waren. Doch an ihren Gesichtern war nichts abzulesen. Als er merkte, wie schlecht er ankam, vergrub er die Hände in den Manteltaschen und fing noch mal von vorn an. »1949 hat der Mann, der dieses Buch geschrieben hat, den Nobelpreis für Literatur bekommen, und das ist eine außergewöhnliche Ehre, das kann ich euch sagen.« Aber auch damit beeindruckte er niemanden. Stattdessen richtete jemand dreist eine Taschenlampe auf sein Gesicht. Vater wandte sich blinzelnd ab. »Hört zu … ich bitte euch nicht, mir blind zu vertrauen. Ihr solltet überhaupt niemandem blind vertrauen. Denn nur darum geht es. Lasst euch von nichts und niemandem erzählen, was ihr lesen dürft und was nicht.«

»Aber du willst es uns doch gerade erzählen«, rief ein Mann.

»Nein, will ich nicht«, sagte Vater. »Ich sage euch nicht, dass ihr dieses Buch lesen müsst – ich will euch nicht dazu zwingen. Ich sage einzig und allein, dass ihr selbst entscheiden sollt, ob ihr es lest oder nicht. Nicht Maynard Houck. Nicht Ephegene Ester. Maynard sagt, er kennt das Buch nicht mal, und ich frage mich, wie viele von euch, die ihr es der Vernichtung anheimgeben wollt, es kennen.« Zum Glück bat er die Leute nicht um ein Handzeichen. »Ich sage euch nur, dass ich es gelesen habe und es zugegebenermaßen nicht zu meinen Lieblingsbüchern gehört. Aber bevor ihr hier Bücher verbrennt, solltet ihr sie wenigstens einmal selbst aufschlagen und einen Blick hineinwerfen …«

Mittlerweile murmelten die Zuschauer und wurden unruhig; für ihre Begriffe schwadronierte Vater nur herum. Der Alkohol machte sich in seiner Aussprache immer unangenehmer bemerkbar, und für die Leute war er offenbar so überzeugend wie der stadtbekannte Trunkenbold. Jemand warf einen Dreckklumpen, traf Vater mitten auf der Brust, und Stücke flogen ihm ins Gesicht. Ein zweiter Klumpen schoss wie eine Fledermaus durch die Luft, verfehlte aber sein Ziel. Jemand rief: »Henry, geh nach Hause!« In der Stimme schwang nicht etwa Hass mit, sondern Mitleid.

Nachdem sich Vater den Dreck aus den Augen gewischt hatte, drehte er sich zum ersten Mal zu dem Holzhaufen um und sah das Buch, das dort geduldig darauf wartete, Opfer der Flammen zu werden. Er lächelte. Noch ein Klumpen traf ihn hart im Rücken und zerbrach. Mich überkam eine grauenhafte Wut, und ich überlegte wirklich schon, wie ich die Leute ausfindig machen und ermorden konnte, die meinen Vater so behandelten. Ich zitterte und hätte gern vor ihnen ausgespuckt. Aber ich schaffte es nicht.

»Wartet«, sagte Vater. »Wartet einen Moment, Leute. Maynard, ich möchte Sie etwas fragen.«

»Und das wäre, Henry?«

»Sie haben nur das eine Exemplar?« Vater versuchte, seine Belustigung zu verbergen. Ich sah an seiner Miene, dass er jetzt aus irgendeinem Grund das Ganze unvergleichlich komisch fand. »Im ganzen County gibt es nur dieses eine Exemplar?«

Niemand sonst fand das witzig. Die Leute bewegten sich weiter unbehaglich hin und her.

»Hauen Sie ab, Henry«, sagte Maynard. Sein Geduldsfaden war gerissen. Lächerlich ließ er sich nicht machen. »Sie werden uns nicht zurückhalten.«

»O doch, Maynard«, sagte Vater. Und dann kletterte er einfach mit seinen beeindruckend langen Beinen ungelenk auf den noch nicht angezündeten Scheiterhaufen, packte das Buch und balancierte auf der provisorischen Bühne wie ein betrunkener Leichtmatrose. Die Leute schnappten nach Luft, und jemand sagte: »Was um Himmels willen …?«

»Steigen Sie da runter, Henry«, sagte Maynard zähneknirschend. »Es gibt eine amtliche Anordnung. Das Buch da verstößt gegen das Gesetz.«

»Es gibt keine Anordnung, und es verstößt nicht gegen das Gesetz!«

»Das wollen wir doch mal sehen!« Maynard rannte zunehmend erregt hin und her, der Sabber lief ihm aus den Mundwinkeln. »Wenn ich das hier verbrannt habe«, rief er, »komme ich zu Ihnen nach Hause und hole Ihres.«

Da geriet mein Vater in eine Wut, wie ich sie noch nie bei ihm erlebt hatte. Sein schwarzer Mantel flatterte im Wind wie eine Sturmwolke, und er erhob sich und schrie: »Wenn Sie was brennen sehen wollen, Maynard, kommen Sie in mein Haus und versuchen Sie, meine Bücher zu holen!«

Maynard nahm die Fackel und warf sie auf den Scheiterhaufen. Hohe Flammen loderten auf und erhellten den Himmel. Schreiend stürzte ich vor, wurde aber in dem folgenden Gedränge umgerannt. Einen Moment lang sah ich, wie Vater in diesem biblischen Feuerofen das Buch an sich gedrückt hielt und sein Gesicht vor den Flammen zu schützen suchte. Ich hatte ein Gefühl, als würde ich ersticken.

Und dann war es vorbei. Vater sprang von dem Scheiterhaufen und landete, zum großen Teil unversehrt und das verbotene Buch in der Hand, ein, zwei Meter von mir entfernt. In der Stadt hatte die Feuerwehr ein Löschfahrzeug bereitgestellt, und kaum erscholl auf das Inferno hin das Martinshorn, verschwanden die Zeugen der angekündigten Verbrennung in der Dunkelheit. In die Sache hineingezogen werden wollten sie nicht. Was mit Maynard passierte, bekam ich nicht mit, auch er und die anderen Pastoren waren jetzt nirgendwo mehr zu sehen.

Als ich Vater erreichte, rang er auf allen vieren um Luft. Hemmungslos weinend fiel ich neben ihm nieder und versuchte, ihn vom Feuer wegzuziehen, das schon erstarb und heftig qualmte, weil man unüberlegt viel nasses, grünes Holz aufgeschichtet hatte. Ich zerrte ihn auf einen Baumstumpf, schob ihm die Arme unter die Schultern und hielt ihn, bis er nicht mehr hustete. Ich weinte weiter, und so saßen wir beide allein und todtraurig auf den Barrowfields.

14

Wie zu erwarten, trug der Misserfolg auf den Barrowfields wenig dazu bei, meinen Vater aus seiner Melancholie zu reißen. Er fühlte sich zutiefst erniedrigt und isolierter denn je. Freudlos, schweigend nahmen wir in den folgenden Wochen unser Abendessen ein. Anschließend sang und las ich Threnody im Flüsterton etwas vor. Wenn sie schlief, wagte ich mich nach unten, setzte mich ans Klavier und spielte in der Dunkelheit bei flackerndem Kerzenlicht, während Vater sich besinnungslos trank. So ging das Abend für Abend, und wir warteten, dass der Bann gebrochen wurde; warteten, dass ein neuer heller Morgen aufzog und sich das Leichentuch der Depression hob.

Doch der helle neue Morgen kam nicht. Stattdessen brachte die so oft grausame oder widerwärtig gleichgültige Natur meinen Eltern noch ein Kind. Mutter war schon bei Maddys Beerdigung schwanger gewesen, hatte es aber niemandem erzählt, nicht einmal Vater. Als sie dann die Neuigkeit bekannt gab, war diese bittersüß.

Nach Threnody hatten sie keine weiteren Kinder gewollt, die Schwangerschaft war für beide ein Schock. Vater tat zwar so, als sei er hocherfreut, aber nicht lange. Die zweite Tochter kam zu früh zur Welt und war blassblau wie ein früher Morgenhimmel. Im Krankenhaus wurde bei ihr eine Form von Krebs diagnostiziert, die selbst die kräftigsten Kinder selten überlebten.

»Eher früher als später« lautete das Verdikt der Ärzte, und ich hörte, wie meine Eltern es leise und mit tiefen Schatten um die Augen wiederholten.

Doch das Kind strafte alle trostlosen Statistiken und Prognosen Lügen und erlebte seinen ersten Geburtstag, dann den zweiten – ein mageres, zerbrechliches kleines Mädchen, aber niedlich anzusehen mit einem Narzissenband um den Pferdeschwanz, das sie liebte. Allmählich gestatteten wir uns die abwegige Hoffnung, dass sie trotz aller Vorhersagen eines Tages ein ganz normales Leben führen könnte. »Sie ist zäh. Sie wird uns überraschen. Passt nur auf, sie überlebt uns noch alle«, sagten wir.

Wenn sie nicht im Krankenhaus war, saß Vater Tag und Nacht mit ihr in ihrem Zimmer, hielt sie im Arm, wiegte sie und erzählte ihr alberne Tiergeschichten, die sie zum Lachen brachten – über eine Giraffe mit verschieden langen Beinen, die immer in alle Richtungen auf einmal losspurten wollte, einen Weberknecht, der auf dem Kopf seines Gefährten, eines sprechenden Golden Retriever, durch die Welt reiste und mit ihm die unwahrscheinlichsten Abenteuer erlebte. Auf dieser Welt gibt es nichts Wunderbareres und Kostbareres als ein lachendes Kind.

Wenn es morgens schön war, trug Mutter sie über die Wiese mit den Butterblumen und dem Löwenzahn hinunter zum Stall, damit sie bei den Pferden sein und ihre kalten Nasen streicheln konnte. Nach ein paar vorsichtigen Ausflügen hoch zu Ross, vor Mutter im Sattel und immer nur im Schritt, liebte sie diese Tiere bald genauso sehr wie Mutter. Wir kauften ihr alle Spielzeugpferde, die wir im Umkreis dreier Countys fanden, und schon bald hatte sie mindestens einhundert in jeder Form und Größe. Manche waren so klein, dass sie in ihre Hand oder in die Tasche ihres Kleides passten, andere größer. Sie kämmte die

Mähnen und Schwänze, bis die Haare ausfielen, und gewiss war ihre Pferdeliebe etwas, an dem sie sich festhalten konnte. Etwas Greifbares im Reich der Lebenden, das einer ansonsten unerklärlichen Existenz Sinn verlieh. Ihretwegen kämpfte sie mutig darum, hierzubleiben.

Auf dem Boden in ihrem Zimmer hatte sie einen kleinen Stall mit einem ordentlich um ihre Pferde aufgestellten Zaun. Sie und Mutter bemalten Holzdreiecke grün, das waren die Bäume auf der Weide, und sie bestand darauf, echtes Heu unten aus dem Stall für die Tiere zu bekommen. Mutter zerschnitt es mit einem Messer und band es mit Gummibändern zu spielzeuggroßen Ballen zusammen. Meine Schwester wieherte und ließ ihre Pferde über den Boden traben und galoppieren. Threnody, die mittlerweile sechs Jahre alt und in der ersten Klasse war, half ihr, ihnen Namen zu geben, und schrieb diese in ein Notizbuch, das bald mit Aufklebern gepflastert und innen voller krakeliger schwarzer und brauner Pferdezeichnungen war.

Eines Abends saß sie auf meinem Schoß, und ich las ihr ein Bilderbuch vor. Sie war leicht wie eine Feder. Während wir lasen, fiel mir auf, dass sie das Gesicht immer näher zu dem Buch schob, fast, als versuchte sie, durch ein nicht vorhandenes Schlüsselloch in der Mitte der Seite zu lugen. Ein wenig beunruhigt zeigte ich auf ein Bild und fragte: »Was siehst du da?« Sie reckte den Kopf vor und hielt sich erst das eine, dann das andere Auge zu. »Einen Schmetterling?« Es war kein Schmetterling. Sie war fast blind oder blind geworden.

Abends hörte ich mit Erleichterung, dass Mutter und Vater ihre Sehprobleme lange vor mir bemerkt hatten. Zu ihrem dritten Geburtstag im April des Jahres bekam sie eine Brille, aber besonders praktisch war die nicht. Sie war schwer und sperrig, und damit sie nicht herunterfiel, wenn meine Schwester lief oder nach unten schaute, waren die Bügel lang und wie Haken um die Ohren gebogen. Weil sie trotzdem oft herunterrutschte, waren die übergroßen Gläser ständig mit Fingerabdrücken verschmiert. Meine kleine Schwester hasste es, die Brille zu tragen, und das konnte ich gut verstehen. Aber ohne war sie hoffnungslos verloren.

Und weil sie nicht gut sehen konnte, wurde alles komplizierter. Sie stolperte ständig, und ihre Arme und Beine waren mit blauen Flecken übersät. Im Sommer ihres dritten Lebensjahres schien sie kräftiger zu werden und sicherer. Als der Herbst anbrach, konnte sie gut allein laufen und hatte entdeckt, wie viel Spaß es machte, die vielen Treppen im Haus hinauf- und hinunterzuklettern.

Eines regnerischen Morgens wachte sie vor uns anderen auf. Nachdem sie die Brille aufgesetzt und festgestellt hatte, dass sonst noch niemand wach war, ging sie den Berg hinunter zum Stall. Niemand sah es. Niemand hörte, wie die Tür hinter ihr zuschlug. Wahrscheinlich suchte sie einen von uns, aber schöner finde ich die Vorstellung, dass sie nun schon so mutig war, allein zu den Pferden zu gehen. Mutter bemerkte als Erste, dass sie weg war. Ich entdeckte sie dann von der Terrasse aus durch den wabernden Nebel weit unten am Rand der Weide. Ein wenig unbeholfen stand sie auf der zweiten Zaunlatte; das hatte sie von Threnody gelernt. Die Pferde waren um sie versammelt und schnoberten in der Hoffnung auf einen Leckerbissen gemächlich an ihren Fingern. Erleichtert rief ich Mutter zu, dass ich sie gefunden hatte. Als ich einen Moment später wieder nach ihr schaute, war sie nicht mehr da.

Die Brille war ihr wohl heruntergefallen und sie halb blind auf allen vieren unter den Zaun gekrochen, um sie wiederzuholen. Für sie hielt damals die Zeit an. Der leere Trost des Todes war, dass alles ganz schnell ging – der unvorsichtige Fehltritt eines Pferdes, das Zerbrechen ihrer zarten, papierdünnen Rückenwirbel – sie musste nicht lange leiden.

Zwei Tage vor der Beerdigung fuhren Vater und ich nach Avernus. Aus irgendeinem Grund wollte er sehen, wie viele Grabstellen neben Maddy noch frei waren. Die ganze Zeit war er in Gedanken versunken, als bemühte er sich, ein Rätsel zu lösen, das wir anderen nicht mal sahen. Nicht weit vom Friedhof parkte ein rostiger blauer Chevrolet-Pritschenwagen. Ein Mann, dürr wie ein Skelett, aber mit kräftigem, vorgeschobenem Kinn und verfilzten roten Haaren, grub im Regen auf dem Friedhof vor sich hin, als verrichte er Sträflingsarbeit. Wie bei Maddys Begräbnis parkten wir am Fuß des Hügels und gingen schweigend die Straße hoch. Nur einmal sagte Vater: »Wahrscheinlich bereitet er eine andere Beerdigung vor.« Dann fragte er mich mitten zwischen all den alten und neuen Gräbern, ob ich noch wüsste, wo wir Maddy begraben hätten. Er konnte sich nicht erinnern. War nicht wieder hier gewesen, weil er es wahrscheinlich nicht ertragen konnte. Ich entsann mich entfernt, wo das Grab war, und ging in die Richtung, eher auf ein Gefühl zu als auf eine konkrete Stelle. Auf jeden Fall auf den Mann zu, der die Erde aufwarf. Vater folgte mir. Es wurde dunkel, und um die Schrift auf den vielen Grabsteinen zu lesen, mussten wir uns dauernd bücken und die Augen zusammenkneifen. Wir fanden Maddys Grab nicht, und schließlich fragte Vater den Mann, ob er wisse, wo es sei. Aus einem zahnlosen Mund erwiderte der: »Jep, habe es gerade gesehen. Es ist gleich hier.« Mit seiner dreckigen Hand schlug er auf den Grabstein. Offenbar hatte Mutter schon ohne Wissen meines Vaters beim Bestattungsunternehmer angerufen, und der hatte jemanden geschickt, der das Grab für meine

Schwester aushob, solange es das Wetter zuließ. Nachdem wir das begriffen hatten, blieben wir schweigend eine Weile davor stehen.

15

An einem stillen Novembertag nach der Beerdigung ging Vater fort und kam nicht mehr zurück.

Im Sommer davor hatte eine geradezu biblische Trockenheit geherrscht. Die Bergquellen waren versiegt, und die flachen schwarzen Steine im Flussbett des Abaddon Creek ähnelten Knochen. Der Herbst brachte nicht enden wollende, tagaus, tagein fallende Niederschläge. Die kalten trüben Wasser des Abaddon Creek traten über die Ufer, in den dunklen Falten der Hügel sammelte sich dichter Nebel, die Gipfel blieben ständig umwölkt.

Es war der 16. November 1985. Ein Samstag. Regennass, schwarz, früh hereinbrechender Abend. Mutter war in Asheville, um eine kranke Freundin zu besuchen. Vater und ich sollten auf Threnody aufpassen. Sie und ich hatten den Morgen hinten in der Bibliothek verbracht, uns Geschichten erzählt und ein Buch von Tolkien gelesen. Als sie müde wurde und sich ein bisschen hinlegen wollte, verließ ich das Haus und fuhr zum Blue Ridge Parkway, um ein wachsendes Gefühl der Beklemmung, das sich schmerzhaft in mein Bewusstsein bohrte, zu vertreiben oder zuzulassen, je nachdem.

Zu meinem sechzehnten Geburtstag hatte ich einen alten Scout 800A geschenkt bekommen, mit dem ich allein herumfahren konnte. Der Wagen, den mein Vater in Anspielung auf *Wer die Nachtigall stört* Arthur Radley taufte, war wie ein Hund, den man selbst zärtlich liebt, der jedoch fies zu allen anderen ist. Er klang und roch wie ein schlecht gepflegter und mit dem falschen Treibstoff betankter Doppeldecker, war aber das tollste Auto der Welt. Mit aufgedrehter Heizung und heruntergelassenen Fenstern kutschierte ich herum und hörte dazu das Album *Presence* von Led Zeppelin auf einem Geräuschpegel, den die meisten gottesfürchtigen Leute als gefährlich erachtet hätten.

Touristen finden den Parkway normalerweise nicht mehr so reizvoll, wenn die herbstbunten Blätter im Oktober abfallen. Dann sind die Straße und die Aussichtspunkte unglaublich verlassen. Der Samstag war ein solcher Tag. Die Welt gehörte mir und nur mir, jedenfalls dieser entlegene Teil.

Die Fahrbahn war nass, und am Himmel hingen niedrige kohlenqualmfarbene Wolken. Hier so mutterseelenallein auf der Straße zu sein tröstete mich und stürzte mich gleichzeitig in noch schmerzlichere Verzweiflung. Ich hielt an dem Aussichtspunkt, von dem aus man normalerweise den Elk Mountain sah, konnte den Nebel aber keine drei Meter weit durchdringen und versuchte es an einer anderen Stelle – ebenso vergeblich. Trotzdem setzte ich mich auf die offene Heckklappe, las eine Weile und nahm hin und wieder einen verstohlenen Schluck aus Vaters Flachmann, den ich morgens von seinem Schreibtisch hatte mitgehen lassen. Nach zwei Stunden fuhr ich, erschöpft von meiner Einsamkeit, durch die Düsternis zum Ben Hennom zurück.

Als ich über den Kamm gegenüber dem Haus fuhr, sah ich, dass gar kein Licht darin brannte. Ob niemand da war? Plötzlich tauchte Threnody in meinem Scheinwerferlicht auf, und ich musste heftig bremsen und in den Straßengraben ausweichen, damit ich sie nicht überfuhr. Sie war totenbleich und hatte dunkle Ringe unter den Augen, als wäre sie gerade gestorben. Schluchzend fiel sie mir in die Arme.

»Hast du ihn gesehen?«, schrie sie, in der Kälte und im strömenden Regen am ganzen Körper zitternd. »Hast du ihn gesehen?«

»Wen gesehen?«

»Vater! Hast du ihn gesehen?« Sie war außer sich.

»Nein! Hätte ich? Wo ist er?«

Ihr T-Shirt war klatschnass und dreckverschmiert. Ihre schmutzigen Handflächen und Ellenbogen bluteten.

»Ich bin hingefallen, als ich den Berg runtergelaufen bin!« Sie hörte gar nicht auf zu schluchzen. Ihre Jeans war zerrissen, die Knie bluteten durch den Stoff. »Ich hab ihn gesucht und bin hingefallen. Er wollte einen Spaziergang machen, aber er ist nicht zurückgekommen. Das ist schon Stunden her.«

»Wir finden ihn«, sagte ich. »Ich verspreche dir, wir finden ihn.«

Ich trug sie zum Auto, setzte sie hinein und fuhr mit rasender Geschwindigkeit den Rest des Wegs zu unserem Haus.

»Ist Mutter noch nicht zurück? Threnody, was ist mit Vater passiert?« Sie vergrub das Gesicht in den Händen und weinte.

Ich sagte ihr, sie solle im Auto warten, und rannte ins Haus. Die Haustür stand offen, aber innen war nichts als Leere. Ich rannte die Treppe hoch in Vaters Arbeitszimmer, schrie seinen Namen, bis ich vor Panik fast keine Luft mehr kriegte. Als ich zu seinem Schreibtisch kam, war der – irgendwie anders. Ich starrte darauf, um zu verstehen, was anders war. Ich hatte das untrügliche Gefühl, dass Vater nicht die Absicht hatte, an diesen Ort zurückzukehren. Er bewohnte ihn nicht mehr. Ein einzelnes Blatt Papier lag auf dem Boden: die Titelseite seines Buches. Darauf standen handschriftlich Worte auf Latein, die ich nicht verstand, dieser Idiot. Aus irgendeinem Grund wusste ich, dass er fortgegangen war und nie mehr wiederkehren würde.

TEIL II

16

Ein Jahr und neun Monate später. Mutter stand am Küchenfenster und sah mir nach, wie ich zum Auto ging, das für meine Fahrt zum College gepackt war. Ich drehte ihr den Rücken zu, damit sie nicht merkte, dass ich weinte. Oben lag Threnody bäuchlings auf dem Bett und weigerte sich, mir Auf Wiedersehen zu sagen oder auch nur das Licht anzumachen oder die Vorhänge aufzuziehen. Auf meine Versicherung, ich würde oft kommen und sie besuchen, hatte sie erwidert: »Das stimmt doch gar nicht. Du kommst nie mehr zurück.«

»Du wirst mich noch häufiger sehen, als dir lieb ist«, sagte ich. »Und wenn ich dich nicht besuchen kann, schreibe ich dir oder rufe dich jeden Tag an. Ich komme wahrscheinlich mindestens einmal im Monat nach Hause. Wenn das nicht geht, wenn ich eine Prüfung oder so was habe, dann lass ich dich einfliegen, und du kannst nach Herzenslust auf dem Campus herumstromern und mit mir in die Seminare gehen.« Obwohl ich wusste, dass all das unmöglich war, wünschte ich mir das Gegenteil. »Es ändert sich überhaupt nichts«, behauptete ich.

Das Gesicht ins Kissen gedrückt, fragte sie: »Wer liest mir jetzt vor? Wer singt mich in den Schlaf? Und wer spielt Klavier, damit ich singen kann? Mutter kann nicht Klavier spielen.« Das letzte Buch, das wir – leider nicht zu Ende – gelesen hatten, *Die Hexe vom Amselteich*, lag auf ihrem Nachttisch.

»Das mach ich ja auch weiter, eine Weile lang eben nur übers Telefon.«

»Na, tolle Idee. Dann haben wir eine Telefonrechnung von zehntausend Dollar im Monat. Das kannst du dir nie im Leben leisten.«

»Nein, vermutlich nicht«, gab ich zu. Ich rieb ihr über den Rücken, doch sie machte eine Bewegung wie ein Pferd, das Fliegen abschüttelt, und ich hörte auf. Sie fing an zu weinen, ich auch.

»Ohne dich habe ich Angst hier«, sagte sie.

Wie auch nicht? Das Geierhaus mit seiner schrecklichen Leere ängstigte uns beide, und nur, dass wir einander hatten, war unser Schutz gegen die schlimmen Verwünschungen gewesen, die es in der Dunkelheit gegen uns ausstieß. Threnody entwarf mit Bleistift auf Millimeterpapier Häuser, in denen sie und ich eines Tages wohnen würden. Sie hatte eine ganze Sammlung davon. Oft konstruierten wir auch Gebäude aus Bauklötzen und Hölzern und malten uns aus, wie wir Old Buckram bald verlassen und uns irgendwo was am Strand kaufen würden. Wir würden Hängematten auf der Veranda aufspannen und in der Nähe eine Schule für sie finden. Deshalb ginge ich ja weg, behauptete ich. Um einen Job zu finden und Geld für das Haus zu verdienen. Sie könne schon mal darüber nachdenken, wo es stehen solle, und aufzeichnen, wie wir die Zimmer aufteilen wollten.

Leider hatten wir die Rechnung ohne die Zeit gemacht. Wir glaubten aber selbst oder taten so, als würde Threnody für immer ein Kind von neun Jahren bleiben und wir könnten nach Abschluss meines Studiums in unserem gemeinsamen Domizil da weitermachen, wo wir aufgehört hatten. Und obwohl mir im Grunde immer klar gewesen war, wie illusorisch das war, schwieg ich und ging.

Ich versicherte ihr, dass ich sie liebte, und umarmte sie fest.

Doch ich spürte, wie sie sich von der Welt abwandte und in sich zurückzog. Auf dem Weg nach unten war mir, als hätte man mir das Herz aus dem Leib gerissen.

»Das Studium ist schneller vorbei, als du denkst«, meinte ein Freund der Familie. »Genieß es, so gut du kannst. Ehe du dich's versiehst, bist du fertig und wieder zu Hause.« Ich komme nicht hierher zurück, dachte ich. Dieser Ort mit seiner tiefen Trostlosigkeit und seinem Leid ist nicht der richtige für mich.

Vor dem missglückten Gespräch mit Threnody war ich frühmorgens aufgestanden. Es war noch dunkel, aber ich konnte nicht mehr schlafen und packte ein paar letzte Sachen ein. Weil sonst noch niemand wach war, trat ich hinaus in den kühlen Morgen und schlenderte zum Rand der Terrasse, wo ich allein war und darüber nachdenken konnte, was ich eigentlich machte. Es regnete nicht, aber das nasse, hohe Gras lag flach, und die Blätter an den Bäumen waren schwer vom Tau. Ich zog mich auf die Mauer hoch, schaute über das Tal hinaus und sann darüber nach, was ich zurückließ und ob ich mit dem hier Erlebten je zu Rande kommen würde. Während ich auf den Sonnenaufgang wie auf den Beweis, dass dieser Tag nun wirklich anbrach, wartete, überkam mich wieder einmal das Gefühl der Einsamkeit und nicht verstreichender Zeit, wie man es bisweilen in den Bergen von Old Buckram empfand, in dem aber durchaus auch eine Ahnung des Friedens mitschwang, den ich eines Tages zu finden hoffte. Doch nach einer Weile überwältigte mich die hörbare Leere der bewaldeten Berge, der gewundenen, kaum befahrenen Straße und der Brachfläche der Barrowfields, die sich aus der entfernten Stadt nach Westen schoben, und ich wurde todtraurig.

Mutter kam vom Stall herauf und kletterte neben mich auf die Mauer. Als sie meine Befangenheit spürte, legte sie den Arm um mich. »Ist was?«

»Nein, nichts«, erwiderte ich. Ich wollte nicht reden.

Das respektierte sie und flüsterte: »Ich habe heute Morgen einen Dunenspecht gesehen. Was Niedlicheres kann man sich gar nicht vorstellen. Hast du schon mal einen gesehen?« Dann bemerkte sie, dass der Fliederbusch, den sie an die Terrassenmauer gepflanzt hatte, abgestorben war, und sagte: »Ach, herrje! Der hat bestimmt nicht genug Sonne gekriegt. Ich hab gedacht, wenn er erst mal groß genug ist, ist er da glücklich. Von wegen!« Sie sprang von der Mauer herunter und untersuchte ihn nach Lebenszeichen. »Vielleicht schlägt er doch noch mal aus«, meinte sie. »Man weiß ja nie. Ich lasse ihm noch ein bisschen Zeit.«

»Ja, man weiß nie«, sagte ich. Sie kam zurück und lehnte sich an die Mauer. Sie hatte Heu im Haar.

»Du hast gutes Reisewetter.«

»Hoffentlich.«

»Ich möchte nicht, dass du dir unseretwegen Sorgen machst«, sagte sie. »Ich weiß, dass du über vieles nachdenkst – auch über uns und was wir machen, wenn du weg bist. Wir kommen zurecht. Wir haben uns ja daran gewöhnt, dass nur wir hier sind. Zum Glück hat Threnody auch ein paar Freundinnen in der Schule gefunden. Ich muss dafür sorgen, dass sie mehr aus dem Haus kommt. Außerdem werd ich die ganzen Bücher lesen, die ich schon immer lesen wollte. Schließlich haben wir oben eine hervorragende Bibliothek …« Ihr brach die Stimme. Sie schluckte und hob noch einmal an: »Setz dich nicht zu sehr unter Druck. Ich weiß, wie du sein kannst.«

»Nein, mach ich nicht. Versprochen«, log ich.

»Und spiel unbedingt weiter so intensiv Klavier. Du hast zu hart gearbeitet, als dass du es vernachlässigen solltest.«

»Ich geh ans College, nicht zur Armee.«

»Weißt du, wann du nach Hause kommst?«

»Noch nicht. Aber bald. Ich weiß nicht, wie lange die Fahrt dauert. Vielleicht muss ich zurück fliegen.«

»Bist du nervös?«

»Weswegen? Nein. Kein bisschen. Aufgeregt.«

Mutter musterte mich und wusste, klug, wie sie war, sofort, dass ich vor der Ungewissheit riesengroße Angst hatte. »Ich habe eine Kleinigkeit für dich. Warte hier auf mich. Willst du einen Kaffee?«

Den wollte ich gern, und sie ging ins Haus. Mit einem Buch und einem Umschlag, aber ohne Kaffee, kam sie nach ein paar Minuten zurück, kletterte wieder auf die Mauer und gab mir den Umschlag. Darin waren vierhundertundsechzig Dollar, die letzten zehn Ein-Dollar-Scheine. »Ich hoffe, das reicht für das Benzin für die Hinfahrt und die Bücher für das erste Semester, und vielleicht bleibt auch ein bisschen übrig für was, was Spaß macht.«

»Danke, Mom.«

»Nimmst du deinen dicken Mantel mit?«

»Natürlich.«

»Da oben wird es kalt.«

»Kälter als hier? Das würde mich wundern.«

»Hast du dich von deiner Schwester verabschiedet?«

»Mach ich gleich.«

»Sie kommt schon zurecht.« Jetzt war Mutter an der Reihe, mich anzulügen.

Einen Moment lang blieben wir, jeder in seine Gedanken versunken, sitzen. Schließlich wurde ich aber doch unruhig und wollte los, ganz egal, welche Ungewissheiten mich erwarteten. »Schau mich mal an«, sagte Mutter. In ihrem Gesicht lag so finstere Entschlossenheit, als hätte sie die Worte viele Male sorgfältig geprobt. »Wenn dein Vater hier wäre, würde er zu diesem Anlass ein Buch aus dem Regal nehmen und dir etwas

Tiefgründiges vorlesen oder einfach T.S. Eliot aus dem Gedächtnis rezitieren, und es wäre perfekt.«

»Aber er ist nicht hier.«

»Das weiß ich. Trotzdem habe ich zwei Monate lang versucht, etwas zu finden, das ich dir vor deiner Abfahrt sagen kann. Weil er das tun würde. Aber alles, was ich gelesen habe, erinnert mich zu sehr an ihn.«

»Tut mir leid.«

Sie hielt mir das Buch hin, das sie aus dem Haus mitgebracht hatte: zerfledderter Reisebericht-Einband, schwarze Buchstaben vor dem Hintergrund eines afrikanischen Himmels. *Westwärts mit der Nacht* von Beryl Markham. »Das hast du noch nicht gelesen, oder?« Nein, hatte ich nicht.

»Es ist eins von meinen absoluten Lieblingsbüchern«, sagte sie. »Ich habe es gelesen, als dein Vater und ich von Baltimore hierhergezogen sind. Damals hat es mir Mut gemacht und mich in dem Glauben bestärkt, dass es ein außergewöhnliches Abenteuer werden würde. Nach alldem gibt es mir immer noch Hoffnung, und die wünsche ich dir auch, selbst wenn ich einsehe, warum du nur schwer welche schöpfen kannst.«

»Doch, doch, das kann ich.«

»Wenn nicht, ist es auch in Ordnung.«

Sie schlug den Text an einer Stelle auf, an der sie einen Grashalm als Lesezeichen eingelegt hatte. Dann las sie mir einen Absatz vor, den sie vermutlich schon vor Jahren unterstrichen hatte, und gab mir anschließend das Buch mit den Worten »So, das wollte ich dir sagen.«

Die abgegriffenen Seiten fühlten sich trocken an und zart wie gepresste Blumen. Am Rand neben dem unterstrichenen Absatz stand in Mutters Handschrift: »Nicht vergessen!« Es war davon die Rede, wie man einen Ort verlässt, an dem man sein ganzes Leben verbracht hat. Den Ort, an dem die eigene

Seele wohnt und an dem sich, solange man lebt und einerlei, wie weit und wie lange man weg ist, all die Geister und Dämonen hartnäckig halten. Geh schnell, rät Markham. Mutter las über meine Schulter gebeugt mit und zeigte auf die Sätze: »Die vergangenen Jahre erscheinen einem sicher (…), während sich die Zukunft in einer von Weitem bedrohlichen Wolke verbirgt. Die Wolke klart auf, wenn man in sie eintritt.«

Mutter nahm meine Hände und schloss das Buch. »Geh – genau das musst du nun tun. Wir kriegen das schon hin, bis du zurückkommst.«

Mein Leben und unser gemeinsames Leben als Mutter und Kind war vielleicht nicht so gewesen, wie sie es sich gewünscht hätte. Und jetzt würde ich weggehen – aus diesen abgeschiedenen Bergen, in die sie mit einem Mann gekommen war, der sie dann hier verlassen hatte. Sie würde bleiben und trotzdem auch eine neue Reise antreten. Keine, die mit räumlicher Distanz zu tun hatte, aber dennoch mit Weggehen und neuem Beginnen. Von jetzt an waren nur noch sie und Threnody auf dem Berg. Das Leben war neu geordnet worden. Nun, da das Haus um drei Menschen einsamer war, würde die Stille darin eine andere sein, und die Dunkelheit der Nacht noch dunkler.

17

Mit einem Stapel Straßenkarten auf dem Beifahrersitz brach ich nach Connecticut auf. Ich hatte Glück gehabt und an der Wesleyan University in Middletown ein Stipendium fürs Musikstudium bekommen. Widerstrebend brach ich gen Norden auf und rechnete eher nicht damit, mein Ziel zu erreichen. Ob mein schwer arbeitender Packesel von Auto es überhaupt aus North Carolina herausschaffen würde, war genauso ungewiss wie alles, was vor mir lag. Vater war zwar immer brennend an technischen Feinheiten interessiert gewesen, aber leider nicht an Fahrzeugwartung. Der Motor meines Autos, der unter der Haube keuchte und stotterte wie ein verrosteter Traktor, war in den letzten Jahren wahrscheinlich kaum einmal kompetent durchgecheckt worden. Doch egal, was passierte, ich musste weg. Nach Mutters Worten, an die ich mich mit absurder, jeder Grundlage entbehrender Zuversicht klammerte, redete ich mir ein, dass sich die Wolke teilen werde, wenn ich hineintauchte, aber das war auch kein Trost. Die ganze, sich wölbende Welt jenseits des Horizonts schien mir unermesslich und leer.

Schon die Berge von North Carolina und dann die über die ehemaligen Fuhrwerkrouten verlaufenden engen Landstraßen im südlichen Virginia hinter mich zu bringen dauerte eine halbe Ewigkeit. Ich hatte ein Gefühl, als würde ich von der Schwerkraft in die Grube Old Buckram zurückgezogen. Als Arthur Radley, von den kurzsichtigen Ingenieuren bei International Harvester nicht für das permanente Bergauf, Bergab gerüstet, heiß lief, hielt ich irgendwo südlich von Roanoke, tankte und ließ ihn abkühlen. Zum x-ten Mal holte ich meine Karten hervor. Für meine tränenden Augen sah die lange Strecke durch Pennsylvania und den Staat New York aus, als sei sie nicht zu schaffen. Schon bis Roanoke hatte ich volle drei Stunden gebraucht. Bis Middletown waren es wahrscheinlich weitere zwölf, aber nur, wenn mein Auto mitspielte. Und da sah ich schwarz.

Als ich den Motor wieder anließ und der Temperaturanzeiger schnurstracks zurück in den roten Bereich schoss, fuhr ich völlig verzweifelt weiter, bis ich ein ehemaliges Bankhaus fand, in dessen schattiger Durchfahrt ich anhalten und den Motor wieder etwas abkühlen lassen konnte. Wenigstens bin ich bis hierher gekommen, dachte ich, und kann, wenn nötig, wahrscheinlich mit einem Bus weiterfahren. Dann überlegte ich, was ich wohl für das Auto bekommen würde. Mehr als einmal blickte ich die Straße zurück Richtung Zuhause. Wie würde Mutter es aufnehmen, wenn ich einfach zurückkäme? Sie würde es verstehen. Zumindest nach einer gewissen Zeit. Sie wäre schrecklich enttäuscht, aber damit könnte ich leben. Threnody zuliebe gab ich nicht auf. Wenn ich die Augen zukniff, sah ich sie in ihrem Zimmer hinter verschlossener Tür, zusammengerollt, das Gesicht zur Wand, ein Plüschtier, für das sie eigentlich längst zu groß war, eng an sich gedrückt, ein leerer Trost, und über die Berge kam Regen gezogen, und die Traurigkeit draußen würde ihr Zimmer noch dunkler machen. Ich musste mich gar nicht anstrengen, um sie vor mir zu sehen, und wusste, wenn mich jetzt der Mut verließ, ich, vom Unbekannten besiegt, zurückfuhr, würde ich aus irgendeinem Grunde sie am meisten enttäuschen.

Ich hatte die Wesleyan University einmal an einem Wochenende im Jahr zuvor besucht, aber ich erinnerte mich nur noch bruchstückhaft und vage. Ich war dorthin geflogen. Allein, denn Mutter konnte die Flugkosten nicht auch noch für sich aufbringen, und sie hatte niemanden, der auf Threnody aufpasste. Auf dem Campus wurden Infotage für Studienbewerber abgehalten, und wegen der Stipendiumsvergabe sollte ich zwei (vom College ausgewählte) Musikstücke spielen. Die ganze Reise machte mir große Angst, und mein ungutes Vorgefühl wurde noch bestärkt durch das Wetter, das man mit Fug und Recht als apokalyptisch bezeichnen konnte. Ich hatte es mitgebracht. Es herrschte Old Buckramer Bodennebel, und aus einem aufgewühlten Ozean von Himmel goss es in Strömen. Ein noch leicht zu beeindruckender junger Mann bildet sich dann schnell ein, dass der Weltuntergang bevorsteht, und vielleicht erhofft er es ja sogar ein wenig. Das sind die Zeichen, dachte ich: bedrohlich wirkende schwarze Eichhörnchen (eins bleckte vor mir die Zähne), umgeknickte Schirme und Massen fallender nasser Blätter, die von einem heimtückischen Wind, der einem durch Mark und Bein fuhr, jäh wieder hochgefegt und im Kreis herumgewirbelt wurden.

Der einzige Lichtblick bei dem Ausflug an die Uni war ein hübsches braunhaariges Mädchen aus Austin, Texas. Ashley Taylor gehörte zu meiner Besichtigungsgruppe und war die Einzige, die so freundlich war, sich vorzustellen, als ich regennass, verlegen und panisch, weil ich nicht wusste, ob ich im richtigen Raum war, über meine eigenen Füße hineinstolperte und sie mich hochzog. »Ashley Taylor«, sagte sie, ganz das wohlerzogene texanische Mädchen. Als Junge aus Old Buckram hatte ich noch nie ein Wesen wie Ms. Taylor gesehen. Rötlicher Nagellack, mit Pailletten besetzte Armreifen, Ringe, die ich für Grabbeigaben mesopotamischer Könige und Königinnen gehalten hätte, und Schuhe, in denen sich der Raum spiegelte.

Sie trug ein kurzes Kleid aus feinem Stoff und hatte ein Selbstbewusstsein wie die Tochter eines Ölmagnaten. Als wir durch den strömenden Regen über das hitchcockartige Gelände liefen, ging Ms. Taylor immer fröhlich ein paar Schritte vor mir her. Und obwohl sich die Wesleyan University von ihrer allerschönsten grünen Seite zeigte, war sie doch das Reizvollste an der ganzen Veranstaltung.

Sie und ich waren die Einzigen ohne Eltern im Schlepptau, und als wir das nach einer Weile bemerkt hatten, flatterten wir den ganzen Tag wie Schmetterlinge umeinander herum und versuchten, uns gegenseitig zu vermitteln, wie intelligent und abgeklärt wir waren. Intelligent schaffte ich, aber bei abgeklärt musste ich bluffen. In der Mittagspause in der Memorial Chapel saßen wir abseits der anderen potentiellen Wesleyan-Studenten zusammen und stocherten in unseren nicht mehr ganz frischen Lunchpaketen herum. Als ich erfuhr, dass die himmlische Ms. Taylor bei Freunden der Familie in einer Nachbarstadt übernachtete und um drei Uhr den Bus nehmen musste, zerriss es mir schier die Herzarterien. All mein fiebriges Blut ergoss sich zu ihren blitzblanken Schuhen auf den Boden. Trotz meiner Stoßgebete an sämtliche Götter der Liebe stand ich kurz darauf in der windigen Straße und sah verzweifelt zu, wie sie einen ältlichen städtischen Bus erklomm. Ehe sich die Bustüren schlossen, drehte sie sich noch einmal um und lächelte zu mir herunter. »War schön heute«, sagte sie, und da ich schon immer unter der Unfähigkeit litt, zur rechten Zeit das Richtige zu sagen, besiegelten diese drei Worte das traurige Ende unserer kurzen, aber wunderbaren gemeinsamen Zeit.

Bei meinem Klaviervortrag später an dem Tag war ich nicht so gut, wie ich hätte sein können, bekam aber das Stipendium. Eine Zeit lang saß ich erleichtert auf der Treppe des Musikgebäudes, und als das Wetter eine kurze Atempause machte, ging ich zum Essen zu McDonald's. Anschließend nahm ich den Bus zu meiner Unterkunft am Stadtrand. Die makellose, reizende Ms. Taylor hatte mir so heillos den Kopf verdreht, dass ich sogar herumfantasierte, ich würde sie durch eine glückliche Fügung des Schicksals in meinem Motel antreffen oder sonst ein Mädchen kennenlernen, mit dem ich den Abend verbringen konnte. Nachdem ich einen dumpfigen, nach Urin riechenden Treppenflur in den zweiten Stock hochgestiegen war (der Lift war kaputt), schloss ich mich in meinem Zimmer ein, nahm die versiffte Steppdecke vom Bett und machte es mir darauf bequem, um zu lesen und mich für die Nacht einzurichten. Doch weil ich in einem fort an Ms. Taylor denken musste, konnte ich mich nur schwer konzentrieren, und nach ein paar Stunden abwechselnden Lesens und Onanierens glitt ich schließlich in einen herrlichen, wenn auch unruhigen Schlaf.

Mit Ms. Ashley Taylor aus Austin, Texas, im Sinn brachte ich jetzt allmählich weitere Meilen zwischen mich und mein Zuhause, doch leider immatrikulierte sie sich nicht an der Wesleyan, und ich sah sie nie wieder.

Letztendlich brauchte ich zwei Tage bis nach Middletown. Nachts fuhr es sich viel leichter, weil weniger Autos auf der Straße waren und die Sonne der anderen Seite des Globus ihre glitzernde Feindseligkeit zugutekommen ließ. Ich versuchte zweimal von öffentlichen Telefonen aus, Threnody über mein Vorankommen zu berichten, aber es nahm keiner ab.

Wenn ich an der Wesleyan nicht mit Studieren beschäftigt war, spielte ich endlose Stunden Klavier. Das gehörte zu den wenigen Aktivitäten, mit denen ich meine größtenteils alptraumhaften Erinnerungen an zu Hause von mir fernhalten konnte. Ich fand ein paar gute Freunde, aber sie kamen alle aus Gegenden weit weg von Old Buckram. Ja, in meinen vier

Jahren an der Wesleyan traf ich nicht ein Mal jemanden aus den Bergen North Carolinas. Und wenig überraschend hatte auch noch nie jemand von meiner Heimatstadt gehört, nicht mal von Blowing Rock. Bald sagte ich nur noch, ich sei von »irgendwo nördlich von Charlotte«, und den meisten Leuten reichte das als Antwort.

Nach acht Wochen meines ersten Semesters wurde mein Zimmergenosse, ein kaulquappengesichtiger Junge aus Albany, exmatrikuliert. Er war schwerst drogen- und alkoholabhängig und hätte eigentlich schon ein halbes Dutzend Mal gestorben sein müssen. Oft stolperte er um zwei Uhr nachts in unser Zimmer und erbrach unzerkautes Essen in unseren gemeinsamen Abfalleimer, den ich dann unter der Dusche auswaschen musste. Mehrmals kam ich aus dem Seminar, wenn er am halb geöffneten Fenster saß und kiffte oder Koks von seiner Kommode sniffte. Das Zimmer stank nach Räucherstäbchen, auf dem Boden vor der Tür lag ein nasses Handtuch, damit der Rauch nicht in den Flur entweichen konnte, und er brüllte mich an, ich solle schnell reinkommen und den Rauch nicht rauslassen. Normalerweise packte ich dann meine Sachen zusammen und ging schnurstracks in die Bibliothek oder den Musikfachbereich. Eines Samstagabends während der Prüfungen nahm er eine Überdosis von Gott weiß was und hatte einen schlechten Trip, mindestens vom Kaliber des braunen LSD in Woodstock. Er schlotterte am ganzen Leibe und würgte, und der Schaum aus seinem Mund lief mir über die nackten Beine, doch ich hielt ihn, bis der Notarzt kam. Sein Verschwinden war eine enorme Erleichterung, da ich jedoch bis zum Beginn meines zweiten Studienjahrs keinen neuen Zimmergenossen bekam, war ich manchmal sehr einsam.

Threnody behielt letztlich recht. Ich fuhr nicht nach Hause. Ich weiß nicht, warum. Ich konnte mich einfach nicht überwinden. Manchmal ging ich zur Post an der Ecke Silver/Elm Street und schickte Threnody einen Brief oder ein Buch. Gelegentlich rief ich an und führte im wahrsten Sinne des Wortes Ferngespräche, doch beileibe nicht oft genug, und jedes Mal hatte ich das Gefühl, sie weniger zu kennen. Stets versprach ich, in den nächsten Ferien nach Hause zu kommen, fuhr aber nie. Ich redete mir ein, es würde nur alte Wunden aufreißen, die zu schließen wir uns doch alle so sehr bemüht hatten. Je länger ich wegblieb, desto schwerer fiel es mir, wieder hinzufahren.

Weihnachtsferien in meinem zweiten Studienjahr: Nach meiner letzten Prüfung ging ich zurück in mein Wohnheim, über den sich leerenden Parkplatz, wo die letzten Autos vollgeladen wurden und Familien ihre Sprösslinge für die Ferien abholten. Als ich in meinen Postkasten schaute, obwohl ich seit Beginn des Semesters nur zwei Briefe bekommen hatte, lag darin einer aus Old Buckram. Von Mutter, die mich bat, in den Ferien nicht ihretwegen nach Hause zu kommen, sondern wegen Threnody. Sie werde mir das Geld für das Flugticket schicken, damit ich nicht durch den vielen Schnee fahren müsse. Ich solle anrufen. »Threnody würde Dich wirklich gern sehen«, schrieb sie. »Sie vermisst Dich sehr. Ich auch. Sie ist ganz aufgeregt, denn sie hat ein Weihnachtsgeschenk für Dich. Du hättest mal sehen sollen, was für eine Mühe sie sich mit dem Einpacken gegeben hat. Sie hat eine volle Stunde gebraucht, weil sie es so vorsichtig gemacht hat. Auf dem Papier sind Bilder von Büchern.«

Vor eineinhalb Jahren hatte ich mein Leben und meine Familie in den Bergen von North Carolina verlassen. Eineinhalb Jahre hatte ich Threnody und Mutter nicht gesehen und seit Wochen nicht mit ihnen gesprochen. Trotzdem fuhr ich zu Weihnachten nicht nach Hause. Ich rief auch nicht an und schrieb nicht. Ich ging nicht ans Telefon, hörte aber Nachrichten, die für mich hinterlassen wurden, mit einem Schmerz, wie ich ihn noch nie empfunden hatte. Warum, war mir ein Rätsel. Ich war ja selbst dafür verantwortlich, dass ich allein war. Frühmorgens wachte ich nach geradezu traumatischem Schlaf zitternd auf. Wenn der erste Lichtschein durch die Jalousienritzen kroch, meine klösterliche Existenz erhellte und ich die Augen öffnete und die weißen Wände und die weiße Zimmerdecke anschaute, spürte ich sofort eine unspezifische Furcht in der Magengrube und eine eisige Kälte in sämtlichen Knochen. Beides wich auch während des Tages nicht, und ich las meine Bücher allein in meinem Zimmer, wo ich fror und weder aß noch trank, bis der Abend kam und ich mir endlich Erleichterung verschaffen und meinen Schmerz, meine Angst und Einsamkeit mit billigem hellem Bier und der Gitarre wegspülen konnte. Nachts spielte ich stundenlang, bis ich so sturzbetrunken war, dass es nicht mehr ging und ich mich schlafen legte. Mit dem neuen Tag begann alles wieder von vorn.

Während des Semesters hatte ich einen Job in der Campus-Buchhandlung, aber wenn es ausklang, wurden die Stunden weniger und mein Geld knapp. In optimistischer Vorfreude auf den Frühling verkaufte ich Ende Dezember für fünfzehn Dollar meinen dicken Wintermantel und nahm am vierten Januar einen Bus nach Hartford, wo ich in einem Leihhaus für dreißig Dollar die Uhr versetzte, die ich zum Schulabschluss bekommen hatte. Später verkaufte ich ein Schreibset für fünf Dollar, einen Stapel meiner gebrauchten CDs für zwanzig und meine Lederhandschuhe einem Typen auf der Straße für zwei. Zwei Wochen lang aß ich nichts als Weißbrot in Nudelsuppe gestippt und verlor an Gewicht, was ich eigentlich nicht verlieren sollte.

Am Ende des Frühlingsemesters schrieb Mutter mir wieder, schickte mir fünfhundert Dollar und eine neue Adresse in Charlotte:

Ich habe seit einer Weile nichts von Dir gehört, konnte aber bei der Universität in Erfahrung bringen, dass Du noch lebst. Da dachte ich, Du brauchst ein bisschen Geld. Eigentlich möchte ich, dass Du damit einen Heimflug buchst und bei uns den Sommer verbringst. Aber das ist Deine Entscheidung. Wir vermissen Dich wirklich sehr und reden viel über Dich und fragen uns, wie es Dir geht. Bird ist seit Deinem Weggang bestimmt sechzig Zentimeter gewachsen. Das glaubst Du nicht. Sie ist jetzt größer als ich. Sie sieht Dir sehr ähnlich.

Die große Neuigkeit ist, dass wir aus dem alten Haus auf dem Berg ausgezogen sind. Wir wohnen jetzt in Charlotte – eine lange Geschichte. Es war schwer wegzugehen, aber wir hatten keine große Wahl. Die Pferde … ich hätte es Dir lieber persönlich gesagt … sie waren einfach zu viel für mich geworden … Nicht allzu lange nach Deinem Auszug habe ich sie der Dame gegeben, die immer reiten gekommen ist, die mit dem Weideland etwas weiter im Norden. Ich glaube, sie kümmert sich gut um sie, und sie gibt sie mir zurück, wenn sich etwas ändert und ich sie überhaupt zurücknehmen kann. Und noch etwas … Im letzten Jahr habe ich mir das Bein gebrochen (noch so eine lange Geschichte), und es hat eine Weile gedauert, bis es wieder in Ordnung war. Mich ganz allein ums Haus zu kümmern und den Berg und alles ist mir immer schwerer gefallen. Über den Kopf gewachsen. Unsere Möbel sind alle noch da, weil ich nichts zum Unterstellen gefunden habe. In Deinem Zimmer habe ich nichts angefasst, nur das Bier, das ich in Deinem Schrank gefunden habe, habe ich weggegossen. Ich habe das Haus zum Verkauf angeboten, aber wer weiß, ob das je klappt. Außer Leuten, die bloß neugierig sind, wie es von innen aussieht, hat es sich bisher niemand angeschaut. Ein Typ, der es mit einem Makler zusammen besichtigt hat, wollte von den Büchern welche kaufen, aber ich habe Nein ge-

sagt, weil Du Dir zuerst die aussuchen sollst, die Du haben möchtest.

Bitte schreib oder ruf an und sag mir, wie es Dir geht. Nur von Dir zu hören wäre schon toll für mich, für uns.

Mom

Von dem Geld für das Flugticket gönnte ich mir den Luxus eines Zwölferkastens Heineken und leistete die Anzahlung für eine Einzimmerwohnung, die ich für den Sommer mieten wollte. Im Wohnheim warf ich alles, was nicht ins Auto passte, weg und den Rest in der neuen Wohnung auf einen Haufen auf dem Boden. Als ich sie gesehen hatte, war sie möbliert gewesen, jetzt war sie leer und sah grauenhaft aus. Sie musste gestrichen werden. In den Wänden waren Löcher, eins von der Größe einer Faust. Der abgeschabte Teppich war übersät mit Flecken, und die Küche musste gründlich gereinigt oder gleich abgefackelt werden. Ich stellte mein Bier in den Kühlschrank, ging hinaus und holte mir eine große Pizza – noch ein Luxus. Als ich wieder in die Wohnung kam, musste ich feststellen, dass der Kühlschrank kaputt war und mein Bier lauwarm. Da ging ich wieder hinaus und kaufte eine billige Kühlbox und eine Tüte Eis. Nachdem ich die Pizza gegessen hatte, spielte ich mir auf der Gitarre die Finger wund und schlief dann, in Ermangelung eines Betts, mit meinem Sweatshirt als Kopfkissen auf dem Boden. Frühmorgens brach ich zur langen Heimreise auf. Auf dem ganzen Weg dachte ich an Threnody.

18

Ich nannte sie Bird. Seit wann oder warum, weiß ich nicht, aber für mich war sie immer Bird. Aus noch unerfindlicheren Gründen nannte sie mich Henry Lion.

Eine frühe Erinnerung: Sie war drei, ich fand sie draußen auf der Terrasse, ihre Hände bildeten um einen unsichtbaren Gegenstand in ihrem Schoß ein Dreieck. Sie hatte sich mit einer grün-gelben Raupe angefreundet und beschützte sie. Mit rosa Nase, kindlich gefurchter Stirn und gebeugtem Kopf musterte sie sie eingehend. Auf meine Frage, was sie da habe, erwiderte sie: »Das ist Herr Wurm. Er hat sich verirrt. Ich helfe ihm, wieder nach Hause zu kommen.«

Sie behandelte alle Lebewesen mit großer Zuneigung, das hatte sie von unserer Mutter. Oft saß sie im hohen Gras, ließ einen Käfer oder eine Ameise über ihre Hand krabbeln, und nachdem sie das Tierchen wie ein junger Charles Darwin eingehend studiert hatte, setzte sie es mit einem aufmunternden Wort behutsam wieder hin.

Morgens hob sie oft ein Stück Apfel vom Frühstück auf und brachte es einem der Pferde. Dann wanderten wir zusammen den Berg hinunter, und sie schob den Apfelschnitz durch die Zaunlatten und sagte höflich: »Hier, bitte schön. Bitte, beiß mir nicht den Finger ab. Danke.« Bevor wir wieder nach oben gingen, lauschte sie an den Zaunlatten, ob Holzbienen darin waren. Ganz vorsichtig, um sie nicht zu stören.

Mit vier bekam sie Windpocken. In der gesamten medizinischen Literatur, wette ich, wird kein üppigerer Krankheitsverlauf geschildert. Threnody war von Kopf bis Fuß mit den Bläschen übersät, doch sie ertrug es bewundernswert stoisch. Damit sie besser schlafen konnte, strich ich ihr einmal abends vor dem Zubettgehen eine Haferflockenpaste auf den Rücken. Ihr langes braunes Haar hatte sie in eines meiner Baseballcaps gepackt, es sollte nicht verklebt werden. Während ich Luft über das klebrige Gemisch fächelte, damit es schneller trocknete, sagte ich: »So bitte. Das sollte helfen.«

»Es fühlt sich auch schon sehr viel besser an«, erwiderte sie, obwohl ich ihr das nicht abnahm. »Und eines Tages«, flüsterte sie zu sich selbst, »gehen sie vielleicht ganz weg.«

»Ach, Bird«, sagte ich, »die bleiben nicht ewig. Nur noch ein paar Tage, und du bist so gut wie neu.«

»Wirklich?«

»Ja, Süße.«

»O wie schön.« Ihr fiel ein Stein vom Herzen.

Im Sommer vollführten wir mit Pappmaché-Masken und Capes aus Handtüchern alberne Heldentaten im knorrigen Gehölz, wo wir Höhlen suchten und uns den Bauch mit riesigen Brombeeren vollschlugen. Wenn ich versuchte, mich an von Baumwipfeln herunterhängenden Schlingpflanzen von Felsvorsprüngen zu schwingen, stand sie Schmiere. Weil bei unseren schlecht geplanten Abenteuern im Wald meist etwas schiefging, kriegten wir oft Ärger und prompt Hausarrest in unseren Zimmern, bis Vater nach Hause kam, sich unsere Unschuldsbeteuerungen und unser Flehen um mildernde Umstände anhörte und sein – in Anbetracht unserer Missetaten fast immer gerechtfertigtes – Urteil fällte. Da der Eingang zu Birds Zimmer im ersten Stock von meinem aus sichtbar war, setzten wir uns während der Haft immer in unsere weit offenen Türen, um uns sehen und über den Abgrund der großen Bibliothek miteinander reden zu können.

Und dieses wunderbare Kind liebte Bücher und Geschichten mehr als alles auf der Welt. Zu jeder Tages- und Nachtzeit fragte sie: »Erzählst du mir eine Geschichte?« oder »Liest du mir ein Buch vor?« Ich kann mich nicht entsinnen, dass ich jemals Nein gesagt habe. Der schönste Moment war, ein Buch zu Ende zu lesen und dann aufgeregt in der Bibliothek ein neues zu suchen, das wir noch am selben Abend beginnen wollten. Wenn wir es ausgewählt hatten, gingen wir wieder in ihr Zimmer, und sie zappelte vor Aufregung und hörte zu, solange ich ihr vorlas oder bis sie einschlief. Manche Familien spielen Krocket, andere Karten. Wieder andere setzen sich an einen See und angeln Forellen. Wir machten nichts dergleichen. Unsere Hauptfreizeitbeschäftigung waren Lesen und Geschichtenerzählen.

An dem Tag im November, bevor Vater ging, spielte ich unten Klavier, und Threnody rief mich von oben.

»Henry!«

Ich spielte weiter.

»Henry Lion!«

Sie wartete oben an der Eisentreppe, die zur Bibliothek führte. Sie war angezogen wie ein Detektiv, mit Vergrößerungsglas in der Hand und in einem viel zu großen Trenchcoat, der über den Boden schleifte. Die Utensilien waren von unserer Lektüre der vielen Sherlock-Holmes-Geschichten übrig. Jetzt versteckte sie dahinter ihre Trauer. Wir gingen mit dem Tod unserer Schwester unterschiedlich um.

»Was ist, Bird?«

»Zeit für ein neues Buch, stimmt's?«

»Recht hast du«, sagte ich. »Willst du eins aussuchen?«

Threnody kletterte auf die Leiter, stieß sich wohlgeübt ab

und schoss am Regal entlang von mir weg. Die Leiter quietschte in den Schienen und kam ruckelnd zum Stehen.

»Das sollst du nicht«, sagte ich. »Herr im Himmel, wenn dir was passiert …«

»Die guten Bücher sind alle hier.« Mit »den guten Büchern« meinte sie Vaters Sammlung von Erzählliteratur. Zu dem Zeitpunkt hatte er mindestens so viele Bände wie die Stadtbibliothek, und viel mehr wert waren seine obendrein. Er besaß viele signierte Erstausgaben, und in allen Büchern, die er in den vielen Jahren gelesen hatte, steckten vorne im Umschlag Zettel mit seinen Notizen. Wörter, die er nicht kannte, schlug er stets nach, schrieb die Definition auf und zog diese Listen bei seinem eigenen Schreiben von Zeit zu Zeit zu Rate. So lange wir die Bücher sorgsam behandelten (manche durften wir nur unter Aufsicht und mit Handschuhen lesen) und sie nicht oder nur unter penibler Überwachung aus dem Haus verschleppten, durften wir lesen, was wir wollten.

»Meinst du, ich werde mal so groß wie du?« Threnody stand auf der dritten Sprosse der Leiter, sodass wir auf gleicher Augenhöhe waren.

»Du wirst noch größer«, sagte ich.

»Du und ich, wir sehen uns ganz schön ähnlich, stimmt's?«

»Ja, das stimmt, Bird.«

»Ich wünschte, meine Haare wären blond wie deine.«

»Ich weiß«, sagte ich. »Und ich wünschte, meine wären braun wie deine.«

»Vielleicht werden sie es noch.«

»Ja, kann sein. Wenn nicht, färbe ich sie braun.«

»Gute Idee!« Sie begann willkürlich Bücher herauszuziehen und die Umschläge zu begutachten.

»Ich weiß, dass du gegen jedes, das ich heraussuche, Einspruch erhebst«, sagte sie.

»Nein, tu ich nicht. Oder doch, du hast recht, tu ich.«

»Und zwar immer«, sagte sie.

»Weil ich die richtig Guten kenne. Und hab ich dich je enttäuscht?«

Überrascht sah ich, dass Threnody über diese Frage ernsthaft nachdachte.

»Also doch ein paarmal«, schlussfolgerte ich.

Sie suchte zuerst *Die Nebel von Avalon* aus, denn der Umschlag gefiel ihr, aber wie von ihr befürchtet, übte ich, wenn auch zögernd, mein Vetorecht aus. Mit den Worten »Das hier ist ein echtes Abenteuer« griff ich zum *Kleinen Hobbit* und dachte, es würde uns beiden guttun, ein wenig Zeit im Auenland und nicht im verregneten Old Buckram zu verbringen.

»Wirklich?«

»Ja, doch. Ich verspreche es. Es wird dir wahnsinnig gut gefallen.«

»Lass mal sehen«, sagte sie, aber ich wollte nicht, dass sie es auch noch mit ihren roten, klebrigen Fingern anfasste.

»Vater bringt uns beide um«, sagte ich. »Schau deine Hände an.« Instinktiv leckte sie sich einen glänzenden Daumen ab, um das zu retten, was noch von einem großen Lutscher oder Monsterball übrig war, den sie sich offenbar zwecks reibungslosen Verzehrs mehrere Male aus dem Mund hatte nehmen müssen. Im Interesse unser beider Überlebenschancen nahm ich statt der frühen Ausgabe, einem sorgfältig eingeschlagenen Exemplar, ein eselsohriges Taschenbuch vom Regal (73. Auflage, August 1979) und gab es ihr, damit sie es sich aus nächster Nähe ansehen konnte. Höchst ungnädig inspizierte sie den Umschlag – die Zeichnung von Tolkien, wie Bilbo zu den Hütten der Waldelben kommt. Auf meine Bitte, mir zu vertrauen, erwiderte sie: »Das sagst du immer.«

»Ein Kapitel, und du kommst nicht mehr davon los«, versprach ich. »Schau dir diese Landkarten an!« Ich zeigte ihr Thrórs Karte und die Karte von Wilderland, mit den Spinnen und dem dunklen Wald, dem Drachen und den mysteriösen Runen. Threnody konnte Karten nie widerstehen. Wir beide nicht. Nichts verlockte uns an einem Buch so sehr wie eine uralt aussehende Karte.

»Gut, ich bin ganz Ohr«, sagte sie, und das war einer von Vaters berühmten Sprüchen. Ich folgte ihr im weiten Bogen um das Bibliotheksgeländer, durch den Flur in ihr Schlafzimmer. Dort kletterte sie ins Bett, und ich setzte mich auf den Stuhl daneben. Wie viele Stunden verbrachten wir so, sie im Bett, ich auf dem Stuhl.

»Alles in Ordnung, Bird?«

»Glaub ja.«

Sie schloss die Augen und sagte: »Bitte lies.«

Ich las, bis ich dachte, sie sei eingeschlafen.

»Bird«, flüsterte ich. »Bist du noch wach?«

»Ja«, sagte sie, ohne die Augen zu öffnen. »Lies weiter, bitte.«

»Ich glaube, du bist eben eingeschlafen.«

»Nein, bin ich nicht. Ich hatte nur die Augen zu.«

»Gut, wo sind wir denn?«

»Gollum hat Bilbo gefragt, was er in der Tasche hat.«

»Gut, und was hat Bilbo in der Tasche?«

»Den Ring natürlich. Bitte lies.«

Sie war unschuldig, wie Kinder eben, und staunte noch über alles. Im Winter war sie ein aufmerksamer flaumiger Vogel, der auf einem gefrorenen Zweig begierig auf den Frühling wartete. Im Frühling war sie eine frühe Blume, die sich unter einer kalten, hoffnungsvollen Sonne gen Himmel streckte. Und wir alle ließen sie im Stich – jeder Einzelne von uns, nur Mutter nicht. Wir ließen sie dort, in ihrer enger werdenden Welt, wo ihr großes Herz klein wurde. Mit traurigem, schwerem Herzen durchquerte ich nun das Land zwischen uns.

19

Einsames Dämmerlicht lag über Charlotte, als ich ankam. Ein dumpfer, anhaltender Schmerz drehte mir den Magen um. Ich hatte niemandem von meiner Ankunft erzählt, aber Mutter hatte mir eine gute Wegbeschreibung gegeben (»nur für den Fall, dass Du uns doch mal besuchst«), und ich fand mein Ziel ohne Mühe.

Ein Haus unweit der Sharon Road im Stadtteil Myers Park, einem, wie ich bald feststellte, (auch heute noch) sehr schönen Viertel von Charlotte, in dem man an einer stattlichen, sich fast von einer Straße zur anderen erstreckenden Backsteinvilla vorbeifährt und sich fragt, ob das ein oder zwei Häuser sind. Vor den Gärten, allesamt teuer und professionell angelegt und gepflegt, standen handgewaschene, glänzende deutsche Autos. Überall die gleichen Holzklettergerüste von Markenherstellern sowie Torbögen, Spaliere, grüngeschindelte Dächer und perfekt gestutztes Efeu auf stuckverputzten Hauswänden. Mutters neues Haus bildete keine Ausnahme, doch es fühlte sich von vorn bis hinten falsch an. Ich klingelte, klopfte und ging, als niemand zur Tür kam, um den Garten herum nach hinten. Dort saß Threnody auf der Veranda und las ein Buch. Ich trat durch eine stattliche Leyland-Zypressenhecke und erschreckte sie heftig, aber sie stand nicht auf. Sie schaute mich nur an, und ich schaute sie an. Ich sagte: »Schon gut. Ich bin's.« War so viel Zeit verstrichen, dass sie mich nicht erkannte? »Geh wieder zurück ums Haus«, sagte sie. »So kannst du hier nicht reinkommen.« Sie machte mir die Haustür auf, umarmte mich halbherzig, ging sofort wieder auf die hintere Veranda und las weiter. Ich folgte ihr nach draußen.

»Ist Mutter da?«

»Nein. Sie ist essen und danach ins Kino. Sie kommt erst spät zurück.« Die Veranda hatte drei Wände, drei weiße Korbsessel mit rotgestreiften Schaumstoffpolstern standen im Halbkreis um einen Glastisch. Das Haus lag an einem Golfplatz, und die Stimmen von vier schottisch ausstaffierten Herren erreichten uns durch die relativ weit auseinanderstehenden Bäume als verschwommenes Gemurmel. Threnody legte offenbar keinen Wert darauf, mit mir zu sprechen, deshalb fragte ich sie, was sie las.

»*Das große Spiel*«, sagte sie ohne aufzuschauen. »Du hast wahrscheinlich nie davon gehört.« Mit vorgetäuschter Teenager-Gleichgültigkeit drehte sie das Buch träge um und zeigte mir die Titelseite. »Es ist gut. Ich hab's bald durch, falls du es lesen willst. Ich würde es dir auch borgen, aber es gehört mir nicht.« Sie las weiter.

Was war sie groß geworden! Was hatte sie sich verändert, seit ich sie das letzte Mal gesehen hatte! Ihr weiches kastanienbraunes Haar war schulterlang, und weil sie keine Kinderfrisur mehr hatte, sah sie frühreif damit aus. Ihre knubbeligen Knie und Ellenbogen und die fohlenhaften Beine, die in sechs verschiedene Richtungen zu streben schienen, wirkten immer noch fohlenhaft, aber nun schlank und stark. Ihre Bewegungen waren allerdings abrupt und unsicher, und sie stand und ging leicht gebeugt, als hätte sie sich an ihre neue Größe noch nicht gewöhnt.

Ich betrachtete sie. Wem sah sie ähnlich? Gelinde erschrocken stellte ich fest, dass sie das Gesicht unserer Mutter und die Mimik unseres Vaters hatte. Sie las hochkonzentriert.

Ich versuchte es noch einmal. »Machst du einen Spaziergang mit mir? Der Abend ist schön. Du kannst mir die Nachbarschaft zeigen und …«

»Nein«, unterbrach sie mich und blätterte eine Seite um. Natürlich war sie böse auf mich. Mit Recht. Ich hatte es verdient, diese Strafe musste ich auf mich nehmen.

»Hast du Hunger? Hast du Lust, irgendwo was zu essen? Ich hab noch nicht …«

»Nein, ich habe schon gegessen.«

»Ach, so. Was denn?«

»Hühnchen bla bla bla mit Spargel und Sauce hollandaise.« Freudlos spielte sie auf einen unserer alten Scherze an. Mit einem übertriebenen Seufzer schlug sie das Buch zu und legte es ordentlich auf den Sessel zwischen uns.

»Es ist mir peinlich, aber ich weiß nicht mal, wem das Haus hier gehört«, sagte ich. »Es ist schön.«

»Das sollte dir auch peinlich sein. Es gehört Mutters Freund. Hübsch, was? Ich habe kein richtiges Zimmer hier. Ich meine, ich habe eins, aber da sind die Sachen von jemand anderem drin.«

»Sie hat einen Freund?«

»Warum sonst würden wir hier wohnen? Was denkst du denn? Wenn du jemals angerufen hättest, wüsstest du Bescheid. Sie sind schon seit einer ganzen Weile zusammen.«

»Interessant! Wo haben sie sich kennengelernt?«

»Da musst du sie fragen. Es ist krass. Er heißt Hurricane.«

»Hurricane? Du verarschst mich.«

»Nein – so steht es auf seiner Geburtsurkunde und auf seinen neun Millionen Diplomen. Wenn du willst, zeige ich sie dir.«

»Oho.«

»Hätte schlimmer kommen können. Er hätte Threnody heißen können.«

»Wie kann man nur…«

»Keine Ahnung.« Sie tat so, als untersuche sie ihre Fingernägel, während ich den Golfplatz mit seinem Teppichrasen bewunderte, der durch die schüchtern zusammenstehenden Pappelgruppen und Kiefern im Garten des Hauses schimmerte.

»Magst du ihn?«

»Er ist schon okay. Im Großen und Ganzen wahrscheinlich harmlos. Richtig gern trinken tut er nicht, was Mutter beunruhigt. Wenn er aber trinkt, dann nur teures Bier aus Deutschland oder sonst woher. Das stört Mutter auch. Von wegen Angeberei und so.«

»Man sollte meinen, dass sie von ein bisschen Mäßigung eher angetan wäre.«

»Ich weiß, aber sie mag das eine so wenig wie das andere.«

»Was arbeitet er?«

»Eigentlich nicht viel. Er ist Anwalt, führt aber keine Prozesse. Er hat mal ein Buch geschrieben.«

»Ach ja? Hast du es gelesen?«

»Ja. Aber es war schlechter als schlecht. So ist schlecht«, sie breitete die Arme so weit aus, als messe sie eine Couch ab, »und dann kommt das Buch.«

»Worüber ist es?«

»Über einen Anwalt, der… ein Buch geschrieben hat.« Wir lachten, und ich erinnerte mich daran, dass wir immer den gleichen Humor gehabt und uns über Dinge amüsiert hatten, die sonst niemand lustig fand.

Als uns die Mücken allmählich doch zu sehr zusetzten, gingen wir ins Haus, und Threnody zeigte mir flüchtig die weitläufigen Räumlichkeiten. Dann ließ sie sich auf einer schicken, plüschigen Chaiselongue in einer Ecke des Wohnzimmers nieder. Wie ein Kleinplanet hing ein beleuchteter Papierballon über uns. Obwohl wir so lange getrennt gewesen waren und in der zeitlichen und räumlichen Kluft zwischen unseren immer weiter auseinanderdriftenden Leben so viel passiert war, fiel uns einen Moment lang beiden nichts Relevantes oder Passendes zu erzählen ein. Threnody stand auf, machte Musik an, setzte sich im Schneidersitz zurück auf die Chaiselongue und beschäftigte sich eingehend mit ihrer Nagelhaut und dem Stoff ihres Rocks. Dann besann sie sich auf ihre guten Manieren und fragte: »Willst du was trinken?«

»Nein, danke.«

»Bedien dich ruhig.«

»Ja gut, mach ich.«

»Fühl dich ganz wie zu Hause. Der Kühlschrank ist dort.«

»Ich hab dich so was von vermisst, Bird.«

Sie umschlang sich mit den Armen und fing an zu weinen.

Als ich am Samstagmorgen aufstand, wartete Mutter schon in der Küche auf mich. Im apricotfarbenen Schlafanzug mit zitronengelbem Muster. Hausschuhe mit weichen Sohlen und Kunstlederschnürsenkeln. Sie trank Kaffee, irgendwo in dem sonnendurchfluteten Haus sang Leonard Cohen. »Hallelujah« klang aus, und »So Long, Marianne« fing ein bisschen aus dem Takt an und walzte in der Leere vor sich hin; ich kriegte es nur am Rande mit. Als ich in den Kleidern vom Vortag aus dem Gästeschlafzimmer durch den breiten Flur kam, rannte sie auf mich zu und umarmte mich.

»Ich konnte es nicht glauben, als ich heute Nacht dein Auto in der Einfahrt gesehen habe. Dass ich nicht in dein Zimmer gegangen bin und dich geweckt habe, war alles. Warum hast du nicht geschrieben, dass du kommst? Dann wäre ich da gewesen.«

»Ich wusste selbst nicht, dass ich kommen würde«, sagte ich. Eigentlich wollte ich nicht so kryptisch klingen, korrigierte mich aber auch nicht, als ich merkte, dass es stimmte. Sie musterte mich von oben bis unten; an ihrer gerunzelten Stirn sah ich, dass sie mit meinem Aussehen nicht unbedingt zufrieden war.

»Ich habe den Eindruck, du bist gewachsen«, sagte sie. »Du wirkst größer. Oder du hast abgenommen … Soll ich dir was zum Frühstück machen?«

»Ich hab noch gar keinen Hunger. Ich frühstücke eigentlich nie«, sagte ich. »Aber ein Kaffee wäre toll.«

»Komm, wir gehen ins Wohnzimmer. Und dann musst du erzählen.«

Ich folgte ihr ins Wohnzimmer. Ließ die Couch, die aussah, als sei sie mit Nashornleder bezogen, links liegen und setzte mich auf Threnodys Chaiselongue. Mutter nahm den Sessel gegenüber. Unsere übliche Sitzordnung, aber dieses Mal im Haus von jemand anderem. Zwischen uns stand eine Vase mit weißen und kornblumenblauen Blumen auf dem Couchtisch.

Und dann ging's los.

»Wie geht es dir? Wie läuft's da oben im Norden? Ist die Uni gut? Ich freue mich ja so, dass du gekommen bist. Bleibst du über den Sommer? Weißt du schon, was du machen willst? Threnody ist überglücklich, dass du hier bist. Ihr zwei habt ja nun richtig viel Zeit füreinander.«

Über mich selbst zu reden war mir seit jeher unangenehm. Ich empfand es immer wie ein Verhör. Dieses Mal wurde ich sogar richtig ruppig und bockig, obwohl ich gar keinen Grund dazu hatte. »Die Uni ist gut«, beantwortete ich die einzige Frage, bei der ich mich sicher fühlte. »Ich lerne viel.« Ich stellte meinen zum Trinken noch zu heißen Kaffee auf den Tisch. Ein Sonnenstrahl fiel durch den aufsteigenden Dampf, und meine Augen brannten, weil ich viel zu wenig geschlafen hatte.

»Und?«

»Ich habe sehr viele tolle Seminare belegt.«

»Welche?«

»Bleibst du hier wohnen?«

Mutter schaute sich nach Hurricane um. Horchte. Offenbar war er nicht da.

»Hier ist kein Klavier. Und Bücher gibt es auch nicht gerade en masse«, sagte ich.

»Ich wüsste nicht, wo wir es hinstellen sollten«, beantwortete sie die eine Frage, bei der sie sich sicher fühlte. »Es ist nicht mein Haus. Aber es fehlt mir, dich spielen zu hören. Spielst du viel?«

»Ja, einigermaßen. Auch Gitarre. Du wirst es nicht glauben, aber ich kann jetzt sogar ein paar von den Stücken, mit denen ich früher immer große Schwierigkeiten hatte.«

»Gibst du Konzerte?«

»Nein … hätte ich können, aber ich habe mich nicht dafür eingetragen.«

Sie hielt ihre Tasse in beiden Händen, wie um sich daran zu wärmen. Ich schaute mich im Raum um, nach nichts Bestimmtem. In der Zeit, in der ich weg gewesen war, waren wir einander fremd geworden. Sie trank von ihrem Kaffee und zog die Beine auf den Sessel.

»Ich habe dir doch mal gesagt, ich wünsche mir, dass du bei meiner Beerdigung das eine Liszt-Stück spielst. Das liebe ich.« Immer wenn Mutter ein Musikstück hörte, das sie wunderschön oder vollkommen fand, bat sie mich, es ganz bestimmt bei ihrer Beerdigung zu spielen. Das war nicht so furchtbar, wie es klingt. Eher wollte sie sich über den Tod lustig machen, zum Ausdruck bringen, dass sie keine Angst davor hatte.

»Welches Liszt-Stück?«

»Das wunder-, wunderschöne langsame, das du immer gespielt hast. Das funkelt wie die Sterne.«

»Das habe ich nicht gespielt. Das hat Vater gespielt.«

»Bist du sicher?«

»Ja. Es ist eine der ›Consolations‹. Die hat Vater immer gespielt.«

»Das muss ich mir aufschreiben. Aber du kannst es doch lernen und bei meiner Beerdigung spielen. Und ›Greensleeves‹ auch. Das ist mein anderes Lieblingsstück.«

»Das muss *ich* mir dann aufschreiben.« Zwischen uns senkte sich Schweigen, und dann kam Leonard Cohen wieder, und »Bird on the Wire« erklang nasal aus dem Äther.

»Und, kommst du hier zurecht?«, fragte ich, um von mir abzulenken. Schließlich ging es hier nicht nur um mich.

»Es ist sehr, sehr anders. Das Schlimmste, und das überrascht dich vielleicht, war, die Pferde wegzugeben. Trotz allem, was passiert ist. Vielleicht sogar genau deswegen. Ich weiß nicht. Ich habe von einem Gestüt nördlich von hier gehört, und am Catawba River gibt es ein paar schöne Ausritte … mal sehen.«

»Araber?«

»Nein, zum Großteil American Quarter Horses. Was mich nicht stört. Aber erst mal will ich es mir überlegen.«

»Ja, sicher.«

»Deine Schwester hat's in ihrer neuen Schule nicht leicht.«

»Wie meinst du das?«

»Sie hat nicht viele Freundinnen.«

»Das überrascht mich nicht.«

»Warum sagst du das?«

»Weil sie so ist wie ich. Die anderen Jugendlichen interessieren sich nicht für die Sachen, für die sie sich interessiert. Wie viele von ihren Mitschülern haben schon *Schuld und Sühne* gelesen? Wahrscheinlich keiner!«

»Ich mache mir große Sorgen um sie.«

»Warum? Es scheint ihr doch ganz gut zu gehen.«

»Nein. Du warst ihr bester Freund. Du bist aus ihrem Leben verschwunden. Und das ist ihr schon zu oft passiert.«

»Danke«, sagte ich. »Da geht's mir gleich blendend.«

»Wo sind deine Sachen?«

An meinem Gesichtsausdruck sah Mutter offenbar, dass ich nicht bleiben würde. Sie stand auf und verließ das Zimmer. Leonard sang: *»I have tried in my way to be free.«*

20

Nachdem Mutter am Samstagabend zu Bett gegangen war, blieben Threnody und ich noch auf. Und wie der Zufall es wollte, hatte Hurricane oder Cane, wie er – kaum überraschend – genannt werden wollte, ein paar Flaschen gutes Bier in seinem Garagenkühlschrank. Threnody lag im Bett und hörte mir im Halbdunkel zu. Ich saß in einem Sessel, den ich aus dem Wohnzimmer mitgebracht hatte.

»Du erinnerst dich vielleicht nicht daran«, sagte ich, »dass uns Vater immer selbst ausgedachte Geschichten über entfernte Verwandte in den Bergen erzählt hat.«

»Doch, ich erinnere mich dunkel.«

»Die waren sogar richtig gut. Er hatte ein ganzes Ensemble von lächerlichen Figuren, von denen er, glaube ich, die Hälfte erst beim Erzählen erfand. Gideon war die Hauptfigur. Ich hab ihn immer angebettelt, mir Gideon-Geschichten zu erzählen.«

»Kennst du noch welche? Und wer waren die anderen Figuren?«

»Wenn ich jetzt so darüber nachdenke, war es alles ganz schön seltsam. Gideons Frau war ungeheuer dick, hieß Corpulina Porcinus, mit italienischem Akzent ausgesprochen, und war eigentlich eine Riesin. Sie war auf einem Schiff namens Cucina nach Amerika gekommen, und die Zimmerleute hatten das Schiff buchstäblich um sie herumgebaut, während sie bis zu den Knien in einem Kanal stand. Den Rest des Weges nach Old

Buckram wurde sie auf einem Lastkahn und mit einem Heißluftballon transportiert. Ich weiß noch, dass er sagte, wenn sie auch nur drei Zentimeter größer gewesen wäre, wäre sie kreisrund gewesen.«

»Eine Riesin?«, fragte Threnody, deren Interesse nun doch geweckt war. Sie stützte sich unter der Bettdecke auf einen Ellbogen.

»Ja, im Grunde schon. Vater sagte immer, sie sei ›grauenerregend stark‹ gewesen und hätte ›leicht sogar die bockigsten Gewürznelken und die eigensinnigsten roten Paprika zerquetschen können‹.«

»Ha, ha.«

Während wir dasaßen und redeten, schaute ich mich in Threnodys Zimmer um, das, wie sie gesagt hatte, eigentlich nicht ihres war. Stil und Einrichtung waren festgelegt, und sie hatte nichts geändert. Es erinnerte mich an eine Ferienwohnung am Strand, die mehreren Parteien gehört: fleckenabweisender Teppich, eierschalenweiße Wände mit zwei zueinander passenden gerahmten Fotos von Sanddünen und Plattährengras (im Stil von Ansel Adams). Die Decke auf Threnodys Bett war typisch buchenblättergrün, Gästebettzeug eben und keins, das sie sich ausgesucht hätte. Sie hatte keine Poster an die Wände gehängt, und an dem Spiegel über der Kommode fehlte die übliche Ansammlung fröhlich-alberner Fotos von Freundinnen und Freunden. Nichts deutete auch nur ansatzweise darauf hin, dass sie die derzeitige Bewohnerin des Zimmers war, aber alles darauf, dass sie diesen Raum nur vorübergehend nutzte. Kein überquellender Bücherschrank, keine in durchsichtige Folie eingeschlagenen Bücher aus Vaters Bibliothek, keine auf ihrem Nachttisch, in denen ein Lesezeichen dort steckte, wo wir am Vorabend aufgehört hatten zu lesen.

»Also das war Corpulina«, sagte ich. »Und, warte mal, Gideon hatte auch einen Hund. Der hieß Balzac.«

»Balzac?«

»Ja, nach dem französischen Schriftsteller und weil er einen Sack hatte und kleine B … na, du kannst es dir ja denken.«

Das fand Threnody sogar ein wenig lustig. »Ach, du liebes bisschen«, sagte sie.

»Und natürlich gab es noch den alten Jim Rickey. Das war Gideons Maultier. In jeder Geschichte gelang es ihm irgendwie, sich ein wenig zu betrinken, und dann rannte es gegen Sachen und verirrte sich, und manchmal wurde es sogar ohnmächtig.«

»Den alten Jim Rickey, ob er den erfunden hat? Er klingt autobiografisch. Erinnerst du dich noch an die Geschichten von ihm?« Sie setzte sich plötzlich auf und sagte: »Warte! Hast du Hunger? Komm, wir holen uns was zu knabbern, und dann machen wir es uns hier gemütlich und du erzählst mir eine Gideon-Geschichte!« Wie eine Herde Elefanten trampelten wir in die Küche und rissen alle Schränke auf. Threnody nahm drei Schälchen und füllte sie mit genug Chips und Crackern für mehrere Tage. Als sie sich eine Cream Soda aus dem Kühlschrank und ich mir noch ein Bier aus der Garage geholt hatte, konnte das Erzählen beginnen.

»Ich erinnere mich an eine bestimmte Geschichte darüber, wie Gideons Vater seine Frau fand, die vermutlich so was wie unsere Ur-Ur-Ur-Ur-Ur-, na, ich weiß nicht, die wievielte Urgroßmutter war.«

»Manchmal tue ich so, als wäre ich mit den Leuten in den Bergen gar nicht verwandt«, sagte sie. »Ich behaupte hier, meine Familie käme aus Pennsylvania.«

»Das ist ja auch halb wahr, aber trotzdem solltest du die Leute aus den Bergen nicht verleugnen. Das sind starke Charaktere, robust. Um in eineinhalbtausend Meter Höhe zu überleben und dir ein Auskommen zusammenzukratzen, brauchst du schon einen Haufen Willenskraft. Außerdem triffst du nirgendwo Menschen, die so anständig und ehrlich sind wie die Bewohner von Old Buckram. Du hast es auch im Blut, ich auch, und du solltest stolz darauf sein.«

»Egal. Du schweifst vom Thema ab. Merkst du es nicht? Also, was ist jetzt mit der Frau von Gideons Vater?«

»Schon gut. Offenbar wohnte Gideons Vater, der Smoke hieß, wahnsinnig weit weg von der Stadt. Deshalb fing er was mit einer der beiden Schwestern Houck an und wollte sie heiraten. Aber der Standesbeamte druckte die Heiratserlaubnis mit dem Namen der falschen Schwester aus.«

»Wie hießen sie?«

»Hattie und Alverta.«

»Echt jetzt?«

»Weiß ich's? Ich hab's mir gerade ausgedacht.«

»Und hieß er wirklich Smoke?«

»Ja. Es war natürlich ein Spitzname. In Wirklichkeit hieß er Barty, aber alle nannten ihn Smoke.«

»Gut, weiter!«

»Also …«

»Der Name ist ja echt cool.«

»Smoke?«

»Ja. Mir gefällt er.«

»Mir auch. Also Smoke wollte Hattie heiraten, doch der Beamte druckte die Heiratserlaubnis mit dem Namen Alverta aus. Und da heiratete er Alverta.«

»Ich wünschte, er hätte Hattie geheiratet.«

»Ich auch.«

»Warum hat er ihnen denn nicht gesagt, sie sollten ihm eine neue Erlaubnis drucken?«

»Na, das kostete noch einen ganzen Dollar. Und Smoke

sagte, er fände nicht, dass zwischen den beiden ein Unterschied von einem Dollar bestünde.« Über diese Pointe lachte Threnody herzlich.

»Meinst du, das ist wahr?«, fragte sie.

»Vermutlich nicht, aber ich weiß es nicht«, sagte ich.

»Weißt du noch, wie er Vampir mit uns gespielt hat?«

»Ja, keine Ahnung, wie es dir dabei ging, aber mir hat er damit immer eine Heidenangst eingejagt.«

»Das Cape war wahrscheinlich ein bisschen viel.«

»Das Cape ging ja noch. Aber der Sarg, die Zähne und das Blut, die waren ein bisschen viel.«

»Wo du recht hast, hast du recht.«

Dann sagte sie mir, dass er ihr fehle, und ich dachte, sie würde anfangen zu weinen. »Ich weiß, Bird. Ich weiß, dass du ihn vermisst«, sagte ich.

»Fehlt er dir auch?«

»Ja, wenn ich ihm verziehen habe.«

Darüber dachte sie nach und sagte dann: »Willst du hier bei mir auf dem Boden schlafen?«

»Ja. Sehr, sehr gern.«

Ich las ihr so lange aus ihrem Buch vor, bis ich sicher war, dass sie schlief, dann las ich noch eine Zeit lang weiter, damit sie von der plötzlichen Stille nicht wieder wach wurde. Ich rollte meinen Schlafsack aus, legte mir für den Kopf ein Kissen von der Couch dazu und stibitzte noch eins von Canes guten Bieren aus der Garage. Dann schaute ich mir all seine Bücher an, von denen allerdings keines aussah, als sei es je gelesen worden. Viele Bücher über den Zweiten Weltkrieg. Mehrere Coffeetable-Schinken – Monografien über Kunst und Kunsttechniken, von denen er wahrscheinlich annahm, sie würden ihm einen intellektuellen und vielseitig gebildeten Anstrich geben. Eine große Sammlung religiöser Bücher. Sein Haus war neu und picobello in Ordnung. In den Holzböden und Haushaltsgeräten konnte ich mein Spiegelbild sehen.

Ich trank das Bier aus und blieb eine Weile in der Küche stehen, betrachtete Fotografien mir unbekannter lächelnder, spießiger Leute auf dem Kühlschrank. Bilder aus Hawaii. Bilder aus Paris. Kein Scheiß, der dämliche Eiffelturm. Offenbar Venedig. Auf einem stand Cane mit sehr selbstbewusster Miene in einem Leinenkrepp-Anzug neben einem silbernen Mercedes, der wahrscheinlich 90 000 Dollar gekostet hatte. Offenbar war er gut betucht. Hatte es irgendwie »richtig gemacht«, konnte man sagen. Alles war ordentlich und an seinem Platz. Ich vermutete, sein Leben war auch so. In jeder Hinsicht perfekt und stinklangweilig.

Ohne es zu wissen, hatte ich die nächtlichen Verhaltensweisen meines Vaters geerbt. Als ich damals darüber nachdachte, wurde mir klar, dass er unendlich viel Zeit wach verbracht hatte, wenn alle anderen in seiner Hemisphäre schliefen. Jetzt war ich dran. Aber wach zu sein, während alle anderen friedlich schlummern, macht einsam. Ich fühlte mich leer, die Schlaflosigkeit nagte an mir, bis ich endlich einnickte. Als ich morgens vor Sonnenaufgang erwachte, beschloss ich, allen den Abschiedsschmerz zu ersparen.

21

Nach vier Jahren eifrigen Studierens schloss ich die Uni mit einem Bachelor of Arts in Philosophie und absolut keiner Vorstellung davon ab, was ich mit dem Rest meines Lebens anfangen wollte. Ich konnte mir keine Berufstätigkeit vorstellen, die auch nur im Geringsten zu mir gepasst oder mich interessiert hätte. In all dieser Unentschlossenheit und eigentlich ja auch sonst nicht vermittelbar, bewarb ich mich zum Jurastudium. Warum, weiß ich bis zum heutigen Tage nicht. Aber vermutlich, weil es wenigstens ein Plan war, und zwar einer, der mich von Zuhause, wo immer das war, fernhielt.

Im Rückblick erinnerte ich mich an ein einziges, wenig hilfreiches Gespräch mit meinem Vater über seine Ansichten zu meiner beruflichen Zukunft. Es war einige Zeit nach Maddys Tod, mein Großvater lebte nach einem schweren Schlaganfall in einem Pflegeheim in Winston-Salem. Die Anstalt erinnerte in Aussehen und Geruch eindeutig an eine Legefarm. Betrat man den überdimensional langen, trüb beleuchteten Flur, konnte man den anderen Ausgang nicht sehen.

Die Fenster waren »zum Schutz vor Einbrechern« verriegelt. Nach ein paar Besuchen beschlich mich allerdings der Verdacht, man wolle verhindern, dass die greisen, gewindelten und halbnackten Verrückten im Delirium entfleuchten und in den Straßen der Stadt herumirrten. Wenn wir durch den stickigen Flur zum Zimmer meines Großvaters liefen, sah ich durch die wenigen offenen Türen in der abgestandenen Dunkelheit bleiche Patienten, wie schon zur ewigen Ruhe gebettet, ihre mageren, missgestalteten Körper unter dünnen, kaum wärmenden Decken, obszön verdreht zu Haufen menschenunwürdigen sterblichen Verfalls. Reihe um Reihe übelriechender, trostloser Betten. Rastlos sich verdrehende Augen und von Alter und Siechtum für immer erschlaffte Münder. Keine freudigen Ereignisse, unsere Besuche.

Augenlicht und Gedächtnis hatte mein Großvater wegen der erlittenen Hirnschäden fast ganz verloren, er erkannte uns nicht mehr. Sein Kopf schien immer weiter in seinem Kopfkissen zu versinken, sodass man schließlich nur noch einen weit aufklaffenden Mund mit großen gelben vorstehenden Zähnen sah. Wir gingen hin, standen eine Weile lang im Zimmer herum und machten schonungslose Bemerkungen zur Umgebung. Manchmal versuchte Vater, ein Fenster zu öffnen. »Sie sollten doch was aus dem Brand im Highland Hospital gelernt haben.« Bei dem Brand in der psychiatrischen Einrichtung in Asheville waren 1948 acht im Inneren gefangene Patienten ums Leben gekommen.

Vater ging schließlich gar nicht mehr hin.

Dass ich ein guter Schüler war, Basketball spielte und mich sogar für ein paar Mädchen interessierte, die von meiner Existenz leider keine Notiz nahmen, kriegte Vater auch nicht mit. Wochenlang dachte er, ich sei im Matheteam, ohne dass ich je erfuhr, wo er das herhatte, denn an unserer Schule gab es kein Matheteam. Er sah kein einziges Basketballmatch, bei dem ich mitspielte, obwohl er versprochen hatte, zu allen zu kommen. Er war natürlich ständig mit anderen Dingen beschäftigt.

Als er an einem ruhelosen Sonntag im Oktober beschloss, sich den sinnlosen Trip nach Winston-Salem zu sparen, waren wir alle zu Hause. Wir saßen in verschiedenen Ecken des Großen Saals und lasen in unseren Büchern, wie immer, um dem hartnäckigen, schleichenden Grauen des Geierhauses zu entkommen. So beieinander zu sitzen war für uns damals schon ungewöhnlich. Das Telefon klingelte, und Mutter ging dran. Es war der Schildermaler der Stadt. Er wollte Vater etwas zur Zeichensetzung fragen.

Obwohl Vater diese gelegentlichen Fragen im Grunde gern beantwortete, mochte er natürlich keinerlei Unterbrechungen. Der Schildermaler wiederum pinselte zwar hübsche Schilder mit schönen, fetten Buchstaben, doch es haperte bei ihm an der sprachlichen Kompetenz. Überall in Old Buckram hingen Tafeln mit Rechtschreibfehlern und anderen Irrtümern, bei denen man unwillkürlich zusammenzuckte. ZIGEN ZUM VERKAUF/BAUHOLZ ECT & MEHR. Mittlerweile rief er Vater mehr als ein Dutzend Mal im Jahr an. Mutter sagte immer: »Wenigstens weiß er, was er nicht weiß.«

Vater redete kurz mit ihm, legte dann den Hörer auf, riss seinen Mantel vom Haken und ging türenknallend hinaus. Ich lief hinter ihm her: hinaus, durch den Garten, bergab zur Wiese, wo die Pferde weideten. Es herrschte eine Stille, wie es sie nur in einer kleinen Stadt in den Bergen gibt. Aber ein Sturm kam auf, das spürte ich im Gesicht. Unten am Hügel zur Stadt hin, aus Richtung der Barrowfields, kamen die allgegenwärtigen Krähen in Scharen wachsam den Hügel hinaufgeflogen und ließen sich nicht weit von uns in einem Baum nieder.

Die vielen Schwarzäugigen Susannen, die Mutter am Zaun entlang gepflanzt hatte, waren alle vertrocknet. Auch die zahlreichen gelben Dahlien an der Gartenmauer ließen ihre viel zu schweren Köpfe hängen. Der Boden unter den beiden uralten Eichen in der Wiese, von denen aus die Krähen alles beobachteten, war dicht mit halb gefressenen, halb verfaulten Eicheln bedeckt. Auf dem Morning Mountain wechselten ständig die

Farben, aber der Himmel darüber war, so weit das Auge reichte, blass und grau. Vater vergrub sich und seine Einsamkeit in seinem langen schwarzen Mantel, und ich konnte mit seinen weit ausholenden Schritten kaum mithalten.

Schließlich setzten wir uns auf den kalten Boden an den Rand des Hügels und schauten hinunter in den aufsteigenden Nebel. Vater bot mir aus einem schön verzierten Zinnflachmann etwas zu trinken an, aber dann fiel ihm ein, wie alt ich war. Er war mit den Gedanken mal wieder woanders. Und wie üblich nicht bei mir. Ein Wunder, dass seine Aufmerksamkeitsspanne noch fürs Schuhezubinden, Hosenanziehen und Gürtelzumachen reichte.

»Nein, danke«, sagte ich und empfand einen zunehmenden Drang, wegzulaufen und den erstickenden Schmerz abzuschütteln, den ich neuerdings in seiner Gegenwart empfand. Die Pferde, die irgendwas gewittert haben mussten, galoppierten den Hügel hinunter, drehten abrupt um und rasten hoch erhobenen Hauptes wieder zurück. »Warum machen sie das?«, fragte ich, und er erwiderte, ohne aufzuschauen: »Was weiß ich.« Wahrscheinlich hatte er sie überhaupt nicht gesehen.

»Das hier, all das …« Er wedelte mit der Hand über die unwirtliche Landschaft. »All das erinnert mich irgendwie an Yeats. Siehst du den Teich dort unten, und wie unberührt er daliegt? Im Sommer angeln dort Männer und trinken Bier. Ich kann sie von meinem Fenster aus sehen. Jungen und Mädchen schwimmen, planschen herum und spielen Fangen, Leute aus der Stadt veranstalten Picknicks und lassen die Füße ins Wasser hängen. Aber jetzt hat der Herbst dem allem ein Ende bereitet, und Stille liegt darüber.« Als sei der Wind herbeigerufen worden, um das zu bestätigen, kam er tief aus den Wäldern angeweht und wirbelte einen Schwall Blätter um uns herum.

»Ich mag Yeats«, sagte ich, denn ich wollte diesen seltenen

intimen Moment zwischen uns nicht zerstören. Aber ich spürte sofort, dass meine Worte unpassend waren, und suchte nach etwas anderem, was uns verbinden würde. Vergebens. Sein Schweigen zeigte mir deutlich, dass er mein Sätzlein tatsächlich völlig irrelevant fand.

So verliefen unsere Gespräche in den Jahren nach dem Tod seiner Mutter eigentlich immer: schreckliche Stille, nur unterbrochen von einem gelegentlichen kurzen Wortwechsel, gefolgt von weiterer gedankenschwerer schrecklicher Stille. So saßen wir jetzt auch da, wie zwei Steinhaufen auf dieser struppigen Wiese am Berghang, während der Wald dahinter eisigen Wind herausschickte und wieder zurückrief. Vater zog sich den Mantel um den Hals enger, und die Krähen schaukelten in den Ästen über unseren Köpfen.

»Ich wünschte, die Sonne käme heraus«, sagte ich. »Es kommt mir vor, als hätte ich sie schon ewig nicht gesehen.«

»Mich stört es nicht, wenn sie nicht zu sehen ist«, sagte Vater. »Ich denke immer unwillkürlich, dass die Sonne ein erbarmungsloser kosmischer Glutofen ist, in den die Erde nach und nach hineinfällt.«

»Sie ist doch dort oben«, sagte ich. »Hineinfallen können wir eigentlich nicht.«

»Das kommt auf die Perspektive an«, erwiderte Vater. »Ich habe immer gedacht, wir schauten auf die Sonne hinunter.« Dann wechselte er das Thema und sagte: »Hast du schon irgendeine Vorstellung, was du später mal werden willst? Jetzt könnten wir doch gut mal darüber reden.« Es war ihm zwar sichtlich unangenehm, doch er zwängte sich unbeholfen in die Erzieherrolle. Ich wiederum schlüpfte in die Rolle des braven Sohnes, der sich über seine Zukunft Gedanken macht.

»Ich überlege noch«, sagte ich, was glatt gelogen war. Das Leben begann ja gerade erst für mich. Manchmal vergingen für mich die Tage immer noch schmerzlich langsam, und es fiel mir schwer, über den nächsten Sommer hinauszudenken. Eine Zeit lang wollte ich eigentlich nur wie er werden. Schriftsteller, vielleicht auch Anwalt. Wenn alle im Bett waren, wollte ich traurig süße Musik bei Kerzenlicht spielen. Der einsame Mann sein, der am Rand der Barrowfields saß und las. Ich wollte in jeder Hinsicht wie er sein, bevor die Traurigkeit kam. Doch die Zeiten waren passé, unwiederbringlich dahin.

Mir ging alles, was falsch gelaufen war, durch den Sinn. Ich spürte Hass und Bitterkeit in mir, weil er sich aus meinem Leben verabschiedet hatte, weil ich unfähig war, ihn zu verstehen, und ihm das vollkommen gleichgültig war. Ich biss mir fest auf die Zunge und sagte triefend vor Sarkasmus: »Manchmal, glaube ich, möchte ich Schriftsteller werden.« Es fiel mir schwer, nicht wütend auf ihn zu sein, nicht feindselig, und dieser Satz war vollgeladen mit der bitteren Ironie eines ganzen Lebens.

»Wie ich«, sagte er zähneknirschend.

»Ja, wie du. Genau wie du.«

»Als solcher habe ich mich immer gesehen«, sagte er. Eine schwarze Katze, nicht unsere, balancierte über den Zaun und verschwand im heulenden Wald. Plötzlich stand Vater auf, schüttete den Rest aus dem Flachmann aus und ging zurück zum Haus.

»Wo gehst du hin?«, rief ich ihm hinterher.

Widerstrebend kam er zu mir zurück, blieb über mir stehen, die Spitzen unserer Schuhe berührten sich. »Warum sagst du so was zu mir?«

»Wie? Was? Warum?«

»Dass du Schriftsteller werden willst.«

»Ich weiß nicht, warum. Vielleicht, weil ich es so gemeint habe.«

Er musterte mein Gesicht, versuchte, die Absicht hinter meinen Worten zu erkennen. Als er so über mich gebeugt stand, wurde sein endlos langer schwarzer Mantel vom Wind hochgeweht und breitete sich hinter ihm aus wie die Flügel eines Vogels. »Ich habe dir das noch nie gesagt, aber ich habe dich zum Schriftsteller erzogen«, sagte er. »Vielleicht wirst du es ja eines Tages, habe ich gedacht. All die Bücher, die ich dir vorgelesen habe. Die vielen Geschichten. Wahrscheinlich erinnerst du dich nicht mal daran, oder? Aber jetzt, wenn ich … dich so ansehe, glaube ich nicht mehr daran … Du hast es nicht ernst gemeint«, sagte er bitter. »Ich weiß, dass du es nicht ernst gemeint hast.«

»Entschuldige.« Ich begriff, dass ich ihn tiefer verletzt hatte, als in meiner Absicht lag. Er schüttelte unentwegt den Kopf. Die Enttäuschung wurde er nicht los.

»Du …«, hob er an. »Ich dachte …« Immer weiter Kopfschütteln.

»Du hast was gedacht?«

»Ich hab gedacht, dass gerade du es doch verstehen würdest.« Er drehte sich um und ging von mir weg, und in einem heftigen Windstoß stoben die Krähen über unseren Köpfen auf und folgten ihm über die Wiese.

Jahrelang wusste ich nur, dass er nach Maddys Tod eine kurze Passage geschrieben hatte. Sie gab einen Einblick in seine Trauer.

Die Leute sagen »heimgehen«, wenn sie ausdrücken wollen, dass jemand gestorben ist. Sie sagen zum Beispiel »Sie ist heute vor einem Jahr heimgegangen«, wenn sie meinen, dass vor einer Erdumlaufperiode um die Sonne ihr zitterndes, erschöpftes Herz stehen geblieben ist und die Moleküle ihres letzten Atemzugs sich lautlos im Raum verteilt haben. Der Geist, espirit, esperit, spiritus, spirare. *Atmen. »Heimgegangen« ist nicht so harsch wie »gestorben«. Zum Trost heißt es auch »Sie ist in einer besseren Welt«. Oder: »So der Herr will, sucht sie jetzt ihre Familie auf den Himmelsstraßen.« »Jetzt geht es ihr besser.« Und dann nicken alle ernst, und ein Mann pult mit einem Zahnstocher in seinen Zähnen herum, den er seit vier Tagen in der Hemdtasche hat. Zu sich selbst und zu den Toten sagen sie: »Ruhe in Frieden.«*

Wenn man das erste Mal über jemanden spricht, dessen Erdendasein zu einem Ende gekommen ist, redet man dann nicht aus Gewohnheit, aber fälschlich, im Präsens von ihm? Schließlich hat man das zu seinen Lebzeiten ja auch getan. Es ist schwer, nicht zu sagen: »Sie ist eine gute Mutter für ihre Kinder.« Das macht man vielleicht einmal, aber dann wird dem Hirn mit einem dumpfen Schlag bewusst, dass die Sprache die Wahrheit kennt, und die Wahrheit ist, dass sie nicht mehr da ist. Und dann kommt das Präteritum. »Sie ist … sie war *eine gute Mutter für ihre Kinder«, sagt man dann wohl. Und »Sie* hat *immer für ihre Familie* gesorgt.*« »Sie* mochte *die Leute in der Kirche sehr und hätte den ganzen Tag geredet, wenn man sie gelassen hätte.« Ich denke an all diese nicht fotografierten und nicht festgehaltenen Momente, die nun verloren sind, für jeden und für alle Zeiten. Was ist von ihrem Leben bewahrt? Jetzt ist sie in mir enthalten.*

Wir begreifen aber auch, denn das müssen wir, dass Erinnerung endlich ist. Sie geht nur über eine bestimmte Anzahl von Generationen, und dann verflüchtigt sie sich. Ein Mensch erinnert sich an seinen Vater und vielleicht seinen Großvater und Einzelheiten aus deren Leben. Schwerer ist es, weiter in der Zeit zurückzuschauen. Ich kenne den Namen meines Urgroßvaters, aber unsere Lebenszeiten haben sich nicht überschnitten. Wir sind nicht zur gleichen Zeit auf Erden gewandelt. Deshalb ist er für mich ein Foto, eine Geschichte, die mein Großvater erzählt hat. Er ist kein Leben, an das ich mich erinnere. Und meine Kinder wissen dann überhaupt nichts mehr von ihm, es sei denn, sie finden durch Zufall was in einem Buch. Mit der Zeit wird er ganz vergessen, so wie wir alle, wenn sich die Erde lange genug um die langsam erlöschende Sonne gedreht hat.

Jedes fragile Herz, das jetzt schlägt, wird eines Tages stehen bleiben. Ich schaue meine Kinder an, ich fühle, wie ihre Herzen leicht und rasch in ihrer Brust schlagen. Ich weiß, dass sie das nicht ewig tun werden. Diesen Gedanken ertrage ich nicht …

Wir sind kaum mehr als die auf einem Baum gewachsenen Blätter in einem Wald am Hügel. Wir werden unseren kurzen Augenblick in der Sonne genießen, fallen aber am Ende mit all den anderen herunter, damit Platz ist für die nächste strahlende junge Generation.

So ist es.

Im Herbst nach meinem Uniabschluss begann ich in Chapel Hill Jura zu studieren. Es war nicht Old Buckram, aber es brachte mich nahe an zu Hause, und mein Herz tat mir weh, als ich in das altehrwürdige North Carolina zurückkehrte.

TEIL III

22

Charles Young, der frühere Partner meines Vaters in der Anwaltskanzlei, besaß nicht weit vom Campus in Chapel Hill in der Rosemary Street ein kleines Haus, das er mir für die Zeit meines Studiums vermietete. Einzige Bedingung war, dass er mit ein paar Freunden dort übernachten wollte, wenn sie in der Football- und Basketballsaison zu einem Spiel kamen. Das funktionierte wunderbar, denn an Heimspielwochenenden waren Haus und Garten voller Leute in Carolina Blau (den Farben der Universität von North Carolina), und alle tranken gutes Bier und kochten gutes Essen. Die Partys fingen früh an und endeten spät. Selbst bei Abendspielen konnte man immer auf das eine oder andere Paar zählen, das morgens um neun ankam und den Grill anwarf. Ich amüsierte mich prächtig und bekam obendrein jede Menge übriger Karten.

Im ersten Jahr an der Jura-Fakultät war ich nicht schlecht, was sicher auch daran lag, dass viele der Professoren mich persönlich oder über meinen Vater kannten. Justiz und Justizwesen interessierten mich zwar nicht sonderlich, aber das Studium war eine echte Herausforderung, und ich musste täglich viele Stunden lesen, forschen und nachdenken. Etliches kannte ich schon aus meiner Jugend, weil mein Vater darüber geredet hatte. Abseitige Fragen wie Nießbrauch auf Lebenszeit oder sogar das unverständliche, jahrhundertealte Gesetz aus dem Fall Wolfe vs. Shelley von 1581 – von Juraprofessoren geliebt und den Studenten ein Rätsel – waren mir nicht unbekannt, was ebenfalls zu meinem Erfolg beitrug.

Schon früh bildete ich eine Arbeitsgruppe mit zwei jungen Männern namens J. P. und Tyler. Hochintelligent und jeder auf seine Weise wunderbar schräg. J. P., der »aus offensichtlich logischen Gründen« auf einer Leerstelle zwischen dem J. und dem P. bestand, kam aus Savannah. Sein Vater, Topmanager bei der Gulfstream Aerospace Corp., war obszön reich geworden, als das Unternehmen an die Börse ging. Garantiert musste mehrere Generationen lang niemand mehr in der Familie seinen Lebensunterhalt durch Arbeit verdienen. Dessen ungeachtet hatte J. P. ein Weltklasse-Bachelorstudium in Princeton absolviert und diskutierte gern mit uns über das Bernoulli-Prinzip, bis wir vor Erschöpfung umsanken. Als ich ihn fragte, warum er Jura studiere, erwiderte er, das wisse er auch nicht so genau, er würde ohnehin Schriftsteller werden. Da kannte ich mich nun aus. Er las hauptsächlich Science-Fiction und hatte vor seinem Jurastudium zwei oder drei Kurzgeschichten in ziemlich eindrucksvollen Sci-Fi-Magazinen veröffentlicht.

Tyler wiederum war in Raleigh aufgewachsen und von bescheidenerer Herkunft. Sein Vater war Elektroingenieur, der schon sein gesamtes Berufsleben lang bei Bell South in Durham arbeitete, und seine Mutter Mathematiklehrerin an einer Highschool. Wie J. P. war er ein Nerd, wie er im Buche steht, und liebte hochtheoretische Diskussionen. Er war Beidhänder und konnte mit einem Stück Kreide in jeder Hand an einer Tafel beide Seiten einer Gleichung bearbeiten. So was hatte ich noch nie gesehen. Als ich auch ihn fragte, warum er Jura studiere, obwohl er viel eher zum Ingenieur oder Physiker geeignet sei, überlegte er eine Weile und antwortete: »Das kann ich dir wirklich nicht sagen. Ich glaube, ich brauchte einfach einen Plan.« Für diese Freunde war ich dankbar.

Wir verbrachten sechs Tage in der Woche miteinander und büffelten, was das Zeug hielt, redeten ansonsten aber meist über die schillerndsten Themen, die mit Jura nichts zu tun hatten. Wir stellten unglaublich detailreiche Unterrichts- und Studienhilfen zusammen, die nach unserem guten Abschneiden im ersten Semester bei unseren Mitstudenten überaus begehrt waren. Fürs zweite Semester erstand ich mit dem Geld aus dem Verkauf einer Gitarre einen Laptop und tippte sie während der Sitzungen in Echtzeit hinein. Die in einer Gruppe intelligenter, gelangweilter junger Männer üblichen schlüpfrigen Kommentare schrieb ich gleich mit. Einmal erzählte J. P. zum Beispiel, dass er im Handelsrechtseminar ein Buch auf einen hartnäckigen Ständer platziert und es wie das Heckruder eines Doppeldeckers auf und ab bewegt hatte. Das landete dann in einem Fall der Durchgriffshaftung bei juristischen Personen. Was für helle, originelle Köpfe aber Tyler und J. P. waren, zeigte sich etwa darin, dass wir in unserer Zusammenfassung zum Grundeigentum als Einzige in den Annalen der Rechtsgeschichte das Wort »Lemniskate« benutzten; es ging um das Gesetz gegen die Unveräußerlichkeit eines Besitzes.

Am ersten Tag unseres zweiten Jahres kam ein Mädchen ins Seminar, das ich noch nie gesehen hatte. Einen Moment lang blieb sie in der Tür stehen und schaute sich nach einem Platz um. Sie hatte etwas Stilles, eine uralte Traurigkeit, aber als sie sich in meine Richtung wandte, sah ich in ihren Augen und in ihrem Gesicht eine wissende Klarheit und eine wunderbar tiefe Klugheit und Willensstärke.

Obwohl sie sich bald mit einer Gruppe netter, mir weitläufig bekannter Mädchen in unserem Semester anfreundete, erfuhr ich, außer dass sie von einer Uni im Nordosten zu uns gewechselt war und Angehörige in Charleston hatte, nichts von ihr. Zu meinem Kummer verfügte ein grausames Schicksal, dass wir in verschiedenen Seminaren waren beziehungsweise gemeinsam nur ein wöchentlich stattfindendes besuchten. Trotz allergrößter Bemühungen hatte ich nie Gelegenheit, mich richtig mit ihr zu unterhalten, und wir wechselten lediglich ab und zu, wenn wir in der Uni aneinander vorbeigingen, ein paar nichtssagende Worte. An Wochenenden sah ich sie weder in der Bibliothek noch irgendwo draußen. Sie sei häufig für längere Zeit in Charlotte, munkelte man.

Sie war angenehm groß, eher leicht gebaut und hatte weißblondes, etwas über schulterlanges Haar. Sie lachte gern und aus vollem Herzen. Jede ihrer Bewegungen und Gesten wirkten evolutionär und geometrisch ideal. Darwin und Euklid gemeinsam hätten kein Wesen erschaffen können, das von Natur aus und mathematisch von Kopf bis Fuß so makellos gewesen wäre. Schwanenhaltung und sportliche Eleganz kamen hinzu – das Ergebnis war ein betörendes, zauberhaftes Kunstwerk, bei dessen Anblick mir jedes Mal das Herz im Halse schlug.

Als J. P., Tyler und ich einmal nach einer unserer samstagnachmittäglichen Arbeitssitzungen vor irgendwelchen Prüfungen auf meiner vorderen Veranda zusammensaßen, gestand ich ihnen endlich, wie fasziniert ich von dem Mädchen war, das – so hatte ich herausgefunden – auf den ulkigen Namen Story hörte. J. P. krümmte sich vor Lachen und sagte, ich hätte null Chancen. »Also, erstens erscheint sie mir viel, viel zu normal für dich. Außerdem weißt du nicht genug über sie. Wider allen Anschein ist sie vielleicht verrückt. Mach's wie ich und hol dir die niedrig hängenden Früchte.«

»Damit meint er seine Eier«, bemerkte Tyler. »Weiter bringt er es nicht.«

Woraufhin J. P. zu Tyler nur »Leck mich!« sagte und zu mir: »Mann, die bricht dir nur das Herz. Nenn mir einen Grund, warum du dich nach etwas verzehren solltest, das du eh nie kriegst. Kauf dir einen Hund.«

»Also, ich weiß nicht«, sagte Tyler. »Ich kann mir vage vorstellen, dass das mit euch was wird. Ich kann es zwar nicht in Worte fassen, aber in vielerlei Hinsicht seid ihr euch irgendwie ähnlich.«

»Sie haben die gleichen Haare«, sagte J. P.

»Stimmt«, sagte Tyler. »Nur ihre sind länger.«

»Sie ist fast so groß wie du«, sagte J. P. »Ihr würdet riesige Kinder kriegen.«

»Aber hör mal«, sagte Tyler. »Wenn du was unternimmst, sieh zu, dass du es nicht vermasselst. Führ dich nicht auf wie ein Idiot, was du, wie wir beide wissen, so wunderbar kannst.«

In der folgenden Nacht träumte ich von ihr. Sie stand vor mir, musterte eindringlich mein Gesicht und küsste mich ein einziges Mal, bevor sie sich mit ihrem gesamten Körper an mich schmiegte. Ich versuchte, ihre Hände zu ergreifen, aber sie wich zurück und entschwand langsam und geheimnisvoll in einem stockfinsteren Abgrund. Was mich natürlich in den Wahnsinn trieb.

Eine gefühlte Ewigkeit lang sah ich sie nicht. Als ich nach den Weihnachtsferien dann begriff, dass unsere Wege sich wegen unserer verschiedenen Stundenpläne niemals kreuzen würden, versuchte ich, sie mir ein für alle Mal aus dem Kopf zu schlagen, und befolgte J. P.s Rat, mir im städtischen Tierheim einen Hund zu holen.

Man schickte mich zu einer Hundenotaufnahme mit vier Dutzend Welpen aus einem Massenzuchtbetrieb in Reidsville, den die Polizei gerade wegen Tierquälerei geschlossen hatte. Die Rettungsorganisation mietete ein Bauernhaus in der New Hope Church Road und gab die Hunde gegen eine angemessene Spende an geeignete Personen zur Adoption. Auch ich schrieb einen (von meinem staatlichen Studiendarlehen finanzierten) Scheck aus und ging in den Hof, um mir einen Hund auszusuchen.

Etwa zwanzig Welpen mit roten Seidenbändern um den Hals waren schon vergeben. Dankbar, dass man mir die Auswahl erleichtert hatte, bemerkte ich einen mit orangefarbenem Band. Er war ein wenig größer als die anderen, aber trotzdem nur Haut und Knochen und saß ganz allein in einem kleinen, mit Hühnerdraht eingezäunten Bereich. In regelmäßigen Abständen winselte und jaulte er nach seinen Gefährten und verkrallte sich im Zaun. Meist aber hockte er einfach nur da und beobachtete alles. An den großen Füßen sah man, dass er nicht klein bleiben würde.

»Was ist mit dem Burschen?«, fragte ich.

»Ach, das ist ein ganz Süßer. Doch wir können ihn nicht abgeben«, sagte eine freundliche, erschöpfte Frau mittleren Alters, die die letzten beiden Tage wahrscheinlich unaufhörlich Hunde in Kisten vom Zuchtbetrieb zur Farm transportiert hatte. »Aber Sie sehen ja, es gibt noch unzählige andere.«

»Ist was mit ihm? Was bedeutet das orangefarbene Band?«

»Wir glauben, er hatte einen oder mehrere Krampfanfälle. Deshalb wollen wir ihn beobachten. Wir können keinen Hund abgeben, der eventuell zur finanziellen Belastung wird. Viele große Hunderassen haben Krampfanfälle oder vielleicht Epilepsie und brauchen besondere Fürsorge und eine Menge Medikamente und ärztliche Betreuung.«

»Darf ich mich trotzdem einen Moment zu ihm setzen?«

»Ja, aber machen Sie sich keine Hoffnungen.«

»Hat er einen Namen?«

Sie beugte sich über den Maschendrahtzaun und schaute auf das Band. »Nein. Bis jetzt ist er Nummer 42.«

Ich setzte mich zu Nr. 42 ins Gras, und er kletterte auf meinen Schoß und knabberte mit überraschend scharfen Zähnen an meiner Hand. Die nächsten drei Stunden saßen wir beieinander und spielten, nicht ohne immer wieder höchst interessiert das Treiben um uns herum zu beobachten: Die Leute kamen und suchten sich Welpen aus, und die gutmenschigen Freiwilligen, fast alles Mädchen im College-Alter, überprüften gewissenhaft die Bewerber und füllten Formulare aus. Um fünf Uhr nachmittags schlief Nr. 42 in meinem Schoß, und ich rubbelte ihm den Rücken.

»Ich hoffe, Sie haben sich nicht zu sehr mit ihm angefreundet«, meinte die nette Dame, als sie wieder zu uns kam.

Ach so, hm.

»Ich sitze jetzt schon eine Zeit lang mit ihm hier, und er macht einen ganz gesunden Eindruck«, erwiderte ich. »Jedenfalls habe ich nichts Auffälliges bemerkt.«

»Es geht nicht«, sagte sie. »Ich würde gern, aber ich darf es nicht.«

»Wer nimmt ihn denn sonst?«

»Ich wollte ihn nehmen. Ich kann mich um ihn kümmern.«

»Ich wette, Sie haben schon ein halbes Dutzend.«

Sie lachte. »Stimmt. Ich kann einfach nicht Nein sagen. Ich hatte immer ein halbes Dutzend Hunde und einen Mann. Jetzt habe ich nur noch ein halbes Dutzend Hunde.«

»Na, dann brauchen Sie nicht noch einen. Besonders wenn er krank ist. Geben Sie ihn mir. Ich werde gut für ihn sorgen.« Sie schaute mich lange an und nahm mich dann in den Arm.

»Komm, Kumpel«, sagte ich zu Nr. 42, »gehen wir.« Wir stiegen ins Auto, er auf den Beifahrersitz, ich auf den Fahrersitz. Noch bevor wir wieder auf dem Highway waren, lag er auf meinem Schoß und war eingeschlafen. Sein Kopf ruhte in meiner Armbeuge.

Kaum hatten wir den Zooladen betreten, um alles Notwendige für ihn zu besorgen, hockte er sich hin und pieselte auf den sauberen Kachelboden. Da er außerdem noch schmutzig war, hatte ich Angst, man könnte mich für ein schlechtes Herrchen halten. »Ich habe ihn gerade erst geholt«, sagte ich zu den Leuten im Laden, die das nicht im Geringsten interessierte. »Er ist aus einem Zuchtbetrieb gerettet worden. Ist das nicht schrecklich? Gleich kriegt er ein Vollbad.«

Zu Hause ließ ich ihn im Garten von der Leine. Er rannte, spielte und jagte Stöckchen, die ich für ihn warf, fraß Gras und erbrach es. Beim sorgfältigen Erkunden des Gartens fand er unverzüglich vier oder fünf Löcher im Zaun, die ich noch nie bemerkt hatte. Den Napf mit dem Futter stieß er um, verteilte es auf dem Boden und verschlang es. Triumphierend stellte er beide Vorderpfoten in seinen Wassernapf. Schließlich kam er zu mir auf die Hintertreppe und fiel japsend zu meinen Füßen nieder.

»Ich weiß, wie ich dich nenne«, sagte ich zu ihm. »Schluss mit dem würdelosen Leben als Nummer. Von nun an heißt du ganz amtlich Buller.«

Binnen weniger Monate wurde der pummelige Welpe zum Löwenjungen. Löwengelbbraun, mächtige, von Tag zu Tag muskulösere Brust. Jeden Morgen vor der Uni, jeden Nachmittag, wenn ich nach Hause kam, und jeden Abend vor dem Schlafengehen ging ich mit ihm hinaus. War er allein, fraß er meine Besitztümer auf, mal nur eines, gelegentlich mehrere auf einmal. Eine Delikatesse waren offenbar meine Bücher. Eines Tages kam ich nach Hause, und er hatte ein ganzes Regal leergeräumt – Wordsworth, Yeats, Keats, Shelley, Byron, Coleridge und William, *Lieder der Unschuld und Erfahrung*. Für die Romantiker hegte er eine besondere Vorliebe. In allen Zimmern fand ich zerrissene Seiten. Er musste einen Riesenspaß gehabt haben. Einmal fraß er ein gewaltiges Loch in meine Federkernmatratze. Ein anderes Mal in eine offene Tür.

Die Hundekommandos lernte er schnell, grollte, wenn ich mich in die Uni verabschiedete, und wurde selbstmörderisch deprimiert, wenn ich abends zum Essen oder auf ein Bier hinausging. Dann legte er sich vorwurfsvoll mit dem Kopf in eine Ecke und ignorierte mich. Er wollte immer mit, und wenn irgend möglich durfte er das auch. Als ein Freund aus der Uni ihm einen Plüschteddy mitbrachte, zerrupfte er das Geschenk nicht etwa sofort in Stücke, sondern trug es – wie Sebastian Flyte aus *Wiedersehen in Brideshead* – stets mit sich herum und wurde auf dem Campus wegen seiner Liebe zu dem Bären bekannt.

Und die ganze Zeit wuchs er und wuchs, bis er tatsächlich Löwenausmaße erreicht hatte. Mit einem Jahr wog er unglaubliche sechsundfünfzig Kilo, alles Knochen und Muskeln. Seine allerliebste Lieblingsbeschäftigung war Tennisbälle jagen. Immer, wenn ihn die Lust überkam, und das war oft, brachte er mir zwei oder drei, legte sie mir in den Schoß und bellte mich an, damit ich mit ihm in den Park ging. Solange ich die Bälle warf, solange holte er sie auch, und abends waren er und ich dann reichlich ausgepowert. Jede Nacht kam er zu mir ins Bett und schlief mit dem Kopf auf meiner Brust.

23

Zu Beginn des Frühjahrs in meinem letzten Semester ging ich an einem wunderschönen Samstagabend mit J. P., Tyler sowie Will, einem von Tylers Freunden aus Raleigh, *Shrimps and Grits* – Garnelen und Maisgrütze – essen. Der Tag war warm, Gott und die Welt waren unterwegs und versprühten jenen typischen Optimismus, der immer mit der Verheißung endlich wieder guten Wetters einhergeht. Crook's Corner, das Restaurant, war proppenvoll, vor der Tür hatte sich sogar eine Warteschlange gebildet. Als wir endlich hineinkamen, die Kellnerin uns fragte, ob wir rauchen wollten, und J. P. »Ja, Marlboro Light« witzelte, erwiderte ich: »Wir nehmen den ersten Tisch, der frei wird«. Wir quetschten uns in eine Ecke am Tresen und warteten. Um uns Männer in Khakihosen und Button-down-Hemden und Frauen in farbenfrohen, blumengemusterten Sommerkleidern. Wir genossen die Atmosphäre, und J. P. hielt einen Vortrag über den evolutionären Grund dafür, dass die Brustwarze wie ein Ochsenauge aussieht, da kamen plötzlich Story und fünf ihrer Freundinnen aus der Uni herein. Sie hatten natürlich vorausschauend einen Tisch reserviert und wurden direkt an uns vorbei in den proppenvollen Patio geführt. Als ich das Bewusstsein wiedererlangt hatte, bat ich die Kellnerin statt des ersten freien Tischs um einen im Patio. Zum Glück hatte sie nichts dagegen.

»Hört mal zu.« Die Jungs schauten mich an, als sei ich nicht ganz bei Trost. »Kommt bitte mal näher.«

»Was ist denn los?«, fragte Will.

»Ich weiß, was los ist«, sagte Tyler.

»Ich auch«, sagte J. P. »Story ist hier.«

»So ist es. Deshalb zwei Dinge: Das hier wird jetzt meine Show. Ihr wisst alle, was ich durchgemacht habe, darum lasst mir bitte den ersten Versuch, mich zu blamieren. Wenn sie mich total abblitzen lässt, dann könnt ihr es meinetwegen versuchen, aber so wahr mir Gott helfe, wenn jemand von euch Mistkerlen heute Abend mit ihr nach Hause geht, dann verfolgt euch mein Hass bis in alle Ewigkeit. Das meine ich ernst. Bis in alle Ewigkeit. Du kennst mich nicht, Will, aber ich bin noch im Jenseits nachtragend. Zweitens, sorgt dafür, dass ich unter keinen Umständen irgendwelchen Blödsinn verzapfe. Wenn ich zu viel trinke, lasst mich nicht mit ihr sprechen. Beantragt ein Kontaktverbot. J. P.?«

»Ja, das ist in meiner Rechtsschutzversicherung enthalten«, sagte J. P., »und ich kenne auch einen Richter, der dich zwangseinweisen lässt.«

»Entscheidend ist«, sagte Tyler, »dass du gar nichts sagst. Sei einfach in ihrer Nähe und rede nur, wenn du musst. Versuch, ruhig dazusitzen und Selbstvertrauen auszustrahlen. Du kannst es eigentlich nur mit Reden vermasseln.«

»Danke, Kumpel.«

»Ich pass auf dich auf. Ich will es doch genauso wie du.«

»Echt?«

»Klar, ich kann langsam nicht mehr hören, wie du immer rumjammerst.«

»Danke!«

Mehrere Menschenleben vergingen, bis die Kellnerin uns endlich zu einem Tisch in dem überfüllten Patio brachte. »Jetzt gilt's!«, rief ich. »›Doch er, der mir zur Fahrt das Steuer lenkt, richt auch mein Segel! – Auf, ihr lust'gen Freunde!‹«

»So'n Quatsch labert er ständig«, sagte J.P. zu Will. »Man gewöhnt sich dran.« Und dann zu mir: »War das *Romeo und Julia*?«

»Allerdings«, sagte ich. »Woher du das aber auch immer weißt.«

Ich wollte mich so hinsetzen, dass ich Story im Blick hatte, aber Tyler verhinderte es. »Du würdest sie doch nur die ganze Zeit anglotzen, als hätte man dir einen Bolzenschuss verpasst. Am Ende denkt sie noch, dass du sie stalkst.«

»Er hat recht«, meinte J. P. »Wir sagen dir schon, was du wissen musst.«

»Idioten!«

Tyler informierte uns, dass Storys Tisch voll besetzt war.

»Meinst du etwa, ich würde mich zu ihr setzen?«, fragte ich.

»Wie sonst willst du mit ihr reden? Willst du warten, bis sie geht, und sie dann auf dem Parkplatz abfangen?«

Ich litt still vor mich hin, bis Tyler sah, dass das Mädchen neben Story seine Rechnung bezahlte und ging. Ein Platz am Tisch war nun frei. Das Schicksal war mir gnädig.

»So, jetzt aber los! Attacke, Tiger!«, ermutigte mich Tyler.

»Ich kann doch nicht einfach hingehen und mich neben sie setzen.«

»Doch, kannst du. Tu so, als wolltest du aufs Klo und vor lauter Überraschung, sie zu sehen, setzt du dich zu ihr. Capito?«

Pochenden Herzens begab ich mich zu Storys Tisch, und jede Zeile eines jeden romantischen Gedichts, die ich je gehört oder gelesen hatte, raste mir völlig unsinnig durch den Kopf und zersägte die Luft um mich herum. Ich setzte mich auf den leeren Stuhl neben sie. Prompt erstarb jegliche Unterhaltung am Tisch. Story und ihre Freundinnen schauten mich an, als brächte ihnen ein Nackter den Nachtisch.

»Hallo! Wie geht's, wie steht's?«

Nach einer endlos langen Sekunde antworteten sie fröhlich und redeten dann munter weiter, über das Jura-Examen und Jobs. Gott sei Dank kam der Kellner, und ich bestellte ein Bier. Dann blieb ich schweigend sitzen, als sei es vollkommen normal, dass ich hier mit Leuten an einem Tisch saß, mit denen ich noch nie ein nennenswertes Gespräch geführt hatte. Tyler, J. P. und Will waren fantastisch: Sie kümmerten sich nicht darum, ob und wie ich vorankam, sondern verhielten sich, als passiere hier nichts Außergewöhnliches. Ich bewunderte ihre Professionalität. Mein Bier kam, und nachdem ich einen langen, dankbaren Zug genommen hatte, betastete ich interessiert den geriffelten Metalltisch und studierte, obwohl ich schon gegessen hatte, die Speisekarte mit wissenschaftlicher Gründlichkeit. Story schlug die Beine übereinander und wandte sich mir zu. Sie und ich waren die einzigen beiden Menschen am Tisch und vielleicht sogar in dem gesamten trubeligen Etablissement, die nicht mit jemandem sprachen, und sahen wahrscheinlich ziemlich dämlich aus.

»Ich bin Story.«

»Und ich Henry. Ich hab dich hier sitzen sehen und dachte, ich sage mal Guten Tag.«

»Du hast mich hier sitzen sehen?«

»Ich habe gesehen, wie du reingekommen bist.«

»Und du wolltest mir Guten Tag sagen?«

»Ja.«

»Hmm.« Mein Gesicht begann zu brennen, und ich wurde so verlegen, dass ich fürchtete, ich würde mir gleich in die Hosen machen. Ich hatte an diesem Tisch absolut nichts zu suchen und keinen blassen Schimmer, was ich zu ihr sagen sollte. »Na dann…« Mehr brachte ich nicht heraus und stand auf. Da fragte BethAnn, eine von Storys Jurakommilitoninnen: »Hast du schon angefangen zu büffeln?«

Danke, lieber Gott. Ich setzte mich wieder. Sie meinte das bevorstehende Jura-Examen.

»Ich hab gehört, dass du neulich in Strafrecht erwischt worden bist«, sagte sie, ohne zu warten, dass ich die erste Frage beantwortete.

»Ja.«

»Wahnsinn. Ich kann mich nicht erinnern, wann das jemandem aus dem Abschlusssemester das letzte Mal passiert ist. Was hast du gemacht?«

»Ein Buch gelesen«, sagte ich. »Aber kein Fachbuch. Und die Füße hätte ich wohl auch nicht hochlegen sollen, nicht mal hinten im Seminarraum.« Story lachte, und ich spürte, wie meine Atemfrequenz auf ein medizinisch vertretbares Niveau sank.

»Was hast du denn gelesen?«, wollte nun eine andere Freundin von Story wissen – Nichole, deren überflüssiges H ebenso wie ihre kurzen Röcke und zahlreichen nicht minder kurzen Beziehungen an ihrem Ruf kratzten. Ob moralisch integer oder nicht, sie konkurrierte mit mir um die besten Examensnoten.

»*Wem die Stunde schlägt.*«

Story lachte wieder. Herrje.

»Verrückt«, sagte BethAnn. »Du bist ganz schön schräg. Und wie hat er reagiert?«

»Nachdem ich ›Tut mir leid, da muss ich passen‹ gesagt habe, meinte er – sehr unheilschwanger – ›Dieses Mal geht das vielleicht in Ordnung. Aber sagen Sie das auch im Examen?‹«

»Das habe ich gehört«, sagte Nichole. »Total witzig. Er hat offenbar keine Ahnung, wer du bist.« Auch sie wusste, dass ich zu ihren schärfsten Konkurrenten gehörte.

»Er ist wohl ziemlich unangenehm«, sagte ich.

»Ganz bestimmt aber ein ziemlicher Hohlkopf.« Volltreffer, Nichole.

Rund um den Tisch vertiefte man sich wieder ins Gespräch.

Storys zurückgebundenes Sonnenhaar kringelte sich um ihren wunderschönen Hals und verdeckte ihn. Sie trug ein ärmelloses schwarzes Kleid, das ihre wohlgeformten Schultern voll zur Geltung brachte, und ihre Haltung und sogar die Art, wie sie die Arme auf den Tisch stützte, verrieten so was wie Durchsetzungskraft und Beharrlichkeit. Sie redete angeregt mit BethAnn und hatte offenbar vergessen, dass ich noch neben ihr saß. Als sie sich wieder zu mir umdrehte, sagte ich: »Ich sollte gehen.«

»Kann ich dich was fragen?«

»Natürlich.«

»Was willst du mal werden, wenn du groß bist?« Mittlerweile waren das Stimmengewirr und das Geklapper von Besteck, Porzellan und Emaille auf dem Patio so laut und schrill, dass wir fast schreien mussten, um uns zu verständigen, und als sie sich zu mir beugte, kamen unsere Gesichter sich wunderbar nahe.

»Weiß ich noch nicht. Vielleicht nicht Anwalt. Und du?«

»Ich dachte immer, ich wollte Anwältin werden. Aber jetzt bin ich mir nicht mehr so sicher.«

»Warum das?«

»Weil ich Menschen wirklich helfen will«, erwiderte sie mit großer Ernsthaftigkeit und einem Blick, der mich vollends in ihren Bann schlug. Meine Bewunderung war ihr sichtbar peinlich.

»Was trinkst du?«

»Ich hab's vergessen, echt«, sagte ich, und das stimmte tatsächlich. »Es schmeckt aber. Wenn du mal probieren willst … Was trinkst du?«

»Weiß ich auch nicht. Das hat jemand für mich bestellt. Es tauchte einfach hier auf.«

»Soll ich uns noch zwei bestellen?«

»Ja, bitte. Dann wissen wir, was wir trinken.«

Ich rief den Kellner und bestellte zwei Corona mit Limettenschnitz. Ich wollte den Ball flach halten.

»Mit wem bist du hier?«, fragte sie. Ich deutete auf meinen Tisch, wo J. P., Tyler und Will jetzt doch Rabatz machten. Aber dann fragte BethAnn Story etwas, die drehte sich zu ihr, und ich wusste natürlich nicht, ob sie sich wieder mit mir unterhalten würde. Trotzdem wartete ich am Tisch, bis das Bier kam. Story und ich drückten unsere Limetten in die Flaschen und prosteten uns zu.

»Auf unseren einen Mond und unsere Myriaden von Sternen.«

»Ja«, sagte sie und nahm einen Schluck. »Das gefällt mir. Auf unseren einen Mond und unsere Myriaden von Sternen. Woraus ist das?«

»Wahrscheinlich habe ich es irgendwo gelesen.« Ich fragte sie, wo sie herkomme. »Aus einer Stadt in South Carolina, von der du garantiert noch nie was gehört hast«, erwiderte sie. Ihre muntere Miene wich einer wunderschön gefurchten Stirn. Mittlerweile wollten ihre Freundinnen gehen und fragten sie, ob sie mitkomme. Einen endlosen Moment lang sah sie mich an. Überlegte sie zu bleiben?

Schließlich sagte sie »Ja«, und als sie vorsichtig aufstand, bewunderte ich ihren Körper unter dem schwarzen Kleid. Mit den Worten »Es war nett, mit dir zu reden. Ich kann das nicht austrinken. Willst du es noch?« gab sie mir ihr Bier. Ich fragte mich, ob meine Mitmenschen, wenn ich es mit nach Hause nahm und es in einem luftdicht verschlossenen Behälter im Kühlschrank aufbewahrte, doch zu dem Schluss kommen würden, ich wäre reif für die Klapse.

»Schönen Abend noch«, sagte ich.

»Danke. Ja. Dir auch. Genieß den Mond und unsere Myriaden von Sternen.« Und dann war sie fort.

24

Für die Abschiedsfeier nach dem letzten Prüfungstag mieteten meine Studienfreunde und ich über ein langes Wochenende ein Haus am Strand von Sullivan's Island. Das sprach sich schnell herum, und bald wollten weitere Kommilitonen aus unserem Semester mitkommen. Wir wussten nichts über das Haus, nur dass es geräumig und sehr teuer war und von dreien der Schlafzimmer im Erdgeschoss rotgestrichene Terrassentüren auf die Dünen vor dem Strand hinausgingen. Als wir am Donnerstagnachmittag den Proviant ins Auto luden, rief Story mich an. Seit dem Abend in dem Restaurant hatte ich nicht mehr mit ihr gesprochen.

»Hey, ich bin's, Story. Wir haben uns neulich abends im Crook's Corner unterhalten … Erinnerst du dich? Ah, gut. Ich hab gehört, ihr fahrt ans Meer. Meinst du, ihr habt noch einen Platz frei?« Meine lebenswichtigen Organe fielen in Schockstarre. Als ich die Orientierung wiedergewonnen hatte, versicherte ich ihr, es wäre schön, wenn sie dabei wäre, und es gäbe jede Menge Platz. BethAnn und Nichole waren schon von jemand anderem in unserer Gruppe eingeladen worden, und Story sagte, sie werde etwas später mit ihnen zusammen nachkommen. Sie kannte Sullivan's Island und brauchte nur die Adresse. »Das Haus ist in der Poe Avenue«, sagte ich. »Ganz durch bis zum Ende, das große weiße Haus links, am Wasser. Außerdem siehst du bestimmt meinen Scout, wenn die alte

Klapperkiste es bis dorthin schafft. Das Nummernschild lautet VP-KAN.«

Wir Frühankömmlinge standen auf der Vorderveranda des Hauses, tranken Bier (drei überdimensionale Kühlboxen hatten wir dabei) und warteten auf die anderen, während der korallenfarbene Himmel träge in der Dämmerung verschwand. Die sonnengebleichten Dielen des Hauses waren weiß wie der Sand, der es umgab. Jemand fand irgendwo eine antike Kristallschale, füllte sie mit frischen Limettenschnitzen und stellte sie auf das Verandageländer, wo sich das wässrige Smaragdgrün deutlich vor all dem sandweißen Holz abhob. Aus den Fenstern des zweiten Stocks tönte ein Reggae-Mix, zu dem wir uns rhythmisch bewegten.

J. P., schon kräftig angeschickert, redete nonstop auf mich ein. Romane wolle er schreiben, die nächste Ursula K. Le Guin werden. Er war einer meiner engsten Freunde, und ich war immer sehr gern mit ihm zusammen, aber als er sich, vor Selbstbewusstsein strotzend, über seinen absehbaren Erfolg als Schriftsteller ausließ und mit seinen überragenden Kenntnissen prahlte, sträubten sich mir innerlich die Nackenhaare. Von meinem Vater hatte ich ihm nicht erzählt, insofern konnte ich ihm keinen Vorwurf machen. Trotzdem: Wie kinderleicht er das alles klingen ließ, war schwer zu ertragen. Zum Glück kreisten meine Gedanken mit verzweifelter Intensität sowieso nur um Story und um die Frage, ob sie wirklich kommen würde.

»Erotik, die bringt's. Das heißt, wenn man verkaufen will. Irgendwann in der nächsten Zeit versuche ich mich daran.« J. P. reckte sich und schob seinen Sack auf die andere Seite.

Ich ignorierte das Zusammenspiel von Wort und Tat und schaute an ihm vorbei. Von Story war noch nichts zu sehen. »Wie wer? D. H. Lawrence? Oder eher wie Henry Miller?«, fragte ich ihn schließlich.

»Nein, genau so nicht. Loslegen und *wie* jemand schreiben is nich. Man muss kreativ sein. Es fließen lassen. Das Hirn muss seinen natürlichen Mustern folgen, die, verlass dich drauf, in den meisten Fällen von der Natur noch nicht erschaffen worden sind. Und nur weil das gefürchtete F-Wort in einem von Henry Millers Büchern vorkommt, ist das noch längst nicht erotische Kunst. Durchforste Miller nach was Skandalösem, und du wirst enttäuscht, es sei denn, das Wort Fotze reißt dich vom Hocker.«

Er ging zur Kühlbox, kam mit vier Bieren zurück und gab mir zwei. Jetzt hielt ich drei in Händen. Er öffnete das erste am Verandageländer. Der Kronkorken flog wie ein Feuerwerkskörper in die Einfahrt. Überrascht kraxelte J. P. die Treppe hinunter und hob ihn auf.

»Was bist du gut erzogen«, sagte ich.

»Erzähl das meiner Mutter.«

»Aber musst du nicht alles schon Geschriebene lesen, damit du nichts kopierst, was es schon gibt?«, ging ich nun doch auf ihn ein.

»Das ist in erster Linie mal unmöglich.« J. P. war groß und schlaksig, mit langen Gliedern, die nach allen Richtungen strebten, und erinnerte mich immer an einen sehr weißen, sommersprossigen Papierdrachen. Er kultivierte einen Dreitagebart à la Jassir Arafat, sah eigentlich gut aus, verhielt sich aber deutlich wie ein intellektueller Freak, als der er sich wohl auch lieber sah. Beim Reden fuchtelte er immer wild mit den Armen. Soweit ich wusste, war er noch nie gebumst worden, ja, hatte wahrscheinlich nicht mal ein Rendezvous mit einem Mädchen gehabt.

»Es gibt einfach zu viel Schrott«, sagte er und wurde zum Pterodactylus, der sich vor mir in die Luft schwang und in jeder Hand an den Enden seiner weit ausgespannten Flügel ein Bier hielt. »Du legst dich selbst lahm, wenn du das versuchst. Und wie findest du dann noch die Zeit zu schreiben? Vor allem … *vor allem*«, sagte er und trank einen Schluck, »ist am Ende doch einer dabei, der dir wirklich gefällt, und dann schreibst du unbewusst so wie er. Aber genau das musst du vermeiden.«

»Was tust du also?«, wollte ich wissen. »Du liest nicht. Du schreibst nur?«

»Ich? O nein, ich lese alles. Ich lese allen Scheiß, den ich in die Finger kriege. Ich stimme dir vollkommen zu, obwohl ich dir was anderes sage. Ich bin auch vor Furcht wie gelähmt, dass mein Zeugs nicht so gut wie das anderer Leute heute ist, und neun von zehn Malen fange ich deshalb gar nicht erst an zu schreiben.«

»Kennst du Gaddis?« Ich wollte einen Literaten anbringen, dessen Name J. P. vielleicht nicht geläufig war.

»Das Scheißbuch konnte ich nicht lesen.«

»Pynchon?«

»Bei Pynchon geht's mir genauso. Ich werd den Eindruck einfach nicht los, dass die Typen nur deshalb schreiben, weil sie sehen wollen, wie viel sie auf Papier bringen und ob es wirklich einer liest.«

»Poe?«

»Poe war ein Weichei. Nein, war nur ein Witz. Poe ist der helle Wahn. Ich liebe Poe. Ich liebe ihn so sehr, dass ich ihn ficken würde, wenn er lebte. Ich würde ihm die haarigen schwarzen Titten abficken.«

»Bravo!«

»Was?«

»Schade, dass ich gerade keinen Stift zur Hand habe. Todsicher hast du eben einen Satz geschmiedet, der so noch nie formuliert worden ist.«

»Was für einen Satz?«

»Dass du Edgar Allan Poe seine haarigen schwarzen Titten abficken würdest. Was auch immer das bedeuten soll. Aber todsicher sind diese Worte in der Reihenfolge noch nie ausgesprochen worden. Noch nie. Von niemandem.«

»In keiner Sprache?«

»Nein, in keiner.«

»Arrrchh! Ich würde Edgar Allan Poe seine haarigen schwarzen Titten abficken!«

»Blackbeard trifft Edgar Allan Poe«, sagte ich.

»Aha! Hallo, Kurzgeschichte. Blackbeard trifft Edgar Allen Poe. Waren sie Zeitgenossen? Wahrscheinlich nicht. Macht nichts. Der Geist von Blackbeard trifft Edgar Allan Poe. Ein Enkel von Blackbeard, auch noch Pirat, trifft Edgar Allan Poe.« J. P. kritzelte ein paar Stichworte in sein Moleskine-Notizbuch. Die Literaturdiskussion war beendet, und mich überlief eine Welle diffuser Erleichterung.

»Wo ist dein Hund dieses Wochenende?«, fragte er.

»Soubrette passt auf ihn auf«, antwortete ich. »Sie hat einen großen Garten hinterm Haus, und Buller versteht sich prächtig mit ihren Hunden.«

»Bestimmt ruft sie dich an und erzählt dir, dass er einen Hirsch in ihrem Hof gerissen hat. Damit musst du rechnen. Dazu fähig ist er.«

Aus dem Inneren des Hauses rief jemand, dass Story und ihre Freundinnen spät abgefahren, aber auf dem Weg seien. Eine quälende Stunde später kam langsam ein Auto die Straße entlang. Es bog in die Einfahrt vor dem Haus ein, und die Mädchen, alle in Shorts und Sandalen, sprangen mit wippenden Pferdeschwänzen auf die Straße. Story war nicht dabei. Dreihundert ellenlange Sekunden verstrichen, ehe noch ein Auto um die Kurve kam und hinter dem ersten hielt. Ich hörte beziehungsweise sah, wie der Motor abgestellt, die Scheinwerfer ausgeschaltet und die Handbremse angezogen wurden, obwohl das Gelände ganz eben war. Ich hörte Insekten, Wellen, Stimmen, leise und nahe, Autos auf der Straße, den schnalzenden Gesang eines nichtexotischen Vogels, ein Kind, das mit einem anderen Fangen spielte, das Zischen einer Flasche Bier, die gerade geöffnet wurde, Reifen auf Kies, Hundebellen und endlich, lieber Gott, endlich das Klacken der Tür auf der Fahrerseite. Fünf Minuten hatte ich wahrscheinlich den Atem angehalten. Nun tauchte Storys blonder Schopf hinter dem Auto auf, das Haar strubbelig und windzerzaust, und ich war völlig überwältigt. Wahrscheinlich hätte es mich nicht mehr beeindruckt, wenn sich die Himmel geteilt hätten und der Herrgott selbst, König Elvis Aaron Presley, erschienen wäre. Sprechen konnte ich nicht.

Story war schon bei den anderen Mädchen, die sich ausgelassen wie Cheerleaderinnen umarmten. Sie holten das Gepäck aus den Kofferräumen und stolzierten zu den Begrüßungsrufen und freundlichen Pfiffen meiner Freunde der Reihe nach auf die Veranda. Hölzern wie ein Kanu stand ich da, in der einen Hand ein Bier, die andere ziemlich tumb in der Tasche vergraben. Story ließ ihren Koffer auf die Terrasse plumpsen und kam langsam auf mich zu.

»Ich hab's geschafft. Wie geht es dir?« Bescheiden wie eine Blume. Bezaubernd unsicher, aber nicht zu sehr. »Tut mir leid, dass wir so lange gebraucht haben. Amüsiert ihr Jungs euch? Sieht ganz danach aus.« Unfähig, eine einzige Silbe aus dem Raum zwischen uns hervorzuzaubern, drehte ich mich um und ging, ohne ein Wort zu sagen, ins Haus.

25

Später am Abend fuhren wir in Kolonne über die Brücke zum Essen nach Charleston, obwohl nicht einer von uns hätte fahren dürfen. Wild durcheinander quetschten wir uns in drei Autos, einer saß auf dem anderen, heiße Haut an heißer Haut, Köpfe stießen ans Autodach, Hälse verrenkten sich hierhin, dorthin. Mit offenen Fenstern ging's los. Story und ich fuhren nicht im selben Auto.

Im Magnolia's in der East Bay Street merkte unser Kellner bald, wie angetrunken wir schon waren, und erfüllte unseren Wunsch nach mehr Getränken mit Freuden. Zum Glück saß Story am Nachbartisch mit dem Rücken zu mir. J. P. saß zwischen uns und versperrte mir mit seinem Kopf und den herumfuchtelnden Händen den Blick auf sie. An unser Gespräch von vorher anknüpfend sagte er: »Das, was Literaturagenten und Verleger heute vor allem wollen, ist eine starke, erzählerische Stimme.« Ich sah, wie Story mit den anderen an ihrem Tisch lachte. Ich konnte sie durch den Lärm nicht hören, aber sie amüsierte sich offenbar glänzend.

»Und anscheinend ist die Anzahl der Worte wichtig. Ein fiktionales Werk muss mindestens, würde ich sagen, achtzigtausend Worte haben. Unter Umständen sogar zwischen neunzig- und hunderttausend«, fuhr er fort. »Einhundertzehntausend sind zu viel, aber wenn das Buch wirklich gut ist, lassen sie einem das durchgehen.«

»Dazu fallen mir einhundert Ausnahmen ein«, sagte ich. »Was zum Teufel hat die Anzahl der Worte mit der Qualität zu tun? Sollte die Geschichte selbst nicht die Anzahl bestimmen?«

»Ich sag's ja nur«, erwiderte er. »Man will dem Agenten eben nicht noch einen Grund geben, das bescheuerte Manuskript in den Papierkorb zu schmeißen.«

Nur um ihm zu widersprechen, sagte ich: »Wenn ich jemals ein Buch schreiben würde, hätte es genau 98 189 Worte, nicht mehr und nicht weniger.«

Story bestellte eine Runde für ihren Tisch. Als unser eifriger Kellner kam, wollte J. P. Hochprozentiges. »Was nimmst du?«, fragte er mich.

»Wodka.«

»Sieh einer an. Daran hatte ich nun nicht gedacht, aber der bringt's auch. Dann also zwei Wodka, Bruder. Solidarität!«

Der Kellner fragte, ob wir einen bestimmten Wodka wollten. »Wenn wir ihn ex trinken, ist Hausmarke in Ordnung«, sagte ich. »Ansonsten Wyborowa.« Eigentlich wusste ich nichts über Wodka, außer dem Namen auf dem Etikett der Flasche, aus der ich meinem Vater jahrelang eingeschenkt hatte.

»Ex natürlich.«

»Dann ist es einerlei. Die Hausmarke bitte«, sagte ich zu dem Kellner.

»Richtig«, bekräftigte J. P. »Völliger Quatsch, für etwas, das wir weniger als eine Sekunde lang im Mund behalten, zehn Dollar mehr zu zahlen. Eigentlich ist es nicht mal in unserem Mund. Wir kippen es uns ja sofort in den Schlund wie ein Pelikan einen Fisch.«

»Wie eine Katze einen Schleifstein frisst«, sagte ich.

»Wie eine Katze einen was frisst?«

»Einen Schleifstein. Es ist Nonsens, aber deine dämlichen Vergleiche erinnern mich immer daran. Ein Spruch von meiner Großmutter. Hat was mit Entschlossenheit angesichts hartnäckiger Widrigkeiten zu tun. Sie hatte für alles ein Gleichnis.«

»Vielleicht hatte sie ja einen Kalender mit einem für jeden Tag«, sagte J. P. »Das wäre revolutionär gewesen.«

Wir tranken unseren Schnaps, und J. P. bestellte noch einen, dieses Mal für den ganzen Tisch.

»Langsam bin ich sturzbesoffen«, sagte er. »Als ich das letzte Mal Wodka getrunken habe, habe ich aus Versehen in die Unterwäscheschublade meiner Mutter gepinkelt.«

»Besauf dich aber nicht zu sehr, ich brauche dich noch. Du musst mich davon abhalten, etwas objektiv Idiotisches, Leichtsinniges oder nicht Wiedergutzumachendes zu tun.«

»Verdammt, zu spät.« J. P. drehte sich um und warf einen verstohlenen Blick auf Story. Sie sah es und lächelte, er, ein wenig schuldbewusst, lächelte ebenfalls. Dann drehte er sich wieder zu mir um und sagte: »Jep. Du bist am Arsch. Doppelt und dreifach. Meine Fresse, sieht die gut aus. Hat sie haarige schwarze Titten? Sag's mir, sobald du es herausgefunden hast. Ich will Bilder sehen. Trink. *Salud!*« Und noch ein Wodka auf ex.

Die Rechnung für das Essen und vor allem die Getränke belief sich auf fast neunhundert Dollar. Da keiner von uns Arbeit hatte beziehungsweise wir uns für das Studium sogar Geld geborgt hatten, war das ein Schock. Aber wir versuchten vergebens, den Restaurantchef runterzuhandeln. Dann traten wir hinaus in ein veritables Dampfbad. Als ein Trupp Dudelsackspieler in Kilts vorbeikam, paradierte J. P. im Gleichschritt hinter ihnen her; wir folgten ihm ein Stück die East Bay Street entlang und dann durch die Eingangstür der Southend Brewery, wo sie einen großen Kreis bildeten und zu spielen begannen. J. P. stürzte sich mitten hinein und vollführte einen durchaus glaubwürdigen russischen Volkstanz. Eine Frau von der Bar gesellte sich zum ihm, ahmte seine Bewegungen nach, und alle klatschten im Takt dazu. Unter donnerndem Applaus verließ das Paar nach zehn Minuten den Kreis und ging schweißtriefend zur Bar, wo ich J. P. gerade noch daran hindern konnte eine Runde Sake für alle zu bestellen. Als ich ihn fragte, ob er nun volltrunken sei, erwiderte er: »Nein – aber ich marschiere schnurstracks darauf zu.«

Während der Fahrt zurück auf die Insel saß ich neben Story. Gut fühlte sich ihr Körper neben meinem an. BethAnn saß am Steuer. Sie hatte als Einzige von uns den Mut beziehungsweise das schlechte Urteilsvermögen, mit dem eigenen Auto zurückzufahren (die anderen nahmen Taxis). Tyler neben ihr agierte als Kopilot und bediente das Radio. Er hatte Glück und fand einen guten Song nach dem anderen. Die Musik war perfekt, und in der Dunkelheit auf dem Rücksitz sah ich Story lächeln. Nie hatte ich mich so lebendig gefühlt.

Zurück im Strandhaus, schlug jemand vor hinauszugehen, um in dieser herrlichen klaren Nacht die Sterne zu betrachten. Die Terrassentüren auf der Rückseite des Hauses standen offen, und das Rauschen und Brausen der mächtigen Meereswellen zog uns hinaus.

In einer solchen Stimmung an einem Strand zu stehen ist schon etwas sehr Besonderes. Nie ist man so nah daran, sich unsterblich zu fühlen – oder geradezu euphorisch die eigene Bedeutungslosigkeit am Rande eines unsterblichen Meeres zu empfinden. Und in klaren Nächten erlebt man das alles noch intensiver, weil unzählige Sterne am Himmel glühen und einen daran erinnern, dass die Zeit sich unserem menschlichen Begreifen entzieht und das Universum uns gegenüber tatsächlich gleichgültig, aber kaum wohlwollend ist.

Ein paar Minuten lang standen wir in stummer Betrachtung geheimnisvoller, undurchdringlicher Dinge am Meeressaum.

Normalerweise überlegt aber auch einer der Himmelsgucker, wo wohl der Große Wagen ist, wandert, den Blick nach oben gerichtet, herum und sucht das berühmte Sternbild. Oder jemand entdeckt die Plejaden – Blanche DuBois war nicht die Erste – und erklärt im Brustton der Überzeugung, sie seien entweder der Große oder der Kleine Wagen, was natürlich beides nicht stimmt. Andere wiederum halten den Großen Hund direkt unter dem Orion für einen Planeten – gemeinhin die Venus –, weil er so erstaunlich hell leuchtet. Umgekehrt erkennt fast niemand außer Astronomen Jupiter, Venus, Mars und Saturn, die verwirrend über den Himmel, in Sternbilder hinein und wieder hinaus, wandern.

Die vielen wirren, betrunkenen Spekulationen über die genannten Himmelskörper waren auch jetzt zu vernehmen. Ich aber erinnerte mich an meine Kindheit und begann, Ordnung in diese sich so großartig uns darbietenden Wunder des Universums zu bringen. »Der Große Wagen ist hier, im Norden. Die beiden Sterne im Kasten des Großen Wagens zeigen auf den Arktur im Bärenhüter. Von dort geht es weiter zur Spica, einem leuchtenden Stern, der heute Nacht vielleicht fünfzehn Grad über dem Horizont steht. Der Stern hier – ja, er ist blass, aber netterweise immer an derselben Stelle – ist der Nordstern, Polaris. Schaut, wie die hinteren Sterne des Großen Wagens darauf zeigen. Und der Stern dort, der riesige weiße, der direkt über dem Horizont schwebt, das ist kein Stern, werte Freunde, sondern der große Jupiter, der Gott des Nachthimmels.« Ich sagte ihnen, dass in einer klaren Nacht ohne Lichtverschmutzung Menschen mit perfektem Sehvermögen seine Monde sehen können, gerade so wie Galileo vor Jahrhunderten mit seinem primitiven Fernrohr. Nein, wirklich?, staunten auch die Skeptischen.

Dann rezitierte J.P. etwas aus Byrons »Finsternis«, einer

Gruselgeschichte über eine des Sonnenlichts beraubte Welt, und dann wollten alle was zum Besten geben. Nichole trällerte ein Liedchen aus einer Fernsehserie für Kinder: *»Lolly, Lolly, Lolly, get your adverbs here…«* Tyler beeindruckte die Gruppe mit der glänzend vorgetragenen Rede von Gettysburg. Danach richteten sich aller Augen auf BethAnn, die mit ihren kleinen nackten Füßen auf der Stelle tanzte und mich mit Yeats' Gedicht »Der Geiger von Dooney« kalt erwischte.

»Jetzt du«, sagte J. P. zu mir.

»Mir fällt nichts ein. Jemand anderes soll erst mal.« Erfolgreich lenkte ich die Aufmerksamkeit von mir ab.

»Der Geiger von Dooney« war eines seiner Lieblingsgedichte. Das hatte sie wunderbar getimt. Wehrlos nostalgisch in meinem Suff, kam ich nicht umhin, ihn mir vorzustellen, wie er hier mit uns Hof hielt, und mir wurde speiübel. Mit aller Macht kämpfte ich gegen die hochdrängenden, lange vergessenen Erinnerungen und Verse an, hörte aber in einem einzigen Moment alles, als ergössen sich zehn Millionen Worte aus ebenso vielen Büchern auf einmal über mich, und obwohl ich regelrecht darin ertrank, verstand ich sie. Ich hörte die Stimme meines Vaters, hörte ihn rezitieren. Eine Flut von Texten, erinnert, nicht erinnert, Überbleibsel, schreckliche Trümmer aus der Kindheit eines Schriftstellersohnes. Jedes Wort, das er je zu mir gesagt hatte. Jedes Gedicht. Jeder Absatz, den er je geschrieben und sich laut vorgelesen hatte. *Weg damit*, befahl ich mir. *Weg damit*. Endlich befreite ich mich von diesem entsetzlichen Unbehagen und beobachtete erleichtert, wie die silbernen, sternfleckigen Wellen am Strand tobten und mein gefühlloses Herz anbrüllten.

Bei J. P.s Vortrag von Housmans »Mit Reue ist mein Herz beladen« wurde die ganze Gruppe melancholisch und brachte einen grimmigen Toast auf die »rosenlippigen Mädchen« aus.

Weint J. P.? Wir stehen im Kreis in der Dunkelheit, die Gesichter im Schatten, nachdenklich. Story mir gegenüber. Ihr Haar hängt offen herunter, sie hat die Arme verschränkt, als sei ihr kalt. Sie schaut mich an.

26

Für alle kam der Morgen zu früh, und im grellen Tageslicht mit den Augen kniepend, begaben wir uns zu einer Tikibar am Strand nicht weit von unserem Haus, um unseren Kater mit Essen und Trinken zu bekämpfen. Die Mädchen trugen Bikinioberteile und Shorts über Bikinihosen. Die Jungs in Shorts und Polohemden bekundeten keinerlei Absicht, ins Wasser zu gehen, oder irgendwas zu tun außer in der Tikibar Bier zu trinken und die Sportübertragung in dem von der Decke hängenden Fernseher zu verfolgen. Ein weißgestrichener Lattenzaun verlief über die Dünen zwischen uns und dem Wasser. Der Tag war strahlend hell und heiß. Und schon bald redeten und lachten die meisten von uns angeregt an der Bar, eben wie Leute, die sich schon früh am Tag beträchtliche Mengen Alkohol einverleiben. J. P. kam später und setzte sich auf den leeren Barhocker neben mich.

»Habe ich gestern Nacht eine Packung Zigaretten gegessen oder habe ich sie nur geraucht?«

»Du hast sie geraucht.«

»Warum rauche ich, wenn ich trinke? Ich weiß nicht mal, wo ich die verdammten Dinger herhatte.«

»Sechs hast du dem Typen auf der Straße abgekauft. Ich glaube, er war obdachlos.«

»Ach ja«, sagte J. P. »Mist, Mist, Mist.«

»Wer dumm sein will, muss zäh sein.«

»Eine tiefgründige Einsicht. Aber schockierend in ihrer schlichten Exaktheit.«

»Du siehst beschissen aus«, sagte ich. Er hatte noch eine Knitterfalte vom Kopfkissen quer über der Wange.

»Echt?«

»Tyler, wie sieht J. P. aus?«

Tyler beugte sich vor und musterte J. P. »Beschissen.«

»Zum Teufel mit der Demokratie«, sagte J. P. »Aber ich fühle mich auch wirklich wie ein großes krustiges schwärendes Stück aus der Hölle. Hat mich gestern Abend jemand in den Trockner gesteckt? Mein Gleichgewichtssinn ist gestört.«

»Ich glaube nicht.«

»Gott sei Dank. Weil ich schon das Trinken aufgeben wollte. Was ist passiert, nachdem ich ins Bett gegangen bin? Überhaupt noch was?«

»Nicht, dass ich wüsste. Alle haben sich aufs Ohr gehauen. Bier gefällig?«

»Was soll's. Ist ja ein Katerbier. Irgendwas mit Story?«

Ich gab ihm das Bier, das ich gerade bestellt hatte, und bestellte noch eins. »Ich bewundere deinen Mut«, sagte ich. »Nein, nichts passiert.«

»Mut und Idiotie gehören untrennbar zusammen«, sagte er. »Ich belasse es normalerweise bei der Idiotie.«

»J. P., ich glaube, allmählich solltest du zugeben, dass du ein Alkoholproblem hast«, schaltete sich Tyler ein.

»Mir hat eben jemand ein Gratisbier gegeben«, sagt J. P. »Das ist kein Problem, das ist die Lösung.«

Am frühen Nachmittag war Story immer noch nicht hinaus zur Bar gekommen. Schließlich raffte ich all meinen Mut zusammen, fragte, wo sie sei, und erfuhr, am Strand. O je, mit wem wohl? Ich schaute mich um, doch alle außer Story waren hier. Sie musste allein sein, und natürlich wollte ich nun nichts lieber als zu ihr gehen und mit ihr reden. Peinlich war mir nur, still und heimlich meinen Abgang zu machen.

Ich trank also mein Corona aus, bestellte noch zwei und sagte: »Ich geh zum Strand und lese ein bisschen.« Zum Beweis hielt ich das Buch hoch, das ich dabeihatte. Nahm es mitsamt den beiden Bieren und lief über die Holzpromenade zum Strand. Nach ungefähr zweihundert Metern sah ich Story allein in der Sonne liegen. Sie schaute aufs Meer. Mir wurde siedend heiß. Über den sengenden weißen Sand ging ich zu ihr und fragte, ob ich mich zu ihr setzen könne. Als hätte sie mich erwartet, nickte sie und nahm dankend das angebotene Bier.

Schweigend saßen wir nebeneinander und schauten aufs Wasser. Ich wollte sie nicht in ihren Gedanken stören, denn ich hatte den Eindruck, als befasse sie sich gerade mit einer sie beunruhigenden Frage. Als wir schließlich unser Bier ausgetrunken hatten und Story ihren Limettenschnitz auf dem Boden der Flasche kreiseln ließ, fragte sie: »Gibt's noch mehr davon?«

»Ja, in der Bar«, erwiderte ich. »Ich hole Nachschub.«

»Nein, warte – dann bleibst du bei den Leuten hängen und redest, und ich werde hier draußen gnatzig. Ich laufe schnell zum Haus und hole welches.«

Sie stieg in ihre Shorts und kam wenig später mit einer Plastiktüte voll Eis, vier Bieren und mehreren Limettenschnitzen in Alufolie zurück. Als ich die Folie skeptisch ansah, zuckte sie die Achseln und sagte: »Klarsichtfolie habe ich nicht gefunden. Oh – und hier ist der Flaschenöffner.«

»Du denkst aber auch an alles«

Außerdem hatte sie noch ein zusätzliches Handtuch mitgebracht. Sie half mir, es neben ihrem auszubreiten, dann zog sie die Shorts aus und legte sich auf den Rücken.

Ich drehte mich auf die Seite und betrachtete sie von oben bis unten. Ihr Haar, noch nass vom Wasser, ringelte sich auf dem Handtuch. Auf ihren Armen, Beinen und ihrem von der Sonne geküssten Bauch waren weiche honigblonde Härchen, ein fast unsichtbarer Flaum. Sie hatte eine Sonnenbrille auf, die Augen geschlossen und wirkte ruhig und zufrieden. Beim Atmen hoben und senkten sich ihre Brüste.

»Was liest du im Moment so?«, fragte ich, setzte mich auf und trank von meinem Bier.

»Ein Buch über Afrika, *Westwärts mit der Nacht* von Beryl Markham, die eine der ersten Berufspilotinnen in Afrika gewesen ist«, antwortete sie. Auf meine Bemerkung, ich hätte davon gehört, fragte sie, ob ich wisse, dass Ernest Hemingway und Beryl Markham in Afrika befreundet gewesen seien. Eine Weile lang redeten wir über Literatur und die Bücher, die Story berührt hatten.

Von unserem Platz aus sah ich gut ein Dutzend Leute auf leuchtend bunten Surfboards, die geduldig darauf warteten, dass sich die See ein wenig heftiger bewegte. Ein schlankes, dunkelhaariges Mädchen in einem Neoprenanzug glitt mit einer sanften Welle von rechts nach links, doch die Fahrt dauerte nur kurz, und sie stand wieder im Wasser.

Ein wenig weiter draußen schaukelte eine große Gruppe Pelikane – bestimmt hundert oder mehr – mit Blick auf die Surfer und den Strand träge auf dem Wasser. Amüsiert stellte ich mir vor, dass sie sich dort versammelt hatten, um wenigstens ein notdürftiges Publikum für die glücklosen Surfer zu bilden. Doch als ein Flugzeug im Tiefflug vorbeikam, gerieten sie in Bewegung, breiteten zuerst unbeholfen, dann elegant, die Flügel aus und schwebten dicht übers Wasser davon.

Endlich rollte sich Story auf die Seite und schaute mich an. »Du weißt, dass ich mit jemandem zusammen bin.«

Aufgesetzter Nackenschuss.

»Nein, das wusste ich nicht.«

»Es ist aber so.«

»Ich wusste es nicht.«

»Sagtest du schon.« Sie setzte sich und zog die Knie an die Brust.

»Kenne ich ihn?« Bitte, lieber Gott, mach, dass ich ihn nicht kenne.

»Nein. Wir sind seit meinem ersten Semester zusammen. Er wohnt in Charlotte.«

Ich mimte den Gleichgültigen. »Ah, sehr schön. Bestimmt ein toller Typ.«

»Ja, das ist er. Es kommt mir vor, als würde ich ihn schon ewig kennen. Meine Eltern mögen ihn sehr.«

»Was macht er?«

»Er ist Investmentbanker bei einer großen Bank. Letztes Jahr habe ich ihm geholfen, eine Eigentumswohnung im Stadtzentrum auszusuchen. Nach der Zulassungsprüfung will ich dort mit ihm zusammenziehen. Aber im Moment nehmen wir uns eine kleine Auszeit. Wir wollen uns vorher über einige Dinge klarwerden.«

»Ah, verstehe. Ich hoffe, das klappt.«

Bloß nicht, verdammter Mist.

Ich spürte den Sand unter meinem Körper. Das Geräusch der sich brechenden Wellen umgab mich, doch ich bekam so gut wie nichts davon mit. Die Sonne schien mir warm auf die Schultern, ließ sich aber von meiner Stimmung anstecken und verschwand hinter aufziehenden Wolken. Und während der Strand in Schatten getaucht wurde und durch das rhythmische Poltern der immer stärkeren Brandung von weiter her Donner grollte, suhlte ich mich in meinem Elend. »Gehen wir rein, bevor es anfängt zu regnen«, sagte ich und stand auf. »Oder willst du noch hier draußen bleiben?«

»Bitte, warte.« Sie zog die Shorts an, und ich kniete mich

neben sie. Sie fuhr fort: »Kann ich das noch eben sagen? Ich weiß nicht, wie, ja nicht einmal, warum ich es sagen will, aber … es ist einfach nicht der richtige Zeitpunkt für mich.«

»Nicht der richtige Zeitpunkt wofür?«

»Ich weiß von dir absolut nichts. Nur das, was du mir heute erzählt hast.«

»Und ich weiß nichts über dich. Aber du hast recht. Es ist nicht der richtige Zeitpunkt. Ich weiß nicht mal, worüber wir jetzt reden.«

»Dass wir uns kaum kennen.«

»Wir kennen uns gar nicht.«

»Und warum sind wir so ernst? Wir tun ja, als sei es das Ende der Welt. Das ist doch verrückt.«

»Stimmt.«

»Und wie verrückt! Ich verstehe es auch nicht. Wir sollten hier unseren Spaß haben.«

»Ich dachte, den hätten wir.«

Überall am Strand packten die Leute ihre Sachen zusammen und gingen. Der Himmel wurde immer dunkler, und Blitze schlugen ins Wasser. Eine Mutter mit einem halben Dutzend Plastikspielsachen in der Hand jagte hinter einem Schirm her, der über den Strand geweht wurde.

»Wir sollten reingehen«, sagte ich.

»Kannst du mich mal kurz anschauen?« Story drehte sich zu mir um.

»Aber dann musst du die Sonnenbrille abnehmen.«

»Ja. Nimmst du deine auch ab?«

Und da saßen wir. Zwei Menschen, die noch nie mehr als eine halbe Stunde miteinander geredet hatten. Aber ich hatte ein Gefühl, als verlöre ich die Liebe meines Lebens. Auch das war Wahnsinn. Wir saßen da, bis es anfing zu regnen. Keiner von uns sagte ein Wort.

27

Am Sonntag verließen sie und ich als Letzte der Gruppe Sullivan's Island. Ich hatte mich bereit erklärt, dazubleiben und aufzuräumen, damit wir unsere Kaution zurückbekamen, und sie blieb freundlicherweise, um mir zu helfen. Wir packten alle leeren Flaschen in Tüten und fuhren den Müll mit einem Golfcart zu den Containern am Ende der Straße. Während ich die Möbel, die wir umgestellt hatten, um eine Tanzfläche zu schaffen, wieder an ihren Platz rückte, fegte Story den Holzboden und wischte die Kacheln in der Küche. Nach etwa einer Stunde beharrlicher Putzerei sah es nicht mehr aus, als seien die Herren Page, Plant und Bonham von Led Zeppelin übers Wochenende hier gewesen, und wir hatten zumindest eine geringe Chance, von den Eigentümern nicht gerichtlich verfolgt zu werden. Die Sonne brannte heiß vom Himmel und stahl allem die Farbe.

»Hast du eine Ahnung, was wir mit dem Schlüssel machen sollen?«, fragte ich.

Story wischte sich mit dem Ärmel über die Stirn. »Ja, wir geben ihn bei der Agentur ab, wenn wir wegfahren. Es ist rechter Hand, kurz bevor man von der Insel herunterfährt.«

»Woher weißt du das?«

»Weil ich den Einwurfkasten gesehen habe, als wir am Freitagabend zum Essen nach Charleston gefahren sind. Das Logo auf dem Gebäude ist das gleiche wie auf dem Schlüssel.«

Am allerliebsten wäre ich den ganzen Tag mit ihr zusammengeblieben. Und wie gern hätte ich die Zeit angehalten und unsere Rückkehr in unsere jeweiligen getrennten Welten in Chapel Hill aufgeschoben. Für sie sei es einfach nicht der richtige Zeitpunkt, hatte sie gesagt. Das lag mir schwer im Magen und brannte mir in der Kehle. Als ich die Hand ausstreckte, um ihr Auf Wiedersehen zu sagen, lächelte sie und umarmte mich freundschaftlich.

»Ich glaube, ich bleibe noch eine Weile hier. Vielleicht hole ich mir ein paar Bier und gehe zum Strand. Es ist noch früh, der Tag ist herrlich, und gestern ist ja ein Teil ins Wasser gefallen. Eigentlich muss ich gar nicht zurück.«

War das eine Einladung? Sollte ich bleiben? Aber sie hatte klar gesagt, sie habe einen Freund, also war es keine. Ich fragte nicht nach. Trotzig, dumm. Es sei nicht der richtige Zeitpunkt, hatte sie gemeint, obwohl ich mir doch gar nichts hatte anmerken lassen, und das hatte gesessen. Ich sagte, ich müsse zurück, aber sie solle ruhig noch ein paar schöne Stunden am Strand verbringen. Ob sie mir winkte, als ich aus der Einfahrt fuhr, weiß ich nicht, ich schaute nicht zurück. Kurz hinter Charleston fing es an zu regnen und hörte bis Chapel Hill nicht mehr auf.

Viele von uns blieben im Sommer in der Stadt, um sich auf das Zulassungsexamen zur Anwaltskammer vorzubereiten. Story auch. Ihre ferne Nähe wurde eine einzige Tortur. Jeden wachen Moment des Tages und jede dunkle Minute der Nacht musste ich an sie denken. Einmal traf ich Story spät abends in der Vorhalle der Jurabibliothek, doch sie lief wortlos an mir vorbei. Als ich sie rief, drehte sie sich um und schaute mich mit so ausdrucksloser Miene an, als kennten wir uns gar nicht. Die Kluft zwischen uns war wieder da, breiter als je zuvor. Auf meine Frage, wie es ihr gehe, bekam ich nur die Antwort: »Gut. Aber viel zu tun«, und als ich auf sie zutrat, wich sie zurück. Ich ließ sie gehen. Mir fiel nichts ein, was ich hätte sagen können.

In der Nacht saß ich mit Buller auf meiner hinteren Veranda und sah zu, wie der Vollmond über den Bäumen aufging. Ich war krank vor Liebe. Ich schrieb ihr, gab die Briefe aber nie zur Post. Ich wollte sie anrufen, doch jedes Mal, wenn ich zum Telefon ging, war ich unfähig, die Nummer zu wählen. Ich schrieb mir unsere Zeit am Meer in allen Einzelheiten auf, an die ich mich erinnern konnte, aber es kam mir vor wie ein anderes Universum und eine unwiederbringlich verlorene Zeit. Um mich abzulenken, versuchte ich zu lesen, doch alles, was ich in die Hand nahm, erdrosselte mich schier vor Schmerz.

Ich war mit den Nerven am Ende. Trank exzessiv. Wenn ich im schwindenden Licht der Kerzen in meinem karg möblierten Wohnzimmer saß, fühlte ich mich wie der einzige Bewohner des Planeten. Endlose Stunden lang schaffte ich es nicht aus meinem Sessel heraus. Als hätte ich einen Mühlstein am Hals hängen. Wenn ich die Augen schloss, sah ich Storys Haut unter der Sonne und dem grenzenlosen blauen Himmel. Auf ihrem nachdenklichen Gesicht Sternenlicht.

Das alte Klavier, das ich mir im Jahr zuvor gekauft hatte, traktierte ich Tag und Nacht, besessen von der absurden Fantasie, dass sie an meinem Haus vorbeikommen, an der Tür anhalten, zuhören und sofort begreifen würde, wie sehr ich in Leidenschaft für sie entbrannt war. Spät abends ging ich manchmal auch zur Chapel of the Cross und spielte dort den Flügel für niemanden. Schumanns »Kind im Einschlummern«. Schubert, Liszt. Chopins Nocturnes, immer und immer wieder. Das Fantaisie-Impromptu! Das Dolce in der Mazurka in a-Moll – todtraurig. Ich war einem unerfüllbaren romantischen Ideal verfallen und konnte mich nicht davon lösen. Manchmal hörten Leute draußen die Musik und kamen in die Kirche, und ich spielte wie im Delirium, endlos, gebeugt über das Klavier, nicht in der Lage, mich aufzurichten, nicht einmal, um ihnen einen höflichen Blick zuzuwerfen. Einmal fand mich samstags um ein Uhr nachts ein Hausmeister im Dunklen mit zwei Flaschen Wein neben mir und ließ mich durch die Polizei hinausbegleiten.

Wenn ich an kühlen Morgen an den endlosen Steinmauern entlang zur Jura-Bibliothek lief, sah ich mich als Fremder in der Welt. Ich redete mit niemandem. Ohne dass es mir bewusst war, sagte ich Yeats' »Das Leid der Liebe« auf, ein Toter unter den Lebenden.

»Und dann kamst du mit solchen traurigen Lippen,
Und mit dir kamen alle Tränen dieser Welt …«

Dann sah ich sie doch noch einmal wieder. Im He's Not Here, wo ich, um mich aus dem schwarzen Loch herauszureißen, J. P. und Tyler treffen wollte. Sie saß mit ihren Freundinnen auf einem der Picknicktische. Lange redeten wir nicht miteinander, und ich tat das einzig Richtige: »Blue Cups« exen. (Ein Blue Cup im He's Not Here war fast ein Liter Bier.) Schließlich stand sie auf, offenbar um aufzubrechen, blieb aber bei mir stehen, begrüßte mich und fragte, wie es mir gehe.

»Gut.« Der Stoiker in Person. »Und dir?«

»Oh …« Sie wirkte ein wenig überrascht von meiner Antwort.

»Dann geht's dir wohl auch gut«, sagte ich.

»Ja, klar. Bereit fürs Examen.«

»Gut. Schön, das zu hören. Ich auch.«

»Gut«, sagte sie.

Unsere gemeinsamen Freunde redeten miteinander, und wir schwiegen uns an. Als Story die drei Blue Cups sah, hob sie die Brauen. Ich fragte sie, warum sie nichts trinke, und sie erwiderte, sie wolle am nächsten Morgen joggen gehen. Dann wandten wir uns gegenseitig den Rücken zu. Ich hörte, wie J. P. einer von Storys Freundinnen erzählte, dass er sich nicht gerade überarbeite. Story ging um mich herum und stellte sich vor mich.

»Wie geht es dir wirklich?«

»Ich verstehe nicht, warum du mich das fragst.«

»Ich verstehe nicht, warum du mir keine Antwort gibst.«

»Das tu ich doch«, sagte ich und biss mir auf die Lippen.

»Dann bitte.«

»Glaub mir, die willst du gar nicht wissen.«

»Warum sollte ich dann fragen?« Sie musterte mein Gesicht. »Mach dich nicht lächerlich.«

»So?« Innerlich kochte ich. »Ach, verdammt.« Ich drehte mich um und wollte gehen, da packte sie mich hinten am Hemd und zog mich zurück. Unsere Freunde hörten auf zu reden.

»Was ist los mit dir?«, flüsterte sie.

Ich schüttelte den Kopf. Von mir würde sie kein Wort hören. Sie trank widerwillig einen Schluck von meinem lauwarmen Bier und verzog das Gesicht.

»Ach, du lieber Himmel, wie lange hast du das schon hier stehen?«

»Ungefähr eine halbe Stunde. Ich wollte es auch nicht austrinken.«

»Du hättest mich warnen können.«

Als unsere Freunde ihre Unterhaltung wieder aufnahmen, sagte sie: »Ich habe neulich nachts über dich nachgedacht.«

»Ach ja?«

»Ja.«

»Neulich nachts?«

»Jawohl.«

Mehr wollte sie mir offenbar nicht erzählen. Wieder versuchte ich zu gehen, doch sie sagte: »Warte.« Ich blieb stehen, mein Hals wie zugeschnürt. Genau in diesem Moment begriff ich, dass ich nun etwas sagen würde, das ich nicht sagen sollte und niemals zurücknehmen konnte. Und ich konnte nur an diesen bescheuerten Andrew Marvell und seine spröde Geliebte denken und dass es mir nicht noch mal passieren würde, eine Gelegenheit zu verpassen, Scheiß auf die Konsequenzen.

»Story …«

»Ja …«

»Story …«

»Ja?«

»Ich …«

»Ich kriege richtig Angst vor dem, was du jetzt sagen wirst.«

»Story, mir geht's total mies.«

»Mies?«

»Ich leide Höllenqualen«, sagte ich. »Ich kann mich nicht konzentrieren. Ich sterbe. Ich weiß nicht, was mit mir ist.«

»Wovon redest du?«

»Du bist offenbar komplett ahnungslos.« Erneut wollte ich gehen. »Meine Damen und Herren, schön, euch getroffen zu haben. Lasst uns das bald mal wieder machen.«

Aufgewühlt stürmte ich auf die Franklin Street hinaus und lief so lange weiter, bis ich etwas von der Angst verbrannt hatte. Weiter lief ich und spürte nun doch die warme Nachtluft und empfand eine seltsame Hochstimmung. Ich hatte es gesagt – mehr oder weniger. Oder zumindest hatte ich *etwas* gesagt. Ich lebte! Alles pulsierte. Ich bemerkte alles um mich herum, jede Bewegung, jedes Geräusch. Wenn Leute in Clubs verschwanden, Türen geöffnet und geschlossen wurden, wehte Musik auf die Straße, hüllte mich ein oder wurde wieder leise. In der heißen, stickigen Luft der Bars tanzten die Menschen zu schweren

Backbeats, die man in der Brust spürte. Dicht aneinandergedrängte Körper sah ich sich rhythmisch bewegen. In der Straße roch es nach Schweiß und Parfüm. Erstsemester zogen in munteren, dichten Gruppen von Club zu Club. Ein Taxi hielt neben mir, und vier gut gekleidete Typen mit Schaumfestigerfrisuren drängten sich in einer Wolke von Kölnischwasser auf die Straße.

Weiter unten in der Straße saß ein Typ auf dem Bürgersteig und spielte richtig gut Gitarre. Sein Gitarrenkoffer stand offen vor ihm, und jemand hatte auch ein paar verknitterte Dollarscheine hineingeworfen. Schulterlanges Haar fiel ihm halb übers Gesicht, offenbar hatte er sich auf die Rolle des Wanderbarden spezialisiert. Ich blieb stehen, hörte ihm zu und warf dann meine letzten fünf Dollar in den Koffer.

»Danke, Mann.«

»Weiter so«, sagte ich. *»Ars longa.«*

»Ars longa«, erwiderte er.

Um den irren Tiraden eines vor der Post missionierenden Mannes mit selbstgemaltem Schild (3. Mose 20,13) auszuweichen, verließ ich die Franklin Street und trat den Heimweg an. Auf der einen Seite der Straße verlief eine Steinmauer mit mehreren auffälligen Ausbesserungsversuchen an zerbröckelnden Stellen. Sie erinnerte mich an die Gartenmauer unten am Berg des Geierhauses, aber das war weit, weit weg. An einer Querstraße sah ich ein Mädchen und einen Jungen auf der Mauer sitzen. Sie redeten in der liebevollen, ernsten Art frischverliebter junger Leute miteinander. Ich hörte, wie er ihr etwas zuflüsterte, nicht über Liebe, sondern über das Leben und seine Ansichten dazu und alle seine Träume, die er lebendig vor sich sah. Er war noch so jung, dass er daran glaubte, und stahl ihr damit das Herz. Ich ging an ihnen vorbei, und eine Welle der Sehnsucht durchflutete mich. Nach Story.

28

Mein Haus – also Charlies Haus – war ein tausend Jahre alter Bungalow mit einer überdachten Vorderveranda auf einem kleinen Grundstück mit zwei dicht zusammenstehenden Virginia-Eichen im Vorgarten. Ich hatte vergessen, Buller das Licht anzulassen, und jetzt ein furchtbar schlechtes Gewissen, weil der arme Hund im Dunkeln auf mich hatte warten müssen. Nachdem ich mich eine halbe Minute mit dem dämlichen Schloss abgemüht hatte, ging ich ins Haus. Die Topfpflanzen des Vormieters waren zerfetzt und zusammen mit der Blumenerde über drei verschiedene Zimmer verstreut. Als könne Buller es gar nicht abwarten, mir sein Werk zu zeigen, saß er über die Maßen glücklich in dem Chaos.

»Herrje, Buller«, sagte ich. »Was zum Teufel …«

Aber er rannte schon auf mich zu und warf sich seitlich gegen meine Beine, sein Lieblingsmove, den ich »Flying Burrito« nannte. Nachdem ich überprüft hatte, ob ich mir kein wichtiges Band im Knie gerissen hatte, balgten wir einen Moment auf dem einzigen verbliebenen Stück sauberer Bodenfläche, bis er mich gründlich besiegt und ich mehrere schmerzhafte Bissspuren auf den Unterarmen hatte. Ich wischte mir seinen Speichel ab und griff zu Bier und Notizbuch. Dann setzten wir uns auf die Vorderveranda und genossen die einzigartige Nacht.

Nach einer Stunde kam ein Auto stockend die Straße entlanggefahren und hielt ungefähr fünfzig Meter entfernt von uns. Kurze Zeit später fuhr es wieder an und blieb vor dem Haus stehen. Ich sah Gesichter hinausspähen, als hätten die Insassen – eine Gruppe betrunkener Collegestudenten? – sich verirrt. Eine Tür ging auf, und Story stieg aus. Sie lief um das Auto herum zur Fahrerseite, eine lebhafte Diskussion folgte. Ich hörte vier oder fünf verschiedene Stimmen. Schließlich drehte Story sich um, und das Auto fuhr weg. Unsicher geworden, schaute sie in den Garten. Buller, der im Haus nie Fremden begegnete, schoss von der Veranda herunter und begrüßte sie in seiner üblichen Art – wie ein Gepard, der eine Gazelle attackiert, warf er sie zu Boden. Ich war nicht schnell genug gewesen, ihn am Halsband zurückzuhalten. Story landete auf dem Po im Dreck, und Buller stand über ihr und leckte sie aufgeregt ab. Es war Liebe auf den ersten Blick.

Ich half ihr aufzustehen, klopfte sie ab und entschuldigte mich wortreich. Freundlicherweise akzeptierte sie ein Bier als Entschädigung, und wir ließen uns auf den schiefen Treppenstufen nieder. Buller saß zwischen uns und genoss die Streicheleinheiten von seiner neuen Freundin. Die Geräusche des Verkehrs und der Menschen waren verstummt, man hörte nur das unaufhörliche, leise Zirpen der Zikaden und Grillen und in einem Baum über der Veranda eine Taube gurren. Die Schwüle des Tages war gewichen.

Wie mein Hund war ich im siebten Himmel. Story war hier! Ich durfte mich um keinen Preis zum Narren machen. Story wiederum sah aus, als hätte sie einen Arzttermin wegen einer komplizierten Operation. Bereute sie, gekommen zu sein?

»Danke, dass du gekommen bist. Hat Buller dir auch wirklich nichts getan?«

»Nein, nein. Nur ein Pflaster auf den Ellbogen wäre vielleicht gut.« Sie holte eins aus ihrer Tasche, und ich half ihr beim Aufkleben. »Warum ich hier bin, weiß ich nicht so recht.«

»Willst du was essen? Soll ich was holen?«

»Nein, danke. Es ist ein Uhr nachts. Aber danke für das Bier. Eigentlich wollte ich nichts trinken. Aber es schmeckt wirklich gut. Ich habe noch nie Peroni getrunken.«

»Es ist ein tolles Sommerbier. Leicht und spritzig.«

»Sie sollten dich für die Fernsehwerbung anheuern.«

Story sah sich um, betrachtete das Haus. Auch Buller drehte sich um und schaute in ihre Richtung. Ob es was Interessantes zu erspähen gab?

»Dein Haus gefällt mir«, sagte Story. »Total praktisch. So nah zu allem.«

»Danke. Mir gefällt es auch sehr gut. Aber es könnte jederzeit über uns zusammenbrechen. Meine nicht sehr ausführlichen Nachforschungen haben ergeben, dass es gleich nach der Eiszeit von den allerersten Nordamerikanern erbaut worden ist. Es war ursprünglich ein Hügelgrab.«

»Wie kommst du auf so was?«

»Entschuldigung.«

»Hast du viel gebüffelt?«

»Ein bisschen, aber nicht übermäßig. Und du?«

»Nicht so viel, wie ich sollte. Ich bin viel gelaufen. Alles, nur um nicht pauken zu müssen. Zwischen zehn und zwanzig Kilometer am Tag. Dieses Wochenende renne ich bei einem Dreißigkilometerlauf mit.«

»Trainierst du für einen Marathon?«

»Ja.« Sie streckte die Beine aus, und wir bewunderten sie. Als Buller versuchte, Story im Gesicht und am Hals abzulecken, sagte ich ihm, er solle seinen Ball holen, und nach einer kurzen Bedenkzeit trottete er um die Ecke in den Hinterhof.

»Wie heißt er? Er ist hinreißend.«

»Buller Copernicus.«

»Bowler?«

»Nein, Buller.«

»Ach, du liebe Güte. Wie der Hund in *Westwärts mit der Nacht*.«

»Stimmt.«

»Wie cool!«, sagte sie. »Ich wusste nicht, dass du das gelesen hast. Was ist er für eine Rasse?«

»Keine Ahnung.«

»Er sieht aus wie ein Löwe.«

»Ja, stimmt.«

»Hast du keine Angst, dass er wegläuft?«

»Nein. Er benimmt sich sogar ausnehmend gut, wenn er nicht an der Leine ist. Er geht nur dahin, wo ich hingehe.«

Jetzt kam er mit zwei Tennisbällen im Maul zurück, die er auf der Stufe vor uns ausspuckte. Der eine war schlimm verrottet, nur noch Dreck drin.

»Schön, Kumpel. Einen für jeden von uns. – Du kannst den guten haben«, sagte ich zu Story.

»Er ist riesig. Wie alt ist er?«

»Ungefähr eineinhalb Jahre. Ich weiß es nicht genau.«

»Mein Gott, schau seine Pfoten an.« Übertriebenes Erstaunen.

»Ja, er ist ein Gigant. Ich hoffe nur, dass er nicht noch mehr wächst. Ihn zu füttern ist teurer als mich.«

Story nahm den guten Ball und warf ihn in die Luft. Buller fing ihn auf und spuckte ihn sofort wieder vor ihr aus. »Knuffig, wirklich!«, sagte sie. Abwechselnd warfen wir ihm Bälle.

»Kann er Kunststücke?«, fragte sie und sagte: »Sitz!« Er setzte sich. »Legen«, sagte sie. Er blieb stehen und schaute sie an. »Buller, legen.« Keine Reaktion. »Kennt er das Kommando ›Legen‹ nicht?«

»Nur beim Kartenspielen«, sagte ich. »*Hin*-legen, Kumpel.« Als erwarte er Feindbeschuss, kauerte er sich flach hin.

»Na, ich sollte wohl nicht überrascht sein.«

»Von was überrascht?«

»Dass ein Hund, der dir gehört, nur reagiert, wenn er den Befehl mit der richtigen Vorsilbe hört.«

»Er kann auch zwischen Genitiv und Dativ unterscheiden.«

Story zog einen Schuh aus und rieb sich den Fuß. »Ich bin mir immer noch nicht im Klaren darüber, was eben in der Kneipe passiert ist.«

»Ich auch nicht. Ich …«

»… aber allmählich sollte ich wohl nach Hause gehen.«

»Soll ich dich fahren?«

»Nein, nein. BethAnn und Nichole bringen Kim nach Hause – sie ist total betrunken, ihr Freund benimmt sich mal wieder wie ein Idiot –, und dann kommen sie wieder hier vorbei und holen mich ab.«

Trotz Bullers Pflanzenmassaker fragte ich sie, ob sie sich drinnen umsehen wollte. Als wir den Tatort betraten, kam Buller mit und fing wieder an herumzutoben. Story schaute sich alles genau an. In der Ecke waren die Bücherschränke mit meinen Lieblingsbüchern (denen, die das Glück gehabt hatten, Bullers Attacken zu überleben). In der anderen Ecke standen zwei Gitarren, eine akustische, eine elektrische. Auf dem Schreibtisch im Nachbarzimmer lagen zwei Briefe, die ich Story geschrieben, aber nie abgeschickt hatte. Vor dem Haus hielt ein Auto, und Story winkte durchs Fenster.

»Ich muss gehen.«

»Ich weiß. Danke, dass du vorbeigekommen bist.«

Ich spürte, wie ihre Freundinnen warteten. Es war spät, und Ungeduld hing in der Luft.

»Gut, bis bald.« Sie kraulte Buller am Kopf. »Dir auch bis bald, Kumpel. Sei brav.«

Kaum war das Auto außer Sichtweite, tanzten Buller und ich wie zwei Irre im Kreis herum.

»Was meinst du, Kumpel? Ist sie nicht unglaublich? Ist sie nicht toll?«

Ich sprang auf und ab, Buller sprang um mich herum. Doch als er mich am Hemd packte und ein riesengroßes Loch hineinriss, beendete ich erst einmal unser Freudentänzchen. Ich steckte die Hand durch das Loch.

»Verdammt, Buller. Ich hab nur dieses eine Hemd.«

Er setzte sich und lächelte mich an.

29

Nachdem J. P. und ich den ganzen nächsten Tag gebüffelt hatten, trafen wir uns abends noch mal auf ein Bier. Obwohl er sich auf sein Anwaltsdasein hätte vorbereiten sollen, hatte er es irgendwie geschafft, eine weitere Kurzgeschichte zu veröffentlichen, und das wollten wir feiern. Unsere erste Station war ein mexikanisches Restaurant in einer Seitenstraße der Weaver Street in Carrboro.

J. P. bestellte zuerst. *»Cuatro Coronas, por favor.«*

»Nettes Spanisch«, sagte ich. »Du hast wohl richtig Durst?«

»Sie sind hier immer ein bisschen langsam mit den Getränken. Wenn du nur ein Bier bestellst, hast du Entzugserscheinungen, bevor du das nächste kriegst.«

Der Kellner kam mit J. P.s Bieren, Maischips in einem Körbchen und Salsa in einem handgeschnitzten Schälchen. Ich nahm eins der Biere und drückte, nicht ohne jede Menge Saft in der Gegend zu verspritzen, den Limettenschnitz hinein.

»So«, sagte J. P., »es geht das Gerücht, dass Story mit ihrem Freund Schluss gemacht hat.«

»Du willst mich verarschen. Lügst du mich an? Wenn du mich jetzt anlügst, stech ich dich ab.«

»Und das hätte ich auch verdient«, sagte J. P. »Aber ich habe es gehört.«

»Wo denn?«

»BethAnn, die es ja wissen müsste, hat es, glaube ich, Rachel erzählt, und Rachel hat es Keith erzählt, und Keith Tyler und Tyler mir, bevor ich hierhergekommen bin. Er kommt später. Aber es klingt wahr. Sie sehen sich offenbar schon seit ein paar Monaten nicht mehr.«

»Du weißt, dass ich gleich einen Herzinfarkt kriege.«

»Ich muss ehrlich mit dir sein«, sagte er. »Ich will sie eigentlich auch.«

»Fühl meinen Puls. Ich meine es ernst.«

»Ich könnte sie für dich kidnappen.«

»Wehe! Oh, warte – ich hab vergessen, dass du den Bezirksstaatsanwalt von Orange County kennst. Dann vielleicht doch.«

»Stimmt, er war in den ersten Semestern Zimmergenosse meines ältesten Bruders. Aber um ganz ehrlich zu sein – ich habe bei der Idee mit der Kidnapperei eigentlich mehr auf das Stockholm-Syndrom gehofft. Was, wenn du es recht bedenkst, höchst rücksichtsvoll ist.«

Ich schaute mich um. Nicht, dass hier irgendjemand unser Gespräch aufnahm.

»Wie dem auch sei«, sagte J. P., »es klingt auf jeden Fall so, als wär bei ihr familienmäßig irgendeine Kacke am Dampfen. Und ob ich da was mit zu tun haben möchte …«

»Was denn?«

»Frag mich was Leichteres. Vielleicht ist sie adoptiert und versucht, ihre echte Familie zu finden oder so was. Ich weiß es nicht. Irgendwas Schräges.«

»Warum soll mich das stören? Ich fahre zu ihr.«

»Stopp, halt ein, Delacroix! Versuch, die Dinge sachlich zu betrachten. Habe ich dir jemals erzählt, was mein Vater gesagt hat, als ich ihm mitten im Semester eröffnete, dass ich wegen eines Mädchens mit meinem alten Wrack von Volvo nach Boston fahren wollte?«

»Nein. Schieß los!«

»Er hat mir die Geschichte von zwei Navajos erzählt, die ineinander verliebt waren. Sie waren aber aus verschiedenen Stämmen, lebten an entgegengesetzten Ufern eines großen, weiten Sees und durften wegen irgendwelcher Stammesbräuche oder so einander nicht sehen. Er hat nicht genauer erklärt, warum. Sie liebten sich also, konnten aber nicht zusammenkommen. Jede Nacht starrten sie auf den undulierenden See …«

»Undulierend?«

»Gefällt dir das Wort? Gut, was? Sie starrten also in der Hoffnung, einander zu erblicken, über den undulierenden See, obwohl der in der Geschichte viel zu groß dafür klang. Schließlich verzehrte sich der junge Mann in einer Sternennacht dermaßen vor Sehnsucht, dass er es nicht mehr aushielt, in den See sprang und losschwamm. Aber der See war wirklich zu groß und er kein guter Schwimmer, und er schaffte es nicht. Auf der Hälfte der Strecke sank er wie ein nasser Sack mit was weiß ich drin. Billigen nachgemachten Pfeilspitzen, die in Wirklichkeit nur seltsam geformte Steine sind, aber in den Touristenläden draußen im Land der Cherokees als Pfeilspitzen verhökert werden. Abgesoffen ist er.«

»Traurig.«

»Ja, schrecklich. Und mein Vater sagte, in beiden Stämmen seien alle so von seiner Hingabe, Kühnheit und unendlichen Liebe beeindruckt gewesen, dass sie den See nach ihm benannten. Willst du wissen, wie?«

»Frag mich nicht. See der Wahren Liebe?«

»Nein. Vollidiotensee.«

»Oh.«

»Und warum? Weil kein Mädchen das wert ist.«

»Mein Großvater hat mir immer ähnliche Geschichten erzählt«, sagte ich. »Er meinte immer, Frauen seien wie Straßenbahnen. Wenn du eine verpasst, musst du nur zehn Minuten warten, dann kommt die nächste.«

»Das spricht mir aus der Seele«, sagte J. P. »Das muss ich mir merken. Mein Vater würde es lieben. Es ist im Grunde das Gleiche wie die Navajo-Geschichte, aber viel konziser, und man geht auch der heiklen ethnischen Problematik aus dem Weg.«

»Aber mein Großvater hatte unrecht! Ich glaube keineswegs, dass es eine zweite Story auf der Welt gibt.«

»Ja, vermutlich stimmt das«, sagte J. P. Er hatte noch nie aufrichtiger geklungen.

Vor lauter Begeisterung trank ich ein halbes Dutzend Biere und verlangte, dass man mich sofort zu Story brachte.

»Kommt nicht in Frage«, sagte J. P.

»Dann laufe ich.«

»Weißt du überhaupt, wo sie wohnt?«

»Nicht genau. Aber ich finde es.«

»Du wirst von einem Auto überfahren, du dämlicher Trottel. Warte bis morgen. Und verlass dich drauf, anständige Mädchen schätzen es nicht, wenn betrunkene Männer zu nachtschlafender Zeit bei ihnen aufkreuzen. Das ist die falsche Botschaft. So viel habe ich gelernt. Auf die harte Tour. Mehr als einmal. Mehr als zweimal. Warum, meinst du, bin ich Single? Einmal wär ich sogar beinahe im Knast gelandet. Das heißt, ich wurde verhaftet, aber, soweit ich mich erinnere, formal nie angeklagt.«

»Das glaube ich dir nicht.«

»Doch, es ist wahr. Schon ein paar Jahre her. Ich bin zum Haus meiner Exfreundin gegangen und wollte, hm ja, ihre Aufmerksamkeit erregen. Ich fand einen gut aussehenden Baum im Garten und hinauf ging's …«

Ich fing an zu lachen und konnte nicht mehr aufhören. »Du bist auf einen Baum geklettert? Was denn für einen Baum?«

»Eine Zypresse. Weiß der Henker. Sie hatte Äste. Es war dunkel. Vielleicht war es auch ein Rhododendron. Wen kümmert's? Ich kletterte auf den Baum oder was es war, aber ich hatte kein Steinchen, um es ans Fenster zu werfen, sosehr ich auch in meinen Taschen suchte. Das Einzige, das schwer genug war, um Krach zu machen, war ein Slipper. Den zog ich aus und warf ihn an ihr Fenster. Aber statt wie geplant vom Fenster abzuprallen, ging das Ding mitten durch die Scheibe. Es war eine regelrechte Explosion. Und das Beste daran war: Es war nicht mal ihr Fenster, sondern das ihrer Schwester, und ihre Schwester dachte, es sei ein Einbrecher ...«

»Was hätte sie denn sonst denken sollen?«

»Richtig! Jedenfalls rannte sie kreischend durchs Haus und fiel sogar die Scheißtreppe runter und starb fast, obwohl – eigentlich fiel sie nur die Treppe runter und brach sich das Schlüsselbein und den rechten Arm und hatte, wenn ich mich recht erinnere, womöglich auch noch eine Gehirnerschütterung. Aber den Bericht der Ersthelfer hat man mir natürlich nicht vorgelegt, weil ich da schon in Haft war und auf die Kaution wartete.«

»Bist du denn nicht abgehauen?«

»Nein, wie denn? Ich hatte doch nur einen Schuh. Der andere war im Haus!«

»Donnerwetter. Und musstest du das alles bei der Prüfungskommission angeben?«

»Ja. Nett, was? Na ja, ich habe nur die Verhaftung angegeben. Hoffentlich habe ich die Chance, es bei Gelegenheit mal zu erklären.«

»Du warst verliebt«, schlug ich als Rechtfertigung vor.

»Ja, ich war verliebt. Punktum. Bitte lassen Sie mich das Examen machen – ich war verliebt. Du siehst, ich hab's geübt. Komm, wir bestellen noch ein Bier.«

Am nächsten Morgen wachte ich früh auf und ging kurz joggen. Dann pflückten Buller und ich ein paar Gänseblümchen im Garten und liefen in der sengenden Sonne die gut zwei Kilometer zu Storys Haus. In marineblauen Fußballshorts und Sporthemd stretchte sie sich nach ihrem morgendlichen Lauf auf der vorderen Veranda. Als ich ihr von der Einfahrt aus einen guten Morgen wünschte, rief sie in gespielter Überraschung zurück: »Euch auch. Was macht ihr denn hier?«

»Einen Spaziergang. Ich hab was für dich.«

»Ach, wie süß. Woher hast du sie?«

»Öffentliche Parkanlagen.«

»Ich kann mich gar nicht erinnern, wann mir das letzte Mal jemand, außer am Valentinstag, Blumen geschenkt hat. Gänseblümchen sind auch schöner als Rosen. Sie sind hübscher … echter.«

»Und haben den Vorteil, ein wenig preiswerter zu sein und manchmal wild zu wachsen.«

Sie roch daran, und wir lachten, denn sie dufteten ja kaum.

»Ich möchte mich heute Abend mit dir treffen«, sagte ich.

»Ja, wir müssen reden. Und jetzt ist nicht die beste Zeit.« Wie auf das Stichwort hin kam BethAnn, heftig blinzelnd im hellen Tageslicht, in Nachthemd und Jogginghose und mit einer Tasse Kaffee auf die Veranda. Kein BH. Haare wie nach einem Stromschlag sowie deutliche Hinweise darauf, dass sie ins Bett gegangen war, ohne sich abzuschminken.

»Nanu, hallo.«

»Hallo, BethAnn. Wie geht's dir?«

»Ich bin gerade aufgewacht und hab sechs Paracetamol genommen. Jetzt trink ich meinen Kaffee, gehe wieder ins Bett und schlafe noch mindestens drei Stunden.«

»Kurze Nacht?«

»Hm, ja. Ein bisschen. Fragt mich nie wieder, ob ich noch

einen Schnaps will, denn ich sage Nein. Ist das dein Hund? Er ist hübsch.«

»Buller, sag Danke für das Kompliment!« Buller schaute mich fragend an, bekam aber keine Antwort.

»Habt ihr eine Zusammenfassung für Testamente und Stiftungen gemacht?« BethAnn war irgendwo aus Mississippi (was ihren Namen erklärte) und brachte ihren wohlgepflegten Akzent gern zu Gehör.

»Ja«, erwiderte ich.

»Würdest du sie mir wohl schicken? Das Seminar hab ich voll verpennt, und ich hab gehört, eure Zusammenfassung sei spitze.«

»Kein Problem. Ich bring sie dir heute.«

»Nicht heute, bitte«, sagte BethAnn und verkroch sich hinter ihrer Kaffeetasse. »Warte bis morgen, sonst kriege ich Schuldgefühle, weil ich am Samstag nicht arbeite. Bis später, ihr beiden.« Sie verschwand im Haus und schloss die Tür hinter sich.

»Ich kann dich heute Abend nicht treffen«, sagte Story. »Meine reizende Mutter kommt in die Stadt, weil sie mit ihren Freundinnen einkaufen will, und sie hat mich zum Abendessen eingeladen. Und danach habe ich BethAnn versprochen, mit ihr zu einer Party zu gehen.«

»Was für eine Party?«

»Keine normale, sondern eine Art Junggesellinnenabschied. Das wäre absolut nichts für dich.«

Sie kam die Verandatreppe herunter. »He, Buller, mein Junge«, sagte sie und kraulte ihn schön fest hinter den Ohren und unterm Kinn. Er wurde einen Moment katatonisch, und als sie aufhörte, hüpfte er herum, als verbrenne er sich die Pfoten am Asphalt, leckte sie hektisch ab und umarmte sie so stürmisch, dass sie fast wieder zu Boden gegangen wäre.

»Er mag dich wirklich«, sagte ich.

»Weiß ich. Ich mag ihn auch wirklich.«

»Komm nach der Party vorbei.«

Sie schaute mich mit ihren riesigen traurigen Augen an.

»Sag nichts«, bat ich. »Ich weiß, du sagst gleich etwas, das ich nicht hören will.«

»Ich komme bestimmt erst spät da weg. Wenn ich kann, schau ich noch vorbei, aber vermutlich eher nicht. Ändere nicht wegen mir deine Pläne. Ich ruf an, wenn ich es schaffe. Aber mach dir keine Hoffnungen.«

Den Rest des Tages verbrachte ich in einer absoluten Vorhölle. Da die Sonne mutterseelenallein vom weiten blauen Himmel herunterschien, nutzte ich den Tag, machte eine Fahrradtour, arbeitete im Garten, las eine Weile auf der Veranda, ging mit Buller in den Park und warf ihm Bällchen, bis er vollkommen erschöpft war. Als sich zu Beginn des Nachmittags mein Magen meldete, machte ich mein erstes Bier auf und spielte Gitarre zu noch zwei Bieren. Dann ging ich ans Klavier und stellte mir wieder einmal vor, wie Story zur Vorderveranda hochkam und der Musik lauschte. In meiner Fantasie blieb sie in der Tür stehen, hörte staunend zu, wie ich meinen Gefühlen freien Lauf ließ, und wartete bis zum nächsten Stück, um sich leise ins Haus zu stehlen und mir beim Spielen auch zusehen zu können. Als ich, auch diesmal schon delirös, zu Ende gespielt hatte, öffnete ich die Augen in der wahnhaften Hoffnung, dass sie bei mir im Wohnzimmer stand und mir zuhörte und zusah. Dem war aber nicht so, und meine Stimmung wurde noch trüber. Buller spürte es, ging ins andere Zimmer und legte sich auf sein Bett.

Vom Klavier aus rief ich ihm zu: »Buller, weißt du, was ich wirklich an Chopin hasse? Dass er die großartigste Musik mitten in Stücke steckt, deren Anfang und Ende eigentlich unspielbar sind.« Buller beobachtete, wie ein Buch mit Mazurkas und

Polonaisen an ihm vorbei über den Holzboden schlidderte. »Das Schlimmste heute ist, dass wir den ganzen Tag warten müssen, ob sie wohl kommt, und am Ende wahrscheinlich enttäuscht werden. Wir können beide noch so lange hier warten und wie die Kaninchen am Spieß braten, um ein Uhr heute Nacht suhlen wir uns aller Wahrscheinlichkeit nach in einem Pfuhl der Verzweiflung. Wie war das, Buller? Du sagst, Frauen sind wie Straßenbahnen? Wenn man eine verpasst, kommt zehn Minuten später die nächste? Na, allgemein hast du da vielleicht recht, aber in diesem besonderen Fall nicht. Oder vielleicht doch. Wer zum Teufel weiß das schon? Was zum Teufel mach ich hier?«

Buller stieß ein hohes Bellen aus. »Ja, mir geht's genauso, Kumpel. Es ist grauenhaft.«

Wir quälten uns durch die Stunden wie Angeklagte, die auf ihr Urteil warten. Ich wurde wahrscheinlich ein wenig betrunken, und Buller wollte ringen, also machten wir das eine Weile, bis er den Kopf herumwarf und beinahe einen seiner mächtigen weißen, Hai-großen Fangzähne in meine Schläfe bohrte. Ich spürte, wie meine Haut aufplatzte und aus meinem Kopf Blut spritzte. Buller brachte mir ein Geschirrtuch, das ich auf die Wunde drückte. Vielleicht holte ich mir das Tuch aber auch selbst, ich weiß es nicht mehr genau.

»Wenn ich hier dran sterbe, Buller, sag den Leuten, die kommen und meine Leiche fortschaffen, dass auf meinem Grabstein stehen soll: ›Ich hätte einen kleineren Hund adoptieren sollen.‹«

Story rief um dreizehn Minuten nach elf an und sagte, sie sei von ihrer Party entkommen. Aber weil es so spät sei, werde sie doch gleich nach Hause fahren. Wir könnten am nächsten Morgen reden. Sie sei um sechs Uhr früh für einen Lauf verabredet und brauche heute Nacht ihren Schlaf.

Ich äußerte mein volles Verständnis und verglühte innerlich vor Enttäuschung. »Danke, dass du mich angerufen hast«, brachte ich gerade noch heraus.

An ihrem Ende der Leitung blieb es still, und ich dachte schon, sie hätte aufgelegt. Auf meine Frage, ob sie noch dran sei, folgte ein weiteres leeres Schweigen und dann: »Ja, ich bin noch dran. Was machst du?«

»Ich hab Klavier gespielt.«

»Du bist nicht im Bett?«

»Nein, bin ich nicht.«

…

»Und was machst *du*?«, sagte ich.

»Ich muss leider gestehen, dass ich keinerlei Selbstdisziplin habe. Ich sitze im Auto – vor deinem Haus.«

30

Buller und ich rannten zur Haustür und schauten hinaus. Und wirklich saß Story in der Einfahrt in ihrem Auto und hatte das Telefon noch am Ohr. Ich riss mich zusammen und ging raus, um sie zu begrüßen. Bevor ich den Mund öffnen konnte, sagte sie: »Ich kann nicht bleiben« und stieg nicht mal aus.

Fragte aber, was mit meinem Kopf passiert sei. Ich hatte direkt neben meinem Auge einen Verband angelegt, ihn aber schlecht verklebt. Es fehlte nicht viel, und ich hätte den perfekten Piccolo abgegeben. »Buller hat versucht, mich umzubringen«, sagte ich. »Er hat Glück, weil ich ihn nicht anzeige.«

»Oh … na gut, ich muss jetzt nach Hause. Beim Vorbeifahren habe ich nur gedacht, ich sag schnell Hallo. Ich hätte nicht vorbeikommen sollen, ohne zu fragen. Es tut mir wirklich leid. Es ist spät.«

Ich schaute ins Auto. Sie trug ein hellblau-weißes Kleid, das an der Taille geschnürt war. Ihr weißblondes Haar lockte sich bis auf die Schultern. Ach, sie war das schönste, süßeste Mädchen der Welt. Ich schmolz dahin, und als sie ihrem Blick gerade einen Moment lang erlaubte, meinem zu begegnen, und scharf den Atem einzog, bekam ich gar keine Luft mehr, hätte aber, wenn sie mich darum gebeten hätte, leicht das ganze Auto hochheben und über meinem Kopf kreiseln lassen können.

»Gut … ich ruf dich morgen an. Entschuldige die Störung. Pass auf deinen Kopf auf.«

»In Ordnung.«

Sie legte den Rückwärtsgang ein.

»Story.«

»Ja?«

»Schaust du mich mal kurz an?« Zurück auf Parken.

»Irgendwie hab ich Angst davor.«

»Warum?«

»Ich weiß nicht.«

»Das ist krank. Ich weiß nicht, was wir hier machen oder warum ich mich fühle, wie ich mich fühle. Es ist, als würde ich dich seit Jahren kennen und einer von uns zöge auf einen anderen Kontinent. Lächerlich, weil ich dich so gut wie gar nicht kenne.«

Sie wischte sich mit dem Handrücken eine Träne weg und lachte, damit ich es nicht merkte.

»Story – warte!« Sie drehte sich um und schaute mir geradewegs in die Augen. »Ich glaub, ich verlier den Verstand.«

»Ach, Quatsch.«

»Ich kann nicht aufhören, an dich zu denken.«

»Das tut mir leid.«

»Und du empfindest nichts für mich.«

»Ich weiß nicht, was ich empfinde.«

Buller, den ich im Haus gelassen hatte, bellte und sprang gegen die Tür, weil er raus wollte.

»Ich muss los.«

»Ich wünschte mir so sehr, du würdest bleiben.«

»Ich weiß, aber ich muss …«

»Es ist eine wunderschöne Nacht. Hast du jemals eine derart schöne Nacht erlebt?«

Sie tat mir den Gefallen, lächelte und schaute durchs Autofenster auf die Virginia-Eichen und den sternenübersäten Himmel über uns.

»Fühl doch, wie warm es ist«, sagte ich. »In zehn Jahren denken wir an diese Nacht zurück und wünschen uns, wir hätten sie genutzt. Ganz bestimmt. Du auch.«

»Ich ruf dich morgen an«, sagte Story, aber ich merkte, wie sie ins Wanken geriet. Ich rannte auf die Veranda, um Buller rauszulassen, bevor er die Tür ganz aus den Angeln hob. Er schoss geradewegs an mir vorbei zu Storys Auto und versuchte, durchs Fahrerfenster hineinzuspringen, was ihm zum Glück nicht gelang. Als er sich beruhigt hatte, blieb er stehen wie ein Bär, Kopf und Vorderpfoten im Auto, und sie rieb ihm den Kopf, während er laut und behaglich brummte. Mich schaute er an, als sollte ich mich gefälligst ins Haus verziehen und ihn mit Story allein lassen.

»Er liebt dich«, sagte ich.

»Ich ihn auch.«

»Komm, wir gehen hinten auf die Veranda und schauen die Sterne an, nur ganz kurz.«

»Du kennst dich aus mit Sternen, stimmt's?«

»Du müsstest vielleicht durch die Beifahrertür aussteigen.«

Zu dritt gingen wir ins Haus, das ich seit ihrem letzten Besuch gründlich geputzt hatte. Neugierig betrachtete sie alles im Kerzenlicht, inspizierte die überall herumliegenden Bücher und die Familienfotos auf dem Kaminsims.

Eins von Threnody nahm sie in die Hand, es war uralt, und zeigte eine sehr ernste kleine Bird mit Zöpfen bei einem vorbildlichen Spagatsprung hoch in der Luft, hinter ihr ein unglaubliches Panorama, als springe sie vor einer gemalten Landschaft. Ich erinnerte mich genau an diesen Tag, ich hatte das Foto gemacht. Wir hatten an einem Aussichtspunkt auf dem Parkway kurz hinter Raven Rocks auf dem Weg nach Asheville angehalten. Eine Pilgerfahrt hatte Vater es genannt. Threnody sprang so anmutig herum, wie das nur Kinder können, wenn sie noch nicht so schwer sind, und ich fotografierte stolz mit Vaters analoger Zehnpfünder-Nikon die großartigsten Fernsichten. Mutter spazierte durch die Wiese neben der Straße und rief uns die Namen der Blumen zu. In meiner Erinnerung kehrt sie mir den Rücken zu und hält eine drückende Last in den Armen.

»Das ist meine Schwester«, sagte ich.

»Süß«, sagte Story. »Und nicht schlecht, der Sprung.«

Ich ging zu dem Foto und spürte, wie es mich beim Anschauen innerlich zerriss. Wie lange war ich nicht mehr in Charlotte gewesen und wie lange hatte ich nicht mehr mit der kleinen Bird geredet.

»Habt ihr ein enges Verhältnis?«

»Nicht mehr so eng, wie es sein sollte.«

Story machte ein bedauerndes Gesicht und wandte sich einer anderen Fotografie zu: Mein Vater saß an seinem Schreibtisch und schrieb, ich als Kind sah mir auf dem Boden zu seinen Füßen ein Buch an. »Das ist mein Vater«, sagte ich. »Und das bin ich, mit ungefähr drei Jahren.«

»Du warst sehr niedlich. Was ist das da an der Wand?«

»Irgendein Vogel. Ich glaube, eine Krähe, aber es soll ein Rabe sein. Mein Vater mochte Edgar Allan Poe.«

»Klingt, als wäre dein Vater ein interessanter Typ.«

»Das war er auch mal«, sagte ich, nahm das Foto und stellte es wieder hin.

»Sind er und deine Mutter noch zusammen?«

»Nein. Sie haben sich vor ein paar Jahren getrennt.«

»Tut mir leid«, sagte Story. »Leben beide noch in den Bergen?«

»Meine Mutter und meine Schwester wohnen jetzt in Charlotte. Sie sind vor ein paar Jahren von Old Buckram dorthingezogen.«

»Und dein Vater? Wo ist er jetzt?«

»Weiß nicht. Als ich ihn das letzte Mal gesehen habe, war ich sechzehn.«

Darüber dachte sie lange nach und kaute dabei auf der Unterlippe, als wolle sie noch etwas sagen, aber ich begann, wie immer bei diesem Thema, von etwas anderem zu reden und setzte die Zeit wieder in Bewegung. Sie ging ins Nachbarzimmer, blieb am Klavier stehen und legte die Hand auf die wie Kraut und Rüben darauf verteilten Notenstapel.

»Ich wollte immer spielen«, sagte sie. »Und eines Tages mach ich das auch. Spielst du mir was vor?«

Das Zimmer war klein, mit nichts darin als einer Couch, einem alten Sessel und dem Klavier. Als ich mich daran setzte, stellte sich Story so dicht hinter mich, dass ich sie atmen hörte. Noten brauchte ich nicht, schlug sie aber trotzdem auf. Ich spielte das Fantaisie-Impromptu, Chopins posthumes Opus Nr. 66, bei dem ich mir immer vorgestellt hatte, sie käme zufällig an meiner Tür vorbei, hörte die Musik und begriffe, dass ich für sie spielte. Allegro agitato. Zu Beginn erklang wie ein Glockenschlag eine Oktave in der linken: eine Vorahnung. Dann dunkle Arpeggien, wieder in der linken Hand, eine Kanonade dräut; feurig steigende Läufe in der rechten – verschachtelt, filigran, unerbittlich. Das scheinbare Accelerando wird gebändigt von einem sich überstürzenden Rückzug, und los geht's wieder von vorn. Atmen. Aufwallen. Auflösen. Aufwallen. Pedal. Pedal. Pedal. Die Taktangabe »alla breve« drängt einen voran. Nach etwa einer Minute werden wir von einer fallenden Kadenz in der linken Hand aufgestört – und nun folgt eine süße simple Melodie pianissimo, die meines Wissens in der modernen Musik nicht ihresgleichen hat. In meinem berstenden Herzen war diese vollkommene Melodie Storys Song. Sie verweilt in köstlichen, flüchtigen Variationen, schlägt Kapriolen, zieht sich schüchtern zurück – und ist fort. Das Licht eines einzigen Tages. Schon kehrt die aufwallende, silberne Kanonade zurück, und die Melodie, jetzt verborgen und für das sich erinnernde Ohr zu schwach, ist fast vergessen. Am Ende dieses überwältigenden Tumults, wenn das Stück zum Abschluss kommt und in der Stille ausklingt, kommt die liebliche, vollkommene Melodie noch einmal, jetzt nur in der linken Hand, und nur ein Mal.

Als die Töne durch die Wände in die Nacht gezogen waren, berührte Story mich kurz und wie zufällig an der Schulter. Dann ging sie in die Küche, fand eine offene Flasche Wein auf der Arbeitsplatte, goss sich ein Glas ein, kam zurück und stellte sich in eine Ecke des Zimmers. »So was habe ich noch nie gehört«, sagte sie. Aber sie wirkte traurig, etwas stimmte nicht.

Ich stand auf und ging zu ihr, doch sie wich mir aus und zog sich, schlank, wie sie war, noch weiter in die Ecke zurück.

»Was ist passiert?«, fragte ich. »Was ist mit dir?«

»Entschuldige«, sagte sie. »Ich kann's dir nicht … Bitte spiel was anderes.«

»Ich will nur reden. Sag mir, was los ist.«

»Ich weiß, dass du nur reden willst, aber ich bin noch nicht so weit.«

Ich setzte mich auf die Klavierbank und sah sie an. »Ich wünschte, du wärst es.«

»Ich weiß. Ich bin es ja auch bald. Nur jetzt noch nicht. Es tut mir leid, es liegt nicht an dir oder dem, was du tust. Ich habe nur vor langer Zeit gelernt, dass die Leute einen in eine Schublade stecken, wenn man ihnen zu viel erzählt.«

Was sollte ich noch sagen? Aus Gründen, die ich nie in Worte hätte fassen können, spürte ich, dass ich einen Teil von ihr niemals erreichen würde, dass sie das niemals erlauben würde, auch niemand anderem. Sie würde sich mir nie ganz und gar öffnen.

Aber plötzlich strahlte sie und sagte: »Bitte, spiel noch was. Was anderes.«

Ich holte die Weinflasche, sie setzte sich auf die Couch, deckte sich mit einer Decke zu und legte den Kopf auf das Kissen. Mir reichte ihre bloße Anwesenheit. Ich trank meinen Wein und spielte durch die Nacht, bis ich nur noch schluderte, das Haus und die Welt waren still, und Story schlief.

31

Als ich Story langsam kennenlernte, sah ich die beredte Traurigkeit in ihren Augen immer und immer wieder, vor allem in ruhigen Momenten, wenn sie meinte, weder ich noch sonst wer schauten zu. Aus einer Reihe von Anhaltspunkten und schließlich ihrem entnervten Eingeständnis erfuhr ich, dass die merkwürdigen, geheimnisvollen Umstände ihrer Geburt und Adoption sie belasteten. Die ungelösten Fragen und vielen unterschiedlichen, verstörenden Verwicklungen von der Nacht ihrer Geburt an bis zur Gegenwart machten ihr immens zu schaffen. Sie wusste schlicht nicht, wer ihr biologischer Vater war, und war scheinbar wider jede Vernunft überzeugt, dass man ihr dessen Identität absichtlich verheimlichte. Trotz der nutzlosen, vehementen Einwände ihrer Adoptiveltern suchte sie ihn – ohne jeden Erfolg – seit sechs Jahren. Als ich sie kennenlernte, war sie nicht näher an der Lösung des Rätsels als zu Beginn, und was eher als verhaltenes Interesse angefangen hatte, war fast zur Obsession geworden.

Story war in Charleston in South Carolina geboren. Ihre sehr junge Mutter hatte in dem Jahr vor ihrer Geburt oder sogar länger in einem maroden Haus neben einem großen Friedhof auf Lot's Folly gewohnt, einer wohlhabenden Halbinsel, die in den Lake Conroy ragte, einen künstlichen See, westlich von Summerville. Als ich das Haus sah, stand es offenbar schon seit längerer Zeit leer. Auf dem Dach ein grüner Moosteppich, nur wenige unzerstörte Fensterscheiben, das gesamte Grundstück so dicht bestanden von Elliot-Kiefern und über und über von undurchdringlichem Louisiana-Moos bedeckten Virginia-Eichen, dass man das Haus von der Straße aus nicht sah.

Im Jahre 1899 erbte es die Gemeinde der Versirecto Methodist Church von Mrs. Willa Jean Gullege. Die großzügige Stifterin hatte allein in dem Haus gewohnt, war, unfreiwillig isoliert von ihren erwachsenen Kindern, dort alt geworden und hatte nach und nach ihren gesamten Grundbesitz außer dem Haus der Gemeinde vermacht. Wegen seiner Lage auf der Halbinsel war er vermutlich ein Vermögen wert. In einem letzten Akt des Trotzes beauftragte Mrs. Gullege wenige Tage vor ihrem Ableben einen ortsansässigen Anwalt, einen Anhang zu ihrem Testament zu verfassen, kraft dessen auch das Haus und das kleine, baumbestandene Grundstück forthin »dem Vater, Sohn und Heiligen Geist, c/o Versirecto Methodist Church« gehören solle, »so lange die oben genannte Immobilie zu Kirchenzwecken benutzt wird. Danach soll die Stadt Lot's Folly es als Park nutzen«.

Natürlich fochten die wütenden Erben das Testament nach ihrem Tod und der Verlesung unverzüglich an. Sie argumentierten – trotz ihrer uneingestandenen Befürchtungen, aus Geldgier eine schreckliche, im Jenseits strafbewehrte Sünde zu begehen –, dass es nach den Gesetzen des Staates South Carolina nicht möglich sei, Gott Besitz zu überlassen. Dieser Meinung schloss sich der mit dem Fall befasste Richter nicht an. Er entschied mit einer gehörigen Portion richterlichen Humors und richterlicher Weisheit, dass Schenkungen an den allmächtigen Schöpfer des Himmels und der Erden womöglich zwar überflüssig, aber nicht ungültig seien.

Die Gemeinde freute sich und vermietete das bescheidene kleine Haus immer an Familien aus ihren Reihen, die der kirchlichen Mildtätigkeit am meisten bedurften. Jahrelang zum Beispiel an einen Schwarzen namens LeArtis Moon, den seine Mitbürger Clem nannten und der sich im Gegenzug verpflichten musste, sich um den Friedhof der Gemeinde auf dem geschenkten Land von Mrs. Gullege zu kümmern. Damals ahnte niemand, dass dieser Riese von Mann eine ungewöhnliche Passion für Gartengestaltung hegte und sein Versprechen hingebungsvoll erfüllte. Binnen eines halben Jahres sah der gesamte Friedhof aus wie ein römischer Skulpturengarten, und es währte nicht lange, da wollten alle aus dem County dort begraben werden.

Aber die Zeit verging, Clem starb, und Chaos und Unkraut eroberten die Friedhofsanlagen. Die Kirche fuhr derweil fort, das kleine Haus an bedürftige Familien zu vermieten, und schließlich wohnte Frances Louise Dudevant darin, eine französischsprachige Frau, die nach einhelliger Auffassung Storys Großmutter mütterlicherseits wurde. Sie hatte eine uneheliche Tochter, Lelia, die, selbst noch ein Kind, mit fünfzehn schwanger wurde.

Von da an taten sich die Löcher in der Geschichte auf.

32

Ich reimte mir schließlich Folgendes zusammen: Story wurde an einem verregneten Septembermorgen geboren, die Eltern waren Lelia und ein viel älterer Mann, zur Zeit der Empfängnis entweder verheiratet oder kurz davor. Sonst war nichts zu Storys Vater bekannt, es herrschte eine stadtweite Verschwörung des Schweigens. Seine persönlichen Daten waren sogar von ihrer Geburtsurkunde getilgt worden. Eine Provokation für Story. Die biologische Mutter hatte offenbar als Einzige Kenntnis von seiner Identität, und sie schwieg.

Aus dem wenigen, was Story wusste, hatte sie geschlussfolgert, dass ihr Vater möglicherweise an der Citadel in Charleston ausgebildet worden und eine Zeit lang hochrangiger Offizier beim Militär gewesen war. Einmal hieß es auch, dass er ein ehemals reicher, dann bankrott gegangener Landbesitzer aus Charleston gewesen und von der verrosteten, baufälligen Cooper River Bridge in den Tod gesprungen sei. Aber es blieb mysteriös.

In einem allem Anschein nach bemerkenswerten Akt der Menschlichkeit hatte sich ein Ehepaar, das in der Straße zum Friedhof wohnte und zur Gemeinde der Versirecto Methodist Church gehörte, bereit erklärt, das Neugeborene der fünfzehn Jahre alten Lelia zu adoptieren. Lelia gab das Kind buchstäblich aus dem Kindbett weg und sah es nie wieder, bis es – Story – erwachsen war und in Chapel Hill Jura zu studieren begann. Das

Paar, das Story an Kindes statt annahm, bekam kurz nach der Adoption ein eigenes Kind und in den darauffolgenden Jahren noch zwei weitere. Die drei sehr verwöhnten leiblichen Kinder betrachteten Story immer als Eindringling, der nicht zu ihnen gehörte.

Die Adoptiveltern, Mr. und Mrs. Glauchnor, waren von Hause aus reich, sehr reich –, hatten aber sehr wenig selbst erarbeitet. Von Mr. Glauchnors Mutter hatten sie auf der Westseite der Halbinsel ein Grundstück in Spitzenlage bekommen und darauf ein dreistöckiges weiß-graues Cape-Cod-Haus mit einem topgepflegten Rasen gebaut, der sich wie ein Golfgrün fast fünfhundert Meter bis zum See erstreckte. Sie fuhren teure Autos, trugen teure Kleidung und besaßen ein schickes Rennboot, mit dem sie gern über den Cooper River zum Hafen von Charleston brausten und von da aus ins Meer.

Als Story fast sechzehn war, sagten ihr ihre Eltern, wenn sie ein Auto haben wolle, müsse sie sich das Geld dafür selbst verdienen, und dagegen hatte sie auch nichts. Sie betankte in einem lokalen Yachthafen Boote, verkaufte Angelausrüstungen und erstand schließlich eine alte Schindmähre zu einem, wie sie fand, vernünftigen Preis.

Als die nächste Tochter alt genug war, um fahren zu dürfen, kauften ihr die Glauchnors ein kaum gebrauchtes Audi Sportcoupé, der Sohn bekam zum sechzehnten einen neuen Chevrolet Suburban, und das jüngste Kind, auch ein Mädchen und wahrscheinlich am verwöhntesten von den vieren, ein neues BMW-Kabrio.

Story wollte ihre Mutter genauso dringend kennenlernen, wie sie die Identität ihres Vaters herausfinden wollte. Aber schon die Mutter zu kontaktieren war immer auf den vehementen Widerspruch der Eheleute Glauchnor gestoßen. Mrs. Glauchnor brach jedes Mal in Weinkrämpfe aus, wenn

Story das Thema nur anschnitt. Wo sich die Mutter aufhielt, war bekannt, doch während Story unermüdlich nach ihrem Phantomvater forschte, brachte sie es nie über sich, ihre Mutter aufzusuchen. Die Mutter in ihrer womöglich unromantischen Wirklichkeit zu treffen war psychologisch bestimmt weit herausfordernder, als sich den großen und wunderbaren Fantasien über ihren Vater hinzugeben, mit dessen realer Person sie ihre selbsterschaffenen Fiktionen offenbar niemals würde konfrontieren müssen.

Letztendlich stellte Storys leibliche Mutter den Kontakt her. Sie verabredeten ein Treffen an einem Wochenende, und Story fuhr zu ihr nach Greenville, im Norden South Carolinas. Wenn alles gut ging, wollte sie den Samstag und eventuell noch den Sonntag bleiben. Um der lieben Adoptivmutter kein Herzrasen zu bescheren, erzählte Story ihr nichts von ihrem Vorhaben. Lelia lag krank im Bett, sie kämpfte mit einem erbarmungslosen Tumor und einem ganzen Rattenschwanz anderer Krankheiten, die ihren Zustand verschlimmerten. Sie streckte Story nur eine bleiche, knöcherne Hand entgegen.

»Ich erkenne dich«, meinte sie und musterte Storys Gesicht. »Und wie.« Sie nickte, als habe sich etwas, das sie nur vermutet hatte, soeben bestätigt.

»Du *erkennst* mich?«

»Hör zu, Story … was für ein schöner Name. Ist das dein einziger Name? Ich hatte einen anderen für dich im Kopf.«

»Mein erster Name ist Elizabeth. Story ist ein Nachname in der Familie.«

Sie schwiegen sich an, und Lelia strich – wie eine Mutter – mit den Fingern über Storys Arm.

»Wie hättest du mich …«

»… genannt? Ich wollte dich Elsie nennen. Als du in mir warst, hast du mir … ich weiß nicht was … gestohlen. Ich dachte, du wärst wie eine kleine Diebin. Vielleicht dachte ich, du würdest mir Zeit stehlen oder Leben, wie eine Elster. Und ich wollte dich Elsie nennen, weil ich das einen wunderschönen Namen für eine Elster gefunden hätte. In meiner Vorstellung war dein Haar rabenschwarz. Ich träumte, dass du ein kleiner schwarzer Vogel wärst, der auf meiner Bettkante saß. Aber jetzt sehe ich, dass du mehr wie die Sonne auf einem Feld voller Blumen bist.«

»Elsie.«

»Ja, ich wollte dich Elsie nennen. Elsie die Elster. In meiner Vorstellung ist das dein Name. So habe ich dich in all den Jahren für mich genannt. Wo wohl meine Elsie jetzt ist?, habe ich mich oft gefragt. Und jetzt bist du hier.«

Lelia versank in Gedanken. Ihre Hände wanderten zu ihrem Bauch, als wollten sie das Kind wärmen, das ihren Leib schon so lange verlassen hatte.

»Ich habe nur noch Tage«, sagte sie. »Und Tage bestehen aus Stunden und Minuten und Sekunden. Ich versuche sie aufzuhalten, aber sie vergehen einfach. Ich hasse es sogar zu schlafen, weil ich weiß, dass ich die Stunden nicht zurückkriege. In jeder einzelnen, die mir davonläuft, zieht diese Welt immer fester einen dunklen Vorhang um mich zu. Ich fühle, wie mein Leben entschwindet, selbst jetzt, wo wir hier sitzen.«

Außer wenn Lelia in ihren unruhigen Schlaf glitt, redeten sie das ganze Wochenende miteinander. In der Nacht zum Sonntag schlief Story auf der Couch, nur mit einer Häkeldecke zugedeckt. Es gab kein weiteres Schlafzimmer in dem kleinen Haus und anderes Bettzeug auch nicht. Lelia war immer arm gewesen. Story schaute sich um – sah ein bisschen Keramiknippes, eine schnörkelige Flohmarktlampe und ein Gemälde, auf dem ein majestätisches Schiff in einen Sonnenuntergang fuhr und die Sonnenstrahlen schnurgerade durch die Wolken hochschossen.

»Das da erfüllt mich mit Hoffnung«, sagte Lelia, den Blick auf das Bild gerichtet. »Da gehe ich hin, wenn ich Glück habe. Schau dir das ganze Wasser an und die aufsteigende Sonne. Auf so einem Schiff auf dem großen weiten Ozean will ich sein, und die Sonne soll hinter mir scheinen, und dann hab ich's bestimmt geschafft.«

Ihre Gedanken trugen sie hinaus aufs Wasser und wieder zurück. »Ich bin nie auf dem Meer gewesen, kein einziges Mal«, sagte sie. »Aber ich wollte es immer. Du nicht? Ich habe immer davon geträumt, auf einem großen alten Schiff von Charleston nach Rom zu fahren und einen netten, höflichen jungen Mann zu treffen, der mit mir abhauen und mich heiraten würde. Ich habe immer gesagt: Eines Tages mach ich das. Aber eines Tages kam nie. Das ist so mit eines Tages. Bist du schon mal auf dem Meer gewesen, Liebes?«

»Ja, ein Mal.«

»Warst du auf einem Schiff?«

»Ja, auf einem Kreuzfahrtschiff.«

»Ach, das klingt wunderbar. Waren überall, wo man hinschaute, hübsche Jungs?«

»Ja«, sagte Story und lächelte. »Überall, wo ich hingeschaut habe.«

Auf dem Tisch neben Lelias Bett stand eine schlichte Metallkiste, eine Art Reliquienschrein, in dem Briefe lagen, die ein Mann namens Ben ihr geschrieben hatte. Die Briefe trugen kein Datum, und es wurden auch weder Story noch ein Kind, das mal Story werden sollte, darin erwähnt. Vermutlich waren sie alle vor ihrer Geburt geschrieben worden. In der Kiste war auch das Schwarz-Weiß-Foto eines jungen Mannes in Militäruniform. Hinten auf das Bild hatte jemand in der für das südliche South Carolina typischen schnörkeligen Schreibschrift »In Liebe, Benjamin« geschrieben. Sonst nichts. Aus all dem schloss Story, dass ihr Vater, wie man es ihr auch einmal erzählt hatte, tatsächlich in der Armee gewesen war.

»Ist das mein Vater?« Lächelnd hielt sie das Foto hoch.

Lelia schaute weg. Verbarg ihren Blick in der dunklen Zimmerecke.

»Ich weiß es nicht.«

»Wie kannst du es nicht wissen?«

»Kind, ich würde es dir sagen, wenn ich es wüsste. Aber ich weiß es nicht.«

»Aber wie kannst du es nicht wissen?«

»Ich habe nie versucht, es herauszufinden.«

»Könnte es …« Story schaute noch einmal auf die Rückseite des Fotos »… Benjamin sein?«

»Ja, möglich wäre es. Aber ich weiß es nicht. Ich habe damals nur gedacht, vielleicht war er es.«

»Na, schau mich an. Sehe ich Benjamin ähnlich?«

Lelia drehte sich zu Story um und musterte ihr Gesicht. »Ich weiß es nicht, Kind. Nein, eigentlich nicht.«

Immer und immer wieder entschuldigte sich Lelia dafür, dass sie Story weggegeben hatte, und versicherte ihr, wie sehr sie es bedauere. Sie sei blutjung gewesen, erklärte sie, und Benjamin älter, schon aus dem College, und er habe sich auf eine Laufbahn bei der Armee vorbereitet. Hätte er sich nicht davongemacht, wäre er wirklich »in der Patsche gewesen«. Lelia wiederum hatte kein Geld, ihre Mutter verprügelte sie, weil sie sich ins Unglück gebracht hatte, und ihr blieb keine andere Wahl. Lelia weinte, und Story weinte, und sie hielten einander im Arm, und Lelia flehte um Verzeihung, und Story gewährte ihr dieses Verzeihen ein ums andere Mal. Sonntagabend fuhr sie mit dem Foto von Benjamin ab und versprach, am nächsten Wochenende wiederzukommen. Drei Tage später hörte Lelias Herz auf zu schlagen. In dem Brief, den sie auf dem Nachttisch hinterließ, schrieb sie, dass sie sich nur gewünscht hatte, ihre Tochter noch einmal zu sehen und sie um Entschuldigung bitten zu können, um diese Welt in Frieden zu verlassen. Nur ein Geistlicher, Story und Mr. Glauchnor waren bei dem Begräbnis zugegen.

Ich schaue auf meine Uhr und sehe, dass der Sekundenzeiger sich vorwärtsbewegt und die Zeit verstreicht. Wenn ich wieder hinschaue, ist eine andere Zeit und ein anderer Tag und ein anderes Jahr. Man meint, man versteht die Zeit, aber weit gefehlt. Ganz selten – wenn man sich ausreichend seiner selbst bewusst ist – entschleunigt sich die Zeit so sehr, dass man sie begreift. Dann schaut man sich um und denkt: Ich bin hier *und* Es ist jetzt, *und dieser Moment ist wichtig, und ich halte ihn fest und verlangsame Zeit und Leben. Doch dann lässt man die Nacht über sich ergehen, und der nächste Tag kommt, und ein neuer Tag des eigenen Lebens beginnt. Wenn man das nächste Mal daran denkt, ist es Monate oder ein Jahr später, und man treibt zur Oberfläche, wo die Zeit residiert, und schaut über sie zurück und weiß sofort, was man alles verloren hat, und es ist nichts als Zeit, und Zeit ist Leben. Tage liegen vor einem. Man schwört sich, die noch bleibenden besser zu nutzen. Es ist eine Lüge.*

Man nehme das Datum und die Zeit jetzt. Welches Jahr ist es? Wie alt ist man? Man erinnert sich, als man ein Kind war. Man erinnert sich an ein Weihnachten in der frühen Kindheit. An einen Geburtstagskuchen, den die Mutter für einen gebacken hat. Wie man die Kerzen ausgeblasen hat und alle zuschauten. An den ersten Ausflug zum Meer, wie man in das kalte, klatschende Wasser gewatet ist. Man erinnert sich, wie man barfuß draußen herumgelaufen ist, die anderen Kinder hinter einem her, wie man gelacht und aus dem Gartenschlauch getrunken hat. Man erinnert sich, wie man den entscheidenden Run gemacht hat. Den Fünfzig-Yards-Sprint gewonnen. Den Führerschein bestanden hat und das erste Mal ganz allein gefahren ist und das Gefühl der Freiheit, das man dabei empfand. Dass man hinfahren konnte, wo man wollte. Man erinnert sich daran, wie man zum ersten Mal Händchen gehalten hat. Wie man die ganze Nacht aufgeblieben ist, um sie zu sehen, ihn zu sehen.

Die Zeit, die es gedauert hat, um einen von dem Punkt in Raum und Zeit bis hierher zu bringen, da man diese Seite liest, ist keine Zeit. Ein Fingerschnipsen – so schnell ist sie vergangen. Die nächsten zehn Jahre werden genauso schnell vergehen. Die Zeit ist ein Konstrukt der Menschen. Ein Zufall von Physik und menschlicher Wahrnehmung. Sie ist ein Faktor bei der Entropie und der allgemeinen Bewegung eines geschlossenen physikalischen Systems in Richtung Unordnung. Alle Dinge bewegen sich auf die Unordnung zu. Der Garten bringt jedes Jahr aufs Neue Blumen, aber der Hartriegelstrauch dazwischen zeigt das unerbittliche Vergehen der Zeit, und man weiß, sie vergeht. Das Haus verfällt wie sein klappriger, vermodernder Bewohner. Begreife die Unmittelbarkeit des Moments, lebe und schreibe die Worte auf und sei Zeuge, wie die Zeit durch dich fließt, bis sie dich und deine Seele in der Leere und unendlichen Stille, dem Tod, aufgelöst hat.

– Im Schreibtisch von Henry L. Aster gefunden.
Datum der Niederschrift unbekannt.

TEIL IV

33

In den Tagen und Wochen vor meinem Weggang aus Chapel Hill las ich *Schau heimwärts, Engel* und *Es führt kein Weg zurück*, und sie hatten eine nachhaltige Wirkung auf mich. Nicht nur der außergewöhnliche Schreibstil beeindruckte mich aus den verschiedensten Gründen, sondern das Erzählte flößte mir ein tiefes, instinktives Unbehagen ein, das ich nicht loswurde. In Stimme, Leben und Sterben der Männer und Frauen wie in den Schauplätzen, über die Thomas Wolfe schrieb, erkannte ich etwas allzu Vertrautes, das heftig in mir widerhallte. Es war die Wahrheit, begriff ich – nicht in dem Sinn, dass er immer nur autobiografisch geschrieben hätte. Das mitnichten. Aber ich fand, dass er in diesen Büchern Leben und Tod ganz genau, vollkommen und ergreifend darstellte – mein Leben, Ihres, unser aller Leben.

Das letzte Kapitel von *Es führt kein Weg zurück* las ich auf der Vorderveranda, in Gesellschaft von Story und Buller, am Tag bevor ich meine sämtlichen Besitztümer in mein Auto packte und zurück nach Old Buckram in die Berge fuhr. Story kam nicht mit. Sie wollte nach Lot's Folly, wo *sie* ein paar Baustellen hatte. Aber ich hatte ja Buller, und bis die Sterne wieder günstig standen und mich erneut mit Story zusammenbrachten, würden wir schon irgendwie überleben.

»Ich verstehe nicht, warum du nach Hause willst, wenn du bei uns wohnen könntest.« Während meines gesamten letzten

Semesters hatte Mutter in einer Luft-und-Boden-Offensive versucht, mich nach Charlotte zu ziehen. Dank meines hartnäckigen Widerstands setzte ich mich aber schließlich durch. Ich wollte ohnehin nur für den Sommer zurück nach Old Buckram – warum, konnte ich nicht sagen. Ich war weder ehrlich genug mit mir selbst, noch verstand ich es.

Ein Grund lag natürlich darin, dass Story nach Lot's Folly fuhr, um endlich die Geheimnisse rund um ihre Geburt zu entschlüsseln, und da wollte ich in puncto wichtiger Ziele nicht zurückstehen und behauptete, dass ich die baufällige große Villa meiner Familie am Hang eines Berges in Old Buckram wieder bewohnbar und zum Verkauf fertig machen müsse. Halb traf das sogar zu. Seit Mutter und Threnody nach Charlotte gezogen waren, stand das Haus leer. Mutter hatte zwar einen Makler mit dem Verkauf beauftragt, und monatelang erschienen Annoncen in allen größeren Städten in drei Staaten, aber es fand sich kein Interessent. Nach Meinung des Maklers lag es daran, dass außen und innen zu viel zu tun sei, und potentielle Käufer vor dem Verfall und den Horrorgeschichten zurückschreckten, die man sich in der Stadt zuflüsterte. Das fand ich eine billige Ausrede, aber auf Mutters Frage, warum »um alles in der Welt« ich den Sommer in Old Buckram verbringen wolle, fand ich auch keine plausiblere Antwort als: »Jemand muss was an dem Haus machen, sonst verkauft es sich nie.«

»Und du meinst, du bist der Richtige dafür.«

»Ich schaff das schon. Ich bin handwerklich nicht ungeschickt. Außerdem hat Charlie einen Job für mich.« Auch das war nur halb wahr. Charlie hatte mir mehrfach eine Stelle angeboten, falls ich je gedachte, einmal wieder in die Berge zurückzukommen. Ausführlicher hatten wir es nicht besprochen, aber ich wollte ihn vor meiner Abfahrt anrufen. »Das beste Angebot, das ich bisher bekommen habe«, log ich. Sie würde ihn wohl kaum anrufen und befragen.

Bei späteren Gesprächen fuhr Mutter schwerere Geschütze auf: Threnody. »Es geht ihr nicht besonders«, sagte sie immer wieder. »Sie könnte dich hier gut gebrauchen.«

»Was soll das heißen? Schlechter als normalerweise?«

»Was das nun heißen soll, weiß *ich* nicht, aber ja«, sagte Mutter.

»Wieso?«, fragte ich abwehrend. Denn wenn ich ehrlich darüber nachdachte, war ich mir durchaus bewusst, dass ich mich meiner Verantwortung entzogen hatte. Doch zu meinem eigenen Schutz wollte ich es nicht wahrhaben und hegte die irreale Hoffnung, dass Threnody nicht unter meiner Abwesenheit litt.

»Ich weiß es nicht«, sagte sie. »Irgendwas stimmt nicht.«

»Geht's nicht ein bisschen genauer?«

»Sie ist einfach … Ich weiß nicht, wie ich es ausdrücken soll. Ein Beispiel: An einem Freitag vor ein paar Wochen wollte sie bei einer ihrer neuen Freundinnen übernachten. Ich habe es ihr erlaubt, obwohl mir nicht wohl dabei war – wir kannten die Familie nicht. Die Mädchen sind offenbar an die Hausbar gegangen, oder vielleicht war es noch was Schlimmeres, wer weiß. Möglicherweise Drogen. Vielleicht kannst du es mir sagen. Von ihnen hat sich nämlich keine dazu ausgelassen. Jedenfalls ist Threnody am nächsten Morgen nicht aufgewacht.«

»Weil sie einen Kater hatte?«

»Nein, nicht nur einen Kater«, sagte Mutter verächtlich. »Sie …«

»… und geht es ihr jetzt besser?«

»Ja«, gab sie widerstrebend zu, »es geht ihr besser – körperlich. Nachdem sie sich ordentlich ausgeschlafen hat. Aber sie mussten einen Krankenwagen rufen. Sie dachten, es wäre vielleicht eine Überdosis.«

»Wie sind ihre Zensuren? Hast du mit ihr darüber gesprochen?«

»Ihre Zensuren sind gut, aber du weißt ja, dass sie nicht richtig dafür arbeitet. Es fällt ihr leicht …«

»Wenn sie gute Zensuren hat, würde ich mir keine Sorgen machen.«

»Du begreifst nicht, worum es mir geht«, insistierte Mutter. »Mir ihr stimmt was nicht. Sie redet nicht mehr viel. Und mir gefallen die Leute nicht, mit denen sie Umgang hat.«

Ich lachte und meinte, ich würde mir Sorgen machen, wenn es nicht so wäre. »Sie ist in der Pubertät. Es ist bestimmt nur eine Phase. Da müssen alle Jugendlichen durch. Ich würde mir mehr Sorgen um sie machen, wenn sie vollkommen angepasst wäre.«

»Henry, hör mir zu«, sagte Mutter.

»Ich höre dir zu.«

»Sei mal still und hör, was ich sage.« In ihrer Stimme schwang ein verzweifelter, mir unbekannter Unterton mit.

»Ich bin ganz Ohr.«

»Es geht ihr nicht gut.«

Ich wusste es. In meinem tiefsten Inneren wusste ich es. Ich werde sie anrufen, dachte ich. Sobald Story gefahren ist, rufe ich sie an. Ich werde es wiedergutmachen. Ich frage sie, ob sie für ein Wochenende ins Haus in Old Buckram kommen will.

Ich jedenfalls würde hinfahren, so oder so. Nach Charlotte auf keinen Fall. Ich würde es schon irgendwie richten.

Story saß in einem Stuhl neben mir und löste ein Kreuzworträtsel. Buller lag auf meinen Füßen, beobachtete die Vögel in den Bäumen und stieß, wenn Leute auf der Straße vorbeigingen, gelegentlich ein tiefes, grollendes Knurren aus. Ich saß da und ließ alles an mir vorbeiziehen. Story würde an diesem Nachmittag fahren – wir taten so, als müssten wir uns nicht voneinander verabschieden –, die Flut meines Lebens zog mich fort, und ich wusste, ich musste dorthin gehen, wohin sie mich trug.

Als ich vor Jahren aus Old Buckram weggegangen war, hatte ich mein gesamtes Leben dort zurückgelassen. Meine Familie, meine geliebte Schwester, meine wenigen Freunde und alle meine Erinnerungen, gute wie schlechte. Das Umfeld, in dem ich die Welt verstand. Was nicht schlimm war, denn ich wollte neu beginnen. Nichts anderes. Ich packte meine Pokale, Fotos, Zeitungsausschnitte, Jahrbücher und alles, was mich sonst noch an zu Hause erinnerte, in Kartons und ging, ohne einen einzigen Blick zurückzuwerfen. Ich wollte nichts mehr damit zu tun haben. Die Erinnerungen schlummerten fürs Erste unangetastet in mir. Jetzt öffnete der Gedanke an die Rückkehr alte Wunden, und obwohl sie mehr schmerzten als beim ersten Mal, trieb mich etwas an. Ich musste einen verborgenen Korridor in meinem Kopf erkunden, eine Tür öffnen.

Nacht um Nacht erwachte ich aus Alpträumen von der bösen Villa auf dem Berg. In dessen Schatten sah ich in meinen Träumen das Haus hoch oben unter einem Himmel voller Rauch und glimmender Asche. Hinter Reihen kranker schwarzer Bäume, deren sieche Zweige mit ihren zitternden, verästelten Spitzen in alle Richtungen ragten und den Nebel teilten, lag es auf der Lauer. Ich träumte, ich fände Dutzende aufklaffende, ausgeschaufelte Löcher im Garten, und die knorrigen Wurzeln langten wie zupackende, raubgierige Hände hinein. Die Erde kippte und wälzte sich und schob mich auf die Löcher zu. Ja, ich ging wieder nach Hause.

»Sag mir mal ein Wort für ›verzichten‹ oder ›aufgeben‹. Acht Buchstaben.« Story knabberte an ihrem Bleistift.

»Entsagen.«

»Sehr gut. Jetzt fehlen nur noch ein paar. Verfasser des *Frem-*

den. Fünf Buchstaben. Ich weiß es eigentlich, aber ich komm gerade ums Verrecken nicht drauf. Ich will immer Camel sagen …«

»Camus.«

»Was bist du doch für ein Schlauköpfchen.«

»Damit ich mein trockenes Müsli und andere Grundnahrungsmittel bekam, musste ich als Kind immer mit meinem Vater Kreuzworträtsel lösen. Nach einer Weile wiederholen sie sich.«

»Mach du's zu Ende.« Sie warf mir die Zeitung in den Schoß und steckte mir den Stift hinters Ohr. »Gut, Liebster. Es ist Zeit.«

»Geh nicht.«

»Ich muss. Ich habe meinen Leuten gesagt, ich wäre zum Abendessen da. Ich bin jetzt schon zu spät. Ich muss noch nach Hause und fertig packen.«

Story kniete sich hin und küsste Buller auf die Stirn. Er wirkte ganz elend.

»Rufst du an, wenn du da bist?«

»Ja.«

»Ich hasse diese Tageszeit«, sagte ich. »Jeden Tag aufs Neue.«

Sie küsste mich und hielt mich eng umschlungen. Ich sog den Duft ihres Haares und die Wärme ihres weichen Körpers ein. Dann war sie weg. Ich sammelte zusammen, was mein Leben nun geworden war, und fuhr los Richtung Westen, zu dem Haus, das ich vor so vielen Jahren verlassen hatte.

34

Wenn man in der Stadt lebt, vergisst man leicht, was ein Nachthimmel ist. Die Sterne, nun wie vergessene Freunde aus der Kindheit, sind nur weit weg von den Lichtern der Stadt wirklich sichtbar. Und in einer dunklen, klaren Nacht nimmt das Firmament eine unendliche Tiefe an. Es ist weit mehr als ein Baldachin über uns. Als Kind in den Bergen war ich vom Nachthimmel wie gebannt. Schon im Schlafanzug, holte ich mir die grüne Armeedecke, die Mutter am Ende der Vorhalle im Wäscheschrank aufbewahrte, schlich nach draußen, legte mich ins Gras unter die Bäume und verfolgte den exakten Lauf der Sterne um die sich drehende Erde. Sah ich vom Haus auf dem Ben Hennom aus nach Osten, schwebten die kreisenden Sterne und wandernden Planeten wie Glühwürmchen aus den uralten grauen Schultern des Morning Mountain empor.

Als Junge unter dem sommerlichen Sternenhimmel erfüllte mich der Anblick der entfernten Sonnen am Himmel mit Hoffnung, Wärme und Optimismus. Später dann betrachtete ich den Himmel häufig, weil ich Trost suchte, und fand ihn darin, dass mich das riesige, geheimnisvolle Universum an meine eigene Bedeutungslosigkeit gemahnte. Auch als ich nun nach mehr als sieben Jahren zum ersten Mal wieder nach Hause zurückkehrte und durch die Windschutzscheibe auf den schwarzen Himmel voller Sterne blickte, empfand ich ein wenig von dem dringend benötigten Trost. Einsam fühlte ich mich trotzdem.

Auf einem Kamm im Blue Ridge, von wo aus Old Buckram immer noch mehr als fünfzehn Kilometer entfernt im Norden liegt, taucht plötzlich eine schmale Hochebene zwischen den Bergen auf, flach und breit wie ein vorsintflutliches Flussbett. Die Leute dort nennen es Chilblain's Gap, aber auf die Landkarte hat es der Name nie geschafft. An einer Straßenkreuzung dort blinkte ein einsames gelbes Licht an einer kleinen Tankstelle. Mein ganzes Leben im Schlepptau, Buller hinten im Arthur Radley, hielt ich an, um ein Sechserpack Bier zu kaufen.

Durch eine mattierte, unleserliche Beschriftung auf den schmutzigen Fenstern der Tankstelle schien trübes Licht auf den Asphalt. Verrostete Dosen und anderer Müll lagen im Unkraut. Hinter dem Tresen drinnen bediente eine sympathische grauhaarige Frau, Speckrollen über dem Gürtel, schwarzer Flaum über den Lippen und auf dem Kinn. Ich musste unwillkürlich an den Kopf auf dem Buffalo Nickel denken. Ihr Ehering war reichlich protzig, billig, und ich überlegte, ob ihr armer Gatte, wahrscheinlich viel kleiner als sie, in ihrer Armbeuge schon mal Gefahr lief zu ersticken. Sie las in einer Hausfrauenzeitschrift und begrüßte mich mit einem »Howdy?«

Drei allesamt nicht mehr junge Männer saßen in einer Ecke am Fenster, rauchten und tranken Kaffee. Einer der drei drohte mit seinem enormen Bauch den Tisch umzukippen. Alles an ihm war fett: seine Arme, sein Gesicht, sogar seine Fußknöchel. Am Bein hatte er sich einen aus einem Ast geschnitzten Spazierstock festgehakt. Er polkte intensiv mit einem Zahnstocher in den Zähnen und steckte ihn dann für später in die Hemdtasche. Vielleicht war er der Gatte der grauhaarigen Frau und wollte ein Auge auf sie haben – dass sie nur nicht vom rechten Wege abkam.

Der Mann neben ihm war dagegen fast absurd dünn. Man stelle sich ein gestärktes weißes Hemd auf einem Metallkleiderbügel und einen darüber schwebenden Kopf vor. Obwohl er bestimmt bald siebzig war, hatte er ein kindliches Gesicht und sah überhaupt aus wie ein zwölfjähriger Junge – oder ein gerupftes Hähnchen. Der dritte Mann trug Schlangenleder-Cowboystiefel und enge Bluejeans und hatte einen akkurat gestutzten Schnurrbart, der seine Oberlippe bedeckte, aber nicht bis zur Nase reichte. Alle drei trugen Truckerkappen aus Stoff und Polyestermesh, wenn auch die Kappe auf dem kleinen Kopf des kleinen Mannes eigenartig überdimensioniert aussah.

Ganz offenbar verbrachten sie hier so manche Nacht und hielten einen freundlichen Schwatz mit jedem, der reinkam. Als ich den Raum betrat, verstummten sie, und ich spürte ihre Blicke, als ich an ihnen vorbei zur Kasse ging. Einer nickte mir zu. Ich lächelte, blieb stehen und tauschte, wie das in den Bergen üblich ist, ein paar Höflichkeitsfloskeln mit ihnen.

»'n Abend, die Herrn.«

Ohne mich anzusehen, sagte der große Mann: »Herrn gibt's hier nich.«

Sie lachten, ich auch.

»Junge«, sagte der Große, »du hast's geschafft.«

»Meinst du?«, gab ich zurück.

»Seht ihr den Burschen da?«, fuhr er fort, als stünde ich nicht mehr da. »Er hat's geschafft.«

»Und wie«, bekräftigte der Kleine. »Sieht gut aus, der Junge. Heut is Samstagabend, und er nimmt sich n' bisschen kaltes Bier mit nach Haus. Hat wahrscheinlich auch noch'n Mädchen dort.«

Wieder lachten sie, schnipsten die Asche von ihren Zigaretten, und der Holzspazierstock geriet ins Trudeln.

»Schön wär's«, sagte ich. »Aber heute Abend bin ich allein mit dem Bier.«

Der Große ließ sich nicht lumpen und konterte blitzschnell:

»Der Junge hat gerade meine ganze Lebensgeschichte erzählt.« Wieder freundliches, raues Gelächter in der Runde.

»Bist du Henrys Junge?«, fragte der Schnurrbärtige und schaute mich mit einem Auge an. »Er sieht genauso aus wie sein Daddy, stimmt's, Cetus? Bist schnell groß geworden, Kleiner.«

»O ja.« Cetus war sich offenbar nicht sicher, was er sagen sollte. Als habe er sich nach jemandem erkundigt und erfahre nun, dass der gestorben sei. »Ich hab deinen Vater ganz gut gekannt, Junge, damals, als er als Anwalt in der Stadt gearbeitet hat«, sagte er schließlich. »Ein guter Mann. Da gibt's nix.«

»Du sagst es«, pflichtete der Schnurrbärtige ihm bei. »Der hat einer Menge Leuten geholfen, die Hilfe brauchten.«

Während die drei schweigend an das alles zurückdachten, nutzte ich die Gelegenheit, mich zu verabschieden. »Ich geh mal besser nach Hause. Kommt auf ein Bier mit.«

»Nein, wir bleiben am besten hier«, sagte Cetus. »Gute Nacht, Junge. Gute Fahrt.«

»Nacht, meine Herrn.«

Bevor ich gehen konnte, rief Cetus: »Sag mal.«

»Ja?«

»Hast du nicht eine kleine Schwester? Wo ist die jetzt?«

»Sie und meine Mutter wohnen in Charlotte. Es geht ihnen gut.«

Ich ging wieder zum Kühlschrank und tauschte mein Sixpack gegen ein hoffentlich kälteres Zwölferpack. Als ich zur Kasse ging, hörte ich, wie Cetus sagte: »Ich weiß, woher der den Geschmack am Bier hat. Ehrlich erworben.«

Von der Kreuzung am Chilblain's Gap bis zur ersten Ampel in Old Buckram ist der Weg dunkel und ruhig. Bis auf die vereinzelten Werbetafeln (BLEVINS LUMBER CO., 200 MAIN ST.,

OLD BUCKRAM) gibt es wenige konkrete Hinweise darauf, dass man sich einem lokalen Zentrum des Handels und Wandels nähert.

Etwa eineinhalb Kilometer vor der Stadt wird die Straße breiter und führt einen langen Hügel mit Weideland zu beiden Seiten stetig bergan. Vom Gipfel des Hügels sieht man die wenigen Lichter Old Buckrams in dem breiten Tal unten schimmern. Ein aufmerksamer Reisender bemerkt in klaren Nächten eine dichte Dunkelheit am ohnehin dunklen Himmel im Osten. Dieser enorme Schatten ist der Morning Mountain, dessen schräge Schultern sich auf der Ostseite des Tals fast eintausendfünfhundert Meter hoch erheben und die Stadt vom Licht der Sterne und der Frühmorgensonne abschirmen. Ein schüchterner weißer Mond ging auf, als ich auf dem Hügel war, und als ich wieder hinunterfuhr, »sank« er und versteckte sich hinter dem Berg.

Eine bestimmte Furcht begleitet einen bei der Rückkehr an einen Ort, der so viele Erinnerungen des eigenen Lebens birgt, besonders, wenn zwischen Weggehen und Wiederkommen Jahre liegen. Bei schnelllebigen Städten und Großstädten hat man Angst, dass sie sich während der eigenen Abwesenheit verändert haben, dass sie einfach weitergemacht und einen abgehängt haben. Eine schmerzliche Mahnung daran, dass Zeit und Leben auch ohne einen selbst weitergehen und man, wenn überhaupt, nur flüchtige Spuren hinterlässt.

Bei einer kleinen Stadt wiederum befürchtet man, dass sie sich gar nicht verändert hat. Dass sie schlicht noch genau so ist wie zu dem Zeitpunkt, als man sie verlassen hat – dass die Straßen, die Läden und die Menschen, die Traurigkeit und die Einsamkeit noch gleich sind und immer gleich bleiben werden und man selbst langsam spurlos aus ihr verschwindet, während die Stadt ebenso unerschütterlich wie unwandelbar fortbesteht.

Nach meiner jahrelangen Abwesenheit sah die schwach beleuchtete Main Street genauso aus wie immer, nur war alles alt geworden. Ich sah nichts Neues, nichts, das mir die Stadt in einem neuen Licht erscheinen ließ. Der alte Chevrolet-Laden an der Ecke Catawba Road und Main Street war noch da, das verblichene blau-silberne Schild kaum mehr lesbar. Die Wandmalereien von alten Bluegrassbands und blauen Bergszenen, in meiner Kindheit im Zuge der »Stadterneuerung« auf die Backsteinfassaden einiger der historischen Stadthäuser gemalt, waren sogar noch mehr verblichen. Ace Hardware mit seinen Holzböden und duftenden staubigen Saatgutbehältern schien geschlossen zu sein.

Keine Autos weit und breit. Kein Laden, kein Restaurant offen. Das gelbe Licht der wenigen Ampeln blinkte, aber für wen? Die nicht gefegten Bürgersteige waren wenig einladend, viele Schaufenster leer, schiefe, billige »Zu vermieten«-Schilder. Nur ein paar kleine Läden wurden noch betrieben, aber an den wenigen Waren in den schäbigen Auslagen sah man, dass sie auch bald schließen würden.

Ich hatte keine alten Freunde in der Stadt, und jetzt beschlich mich der Verdacht, dass ich auch keine neuen finden würde. Wenn man so wie ich nach jahrelanger Abwesenheit in einen Ort zurückkehrt, scheint der Horizont noch enger geworden zu sein, und man bleibt für immer ein Fremder. Man selbst hat sich geändert, man ist nicht mehr der Mensch, der man einmal war.

In den Jahren meiner Kindheit herrschte in Old Buckram nicht gerade Wohlstand, und das war auch jetzt nicht anders. Wahrscheinlich zog niemand hierher, weil er großen Erfolg erwartete. Zwar verdienten sich ein paar Bewohner mit Forstwirtschaft einen bescheidenen Lebensunterhalt, doch bei Weitem nicht so viel, wie man denken könnte. Die meisten Leute, die hier lebten, waren hier geboren worden, blieben hier und ergaben sich ohne erkennbaren Ehrgeiz ihrem Schicksal.

Wenn man am Sonntagmorgen durch die Straßen fuhr, sah man bescheidene Frauen mit ihren Männern zur Kirche fahren. Sie trugen weit über die Knie reichende Kleider in dunklen und gedeckten Farben, dicke Nylonstrümpfe, die an Knöcheln und Schuhen Falten warfen, und vielleicht eine einfache unechte Perlenkette. Die Ehemänner trugen jeden Sonntag denselben Anzug: schwarze Jacke, Hosen mit Aufschlag, an der Ferse zerschlissen, dazu ein ehemals weißes, jetzt vergilbtes Hemd, einen schmalen schwarzen, nicht ganz bis zur Gürtelschnalle hängenden Schlips. Ausdruckslose, apathische Gesichter verrieten keinerlei Neugierde und keine sichtbare Sehnsucht nach irgendetwas, das über ihre alltägliche Existenz hinausging. Die Menschen zeigten weder Lust noch Leid am Leben. Nach der Kirche fuhren sie nach Hause, empfingen Verwandtenbesuch, saßen oder standen dann alle im Esszimmer und aßen grüne Bohnen, Landschinken und kalte weiche Brötchen. Dazu tranken sie aus großen Gläsern Milch, die Münder immer zu voll, aber viel geredet wurde ohnehin nicht. Wenn, dann hauptsächlich über das Armsein und wer gestorben war. Man schüttelte resigniert die Köpfe und machte weiter, obwohl man die grimmige Schlacht gegen Leben und Zeit verlor.

Morgens hört man das unablässige Krähen des Hahns in einem fernen Tal. Man geht über die einsame Schotterstraße an einem billigen, schiefen Stacheldrahtzaun entlang, an dem Büschel von Pferdemähnen oder -schwänzen hängen. Im Graben klebrige Seidenpflanzen, Wiesenkerbel im hohen Gras und Klee, an der Straße Trompeten- und Holzapfelbäume und eine Robinie, älter als man selbst.

Abends bricht die Dunkelheit früh herein, denn die Sonne

versinkt hinter den Bergen, und aus der Erde steigt ein langsam heftiger werdender, rauer Wind. Das Geräusch der letzten vorbeifahrenden Autos verklingt im Nichts, und der Bach hinter dem Haus rinnt in der Kälte wie der Sand in einem Stundenglas. Und wenn der Herbst in den Winter übergeht, der Himmel von morgens bis abends weiß ist und der erste Schnee aus den bleichen Wolken fällt, dann ziehen sich Leben und Hoffnung zurück.

In den weit nordwestlich gelegenen Bergen – in Old Buckram – hockt Traurigkeit – Farblosigkeit. Eine Stille, wie sie an keinem Ort der Welt herrscht, an dem ich gewesen bin. Sie ist immer da, sie lauert gleich hinter dem eitlen Lärm und Tumult des Tages. Aber sie bietet keinen stillen Trost. Es ist nicht die schläfrige Ruhe, die sich herabsenkt, wenn sich die Erde von der Sonne abwendet und alle Lebewesen Geborgenheit, Wärme und Schlaf finden. Beileibe nicht. Es ist die Stille der Unruhe. Das entsetzliche Mittagsschweigen des Nichts und der Hoffnungslosigkeit.

Von oben in den Bergen sieht man überall aus den Tälern den wirbelnden weißen Nebel aufsteigen; an den Berghängen wachsen Reihe um Reihe mathematisch perfekt ausgerichteter Weihnachtsbäume; die im Vordergrund grünen Berge verschwimmen in Blautönen in der prächtigen Ferne. Kahle Bäume zittern im unsichtbaren Winterwind. Man riecht den Holzrauch aus vielen entfernten Feuern. Die Wege sind ausgefahren, das Gras in den Gärten ist tot, ein Krähenschwarm sucht Futter in einem Feld ohne Leben. Alles wird beherrscht von Stille.

Man ist allein an diesem Ort. Jeder, der hier mehr als einen Winter überlebt, weiß das nur zu genau. Ich wiederum weiß nicht, warum ich überhaupt zurückgegangen bin. Ich bin jetzt nur sicher, dass man einen Ort nie vollkommen verlassen kann.

Ich hielt in einer Seitengasse und öffnete ein zum Glück noch ziemlich kaltes Bier. Über die Avernus Road fuhr ich nach Westen hoch zum guten alten Ben Hennom, vorbei am Lambert Holler, der Sunoco-Tankstelle und durch das sumpfige Harless-Tal, wo die schmutzigen buntscheckigen Kühe immer mit verschlammten Gesichtern hinter den Autos herglotzten. Auf der Wiese hinter der strengen Eusebius-Baptistenkirche mit dem ebenen Kiesparkplatz stand immer noch der verrostete, seit Jahren offenbar unbenutzte Wohnwagen. Dann verengte sich die Straße und war, wie ich erwartet hatte, nicht mehr geteert, sondern geschottert. Nun war es nur noch ein kleines Stück bis zu der Einfahrt, die ich so lange nicht gesehen hatte.

Nachts um Viertel vor elf hielt ich vor dem Tor am Fuß des Ben Hennom und betrachtete die enge Schotterpiste, die bergan in der Dunkelheit verschwand, nun doch mit Bangen. Ich stieg aus und untersuchte im Scheinwerferlicht das Tor. Es war mit einer schweren Kette und einem Vorhängeschloss gesichert. Auf keiner Seite war Platz genug, um vorbeizufahren. Also machten Buller und ich uns mit Hilfe einer ziemlich mickrigen Taschenlampe, deren Batterien mit jeder Sekunde schwächer wurden, an den langen Aufstieg. Im fleckigen Mondlicht sah ich die Vorhut der schwarzen Bäume hinter dem Zaun und den Schatten des düsteren, diabolischen Hauses dahinter. Ein Frösteln überlief mich, warnte mich weiterzugehen. Ganz kurz packte mich die groteske Vorstellung, dass das Haus lebte und mich aus tiefstem Herzen hasste; dass es mich umbringen würde, wenn ich zurückkam und es wieder in Besitz nehmen wollte. Aber Buller und ich gingen weiter.

35

Die Zufahrt vor dem Haus war ausgewaschen und mit Unkraut überwuchert, die kahlen Hartriegelsträucher zu beiden Seiten offenbar von einer Krankheit oder einem Parasiten befallen. Ich musste an einen lange abgestorbenen Obstgarten denken. Nirgendwo in der Nähe gab es Straßenlaternen oder Licht aus Häusern. Das Haus kauerte über uns in der Dunkelheit wie ein großes, lauerndes Gerippe. Mittlerweile war ich überzeugt, jemand habe herausgefunden, dass es leer stand, und wohne dort, und ich würde ihn entweder antreffen oder Überreste von Tieropfern finden, oder beides.

Den Strom wieder anstellen zu lassen war mir gar nicht eingefallen. Na, prima. Eine Glasscheibe in der Hintertür war kaputt, aber die Tür war verschlossen und ansonsten intakt. Mein alter Schlüssel passte.

Kaum hatten Buller und ich die grau gekachelte Halle betreten, musste ich an die Familie denken, die vor uns hier gewohnt hatte. Fünfzehn Jahre nach unserem Einzug hatte ich von ihrem grässlichen Schicksal erfahren. Eines späten Samstagabends erzählte Vater nämlich seinem Anwaltspartner Charlie und dessen Frau Sarah davon. Ich war in meinem Zimmer, die Tür stand offen. Als ich Vater sagen hörte: »Ja, sie sind hier in dem Haus gestorben«, ging ich ans Geländer und lauschte.

»Wie schrecklich«, meinte Sarah. »Und hatten sie keine Kinder?«

»Doch, drei Mädchen«, sagte Vater. »Mary, Tebah und Abigail. Namen aus der Bibel.«

(Mutter: »Du weißt, wie sie hießen?«)

»Was ist passiert?«, fragte Charlie. »Falls ich das überhaupt wissen will. Es war garantiert kein natürlicher Tod.«

(Mutter: »Du hast mir ihre Namen nie gesagt.«)

»Die Eltern sind erschossen worden. Kopfschüsse«, sagte Vater.

(Vater zu Mutter: »Ich habe ein Foto gefunden, auf dem hinten ihre Namen stehen. Ich kann es dir zeigen.«)

»Wurden sie ermordet, oder haben sie Selbstmord begangen?«

»Das konnte nie eindeutig festgestellt werden«, sagte Vater. »Wahrscheinlicher war, dass sie sich umgebracht haben, aber die Beweise waren widersprüchlich. Neben den Leichen wurde eine Waffe gefunden, ob jedoch einer von ihnen abgedrückt hat, war nicht klar.«

Ich hörte zum ersten Mal, wie sie gestorben waren. Das Blut gefror mir in den Adern.

»Allmächtiger«, sagte Charlie. »Wie zum Teufel kam es dazu?« Er stand auf, um sich noch was zu trinken zu holen, setzte sich dann aber wieder hin, weil er weiter zuhören wollte.

»Es ist sehr eigenartig«, sagte Vater. »Ich weiß nur, dass sie tot und halb verwest in ihren Kleidern gefunden wurden, die Augenhöhlen leer, die Münder wie zum Schrei aufgerissen. Sie lagen nebeneinander, die Gesichter einander zugewandt, als hätten sie sich beim Sterben zugesehen.«

»Wo waren sie? Nicht in diesem Zimmer, will ich hoffen.«

»Nein – es gibt etwas, das man als Kellergeschoss unter dem hinteren Teil des Hauses bezeichnen könnte. Man kommt dorthin, wenn man unter der Vordertreppe ein paar lose Bretter anhebt. Es muss vor dem Bau des Hauses aus dem Fels geschlagen worden sein. Die Atmosphäre dort ist mehr wie in einem Verlies als in einem Keller.«

»Da waren sie?«, fragte Charlie.

»Ja, da waren sie«, sagte Vater.

(Mutter zu sich selbst: »Im Verlies.«)

Sarah schlug sich die Hand vor den Mund. Mit der anderen machte sie das Kreuzeszeichen. In dieser Umgebung fühlte sie sich nicht mehr wohl. »Kann man noch in den Keller gehen?«

»Ja«, sagte Vater. »Willst du ihn sehen?«

»Um Gottes willen, nein.«

»Was war mit den Mädchen?«, fragte Sarah. »Ich habe fast Angst, das zu fragen. Wie alt waren sie?«

»Kinder. Drei, sieben und elf. Mary war die Jüngste. Die Obduktion ergab – ich habe den Bericht gelesen –, dass sie alle ertrunken waren.«

»Das verstehe ich nicht«, sagte Charlie.

»Oben im zweiten Stock ist ein kleines Badezimmer. In der Wanne war kein Wasser, als die Polizei dorthinkam. Aber von allen drei Mädchen waren Haare und Blut im Abfluss. Ein weiteres merkwürdiges Detail ist, dass drei Nachthemden, vermutlich die der Mädchen, alle sehr ordentlich im Badezimmer auf einer Leine hingen.«

»Zum Trocknen«, murmelte Charlie.

»Vielleicht sollten wir aufbrechen«, sagte Sarah.

»Sie wurden erst nach Wochen gefunden – die Mädchen. Die Ermittlungsbeamten entdeckten sie schließlich in einem großen Loch oben im Wald, ordentlich nebeneinander gelegt, als seien sie nach einem Ritus begraben worden. Ihre Knochen waren zerschmettert und ihre Schädel in tausend Stücke gebrochen, als hätte man sie aus großer Höhe fallen lassen. Offizielle Todesursache war aber Ertrinken. Die Knochen hatte man ihnen später gebrochen.«

»Das ergibt für mich gar keinen Sinn«, sagte Charlie.

(Mutter zu sich selbst: »Vielleicht wollten sie sie nicht die vielen Treppenstufen hinuntertragen. Vielleicht hatten sie es eilig.«)

»Mich beschäftigt eher«, meinte Vater, »wie man sie ertränkt hat. Wenn die Eltern es getan haben, müssen beide dazu nötig gewesen sein.«

»Was um alles in der Welt, im Himmel oder der Hölle könnte denn überhaupt jemanden dazu bringen, so was zu tun?«

»Ach, ich weiß nicht«, sagte Mutter. »Wahrscheinlich hat das Haus sie in den Wahnsinn getrieben.«

Noch Jahre nach diesem Gespräch hatte ich Alpträume, in denen die drei toten Mädchen aus dem Erdreich kamen – verwest, die verrotteten Zähne spitz wie Nadeln – und mich in der Badewanne ertränken wollten. Begleitet von dieser bezaubernden Erinnerung, begann ich mit Buller das auf den Fundamenten des Grauens erbaute Geierhaus zu durchsuchen.

In den finsteren, totenstillen Räumen wirkten alle noch so langweiligen Formen und Schatten gespenstisch. Im Erdgeschoss hinten, wo alle Gardinen fest zugezogen waren und die Dunkelheit vollkommen, fing ich an. Unter den Sohlen spürte ich überall auf dem Boden liegende Mäuseкötel. In den Fenstern ohne Vorhänge erreichten klebrige Spinnennetze, in deren Fäden unverdauliche Reste von Insekten hingen, unglaubliche Ausmaße und beherbergten Unmengen Staub. Als ich durch eins lief, flitzte mir eine fette Spinne über den Kopf und beinah hinten ins Hemd hinein.

Offenbar hatte nie jemand etwas von den alten Möbeln ausrangiert. Über Lampen und Sesseln lagen jetzt stockfleckige Betttücher, die Buller erschreckten, wenn sie schaurig über den Boden wehten. In der Küche nahm ich aus alter, schon vergessener Gewohnheit die Werbung aus der Schüssel auf der Arbeitsplatte. Als ich sie im Taschenlampenlicht las, stieß ich auf den Namen meines Vaters auf einem der Adressaufkleber, und es überlief mich eiskalt.

In einem Arbeitszimmer unten lagen Papierfetzen verstreut – weitere Anzeichen für Ratten oder Mäuse. Mutters Handtücher mit ihrem Monogramm hingen neben dem Waschbecken in der Toilette. In einer Seifenschale lag ein fossilisiertes Stück Seife. Ich war in der Zeit zurückgereist bis zu dem Moment, in dem das Haus verlassen worden war.

Da hörte ich von oben ein entferntes, dumpfes Aufprallen, als hätte jemand ein Buch auf den Boden fallen lassen. Ich blieb stehen und lauschte, Buller neigte den Kopf und knurrte aus tiefer Kehle. Nachdem ich zwei volle Minuten gewartet, nichts weiter gehört und mich selbst ausreichend davon überzeugt hatte, dass wir wirklich allein waren und ich mich nur verhört hatte, fuhr ich mit meinen Erkundungen fort. Ich öffnete jede Tür, schaute in jeden Schrank und unter jedes Bett. Bevor ich meinen Schlafsack irgendwo ausbreitete oder in ein Bett stieg, wollte ich sichergehen, dass das verdammte Haus leer und so war wie in meiner Erinnerung.

Ich kam in den so genannten Bunten Salon. Ich hatte vergessen, wie riesengroß er war und wie hoch die Decke. In der Mitte hätte ein Karussell stehen können, und es wäre noch genug Platz zum Drumherumlaufen gewesen. Die misstönenden, sich beißenden Farben, die schon im hellen Tageslicht ein Angriff auf die Sinne waren, wirkten nun noch irrenhausmäßiger und bizarrer. Ein Sanatoriumszimmer, von Max Ernst designt. Jemand hatte willkürlich Bücherstapel auf zwei Sessel gelegt; diese Achtlosigkeit machte mich stinkwütend. »Warum stehen diese Bücher nicht in der Bibliothek?«, sagte ich laut in die Dunkelheit. Ich versuchte, die Titel auf den Buchrücken zu lesen, aber die Bücher waren so alt, dass ich die Buchstaben kaum entziffern konnte.

Und dann hörte ich wieder ein Geräusch von oben, dieses Mal weniger deutlich als vorher. Vielleicht der Wind, dachte ich, und mein Herz schlug schneller. Ein loser Fensterladen, ein offenes Fenster. Als auch Buller wieder knurrte, zog ich ihn zu mir und hielt ihm mit der Hand das Maul zu, damit wir etwas hören konnten. Aber ich hörte nur weißes Rauschen.

Bestimmt spielte mir bloß mein Gehirn einen Streich. Es musste eine Erinnerung sein, etwas Vertrautes, das ich aber nicht zuordnen konnte. Ach, doch: wenn Threnody aus ihrem Zimmer zum Frühstück heruntergelaufen kam. Ich dachte an Eltern, die ein Kind verloren haben und es immer noch jede Nacht weinen hören. Ich dachte daran, wie wir als Kinder in dem bösen, labyrinthischen Haus Verstecken gespielt hatten und ich in diesem wundersamen Zustand halben Entsetzens in einer abgelegenen stillen, dunklen Ecke saß und hoffte, dass Threnody mich nicht fand.

Ich wartete, vernahm aber nichts mehr. Ich zählte die Sekunden im Takt mit meinem Puls. Sollte ich doch wieder gehen und morgen im Tageslicht mit dem Stellvertreter des Sheriffs zurückkommen? Ich bin wahnsinnig, dachte ich. Das hier ist wahnsinnig. Was mache ich hier?

Da öffnete sich oben eine Tür, und ich hörte, wie jemand durch den Flur lief. Meine Adrenalindrüsen feuerten los, und einen Augenblick lang war ich unfähig, mich zu bewegen, ja, sogar zu atmen. Ich stolperte durch den dunklen Korridor bis in den Großen Saal. Ich sah Bewegungen am Ende des Flurs im ersten Stock, und weil ich nicht wusste, was ich sonst tun sollte, brüllte ich los.

Ich hatte fünf Jungs bei einem Abenteuer ertappt! Schwer zu sagen, wer von uns bis zu diesem Moment mehr Angst vor dem jeweils anderen gehabt hatte. Ich hielt sie allen Ernstes für eine Bande von Zombies und Mördern. Sie dagegen hatten sicher herumfantasiert, ich sei ein Dämon, der zurückgekommen war, Rache zu nehmen. Im Lichtstrahl der Taschenlampe erstarrten sie vor Schreck.

»Allmächtiger Gott! Schon gut, Jungs. Was zum Teufel macht ihr hier?«

»Wer bist du?«, rief einer von ihnen.

»Mir gehört dieses Haus. Und wer seid ihr?«

»Das Haus gehört niemandem. Alle, die hier gewohnt haben, sind tot.«

»Nicht ganz.«

»Wer bist du denn?«

»Das hab ich euch doch gesagt. Ich bin der Besitzer dieses Hauses.«

»Bist du ein Gespenst?«

»Seh ich so aus?« Zum Glück stand Buller neben mir und verlieh der Situation ein bisschen dringend benötigten Realismus.

»Verprügelst du uns?«

»Nein, warum?«

»Erzählst du es unseren Eltern?«

»Höchstwahrscheinlich kenne ich die zwar, aber ich verrate euch nicht. Habt ihr oben was kaputt gemacht? Wie lange kommt ihr schon hierher?«

Die Jungs berieten sich rasch miteinander, und dann rief der Anführer mir zu: »Komm mal besser rauf und schau selbst.«

Seltsam, aber noch jemanden im Haus zu wissen war tröstlich. Ich ging die spinnwebverhangene Wendeltreppe hinauf in die Bibliothek, wo wir einander, wenn auch nicht mit Händeschütteln, kurz vorstellten. Dann folgte ich den Jungs hinauf in den zweiten Stock, zu einem Alkoven mit einer seltsam abgeschrägten Decke. Massen an leeren Bierdosen, Weinflaschen und verschiedenstem sonstigen Müll lagen dort herum. Jemand hatte ein riesiges Pentagramm mit einem Ziegenkopf an eine Wand gemalt und neben dem Fenster offenbar ein kleines Feuer angezündet, denn die Wand war rußgeschwärzt.

»Verdammte Axt, Jungs. Seid ihr nicht ein bisschen zu jung, um Alkohol zu trinken?«

»Die Bierdosen sind nicht von uns«, sagte der Anführer.

»Ja, ja, alles klar.«

»Rufst du die Polizei?«

»Nein, mach ich nicht. Wer ist der Künstler?«, fragte ich, den Strahl der Taschenlampe auf das Pentagramm gerichtet. Die Jungs wechselten mehrere Blicke und wollten es nicht sagen. Dann meinte einer: »Wir haben gehört, dass alle, die hier gewohnt haben, ermordet worden sind, und dass das Haus deshalb schon so lange leer steht.«

»Das stimmt nicht ganz. Seitdem ist eine Menge passiert. Und nächste Woche könnt ihr mal einen Tag hier hochkommen und mir helfen, ein bisschen aufzuräumen. Einverstanden?«

Das nun besiegelten wir mit Handschlag. Ich ging mit ihnen bis zur Vordertreppe und hinaus auf die Zufahrt. Einer versprach, Farbe aus der Garage seines Vaters mitzubringen, mit der wir das satanische Bild übermalen konnten. Gute Idee, sagte ich. Erst gingen, dann rannten die Jungs die Schotterpiste hinunter in die Dunkelheit, und ich wusste, erst mal hatten sie eine gute Geschichte zu erzählen.

36

In der Nacht fand ich natürlich keinen Schlaf. Bei jedem Geräusch bellte Buller und ich schreckte auf, als hätte jemand einen Feuerwerkskörper ins Zimmer geworfen. Bei einem morgendlichen Rundgang durchs Haus versuchte ich ohne großen Erfolg, ein wenig Ordnung zu schaffen. Im Sonnenlicht wirkte das Haus nicht minder bedrohlich als bei Nacht, und nach meiner langen Abwesenheit fragte ich mich doch schockiert, was sich meine Eltern eigentlich dabei gedacht hatten, überhaupt hier einzuziehen. Nur ein Verrückter, schien mir, würde durch diese absurden Flure gehen und es jemals zu seinem Zuhause machen wollen.

Hocherfreut aber fand ich in den Tiefen der Speisekammer eine Kiste Wein und in der Bar einen Karton mit sage und schreibe fünf Flaschen polnischem Wodka. Im Großen Saal zog ich das gammelige Betttuch vom Klavier, staubte die Tasten ab und entdeckte nach etwas längerer Suche den Stapel alter Noten in einer Kiste im leeren Esszimmer. Ich schlug Chopins Nocturnes auf, und als ich Vaters mit Bleistift hingekritzelte Namen der Noten und frustrierte Fingersätze sah, übermannte mich gleich wieder unsäglicher Kummer.

Kurz nach Threnodys Geburt fing ich mit dem Unterricht an. Alle zwei Wochen fuhr mich Mutter in eine Nachbarstadt zu Ms. Springbarn, einer nicht unattraktiven Klavierlehrerin mit fahlem Teint, stattlichem Busen und knochigen Armen. In all den Jahren, in denen ich mit ihr zu tun hatte, erfuhr ich nie ihren Vornamen. Sie war liebenswürdig, aber auch sehr unpersönlich und, wenn es um Haltung und Technik ging, gnadenlos. »Gerade sitzen. Du hängst da wie ein Fragezeichen. Achte auf deine Hände. Gerade sitzen. Achte auf deine Hände. Du bist nicht Vladimir Horowitz. Deine Hände sind flach. Deine Hände sind *flach*. Ich sag's dir nicht noch mal.« Zack! sauste das Lineal hernieder. Es war meine erste Erfahrung mit Pawlow'scher Konditionierung. Und ich muss sagen, sie funktioniert. Bis zum heutigen Tag kann ich nichts mit dem Lineal ausmessen.

Sie trug tief ausgeschnittene Hemdblusen, in denen sie ihren überquellenden Busen gekonnt zur Schau stellte oder einfache, ebendort spannende Blusen. Ihre maßlose Förmlichkeit ließ allerdings gar nicht erst den Verdacht aufkommen, sie wolle mit ihren Reizen provozieren. Wenn sie mir etwas vorspielte, dann fast immer Bach. Sie hatte den »Urvater der Harmonie« lange studiert und benutzte Beispiele aus seinen Kompositionen in jeder Unterrichtsstunde. Er habe ein besseres Verständnis der Tonalität als irgendeiner der Romantiker, die ich lieber mochte (und immer noch lieber mag). Irgendwann konnte sie mir keinen größeren Gefallen tun, als für mich zu spielen – ein Glenn Gould mit dünnem Haar und Körbchengröße E spulte mir mehr fließende Melodien und Kontrapunkte herunter, als ich gleichzeitig hören und verstehen konnte. Soweit ich mich erinnere, war ich zum ersten Mal spontan erregt, als sie mir die Goldberg-Variationen vorspielte. Wie man sich vorstellen kann, verwirrte mich das damals zutiefst, und ich wundere mich immer noch darüber.

Je älter ich wurde, desto mehr verfiel ich dem Klavierspiel. Zu Hause überschnitt sich meine immer ausgedehntere Übezeit manchmal mit der Schreibzeit meines Vaters, ein Unding, besonders in dem zeitlosen Vakuum vor Großmutter Maddys Tod, als er mit solch schrecklicher Intensität schrieb. Das Klavier stand direkt unter Vaters Schreibtisch, und weil die Decke zwischen dem Großen Saal und der Bibliothek offen war, konnte Vater sich dem »unablässigen akustischen Angriff« nicht entziehen, der ihm die Konzentration raubte. Dennoch liebte er die Musik, und in hellen Augenblicken forderte er mich mit zärtlichem Ernst zum Spielen auf. Spät in der Nacht kam er gelegentlich, und besonders, wenn er getrunken und sich vorübergehend von der fürchterlichen Bürde seiner Arbeit und des nicht zu gewinnenden Krieges gegen die Zeit befreit hatte, herunter und verwickelte mich in angeregt-alkoholisierte Gespräche über all die klassischen Stücke, die er liebte.

An einem solchen Wochenendabend – Mutter und Threnody waren schon im Bett – goss er sich ein Glas Whisky ein und stellte es auf das Klavier neben meine Noten. Die aufgeknöpften Ärmel seines guten weißen Hemdes waren grauverschmutzt vom Bleistift. Erschrocken bemerkte ich, dass er, seit ich ihn das letzte Mal gesehen hatte, um tausend Jahre gealtert schien. Aber man sah es nur in seinen Augen. Als er kurz den Arm um mich legte und mich drückte, spürte ich in seinen Knochen und seiner Muskulatur all seine Unsicherheit und Zerbrechlichkeit.

»Ganz schön spät, was?«, sagte ich.

»Wirklich?«

»Ja – nach elf.«

»Ach, das war mir nicht klar. Es kommt mir vor, als hätte ich mich gerade erst hingesetzt. Was übst du?«

»Den langsamen Satz der ›Hammerklaviersonate‹.«

»Aha. Beethoven. Da habe ich doch richtig gehört.«

Die bekannten technischen Schwierigkeiten der Sonate entzogen sich damals (wie heute) meinen pianistischen Fähigkeiten. Doch die außerordentliche Schönheit des dritten Satzes, von Wilhelm von Lenz als »Mausoleum des Kollektivleides der Welt« bezeichnet, sprach sogar zu mir jungem Musiker. Stundenlang übte und wiederholte ich die ersten paar Takte und verbreitete in unserem ohnehin schon tieftraurigen Haus eine unsägliche Melancholie. Die und das ständige Wiederholen müssen zum Verrücktwerden gewesen sein.

»Bitte, spiel es noch mal, damit ich richtig zuhören kann«, sagte Vater.

Ich spielte, und er ging in eine dunkle Ecke des Zimmers und hörte zu, den Kopf in die Hände gestützt. Ohne aufzuschauen, sagte er: »Eines der schönsten Stücke, die ich je gehört habe. Es lässt einen nicht los, findest du nicht?«

»Ja, genau«, erwiderte ich. »Ich weiß nicht, warum.«

»Woher kennst du es? Von einer meiner Platten?«

»Ich habe davon gelesen.«

Vater lächelte. »Das ist gut«, sagte er. »Klingt, als hättest du es bald.«

»Bei Weitem nicht. Der Satz ist achtzehn Minuten lang, und ich kann nur zwei davon spielen.«

»Ich meinte, du bist mit dem Teil, an dem du arbeitest, bald so weit …« Seine Stimme verklang in der Dunkelheit.

Ich versuchte, es noch einmal durchzuspielen, aber meine Finger gehorchten mir nicht mehr. Als ich spürte, dass er unseres Beieinanderseins und meines Spielens müde wurde, brach ich ab und drehte mich zu ihm um. Er starrte mich an, und eine halbe Minute verging, bis er begriff, dass ich ihn anschaute.

Dann war er wieder da.

»An was arbeitest du sonst noch?«, fragte er. »Kannst du was von Liszt?«

»Noch nicht.«

»Es gibt ein Stück, das du vielleicht mal gehört hast, wenn ich es gespielt habe. Eine der ›Consolations‹. Deine Mutter mag es sehr. Sie muss dabei an Sternenlicht denken.«

»Ah ja«, sagte ich. »Ich mag es auch.«

»Liszt war ein außerordentliches Genie. Was ist mit Schubert?« Vater gestikulierte mit seinem Glas in Richtung der Reproduktion von Klimts Gemälde »Schubert am Klavier«, die an der Wand über dem Klavier hing. Mein Vater liebte das Bild sehr.

»Noch nicht«, sagte ich. »Ich habe mal ein einfaches Stück gespielt, aber das kann ich nicht mehr.«

»Ich dachte, ich hätte dich vor ein paar Wochen Schubert spielen hören?«

»Nicht, dass ich wüsste.«

»›Der Tod und das Mädchen‹? Das ist natürlich für Streicher.«

»Ja, richtig«, sagte ich, vollkommen ahnungslos.

»›Der Tod und das Mädchen‹ ist was ganz Erlesenes. Hör es dir doch mal an und schau, ob es eine Klavierfassung gibt, vielleicht von Liszt. Schubert war so melodienreich. Meine erste echte Liebe gilt allerdings Chopin, wie du weißt. Die Nocturnes. Die Mazurken. Wenn man die a-moll-Mazurka, wie es sich gehört, im slawischen Stil spielt, ist sie ein fast vollkommenes Stück Musik. Opus 17, Nummer 4«, fügte er wie in Klammern hinzu. »Das Nocturne in B-Dur, Opus 62 – auch das ist vollkommen.« Er hatte Feuer gefangen, kam aus der Ecke hervor und begann das Klavier langsam zu umkreisen. »Hast Du schon was von Chopin einstudiert? Gehört habe ich noch nichts, oder? Das letzte Stück, das ich versucht habe zu lernen und das du vielleicht gehört hast, war der Marsch aus seiner zweiten Klaviersonate.«

Da er eigentlich nie mit jemandem solche intellektuellen Gespräche führen konnte, sprühte er Funken, wenn er nur den

Hauch einer Chance dazu hatte, und sagte auch dieses Mal zu wahrscheinlich jedem Komponisten, der mal eine Note zu Papier gebracht hatte, ein paar Worte, ging dann langsam zum Plattenspieler neben der Bar und legte eine Platte auf.

»Hier ist ein Stück, das du unbedingt hören musst«, sagte er. »Mozarts Requiem. Hör dir das an. Komm her, setz dich hierhin und hör einen Moment zu. Es ist unglaublich.« Er setzte sich auf einen Stuhl, ich auf den anderen. Damals wusste ich nicht, was ich jetzt weiß. Ich bekam gar nicht alles auf einmal mit.

»Was singen sie?«

»›Tag des Zornes, jener Tag.‹ Die Worte spielen keine Rolle. ›Es wird ein großes Zittern geben.‹ Hör dir die Musik an.«

Ich hörte. »Das klingt wie eine Vertonung des Zweiten Weltkriegs.«

»Meine Güte, es ist Mozart!«

»Wenn du es sagst. In was für einer Sprache singen sie?«

»Das spielt keine Rolle!« Er stand auf und begann sich bühnenreif durch den Raum zu bewegen. »Üb das ein. Für mich«, sagte er, tanzte, allmählich völlig außer Atem, wild herum und fuchtelte mit den Armen wie ein durchgeknallter Dirigent.

»Henry!«, rief Mutter von oben herunter.

Da tauchte er wieder in seine Düsterkeit ab. Ohne ein Wort nahm er den Tonarm von der Platte, ging die Wendeltreppe zur Bibliothek hinauf und war fort.

Mutter wiederum kam langsam die vordere Treppe herunter. »Du weißt, ich habe nichts dagegen, wenn du zu dieser Zeit spielst, aber es muss leise sein«, sagte sie zu mir. »Manchmal hilft es mir beim Einschlafen. Es ist wirklich wunderschön. Tut mir leid. Was hast du vorhin gespielt?« Ohne die Antwort abzuwarten, ging sie langsam die Treppe wieder hoch, ein Gespenst wie Vater.

Vor Angst zu stören, spielte ich halbherzig mit Dämpfer weiter. Vaters Schreibtischlampe war aus. Er war endlich zu Bett gegangen. Die Stille des Hauses senkte sich auf mich herab. Ich ging zur Lampe im Großen Saal und sah Threnody, die auf dem Boden lag und mich durch das Bibliotheksgeländer beobachtete, so wie ich Vater immer beobachtet hatte, wenn er spielte. Sie lächelte mich an und winkte, ich lächelte zurück.

»Hey, kleine Bird.«

»Hey.«

»Wieso bist du noch auf?«

»Ich konnte nicht schlafen«, flüsterte sie durch das Geländer.

»Alles in Ordnung mit dir?«

»Glaub schon.«

Ich fragte, ob ich ihr einen Happen zu essen machen sollte.

»Nein, nein. Erzählst du mir noch eine Geschichte, oder ist es zu spät dafür?«

Es war zu spät, und ich war auch müde, sagte aber: »Ich würde mal meinen, die Zeit nehmen wir uns.«

Wir trafen uns in ihrem Zimmer, und ich packte sie ins Bett. In einem Alkoven in der gegenüberliegenden Wand befand sich ein Schreibtisch. Auf den drei Wandregalen darüber standen, alphabetisch geordnet, Bücher, als gehörten sie ihr. Dabei hatte sie die aus Vaters Sammlung erbeutet. Es waren ihre Lieblingsbücher, und wir lasen sie immer und immer wieder. Ich setzte mich auf den Stuhl neben ihrem Bett, und die vertraute Leere in mir wuchs.

Sie schloss die Augen, zog die Bettdecke bis zum Hals und sagte: »Kann losgehen.«

»Soll ich dir eine Geschichte vorlesen oder erzählen?«

»Erzählen.« Sie schlief schon fast.

Ich dachte lange nach, und als mir nichts Gutes einfiel, fing ich einfach an zu reden: »Es war einmal ein großer Baum, der auf dem Gipfel eines hohen Berges stand und über das weite Land hinausschaute. In urvordenklichen Zeiten war der Baum ein winziges grünes Samenkorn gewesen, aber mit den Jahren wurde er groß und stark und war irgendwann der höchste und stärkste Baum auf diesem hohen Berg. Der Baum hatte eine Freundin, eine stille kleine Krähe, die, seit der Baum so hochgewachsen war, immer angeflogen kam und sich auf seine Äste setzte. Sie wurden zusammen älter, aber der Baum war schon viel älter als die Krähe. Jeden Tag sahen sie gemeinsam zu, wie die Sonne aufging und über den Himmel wanderte, dann, wie die Dunkelheit zu dem hohen Berg kam. Und in der Dunkelheit versteckte sich die Krähe in den Ästen des hohen Baumes vor dem Sternenlicht, schloss die Augen und schlief. Einmal tobte nachts ein schrecklicher Sturm und dann noch einer. Vom Himmel zuckten Blitze. Überall auf dem hohen Berg fingen die Bäume Feuer, verbrannten und stürzten um. Zum Schluss war nur noch der eine hohe Baum übrig, der zusammen mit der stillen kleinen Krähe vom Berggipfel weit über das Land blickte und zusah, wie die Sonne über den Himmel wanderte. Eines Tages sagte die Krähe: Ich hoffe, du lebst ewig, mein teurer Freund. Und der Baum erwiderte: Meine teure Freundin, ich kann nicht ewig leben. Ein Jahr verging, und die Krähe saß immer noch auf den Ästen des hohen Baums. Wieder sagte sie: Ich hoffe, du lebst ewig, mein teurer Freund. Und der Baum erwiderte: Meine teure Freundin, ich werde nicht ewig leben. Noch ein Jahr verging, und immer noch saß die Krähe in den Ästen des hohen alten Baums. Wieder sagte sie: Ich hoffe, du lebst ewig, mein teurer Freund. Doch dieses Mal antwortete der hohe, alte Baum nicht. Aber er steht immer noch da, und die stille kleine Krähe sitzt immer noch in den Ästen. Die Sonne wandert unbemerkt vorbei.«

Ich blieb einen Moment still sitzen, um sicherzugehen, dass

Threnody eingeschlafen war. Als sie sich nicht rührte, löschte ich das Licht und blieb noch eine Weile da und lauschte dem Wind draußen.

Da sagte ein dünnes Stimmchen unter der Bettdecke: »Henry?«

»Ja, Bird.«

»Ich wollte nur wissen, ob du noch da bist.« Sie lugte unter der Bettdecke hervor, und als sie festgestellt hatte, dass ich kein Phantom war, kuschelte sie sich wieder ein.

»Ja, ich bin noch da.«

»Was machst du? Warum sitzt du nur da?«

»Ich wollte dich nicht wecken.«

»Henry?«

»Ja, Bird?«

»Ich will nicht, dass du stirbst.« Sie weinte.

»Ich weiß, Bird. Ich sterbe ja auch nicht. Ich gehe auch nicht weg.«

»Versprochen?«

»Ich verspreche dir, dass du mitkommst, wenn ich wirklich mal weggehe. Wir bleiben immer zusammen.«

»Okay, gut.«

»Jetzt schlaf«, sagte ich. »Es ist spät, und ich weiß, dass du müde bist. Die Nacht wird kurz.«

»Singst du mir ein Lied?«

»Ja, mach ich.«

Heute, zwei gefühlte Lebensalter später, war nur noch Leere, wo einstmals so viel Leben gewesen war. Oben war niemand, und vom Geländer schaute auch niemand herunter. Verblüffenderweise war das Klavier nicht grauenhaft verstimmt, was ich der Tatsache zuschrieb, dass es tief im Inneren des Hauses stand. Als die Nacht hereinbrach, saß ich immer noch daran, jetzt mit einer leeren und einer halb ausgetrunkenen Flasche Wein sowie einer offenen Flasche Wodka. Es gab Gläser im Haus, aber ich wollte sie nicht benutzen. Den ganzen Tag hatte ich keinen Krümel gegessen. Einsamkeit hatte sich mit der Dunkelheit hereingeschlichen, und das Haus fühlte sich kalt an. Meine schmerzenden Rückenmuskeln wurden immer mehr vom Alkohol betäubt. Auf dem Klavier und überall darum herum lagen Notenberge. Ein, zwei Partituren hatte ich an die Wand geworfen; sie lagen auf dem Boden wie vom Himmel gefallene große Vögel. Ich spielte Chopins a-moll-Mazurka, das Stück, das Vater in meiner Kindheit immer gespielt hatte, mit seinen so simplen und wunderschönen ersten Akkorden. Ich spielte die Nocturne in cis-Moll, die tieftraurig beginnt, übergeht in bittersüße Erinnerungen und dann wieder traurig wird.

Irgendwann hatte ich so viel Wein und Wodka getrunken, dass ich gar nicht mehr vernünftig spielen konnte. Das Klavier, alt und misstönend, fing wie eine Bande betrunkener Musikanten an zu scheppern. Die Hämmer knarzten und quietschten auf den Saiten und taten mir in den Ohren weh. Ein bisschen wie eine Äolsharfe. Wie von selbst fielen meine Hände auf den ersten schwarzen Akkord von Chopins »Marche Funèbre«. Als ich aufhörte, erstarben die Töne langsam; mehr ging jetzt wirklich nicht.

Über die auf den Garten hinausgehende Veranda lief ich hinunter in die Talsenke. Es war halb zwei Uhr nachts, und wie üblich, war ich der Einzige, der wach war. Licht von meinen Kerzen im Haus sickerte rot in die Dunkelheit. Ich war im Auge des Geiers. Ein Auto fuhr über die dunkle Schotterstraße im Tal – ein seltsamer Anblick zu dieser Stunde in der sterbenden Stadt, die im ewigen Herbst ihrer freudlosen Existenz auf Erden keine Bedeutung hatte. Wider jedes bessere Wissen hoffte ich, ein überraschender Besucher würde meine Einsamkeit lindern. Doch das Auto fuhr vorbei, und das schwache Licht und das Motorengeräusch verschwanden um den nächsten Hügel. Jetzt war die Nacht still; die Klänge des Klaviers hallten mir noch in Ohren und Kopf.

Ich bin hier, und ich bin allein.

Ich schaute auf und sah die Sterne.

37

Am nächsten Morgen stand ich auf und fuhr – in Schlips und Kragen – in die Stadt, zur Kanzlei von Charles Young. Wenig überraschend, sah Old Buckram im Tageslicht nicht anders aus als am Abend meiner Ankunft. Ein kühler Nebel hüllte alles in Grau. Die Barrowfields lagen zur Linken, ein wüstes Land des Nichts, so weit das Auge reichte. Auch die einsame Holzbank am Rand konnte das trostlose Bild nicht auflockern. Für einen Besucher der Stadt sah es aus, als seien alle, die je in Old Buckram gelebt hatten, dort in den Barrowfields begraben. Doch die vermeintlichen bemoosten Grabsteine waren versteinerte Baumstümpfe, die von einer mächtigen Kraft zu Lebzeiten Jesu gefällt worden waren und sich nicht wieder zu wachsen getraut hatten. Ich sagte mir, dass irgendwo immer noch Sommer war und ich schon bald den Berg hinunter zurück in die Sonne fahren und wieder Wärme auf dem Gesicht spüren konnte.

Die Anwaltskanzlei befand sich in der Main Street, direkt gegenüber dem einzigen Beerdigungsinstitut im County, dessen schlichte Backsteinfassade mit drei überhaupt nicht dazu passenden Dorischen Säulen verziert war. Die Kanzlei war 1922 von Mr. Trafton Ignatius Brown III gegründet worden. Er hatte seinen Jura-Abschluss an der University of Virginia gemacht und in den Bergen von North Carolina als Anwalt zu arbeiten begonnen, als die Bevölkerung dort seinesgleichen noch kaum brauchte. Sein erstes Büro war ein Zimmer mit Schreibtisch und altem Holzofen, aber noch ohne sanitäre Anlagen, sprich, ohne Toilette. Die musste Mr. Brown in dem Bestattungsunternehmen aufsuchen. Als Gegenleistung half er dort aus, wenn es gelegentlich juristische Probleme gab.

Charlie war der einzige überlebende Partner, der die Kanzlei trotz des Kommens und Gehens mehrerer Partner und Junioranwälte über die Jahre weiter betrieben hatte. Eine größere Anwaltskanzlei in den Bergen aufzubauen war schwer. Es gab nicht genug Aufträge.

Als ich durch die Tür ging, erklang eine Glocke. Die Empfangsdame hörte sie und schaute auf.

»Na, das ist ja heute mein Glückstag«, sagte sie, erhob sich und kam auf mich zu. Sie hieß Sylvia, und ich kannte sie schon lange, schon bevor mein Vater in der Kanzlei angefangen hatte. Sie umarmte mich ausgiebig, und es sah sogar so aus, als wischte sie sich eine Träne weg. Dann trat sie zurück und musterte mich von oben bis unten.

»Wie wunderschön, dich zu sehen. Ich fass es nicht. Du bist ja erwachsen! Als ich dich zuletzt gesehen habe, warst du so groß.« Sie drückte mir einen Finger in die Brust. »Wie geht es dir?«

»Gut«, sagte ich. »Ich freue mich, dass ich diesen Sommer hier arbeiten kann – oder so lange, wie es eben sein wird.«

»Na, wir freuen uns auch, dass du hier bist. Charlie telefoniert gerade, aber ich sage ihm, dass du da bist.«

Der Vorraum war sauber und ordentlich, alles andere als protzig. An einer Wand hing eine gerahmte Kopie der Unabhängigkeitserklärung, an einer anderen ein Gemälde, die unvermeidliche »Anwaltskunst« aus dem Katalog, den (vermute ich) alle Anwälte zugeschickt bekommen. Hier lautete der Titel »Ein Anwalt auf dem Land«. Ein Klient berät sich mit seinem Rechtsbeistand in einer Kanzlei, in der überall unordentliche

Papierstöße herumliegen. Wie realistisch es war, fand ich später heraus. Ein auf dem dünnen kastanienbraunen Teppich ausgetretener Pfad führte von der Tür zu den Stufen vor Charlies Büro.

»Ich vermisse deinen Vater«, sagte Sylvia.

»Danke, dass du das sagst«, erwiderte ich. »Ich weiß, dass er gern hier gearbeitet hat.«

»Er war immer sehr liebenswürdig. Seine Mutter hat ihn gut erzogen. Er war immer höflich und behandelte mich von Gleich zu Gleich, wie Charlie auch. Mit Respekt, und das macht nicht jeder. Wenn man ein Problem hatte und zu ihm ging, hat er zugehört. Er konnte besser mit Menschen umgehen als irgendjemand sonst. Er hatte diese besondere Gabe.« Solche Aussagen überraschten mich immer. Sie mit dem Mann zusammenzubringen, den ich kannte, fiel mir schwer.

Charlie kam die Treppe herunter. Er schüttelte mir freundlich die Hand und musterte mich aufrichtig besorgt. Obwohl er nicht groß war, konnte seine gelassen selbstbewusste Haltung einen einschüchtern. Er sprach nicht oft, doch wenn, wurde es still im Raum und die Leute hörten zu. Er war ein guter Anwalt, aber vor allem ein guter Mensch! Ehrlich und gütig.

Ich folgte ihm hinauf in sein Büro. Das Büro eines vielbeschäftigten Anwalts. Gebeizte Mahagonibücherschränke, Ebenholzwandtäfelung oder einen unnatürlich aufgeräumten, auf Hochglanz polierten Schreibtisch mit teurer Lampe suchte man hier vergebens. Charlies Schreibtisch bog sich unter Bergen von Aktenordnern, fünf, sechs übereinander, überall staken Papiere heraus. In einer Ecke standen bestimmt hundert aufgerollte Vermessungsblätter, viele mit der Zeit vergilbt. Auf einem billigen Holz-Metall-Gestell lagen Beweisunterlagen und -fotos längst beendeter Prozesse. Eine Wand war vollkommen mit Archivschachteln zugestellt. Viele mit Rückenaufklebern, auf denen ordentlich mit Filzstift »Sheets gegen Old Buckram Electric« vermerkt war. In Charlies Bücherregel standen die braunen Bände mit den Entscheidungen des Obersten Gerichts von North Carolina, die grünen mit den Entscheidungen des Berufungsgerichts von North Carolina sowie die Allgemeinen Gesetzesvorschriften von North Carolina von 1985. Weiter sah ich *Webster's Real Estate Law in North Carolina*, einen *Robinson* zum Gesellschaftsrecht in North Carolina, die fünfbändigen *Douglas' Forms* – vorformulierte Texte zu allen möglichen juristischen Fällen –, einen Band mit den Regularien für die Geschworenen, eine Abhandlung über Testamente sowie mehrere andere Bücher zu allen Problemfeldern, mit denen man es in einer allgemeinen Anwaltskanzlei zu tun bekommt. Und so viel war sicher: Diese Bücher waren keine Attrappen, sondern echt und gründlich zerlesen. Charlie war kein Anwalt, der sich durchmogelte. Unzählige Stunden saß er nachts allein im Büro über das eine oder andere Buch gebeugt, um irgendeinen obskuren Aspekt der Gesetzgebung zu verstehen.

»Nach fünfunddreißig Jahren in dem Laden hier, glaube ich, sollte ich langsam mal Schluss machen.« Charlie blies die Wangen auf. Aus reiner Gewohnheit übertrieb er seinen durchaus überzeugenden Südstaatenakzent bisweilen. Die Leute in den Bergen misstrauen schnell sprechenden Schlaumeiern; aus irgendeinem Grunde finden sie langsames, bedächtiges Sprechen verlässlicher. Und wenn man erfolgreich kommunizieren will, gewöhnt man sich das mit der Zeit an. Charlie schaute zu seinem Jura-Examenszeugnis an der Wand und dann zu den Reihen bescheiden gerahmter Auszeichnungen. »Wahrscheinlich höre ich in ein paar Jahren auf. Es heißt ja, dass Anwälte nicht in Rente gehen, sondern sterben – aber der hier, der macht das. Der geht in Rente.«

»Meinst du?«

»Doch, ja. Es ist ein harter Job. Verdammt hart. Ich kann dir sagen: Wenn dir das, was du tust, am Herzen liegt und du dir jede Nacht, an Wochenenden und im Urlaub über Fälle den Kopf zerbrichst, dann fordert das irgendwann seinen Tribut. Und weißt du, was? Ich führe seit mehr als dreißig Jahren Prozesse und habe erst jetzt gemerkt, dass ich eigentlich überhaupt keinen Streit mag.«

Ich lachte, und er fuhr fort: »Kein Scherz. Na, dir muss ich so was nicht erzählen. Ich würde dir liebend gern etwas anderes erzählen, aber das wäre gelogen. Schau mich an«, er zeigte auf die vier verbleibenden Haare auf seinem Kopf, »als ich angefangen habe, hatte ich schönes volles Haar. Und die Veranlagung zur Glatze habe ich *nicht* geerbt.«

»Hast du große Prozesse vor dir?«

»Ein, zwei im September und Oktober, auf die ich mich langsam vorbereiten muss. Du kannst mir dabei helfen.«

»Ja, gern.«

Einen Moment saßen wir schweigend da, und dann kam uns beiden das Thema, das wir bisher vermieden hatten, unweigerlich doch ins Bewusstsein.

»Es muss eigenartig für dich sein, hier zu sitzen«, sagte Charlie. »Es tut mir immer noch entsetzlich leid, das mit deinem Dad …« Ehe er fortfahren konnte, unterbrach ich ihn.

»Danke, Charlie. Ich weiß.«

38

Weil Charlie in den ersten Tagen nicht viel für mich zu tun hatte, ließ er mich Akten ablegen, im Prinzip sie chronologisch ordnen. Wegen kleinerer Sachen begleitete ich ihn ein-, zweimal ins Gericht, und er stellte mich dort allen vor, vom Richter über den Beurkundungsbeamten bis hinunter zum Gerichtsdiener und Pförtner. Der Richter nannte ihn Charlie, alle andern Mr. Young, und er war zu allen gleichermaßen liebenswürdig und sehr höflich.

Am Freitagnachmittag kam er in mein provisorisches Büro und setzte sich. Er sah mich lange an. »Du weißt, dass uns viele Leute hier nicht bezahlen können«, sagte er schließlich.

»Das habe ich mir schon zusammengereimt«, erwiderte ich.

»Wir haben unten einen ganzen Schrank voller Essen und anderen Dingen, die die Leute mitgebracht haben, um sich wenigstens in irgendeiner Weise erkenntlich zu zeigen. Sie bringen meistens richtig leckere Sachen mit.« Er fuhr sich mit der Hand über den Bauch.

»Ich dachte, das gab es nur in *Wer die Nachtigall stört.*«

»Nein, nein, auch hier. Du weißt es wahrscheinlich sehr gut, obwohl dein Vater gleich am Anfang diesen großen Fall erwischt hat – aber reich wird man als Anwalt nicht. Mit harter Arbeit kann man einigermaßen verdienen, reich wird man, wie gesagt, nicht. Nicht, wenn man ehrlich bleibt.«

Schweigen.

»Deshalb sag mir noch mal, warum du hier in Old Buckram bist, wenn du überall sonst sein könntest. Willst du das alte Haus zum Verkauf fertig machen?«

»Ich glaube, ja.«

»Da lädst du dir ganz schön was auf, mein Junge. Das Haus ist groß und steht schon lange leer. Ich wünschte, ich wüsste jemanden, der es kaufen würde.«

»Schwer vorstellbar, dass es jemand haben will«, sagte ich.

Charlie nickte und schaute zum Fenster hinaus. Nach einer ganzen Weile drehte er sich wieder zu mir um. »Wie geht es dir eigentlich?« Wenn er einen so durchdringend ansah, war das regelrecht verstörend. Dann musste man nämlich sich selbst gegenüber ehrlich sein.

»Mir geht's gut«, sagte ich. »Aber in ein paar Monaten bestimmt besser.«

»Hast du denn eine Idee, was du in diesem Sommer machen willst? Wie ich dir schon gesagt habe, wir bezahlen dich.«

»Ich kann kein Geld von dir annehmen.«

»Dann lasse ich dich nicht hier arbeiten. Wenn du hier arbeitest, wirst du auch dafür bezahlt. Aber da es nur sehr wenig ist, brauchst du dir kein allzu schlechtes Gewissen zu machen.« Er lachte. »Jetzt hol deine Sachen, denn du kommst mit mir zum Abendessen. Sarah kocht dir was Feines. Sie freut sich schon sehr auf dich.«

Ich lernte viel in diesem Sommer bei der Arbeit mit Charlie. Ich lernte, dass man sich gar kein richtiges Bild davon macht, wie viel Gutes Anwälte wie Charlie bei ihrem unentwegten Bemühen um Gerechtigkeit den Menschen und dem Gemeinwesen tun. Ohne viel Aufhebens darum zu machen. Sie nehmen Mandanten, die nicht im mindesten hoffen können, die ihnen erwiesenen Dienste voll zu bezahlen, ja, sie verwenden ihre Zeit und ihr eigenes Geld, um selbst solchen zu helfen, die letztendlich nicht das kleinste bisschen dankbar sind. Und sie sagen ihren Mandanten die Wahrheit, auch wenn die sie nicht hören wollen. In der Öffentlichkeit bekommen Anwälte viel Schelte, und zugegeben, manche haben ihren schlechten Ruf auch redlich verdient. Aber die meisten sind meiner Einschätzung nach doch wie Charlie. Und das ist auch gut so.

39

Anfang Juli berichtete Story von Lot's Folly, dass es nicht gut mit ihren Eltern lief. Nach Lelias Tod und angespornt durch die Informationen zu dem mysteriösen Benjamin, wollte sie ihren leiblichen Vater noch dringender finden. Die Begeisterung der Glauchnors hielt sich weiterhin in Grenzen. Sie bedachten Storys ihrer Meinung nach überspannte, sinnlose Bemühungen mit Häme und Verachtung. Die Sache war kurz vorm Überkochen, Story allein und mutlos. Ob ich sie besuchen und von ihrer Familie, mit der sie nur noch stritt, ablenken könne, fragte sie. Nur allzu gern packte ich meine Sachen und fuhr den Berg hinunter ins Low Country.

An einem wolkenlosen Freitagabend um sieben kam ich auf Lot's Folly an. Es war widerlich schwül und bestimmt dreißig Grad warm, aber das fand ich im Vergleich zu Old Buckram wunderbar. Dort war ja das Wetter eher wie in Nordirland und auf bestimmten langperiodischen Kometen. Bei meiner Abfahrt vom Ben Hennom sechs Stunden zuvor hatte sich die Temperatur um die sechs Grad über dem Gefrierpunkt bewegt und so manche Bärenfamilie vorzeitig den Winterschlaf angetreten. Ich trug (nur wenig übertrieben) dicke Cordhosen, Mantel und Wollkniestrümpfe.

Weil Storys Einfahrt üppig mit Pflanzen bewachsen war und man das Haus von der Straße aus kaum sah, fuhr ich zweimal daran vorbei, bis ich endlich richtig einbog. Nach ungefähr einem Drittel des Weges aus Sand und feinem Kies kam man an ein kleines, ein wenig schiefes Holzgebäude, das von vier Magnolienbüschen und einer ausladenden Virginia-Eiche umstanden war, von der bodenlange Louisiana-Moosfetzen herabhingen. Während des Studiums war Story aus dem Haus ihrer Eltern in dieses ulkige architektonische Relikt gezogen, eine alte Remise. Weiter die Einfahrt hinunter sah ich durch einen lichten Sumpfkiefernwald und hinter zwei oder drei weiteren uralten majestätischen Eichen die geschindelte Fassade eines weiträumigen Domizils im Nantucket-Stil mit Veranden auf zwei Stockwerken. An dem Backsteinfundament rankte eine Kletterfeige hoch.

Ich hielt vor der Remise, um das Auto auf einem aus einer Wand wilder Azaleen herausgeschnittenen Parkplatz abzustellen. Story saß auf den rückwärtigen Stufen und las ein Buch. In den Wochen, seit ich sie nicht gesehen hatte, war sie magerer geworden und ihr Haar, in dem sie eine Gänseblümchenklammer trug, blonder. Ihr Sommerkleid war blau wie der Himmel in den Carolinas. Auf ihren bloßen Füßen hatte sie Bräunungsstreifen. Extrem lässig schlug sie das Buch zu und stand auf, um mich zu begrüßen. In ihrer strahlenden, klaren Schönheit bewegte sie sich wie zu einem stummen langsamen Walzer, sodass der Rock des Kleides um sie herumwirbelte. Ich zog sie an mich und atmete den Duft ihrer Haut und ihrer wundervollen Haare ein, die nach grünem Frühsommer im Süden und der salzigen Luft rochen, die von dem unergründlichen Ozean weit ins Land geweht wurde. Sie nahm meine Hand und sagte: »Komm, damit du dich nicht verirrst, zeig ich dir erst mal alles.«

Die Remise war typisch alter Süden: künstlich auf antik getrimmte Holzmöbel, in allen Zimmern bis auf halbe Höhe Holzverkleidung im Landhausstil, das Gemälde einer voll erblühten Magnolie an der getünchten Wand im Esszimmer, frische Blumen in einer schlichten Glasvase auf dem Küchentisch und gebohnerte knarzige Holzböden im ganzen Haus.

Auf einem Regal in Storys Schlafzimmer standen ein paar helle, fröhliche Fotos: Story, wie sie als Kind allein in der Brandung am Strand spielt, daneben mehrere wunderbar lebendige Schnappschüsse von ihr im flachen blauen Wasser hinter einem Wasserskiboot. Ein weiteres zeigte sie auf einem Kneeboard. Sie verschwand fast in einer orangefarbenen Schwimmweste, ihr Gesicht konnte man kaum sehen, und ihre Zöpfe standen ab wie Antennen. Als älteres Mädchen, merklich größer und selbstbewusster, stand sie auf Wasserskiern und bretterte schließlich im Highschool-Alter in einem haushohen Sprühnebel auf einem Ski virtuos durch das spritzende, in der Sonne glitzernde Wasser.

»Deine Kindheit war sehr anders als meine«, sagte ich.

In ihrem Arbeitszimmer befanden sich ein Schreibtisch und ein Aktenschrank, auf dem vier wohlgeordnete und offenbar katalogisierte Stapel Zeitungsausschnitte und kopierte Seiten aus mehreren College-Jahrbüchern lagen. Als ich einen neugierigen Blick darauf warf, sagte Story nur: »Mein Vater.« Es war das Archiv mit den in jahrelanger Suche gesammelten Materialien. Auf ihrem Schreibtisch lag ein aufgeschlagenes Tagebuch, in dem ich ihre akkurate Handschrift erkannte. Mehr als einmal hatte ich sie nach den Seminaren auf einer Steinmauer sitzen und gedankenverloren in ihr Tagebuch schreiben sehen. Dass es so nahe bei den anderen Sachen lag, bedeutete bestimmt, dass es ihre jüngsten Beweise und Hypothesen zu diesem schwierigen Thema enthielt. Sie sagte jedoch nichts dazu, und ich fragte auch nicht.

Wir gingen über die Veranda, durch den warmen Schatten der Magnolien in den Garten, dessen Boden mit weichen Kiefernnadeln bedeckt war, und folgten einem Pfad unter den

Bäumen zu einem flachen, von Farnen und Wildblumen gesäumten Wasserlauf. Am gegenüberliegenden Ufer verbargen Rankengewächse einen verrosteten Metallzaun, der die Grenze des Besitzes markierte. Als wir nicht weiterkamen, wandten wir uns nach Westen dem Wasser zu. Nach dem Kieferngehölz kam ein üppiger Rasen zum »Haupthaus«, wie Story es nannte. Im untergehenden Licht der Sonne schimmerte es wie ein kleines Schloss.

»Sie haben einen Waffenstillstand ausgerufen«, sagte Story. »Als ich ihnen gesagt habe, dass du kommst, wollten sie unbedingt, dass wir mit ihnen zu Abend essen. Du hast hoffentlich nichts dagegen.«

»Nein, sehr schön«, sagte ich. »Ich freue mich ja, sie kennenzulernen. Wenn ich auch nicht ganz passend gekleidet bin.«

»Ach was. Das geht schon in Ordnung. Aber ich habe ein schlechtes Gewissen. Ich hätte es dir sagen sollen. Hast du ein langärmeliges Stoffhemd? Nein? Schon gut, macht nichts. Was du anhast, ist gut.«

»Ich strotze vor Selbstbewusstsein.«

»Ich bin froh, dass du sie kennenlernst, möchte mich aber jetzt schon für sie entschuldigen. Ich habe Angst davor, was du von ihnen hältst.« Story hob ein heruntergefallenes Stück Louisiana-Moos auf und legte es sorgsam auf den tief hängenden Ast einer Virginia-Eiche.

»Mach dir keinen Kopf«, sagte ich. »Die Leute sind, wie sie sind.«

Es wurde schnell dunkel, und wir gingen zurück in die Remise, um uns zum Abendessen fertig zu machen. Story schob alle Fenster hoch, um die Nachtgeräusche und die warme, murmelige Luft hineinzulassen. Ich fühlte mich lebendig. Ich nahm alles wahr. Ich hörte jeden Ton. Ich saugte alles in mich auf. Buller merkte, dass wir gehen wollten, und begab sich schon mal zur Tür. Auf meine Frage, ob wir ihn mitnehmen könnten, verzog Story das Gesicht und sagte: »Sie haben sich feingemacht. Stellen wir ihn morgen vor, wenn alles etwas lockerer ist.« Ich holte ihm den Teddybär aus dem Kofferraum und tat ihm seine Essens- und Wasserration in Schüsseln, groß wie die für Elefanten im Zoo.

»Buller, Kumpel, du musst hierbleiben«, sagte ich. »Ich bin bald wieder da.« Er sah gekränkt aus und ein wenig bang.

»Dein Daddy bleibt nicht lange weg«, sagte Story, hockte sich vor ihn hin und kraulte ihm kräftig die Ohren. »Ich bring ihn dir ganz schnell wieder zurück. Versprochen.« Nachdem er ausgiebig ihren Hals lecken durfte, schien er sich besser zu fühlen, und wir brachen zu unserem späten Abendessen auf.

»Wie heißen sie noch mal?«

»Morgan und Piper.«

»Aha. Wer davon ist dein Vater?«

Story lachte und tat so, als hätte ich sie mit der Frage tief getroffen. »Hmmm. Wahrscheinlich redest du ihn besser mit Mr. Glauchnor an. Außer dem Pfarrer nennt ihn eigentlich keiner Morgan.«

Ich übte die Begrüßung. »Hallo, Morgan«, sagte ich und schüttelte der Luft die Hand. »Schön, Sie kennenzulernen, Sir. Piper, für eine Frau Ihren Alters sehen Sie hinreißend aus.«

»Wow, das wird gut.«

Bei unserer Ankunft saßen die Glauchnors scheinbar ganz entspannt mit ihren Drinks in der Hand auf der Quadratkilometer großen hinteren Veranda. Mr. Glauchnor stand auf und begrüßte uns routiniert lässig, während Mrs. Glauchnor in einem nicht sichtbaren Aschenbecher hinter sich ihre Zigarette ausdrückte. Wir konnten so tun, als hätten wir nicht gesehen, dass sie rauchte. Mr. Glauchnor trat auf uns zu und sagte: »Guten Abend, junger Mann.« Ihn leibhaftig zu sehen verschlug mir fast den Atem. Vielleicht spielte mir das Licht einen Streich, aber mein erster Eindruck war, dass Story und er sich ähnlich sahen wie Geschwister. War ich der Erste, dem das auffiel? Ganz sicher nicht. Bildete ich mir das nur ein? Vor lauter Unbehagen darüber konnte ich den Rest des Abends nicht mehr klar denken.

Er ließ meine Hand los, umarmte Story flüchtig und klopfte ihr zweimal rasch auf den Rücken. Dann wandten wir uns Mrs. Glauchnor zu, die damenhaft mit schräg gestellten Beinen auf dem Weidensofa saß. Als alle Blicke auf sie gerichtet waren, erhob sie sich wie eine Königin von ihrem Thron und schwebte langsam auf uns zu, damit wir sie gehörig bewundern konnten. Ich überwand den heftigen Impuls, mich zu verneigen und die Augen niederzuschlagen. Sie war durchaus hübsch, aber die Eitelkeit in Reinkultur und hatte sich, bei genauerem Hinsehen, gewiss den einen oder anderen chirurgischen Eingriff gegönnt. Spitze Nase, spitzes Kinn, die weit auseinanderstehenden Brüste saßen direkt unter ihren Schultern und waren zum Teil von einem flott nach vorn gelegten langen braunen Zopf bedeckt.

»Schön, Sie kennenzulernen«, sagte ich, und sie: »Danke.«

»Zeit zu essen.« Mr. Glauchnor fackelte nicht lang. »Ich schlage vor, wir begeben uns hinein und setzen uns. Das Essen wird warm gehalten, aber natürlich nicht die ganze Nacht.«

Der Reihe nach schlenderten wir ins Haus, wo zwei Männer in gestärkten zweireihigen Kochjacken und mit wahrscheinlich wahnsinnig teuren mitraähnlichen Kappen dicht nebeneinander standen und auf Anweisungen warteten. Das Haus roch nach frisch gebackenem Brot, gegrilltem Fleisch und Möbelpolitur. Im eher dunklen Esszimmer hingen in allen Ecken üppige Vorhänge, und ein riesiges Panoramagemälde der Schlacht von Chancellorsville bedeckte eine ganze Wand.

Story und Mr. Glauchnor standen schon dort und schauten beide schweigend zu Boden, als gebe es da etwas sehr Interessantes zu sehen. Ich blickte zwischen ihnen hin und her und verglich ihre Gesichtszüge. Sei nicht blöde, ermahnte ich mich. Lass es.

Der Tisch war um einen pompösen Tafelaufsatz aus künstlicher Virginia-Eiche gedeckt, in deren Zweigen Teelichter steckten. Ein Paar Teller mit schneeweißer Butter standen an beiden Tischenden, offene Flaschen Rotwein auf Leinendeckchen. An Mrs. Glauchnors Platz kühlte eine Flasche Viognier in einem damaszierten Champagnerkübel. Alles funkelte und glänzte wie frisch poliert.

Unter dem Tisch lag hechelnd ein großer brauner Hund. Mr. Glauchnor schnauzte ihn an und klapperte mit einem Stuhl. »Jim! Troll dich!« Als der Hund keine Anstalten machte, sich fortzubewegen, versetzte er ihm einen Tritt, woraufhin das Tier aufsprang, den Schwanz einzog und davonschlich. Ich beugte mich vor und wollte ihn streicheln, aber er lief an mir vorbei.

»Wissen Sie, warum wir ihn Jim nennen?«, fragte Mr. Glauchnor mich. Ich wusste es nicht und hätte es auch lieber nicht erfahren. Aber wir waren hier in den Südstaaten, wo uralte Ressentiments gepflegt wurden, und Mr. Glauchnor lieferte auch gleich die rassistische Bemerkung dazu. Als er den primitiven Kalauer losgeworden war, brüllte er vor Lachen, und es hallte unangenehm in dem noblen Ambiente wider. Mrs. Glauchnor versuchte sich mit vornehmem Lächeln und wegwerfender Handbewegung an einer halbherzigen Entschuldigung. Ja, ja, so sind die Männer. Sie hatte den Witz sicher schon viele Male gehört, fand ihn aber offenbar nicht unpassend genug, um sich dagegen zu verwahren. Story bekam rote Ohren. »Ich hab dich gewarnt«, flüsterte sie.

Mr. Glauchnor war über eins achtzig groß und hatte kurzes, angegrautes blondes Haar. Er sah aus wie ein gerade in Rente gegangener Joe Namath, nur dass er eine schickere Frisur hatte. Er wog bestimmt an die hundert Kilo und besaß die Statur eines Highschool-Spitzensportlers, der seit damals nicht die geringste physische Anstrengung auf sich genommen hatte. Ohne große Mühe kam ich zu dem Schluss, dass er ein verwöhntes Arschloch war und sich einzig und allein über sein ererbtes Geld definierte. Dass Mrs. Glauchnor ihn all die Jahre ertragen hatte, zeigte nur, dass in ihrer Welt der schnöde Mammon mehr galt als Liebe.

Als wir uns hingesetzt hatten, ging die Küchenhilfe mit den Platten voller Essen herum. Es war so viel, dass man gut und gern weitere zwanzig Leute hätte verköstigen können. Mir fiel auf, dass Story und Mr. Glauchnor die Gabel gleich handhabten, auf dieselbe Weise kauten und ihre Augenbrauen einzeln bewegen konnten. Natürlich mochte das genauso gut erlerntes Verhalten sein, nicht genetische Steuerung.

»Wollt ihr zwei morgen mit dem Boot rausfahren?« Mr. Glauchnor hielt es nicht für nötig, sein Essen herunterzuschlucken, bevor er redete. Er scheute auch nicht davor zurück, ein laufendes Gespräch zu unterbrechen. Er platzte einfach mit dem heraus, was ihm in den Sinn kam. »Ihr könnt Wasserski fahren, wenn ihr wollt.«

»Ja, das wäre bestimmt schön«, sagte ich. »Aber morgen früh, glaube ich, gehen wir erst mal an den Strand. Vielleicht morgen Nachmittag.« Story nickte zustimmend, und ich fragte Mr. Glauchnor, ob er Wasserski fahre.

»Du lieber Himmel, nein, wie werd ich.« Er trank in einem Schluck seinen Gin aus – zwei Daumen breit – und klopfte mit einem langen Fingernagel an sein Weinglas. Prompt erhob sich Mrs. Glauchnor und goss ihm mit Grandezza das große

Glas randvoll. Ich fragte Story, ob sie das Boot steuern würde, wenn ich Wasserski fuhr. Da gluckste Mr. Glauchnor und verschluckte sich.

»Nein, sie kann das Boot nicht fahren. Das mache entweder ich oder Bucko.« Bucko war der Spitzname von Storys jüngerem Bruder, der in Wirklichkeit natürlich genauso hieß wie Mr. Glauchnor. Während ich noch überlegte, warum er das Boot fahren durfte und Story nicht, erzählte man mir, er habe nicht zum Essen kommen können, weil er irgendwo mit seinem Quad herumbretterte.

»Ich kann das Boot sehr wohl fahren«, sagte Story.

»Mein Boot nicht. Habt ihr das neue Auto in der Einfahrt gesehen?«, fragte Mr. Glauchnor.

»Ja«, sagte ich. »Ein BMW. Sehr schön.«

»Jawohl. Verdammt schön. Ich brauchte ein Ersatzspielzeug für meine Harley. Die habe ich verkauft, weil sie in der Garage nur Platz weggenommen hat und ich eigentlich viel zu wenig damit gefahren bin.«

In einer Gesprächsflaute reichte Mrs. Glauchnor das Tablett mit den Brötchen und einem Butterkanu herum. Offenbar war ihre Hauptsorge, dass niemand hungrig vom Tisch aufstand. Was reichlich unwahrscheinlich war.

Der Wein war teuer, aber grausig. Ich probierte erst den Rotwein, dann den weißen, bat aber nach dem zweiten Glas Weißwein um ein Bier. Einer der Küchenchefs überreichte mir eine in eine weiße Serviette gehüllte Dose Bud Light. Abgefahren.

Ins Blaue hinein rief Mr. Glauchnor: »Hat Story Ihnen erzählt, dass sie mal mit einem Schwarzen zusammen war?«

Storys Besteck knallte auf ihren Teller.

»Ja, hat sie«, sagte ich. »Und ich habe ihn sogar kennengelernt. Toller Typ. Ich finde ihn großartig.« Ich hatte ihn zwar nicht kennengelernt, fand ihn aber trotzdem großartig. Ich hielt alle, die Story am Herzen lagen, für über jeden Zweifel erhabene gute Menschen und der Bewunderung wert. Mr. Glauchnor reagierte verwirrt, seine Miene wurde knurrig, als hätte ich eklatant gegen die Etikette verstoßen.

»Gut dann«, sagte er zu Mrs. Glauchnor, wie um zu sagen: Jetzt kennen wir die Einstellung des jungen Mannes zu diesem Thema. Besser, wir rühren es in seiner Gegenwart nicht mehr an. Ich war sichtbar in seiner Achtung gesunken.

Mrs. Glauchnor – tadellose Manieren – tupfte sich die Mundwinkel ab und wollte wieder Konversation machen. »Sind Sie schon mal in unserem Teil des Staates gewesen?«

»Ja, Madam. Ich bin in den letzten Jahren oft in Charleston gewesen, aber hier war ich zum ersten Mal vor ein paar Wochen mit Story für den einen Tag.« Ich bemerkte, wie Story rasch den Kopf in meine Richtung wandte. Offenbar wussten ihre Eltern nichts davon.

»Wann genau war das?«, fragte Mr. Glauchnor prompt. Es klang regelrecht beleidigt. »Wann wart ihr hier? Was wolltet ihr denn hier? Ah, lasst mich raten. Na, egal. Ist ja klar, warum ihr nicht vorbeigekommen seid.«

Story machte eine beschwichtigende Handbewegung. »Wir sind hergekommen, weil ich etwas in der Remise nachschauen wollte und … wir hatten nicht viel Zeit …«

»Ja, ja, natürlich war das der Grund. Na, sei's drum.« An Mr. Glauchnors Hals und Stirn bildete sich ein Geflecht dicker Adern. Er hielt sein Besteck – die Gabel in der einen, das Messer in der anderen Faust – wie Waffen zum Kampf bereit. »Du lässt wahrscheinlich niemals davon ab, was? Ich hatte gehofft, dass du dich nach dem Tod deiner Mutter« – er widerstand der Versuchung, ein abwertendes Attribut hinzuzufügen – »um den ganzen Quatsch nicht mehr kümmern würdest.«

Story erwiderte nichts, aber ihr Blick besagte: Du bist ein

dämlicher Idiot. Sie entschuldigte sich und ging. Mrs. Glauchnor entschuldigte sich auch, knickste halb und glitt geräuschlos aus dem Zimmer, hinter der Tochter her, die sie nicht hatte.

40

Mr. Glauchnor und ich blieben eine Weile lang schweigend sitzen. Dann trank er noch mehr Wein, verschränkte die fetten Hände, und ich machte mich schon mal mit allen möglichen Notausgängen vertraut.

»Wie geht es Ihrer Familie?«

»Um ehrlich zu sein, nicht so gut.«

»Wo kommen Sie noch mal her?«

»Ich bin in den Bergen von North Carolina aufgewachsen«, sagte ich. »In Old Buckram.«

»Ach, verdammt, ja. Da war ich tausendmal. Piper und ich fahren immer gern nach Blowing Rock und kaufen Möbel und allerlei Schnickschnack, also Zeugs für ihren Laden. Wir nehmen immer einen Anhänger mit, damit wir gleich einpacken können, was sie findet. Dieser Tisch könnte sogar von dort sein.« Er bückte sich, um auf der Unterseite nachzusehen, ob er da noch ein Preisschild mit Informationen fände. »Piper hat einen Stand in einem Antiquitätenladen. Damit verdient sie Geld.« Er lachte gurgelnd. »Im letzten Jahr hat es uns, glaube ich, fünfundzwanzigtausend Dollar Miese eingebracht. Mir aber wahrscheinlich das Leben gerettet. Sei's drum, wir fahren dort hinauf und kaufen Antiquitäten, fahren auf dem Parkway herum und halten Ausschau nach wilden Truthähnen, Rehen und Hirschen. Doch wenn ich mal ein Gewehr brauche, habe ich es nicht dabei. Einmal ist eine Schwarzbärin mit Jungen einfach vor uns über die Straße gerannt – sie wog bestimmt hundertsechzig bis hundertachtzig Kilo –, Mann, was hätte ich dafür gegeben, wenn ich mein Jagdgewehr dabei gehabt hätte! Ich hätte sie so vom Auto aus schießen können. Ich habe ein schussoptimiertes Ruger-Jagdgewehr, mit dem blase ich einem Hirsch Kopf und Geweih weg. Die Chance, einen Bären zu schießen, hatte ich noch nie. Hoffentlich hab ich irgendwann mal Glück.«

Ich hätte gern gefragt, was um Himmels willen nicht mit ihm stimmte, hielt aber den Mund. Er kippte ein weiteres Glas Rotwein herunter und goss sich ungeschickt noch eins ein. Als er wieder sprach, sah ich, dass auf seinem rechten oberen äußeren Schneidezahn ein plattgedrücktes Essensbröckchen klebte – vielleicht ein Stück Garnele –, und das fand ich nun wirklich verstörend.

»Ein paarmal sind wir von Blowing Rock über den Parkway gefahren, am Chilblain's Gap abgebogen und dann nach Old Buckram hinein, um es anzuschauen. Piper mag das eine gutbürgerliche Restaurant dort. Wie heißt es noch?«

Es klang für mich wie eine Beleidigung, als er so vertraut, aber dämlich über meine Heimatstadt und deren Umgebung redete. Recht bedacht, fand ich beleidigend, wie und was er überhaupt redete.

»Hopedale Inn«, sagte ich.

»Richtig. Einmal bin ich mit der Harley dort hinaufgefahren. Wahnsinn, den Highway 321 und all die Straßen auf und ab gedüst! Aber dann war Schluss, weil es zwei Tage lang ununterbrochen geregnet hat und ich kein Regenzeug mit hatte.«

Ich nickte, aber eine passende Antwort fiel mir nicht ein.

»Wollen Sie noch ein Bier? Ich besorg Ihnen noch eins.«

»Ach, ja, was soll's«, sagte ich.

»Piper, bring dem Jungen noch ein Bier.« Die Küche war leer.

Mrs. Glauchnor hatte wohl das Personal nach Hause geschickt oder in ihre Zimmer oder wo immer sie waren, wenn sie nicht für das Ehepaar G. kochten. Allmählich tat mir Story zutiefst leid.

»Übrigens, Ihr vorheriger Besuch hier – sie versucht wohl, Sie in das Ganze reinzuziehen, was?« Er rührte mit dem Finger in einem fiktiven Topf. »Da wärn Sie nicht der Erste.«

Da ich nicht wusste, was das nun wieder bedeutete, ging ich nicht darauf ein und sagte: »Sie zieht mich nicht rein. Sie hat mir weder viel erzählt, noch mich um Hilfe gebeten. Ich habe den Eindruck, dass sie, mit mir oder ohne mich, das tut, was sie sich vorgenommen hat. Dabei habe ich kaum Einfluss auf sie. Sie wahrscheinlich auch nicht.«

Die Bemerkung passte ihm überhaupt nicht, und ich fürchtete schon, er würde mir über den Tisch hinweg eine langen. Aber er beherrschte sich und meinte nur: »Lassen Sie sich eins gesagt sein: Sie vergeuden beide Ihre Zeit.«

Mittlerweile fragte ich mich, warum er Storys Suche nach ihrem leiblichen Vater so offen feindselig gegenüberstand. Die etlichen Gläser Wein und selbst die kärglichen 4,2 Prozent Alkohol in dem Budweiser Light verstärkten in mir die beunruhigende und zunehmend paranoide Vorstellung, dass schlussendlich doch er Storys leiblicher Vater war. Er will nicht, dass sie ihn findet, weil er selbst es ist, dachte ich, schlug es mir als vollkommen aberwitzig jedoch sofort wieder aus dem Kopf. Warum zum Teufel würde er ihr dann nicht die Wahrheit erzählen? Das war unlogisch. Doch ich musste daran denken, dass mein Vater immer gesagt hatte, es sei besser, zu schweigen und für einen Narren gehalten zu werden, als zu sprechen und es zu bestätigen. Ein guter Rat. Nach reiflicher Überlegung kam ich zu dem Schluss, dass Mr. Glauchnor vielleicht etwas Unappetitliches über die ganze Angelegenheit wusste und nicht wollte, dass Story es erfuhr. Vielleicht wollte er sie nur schützen. Vielleicht war ihr leiblicher Vater wegen organisierter Kriminalität und Bestechung in einem Bundesgefängnis, vielleicht wegen Mordes oder sonst eines abscheulichen Verbrechens in einem Staatsgefängnis in South Carolina. Die einfachste Erklärung war, dass die Glauchnors Story vor etwas Unangenehmem schützen wollten.

Story und Mrs. Glauchnor kamen nach offensichtlich erfolgreichen Friedensverhandlungen zurück und setzten sich wieder an den Tisch. Story war immer noch verstimmt, und Mrs. Glauchnor erging sich in einer Flut raffinierter und deshalb sinnloser Entschuldigungen, bis Mr. Glauchnor sie mit einer ungeduldigen Handbewegung unterbrach.

»Piper, hast du ihm ein Bier mitgebracht?«

»Nein, tut mir leid.« Ohne ein weiteres Wort sprang sie auf, und ich hörte, dass sie aus dem Kühlschrank noch ein Bud Light holte. Es kam ohne die entzückende kleine Serviette.

»Danke schön.«

»Bitte schön. Ich habe es nicht geöffnet, weil meine Nägel …«

»Kein Problem«, sagte ich. »Das mache ich schon.«

Nach dem Essen flüchteten Story und ich hinunter zum Wasser. Wir setzten uns ans Ende des Stegs und ließen die Füße baumeln. Neben dem Steg war ein zweistöckiges Bootshaus, in dem ein scharlachrot-beiges Mastercraft-Boot und zwei glänzende, sorgfältig vertäute Jetski an Stahlkabeln über dem Wasser hingen. Ein mit Seemannstauen angeseiltes Sunburst-Kajak lag kieloben am Ende der Mauer. Am jenseitigen Horizont im Westen des großen, weiten Sees zeichnete sich eine Reihe einsamer Häuser ab. Das warme Licht aus den vielen breiten Fenstern tanzte unruhig auf dem Wasser, das in einem fort gegen das streng riechende sumpfige Ufer schwappte.

»Hier könnte ich leben«, sagte ich. »Es ist fantastisch.«

»Findest du? Ich kann es eigentlich nicht mehr sehen. Vielleicht bin ich unrettbar verwöhnt.«

»Nein«, sagte ich. »Das verstehe ich. So geht es mir in Old Buckram auch. Ich weiß, dass die Berge wunderschön sind. Wenn morgens manchmal ein Nebelmeer unten im Tal liegt, schaue ich von oben auf dem Hügel wie eine Gottheit darauf herab. Und dann kommt die Sonne über den Morning Mountain, und all das unendliche Weiß reflektiert das Licht, und plötzlich ist der ganze Himmel gleißend hell, sodass man kaum hineinsehen kann. Ich weiß, es ist unsagbar schön. Aber wegen … Dingen, die ich mit meiner Kindheit verbinde … fällt es mir schwer, die wahre Schönheit dieses Anblicks noch zu erkennen. Findest du das verständlich?«

Story schaute sich um; vielleicht wollte sie eine neue Perspektive gewinnen und alles überdenken. »Ich möchte es sehen. Vielleicht komme ich in ein paar Wochen mal vorbei.«

»Ach, das wäre toll.«

Sie beugte sich vor, blickte in das schwarze Wasser, und ich streichelte ihren Rücken.

»Was hat sie zu dir gesagt, als ihr aus dem Esszimmer gegangen seid?«

»›Elizabeth, mein Liebes, lass uns nicht gleich beim ersten Mal einen schlechten Eindruck machen.‹«

»Nett.«

»Ja, sie ist sehr nett.«

»Tut mir leid, was passiert ist«, sagte ich. »Ich hab nicht nachgedacht. Ich hätte wissen müssen, dass ich besser den Mund halten sollte …«

»Es ist nicht deine Schuld. Seit ich mich erinnern kann, wehren sie sich mit Händen und Füßen dagegen. Ich glaube, weil ich sie als meine Eltern akzeptieren soll, und damit basta. Aber wenn ich ehrlich mit mir bin, wollte ich das nie, zum Teil, weil ich seit jeher meine, dass wir in allen wesentlichen Belangen einfach vollkommen unterschiedlich sind. Aber ich weiß, sie fühlen sich abgelehnt, wenn ich über meine leiblichen Eltern rede. Als genügten sie nicht. Als würde ich, wenn ich meinen richtigen Vater fände, weggehen und nie wieder zurückkommen. Ständig heißt es ›Sind wir dir nicht genug? Sind wir dir nicht genug?‹«

Zurück zur Remise gingen wir durch einen Skulpturengarten, den Mrs. Glauchnor auf der Ostseite des Hauses in einem Labyrinth aus struppigen Buchsbaumhecken angelegt hatte. Die »Kunstobjekte«, als die sie sie hartnäckig bezeichnete, hauptsächlich Trödel von privaten Flohmärkten, standen absurderweise auf niedrigen Marmorpodesten. Als Erstes trafen wir auf einen verrosteten Schiffsanker und eine verwitterte Büste des Triton, unechte Seetangfäden dramatisch um die Schultern drapiert. Dann auf noch einen, diesmal kleineren und irgendwie merkwürdigen Anker, die Betonstatue eines äsenden Rehs (das zwei Podeste belegte: eins für die Vorder- und eins für die Hinterbeine) und dergleichen mehr. Über einen mit Steinen ausgelegten Weg wanderten Story und ich Hand in Hand an den Kunstobjekten, die von kleinen Lampen am Fuß der Podeste indirekt beleuchtet wurden, entlang und bewunderten sie, so ernsthaft wir konnten.

»Ich bin überrascht, dass dein Vater das Reh nicht schon totgeschossen hat.«

»Bitte kein Wort zu niemandem.«

Nachdem wir Buller rausgelassen hatten und er herumlaufen konnte, machten wir uns noch ein Bier auf, zündeten Kerzen an und setzten uns auf den Boden wie Kinder in einem Versteck. Wir redeten über Storys Suche nach ihrem leiblichen Vater und alles, was seitdem passiert war. Sie erzählte, wie sie Lelia besucht, die sie mit einer Elster verglichen und Elsie genannt und dass sie das Bild von Benjamin gefunden hatte. Dass Mr. Glauchnor sich offenbar zum allerersten Mal anständig verhalten hatte und mit ihr zu Lelias Beerdigung gegangen war. »Die Tage sind hell, aber die Nächte sind leer«, sagte sie, und ich dachte an Threnody und wünschte, sie wäre bei uns. Ich wusste, Story würde sie hier willkommen heißen.

Schließlich nahm Story mich mit in das Zimmer mit den Notizbüchern und Zeitungen und ging mit mir ihre Nachforschungen durch, von den allerersten bis zu den letzten. Wir fingen mit der Geburtsurkunde an, die sie in einer laminierten Hülle in einer Schachtel mit wichtigen Dingen aufbewahrte. Offenbar war es sogar das Original. In der Zeile unter der Überschrift »Eltern« stand Lelias Name als Mutter – in Lelias eigener Schrift –, aber der Name des Vaters war offenkundig unleserlich gemacht. Zuerst anscheinend auch mit Kugelschreiber notiert, dann aber mit dickem schwarzem Filzer durchgestrichen. Eine dritte Schicht aus Tipp-Ex hatte Story weggekratzt, dann jedoch feststellen müssen, dass sie den Namen des Vaters tatsächlich nicht wieder sichtbar machen konnte. Ich fragte, woher sie das Original habe. Gestohlen, erwiderte sie. Ich hielt es ins Licht, konnte aber nichts erkennen. Das und ähnliches, außer röntgen, habe sie auch schon vergebens versucht, sagte Story.

Während ich an ihrem Schreibtisch saß und Seite um Seite der akribisch gesammelten Informationen durchging, lief sie im Zimmer auf und ab und machte allerlei für mich unzusammenhängende Bemerkungen. Nach zwei Stunden Lesen und intensivem Beäugen alter und neuer Fotos tat es mir in der Seele weh für Story, aber ich hatte nichts gesehen, das einen auch nur irgendwie begründeten Anlass zu weiteren Recherchen gegeben hätte. Story hatte recht: Es war eine Sackgasse. Es gab keine Antworten mehr.

Das letzte Notizbuch war das erste, das Story zu Beginn der Suche nach ihrem Vater benutzt hatte. Es enthielt Exzerpte aus Dutzenden Interviews mit Leuten auf der Halbinsel, die zur Gemeinde der Versirecto Methodist Church gehörten, Lelia kannten und eigentlich etwas über die Umstände von Storys Zeugung hätten wissen müssen. Story erzählte mir, was in dem Notizbuch stand, und meinte, ich solle meine Zeit nicht damit verschwenden, aber ich wollte sehen, ob ich nicht doch einen Anhaltspunkt fand, den sie übersehen hatte, und las es durch. Wieder hatte sie recht. Alle, mit denen sie gesprochen hatte, vermutlich fünfundzwanzig Leute, meist Frauen, erzählten mit auffälliger Klarheit, Lelia habe in dem kleinen weißen Haus auf Kirchenland gewohnt, ihre Mutter, Alkoholikerin, habe sie nicht besonders gut behandelt, Lelia sei mit gerade mal vierzehn oder fünfzehn schwanger geworden – auf der Halbinsel wahrscheinlich ein ziemlicher Skandal – und die Glauchnors, frisch verheiratet, hätten netterweise Lelias kleines Mädchen adoptiert. Äußerst verblüffend war, dass niemand, aber auch niemand, Informationen zu dem mysteriösen Vater beisteuern konnte.

Als ich ausgelesen hatte, war Story im Pyjama mit Buller auf der Couch eingeschlafen. Sie am einen Ende, er am anderen, seine Schnauze ruhte auf ihren Füßen. Ich setzte mich auf einen Stuhl neben sie, starrte an die Decke und ließ mir noch mal alles durch den Kopf gehen.

Die Leute auf der Halbinsel wussten es! Sie mussten es wissen. Sie sagten es bloß nicht. Zwei Damen, mit denen Story geredet hatte, erinnerten sich an die Namen der Katzen von Lelias Mutter, also bitte. Eine Dame erinnerte sich, dass Lelia, als sie nach der Geburt aus dem Krankenhaus kam, »ein blaues Kleidchen mit weißen Blumen und solch süßen Zackenlitzen an den Ärmeln« getragen habe. Eine andere Dame, die im Auftrag der

Kirche der Familie Essen brachte, konnte Lelias Schlafzimmer mit erstaunlicher, herzzerreißender Genauigkeit beschreiben: »Eine weiße Kommode mit rosa Schubladengriffen in Form eines Bogens«, »ein leerer Bilderrahmen, der aussah wie ein Geschenk, in dem aber nie ein Bild war«, »ein Schmuckkästchen aus Holz mit nichts darin«, »eine Lumpenpuppe auf dem Bett«. Und dann sollten sie, alle gestandene Miss Marples, nicht wissen, wer Storys Vater war? Angesichts einer jähen, noch unglaublicheren Erkenntnis erschrak ich regelrecht: Sie stellten nicht mal Spekulationen über seine Identität an. Das war ja vollkommen wider die menschliche Natur. Die Leute klatschen für ihr Leben gern. Sie können es nicht lassen. Den lieben langen Tag spekulieren sie wild über alles, wovon sie doch gar nichts wissen, und erzählen es einem, ob man es hören will oder nicht. Aber keiner und keine, mit dem oder der Story gesprochen hatte, rückte mit einer Vermutung über den mutmaßlichen Vater heraus. Das konnte nur eines bedeuten: Alle wussten, wer es war.

Wer dann also? Warum sagten sie es nicht? Ein Politiker? Der Präsident? Der Gouverneur von South Carolina? Castro? Dazu fiel mir zweierlei ein: Erstens, wenn die Leute auf der Halbinsel wussten, wer der Vater war, wussten es Storys Eltern auch, ja, hätten es vor allen anderen gewusst. Sie hätten niemals das ganze Adoptionsprozedere auf sich genommen, ohne Erkundigungen nach dem Vater einzuziehen. Und wenn sie seine Identität nicht herausbekommen hätten, hätten sie das Story doch sicher erzählt. Sie hätten ja die Argumente auf ihrer Seite gehabt. Sie hätten ihr ganz ehrlich sagen können, sie wüssten es nicht und könnten es angesichts der langen Zeit wahrscheinlich auch nicht mehr in Erfahrung bringen. Aber genau das sagten sie nicht.

Zweitens musste etwas Außergewöhnliches passiert sein, wenn alle so eisern Stillschweigen bewahrten.

Story spürte, dass ich neben ihr saß, und griff nach meiner Hand.

»Ich habe ein schlechtes Gewissen, dass du jetzt die ganze Zeit dieses Zeugs gelesen hast. Bin ich die Verrückte? Sag's mir bitte!«

Überaus behutsam und durchdacht versuchte ich, meine Schlussfolgerungen in Worte zu fassen, aber es kam alles in einem Kuddelmuddel heraus, und Story wurde zunehmend aufgeregt, während ich sprach. Zuerst setzte sie sich auf. Dann stand sie auf, blies die Kerzen aus und schaltete das Deckenlicht an.

»Du meinst wirklich, dass meine Eltern Bescheid wissen?«

»Ja, meiner Ansicht nach lässt das alles gar keinen anderen Schluss zu.«

»Aber warum haben sie es mir dann nicht gesagt?«

»Hast du sie gefragt?«

»Natürlich!« Sie ging ins Schlafzimmer und kam eine halbe Minute danach angezogen wieder heraus. Ohne ihre Tennisschuhe aufzubinden, zog sie sie an.

»Was machst du?«

»Ich gehe mal gucken, ob mein Vater noch auf ist.«

»Es ist ein Uhr nachts.« Ich hatte ein Gefühl, als schlüge Wasser über meinem Kopf zusammen, als hätten wir eine kritische Masse erreicht und die Dinge würden jetzt unaufhaltsam ihren Lauf nehmen. Ich schlug vor, bis zum nächsten Morgen zu warten, aber Story war schon losgestürmt, sodass ich ihr nur noch folgen konnte. Auf halbem Wege zum Haupthaus fing sie an zu laufen und dann sogar zu rennen. Ich hinter ihr her. Als ich die Treppe zur Veranda erreichte, war Story schon drin. Ich ging hinein und wartete in der dunklen Vorhalle, falls Mr. Glauchnor schon schlief und Story wieder herauskommen würde.

Lange hörte ich gar nichts und dachte schon, ich sollte zurück zur Remise gehen und dort auf Story warten. Das erste Anzeichen, dass sich doch etwas tat, war der arme Jim, der die Treppe herunterhumpelte. Nachdem er gemerkt hatte, dass er mich schon kannte, trottete er zur Begrüßung ein wenig wacklig zu mir herüber. Sein Schwanz knallte gegen jedes verfügbare Möbelstück zwischen uns und versetzte seinen ganzen Körper in Bewegung. Während er und ich dasaßen und beredeten, wie ich ihn am besten mit Buller bekannt machen könnte, wofür er durchaus offen zu sein schien, war oben alles still, und langsam fühlte ich mich wie ein rechter Esel, weil ich für diese dumme Situation verantwortlich war. Ich sagte Jim Gute Nacht, doch als ich aufstand, hörte ich ein dumpfes, sich wiederholendes Geräusch durch die Decke. Es krachte, splitterte, wurde lauter und klang nun doch wie Mord und Totschlag. Dann ertönte eine veritable Explosion, und es regnete Glasscherben von oben herunter. Ich erschrak zu Tode, Jim klemmte den Schwanz ein und floh aus der Vorhalle, genau auf die Scherben zu. Ich packte ihn am Halsband, und obwohl er sich wehrte wie ein gefangener Schwertfisch, trug ich ihn in Mr. Glauchnors Büro, damit er sich seine alten braunen Pfoten nicht zuschanden trat.

Kaum hatte ich die Tür hinter ihm geschlossen, stampfte Mr. Glauchnor wütend und absichtlich laut die Treppe herunter (sicher dachte er: Das ist meine Treppe, verdammt, und das war meine verdammte Kristallvase). Er zertrat Glasstücke und drückte mit jedem Schritt Splitter in das Holz. Mrs. Glauchnor folgte ihm, aufrecht, aber zitternd wie Espenlaub, auf Zehenspitzen durch die Scherben. Wie eine Dampfwalze rollte ihr Gatte im Dunklen an mir vorbei, geradewegs zur Bar in der Ecke des Wohnzimmers, wo er sich was zu trinken eingoss. Mrs. Glauchnor sah meinen erstaunten Blick und sagte: »Es ist schrecklich, nicht wahr?« Die Fassade bröckelte.

Einen Moment später kam Story in aller Ruhe und als sei

nichts Ungewöhnliches vorgefallen, die Treppe hinunter. Sie blieb stehen, um die Decke zu betrachten, und fuhr dann mit dem Finger über ein Bild, als wolle sie überprüfen, ob Staub darauf sei. Ab und zu bückte sie sich, hob eine größere Glasscherbe auf und betrachtete sie wie eine an den Strand gespülte Muschel. »Hilfst du mir bitte?«, sagte sie zu mir, und weil ich nicht wusste, was ich sonst machen sollte, fing ich an, die scheinbar immer mehr werdenden Bruchstücke der Vase einzusammeln, so gut es in dem trüben Licht ging. Als wir zusammen kaum eine Handvoll hatten und nur einen geringen Teil dessen, was man gewiss noch jahrelang in den Ritzen des Hauses finden würde, sagte Story: »So, das reicht.« Sie nahm meine Scherben und ihre, ging dorthin, wo Mr. Glauchnor stand, und legte sie behutsam auf den Tresen.

»Ich gehe jetzt«, sagte sie. »Hier hast du ein Andenken an mich. Du kannst es als Metapher für mein Leben und das meiner Mutter ansehen, und ich freue mich, dass das jetzt alles ein Ende hat. Trotzdem – bewahr es auf. So kannst du jedes Mal, wenn du im Zorn etwas zerbrichst, an mich denken.«

Story ging, und ich weiß, dass sie felsenfest entschlossen war, zu gehen und nie wiederzukommen. Mittlerweile kochte Mr. Glauchnor hinter ihr vor mörderischer Wut. Zornbebend fegte er mit der Hand über den Tresen, verstreute das Glasscherbengeschenk hilflos im Zimmer und starrte verwirrt auf die scharfen Splitter, die sich tief in seine Handfläche gebohrt hatten. Dann sagte er: »Scheiß drauf« und ließ das Blut auf seine Hose und den Boden tropfen. Als letzte fiese Bemerkung rief er Story hinterher: »Viel Glück!«

»Danke«, erwiderte sie.

»Komm zurück, wenn du weißt, wer deine Eltern sind.«

In der schrecklichen Stille fing es in meinen Ohren an zu klingeln. Ich hatte noch nie gehört, dass jemand, um einen anderen Menschen zu verletzen, jede einzelne Silbe eines Satzes so grausam betonte.

Sie drehte sich um und sah ihn an. »Eines weiß ich immerhin«, sagte sie.

»Und das wäre?«

»Ich weiß, dass ganz egal, wer letztendlich mein Vater ist, du es jedenfalls niemals sein wirst.«

Auf dem Weg zur Tür fasste sie mich an der Hand. Mr. Glauchnor lief hinter uns her und schrie wirres Zeug. Als Story die Tür aufriss, knallte er sie wieder zu. Obwohl er sie mit aller Gewalt festzuhalten versuchte, zog sie sie wieder auf. »Also gehst du?«, keifte er sie von hinten an. »Schön! Scheiß drauf, dann geh eben. Was du offenbar vergessen hast, ist, dass ich derjenige war, der sich um dich gekümmert hat, du undankbares kleines Miststück. Ich bin derjenige, der dir zu essen gegeben hat. Ich habe dir die verschissenen Windeln gewechselt. Was meinst du denn, wer das alles gemacht hat? Ich! Ich habe dich gefüttert und gewaschen ...«

Etwas im Ton seiner brechenden Stimme veranlasste Story, den Kopf zu wenden. »Was meinst du damit, dass du derjenige warst? Wo war *sie* denn?«

Er wich langsam zurück, und sie folgte ihm, ohne ihn aus den Augen zu lassen, ins nächste Zimmer.

»Sag mir, was du damit meinst.«

»Lass mich in Ruhe.«

»Sag's mir. Wo war sie? Willst du sagen, sie hätte nicht mitgeholfen, mich großzuziehen?«

Hätte er es allgemein abgestritten, hätte sie es vielleicht als schlichtes sprachliches Missverständnis abgetan. Aber er zog den Schwanz ein und wich zurück. Und dann hatte Story wirklich die Schnauze voll. »Erzählt mir jetzt endlich mal jemand, was zum Teufel hier los ist?«, schrie sie.

Piper sagte: »Herrgott noch mal, Morgan. Erzähl es ihr. Erzähl es ihr und bring es hinter dich. Sie findet es sowieso heraus.«

»Halt den Mund, Piper.«

»Mir was erzählen?«

»Morgan, du musst …«

»Ich muss gar nichts.«

»Meinst du nicht doch, es wird langsam mal Zeit?«, ätzte Story zu ihm.

»Nein«, sagte er ruhig, ganz nüchtern. »Das meine ich nicht. Wir haben genau dieses Gespräch neun Millionen Mal geführt. Du kennst unsere Meinung. Bitte, um Himmels willen, hör ein für alle Mal damit auf.« Jetzt appellierte er an sie. Sein Gesicht war fahl, er ließ den Kopf hängen wie ein geprügelter Hund. Er sah aus, als hätte er keine Kraft mehr und wüsste nicht mehr weiter, als wollte er sagen: Bitte, zwing mich nicht.

»Sag es mir«, erwiderte Story. »Was es auch ist, sag es mir.«

Mrs. Glauchnor taumelte betrunken vorwärts und griff nach Story. Story nahm sie in die Arme und hielt sie wie ein Kind. »Sag es mir«, bat sie ihren Vater noch einmal. »Oder willst du, dass ich es selbst herausfinde? Du weißt, dass ich es herausfinde. Eines Tages, mit oder ohne deine Hilfe. Ich gehe nicht. Ich will es nur wissen. Es ist ein Teil dessen, was ich bin.«

Mr. Glauchnor lief in seiner Ecke des Raumes zähneknirschend hin und her. Die Muskeln in seinem Gesicht bewegten sich vom Kinn hoch bis zur Schläfe und seiner purpurn anlaufenden Stirn. Er wand sich wie vor Schmerzen, dann heulte er die Zimmerdecke an. »Was willst du von mir? Was willst du von uns?«

Story ließ ihre Mutter los und ging auf ihn zu. »Sag mir, wer mein Vater ist.«

»*Ich bin* dein …«

»Ich rede über meinen biologischen Vater! Über den, dessen Gene ich habe. Über den, dessen Sehkraft ich geerbt habe. Über den, dessen Anlagen für Erbkrankheiten ich unter Umständen an meine Kinder weitergebe. Den …«

»Du willst es wissen?«

»Ja, das will ich. Ich habe ein Recht darauf!«

»Nein, du willst es nicht wissen.«

Mein Gott, dachte ich. Jetzt kommt's. Gleich erzählt er ihr was, von dem sie sich ihr Leben lang nicht erholen wird. Den Gedanken hatte Story offenbar auch. Zum ersten Mal sah ich ganz kurz ein Zögern in ihren Augen. Dann –

»Ich will es wissen. Sag es mir.«

Mr. Glauchnor schaute Mrs. Glauchnor lange an. Die vergrub das Gesicht in den Händen. Ach, du lieber Gott, dachte ich. Mit vor Wut verzerrtem Gesicht lief er herum. Stellte sein Glas hin und nahm es wieder hoch. Fing ein halbes Dutzend Sätze an, beendete keinen. »Dein Vater …«

»Sag's mir«, flüsterte Story. »Sag's einfach.«

»Ich sag dir, wer dein Vater war«, stieß er endlich mit verächtlichem Grinsen aus und verlor dann vollkommen die Beherrschung. »Er war ein Niemand! Abschaum, ein Niemand, der letzte Dreck! Er lebte ganz am Ende der Halbinsel. Er war ein Stück Scheiße von Mensch, der deine Mutter missbraucht hat …«

»Morgan!«, flehte Mrs. Glauchnor. »Halt dich zurück …«

»Es stimmt doch. Er hat sie missbraucht. Er hat sie vergewaltigt und die Stadt verlassen.«

»Das ist unmöglich«, sagte Story und schlang sich die Arme um den Leib. »Ich glaube kein Wort davon. Das ist erstunken und erlogen.« Ihre Worte waren leer. Halb geflüstert. Ohne Überzeugung.

»Nein!«, brüllte Mr. Glauchnor in heller Panik. »Es stimmt!

Er hat sie missbraucht. Er hat sie vergewaltigt! Das ist passiert, und alle wussten es. Und sobald er herausfand, dass sie schwanger war – na, da hat er keine Scheißfünfminuten gewartet, um abzuhauen. Er hatte Glück, dass er nicht vor Gericht musste …«

Story hatte es die Sprache verschlagen. Ich sah, dass sie über das Gehörte nachdachte und diese neue Information zu verarbeiten versuchte. Konnte das die Wahrheit sein? Hatte sie darauf gewartet? Hatte es ihr deshalb niemand erzählen wollen? Schließlich sagte sie: »Ich glaube es nicht. Nein. Warum hat sie es mir dann nicht erzählt?«

»Du musst es mir ja nicht glauben«, sagte Mr. Glauchnor.

Alle taten mir von Herzen leid, aber besonders Story. Unfasslich, was hier passierte. Ich ging im Kopf noch mal alles durch: die Geburtsurkunde und die vollständige Unkenntlichmachung des Vaternamens. Die Vehemenz und Härte, mit der Mr. und Mrs. Glauchnor Storys Versuche stets abgeblockt hatten, das Geheimnis zu entschlüsseln. Mr. Glauchnor, der zu Lelias Beerdigung mitgegangen war. Benjamin. Die Citadel. Die Fotos. Der bemerkenswerte Umstand, dass angeblich keiner von all den Nachbarn, die doch so abgeschieden und eng miteinander lebten, eine Ahnung hatte, wer der Vater war. Jedes Wort, das gesagt worden war, und jedes, das geschrieben worden war, deutete nur auf eines hin. Und auf einmal traf es mich wie ein Schlag.

»Wie hieß er?«, fragte ich.

Wieder senkte sich schreckliche Stille auf das Zimmer, und in meinen Ohren klingelte es erneut.

»Wie hieß er?«, fragte ich noch einmal. »Sie müssen doch seinen Namen kennen.«

Mr. Glauchnors Mund bewegte sich, ohne dass Worte herauskamen. Er sah nach seiner Gattin, doch sie drehte sich weg. Story starrte erst mich ungläubig an, dann ihren Vater. Wir alle schwiegen, bis ich dachte, das Haus werde über uns zusammenfallen.

Es lag nicht daran, dass ihm der Name des jungen Mannes nicht einfiel. Wenn es ihn gegeben hätte, hätte er gewusst, wie er hieß. Er hätte es gewusst und niemals vergessen. Tatsache war, dass es einen solchen Mann nicht gab.

41

Plötzlich fing er an zu nuscheln und zu fluchen. Vor Empörung, Abscheu oder Hass spuckte er gleich zweimal auf den Boden, ehe er sich mit wütendem Gebrüll auf mich stürzte. Wir fielen beide zu Boden. Story schrie und zog ihn am Hals, während er mit allen Kräften versuchte, mich totzuprügeln. »Du verdammter Hund, verdammter Hund!« Er war gut dreißig Kilo schwerer als ich, und die Muskelstränge in seinen Armen verrieten mir, dass er im reiferen Alter doch nicht vollkommen inaktiv gewesen war. Den sicheren Tod vor Augen, durchlief ich in Gedanken alle Ereignisse des letzten Jahres und wie und warum ich hier gelandet war und ob ich, wenn ich gewusst hätte, wozu es führen würde, irgendetwas anders gemacht hätte. Ich war gerade zu dem Schluss gelangt, dass ich ganz genauso gehandelt hätte, da fiel Mrs. Glauchnor auf den Boden und versuchte, volltrunken, sich zwischen uns zu schieben.

»Morgan – du Schwein – lass ihn sofort los!« Mir floss das Blut aus der Nase in den Mund und über die Wangen. Mr. Glauchnor erhob sich langsam und zog mich auf die Beine, als seien er und ich zwei Jungs, die sich ein bisschen gekabbelt hatten. Meine Nase war schlimm in Schieflage.

Story schaute ihre Eltern an, vom einen zur anderen: ihr Vater, nach vorn gebeugt, rote Fingerknöchel, völlig derangiert; ihre Mutter, im Nachthemd auf dem Boden, unfähig aufzustehen. Keiner sagte etwas. Mr. Glauchnor suchte nach Worten, fand aber keine. Story verpasste ihm eine kräftige Ohrfeige, dann noch eine. Er packte sie am Arm, aber sie zog den Arm weg und hämmerte ihm gegen die Brust.

»Story, hör auf.« Mrs. Glauchnor versuchte aufzustehen. »Ich kann es erklären.«

»Nein«, sagte Story und ließ die Arme sinken. »Es gibt absolut keine Erklärung, die ich akzeptieren würde. Ich fass es einfach nicht, was hier passiert. – Entschuldige«, sagte sie zu mir und dann zu ihren Eltern: »Ich will euch alle beide niemals wiedersehen.« Mit diesen Worten verließ sie das Haus und knallte die Tür so zu, dass sie fast aus den Angeln fiel. Dieses Mal ging keiner hinter ihr her.

»Verdammt«, sagte Mr. Glauchnor. »Verdammte Scheiße.« Mir rann immer noch das Blut aus der Nase. Ich fing es mit dem Hemd auf. »Piper, ruf die Polizei.«

»Warum sollen wir die Polizei rufen?«, fragte ich.

»Ich habe mich der Körperverletzung schuldig gemacht, weil ich Sie verprügelt habe.«

»Vergessen Sie's«, sagte ich. »Vielleicht verdiene ich es ja. Wie wär's, wenn Sie mir einfach erklären, wie ich ins Krankenhaus komme?«

»Ich bringe Sie hin«, sagte Mr. Glauchnor. »Sieht aus, als wäre Ihre Nase gebrochen.«

»Nein, wirklich? Woran erkennen Sie das? Weil sie mir bis zum Ohr reicht?« Mir wurde schwindelig, ich musste mich setzen. Mrs. Glauchnor holte Verbandszeug. Mr. Glauchnor hieß mich den Kopf zurücklegen und schob mir hundert Meter Gaze in die Nase. Schließlich hörte es auf zu bluten, und Mrs. Glauchnor kam mit einer Kollektion verschreibungspflichtiger Betäubungsmittel zurück. Dankend lehnte ich den angebotenen Medikamentencocktail ab und sagte: »Ich sehe mal nach Story. Bin in ein paar Minuten zurück.«

Zum ohrenbetäubenden Trällern eines Baumfrösche-Chors schwankte ich zur Remise zurück; die Gazestreifen flatterten hinter mir her wie ein sich entrollender Turban. Story packte weinend ihren Koffer, und Buller, der wie eine Sphinx auf dem Bett saß, beobachtete sie mit sehr besorgter Miene. Als ich eintrat, kam sie auf mich zugerannt und umfasste mein Gesicht.

»Ich ertrag das alles nicht.« Sie trat von mir zurück und drehte ein paar schwindelerregende Pirouetten, als versuche sie das Geschehen zu begreifen. Ein paar von den Fotos lagen herum, als hätte sie sie einpacken wollen, sich dann aber dagegen entschieden. »Also … ist *er* mein Vater? Nach all dem, ist *er* mein Vater? Mein Gott, das darf nicht wahr sein. Nicht das! Dann hat er mich aufgenommen, weil meine Mutter ihn gehasst hat? Mich abgelehnt hat? Sie haben mich alle abgelehnt. Sie wussten es alle und wollten mich alle nicht haben.«

»Story …«

»Ich kann nicht hierbleiben. Das kann ich nicht. Nein. Ich verstehe nicht … Ich kann nicht glauben … Ich meine, was um alles in der Welt …«

»Aber wo willst du hin?«

»Ich weiß es nicht. Ich weiß es wirklich nicht. Ich will nur … ich will hier weg und nie wiederkommen. Es tut mir so leid, dass das jetzt passiert ist. Ich weiß nicht, was ich sagen soll … Ich glaub es einfach nicht, dass dir mein irrer Vater gerade die Nase gebrochen hat.«

»Die Nase ist nur geschwollen«, beschwichtigte ich sie. »Nichts weiter. Ich brauche nur eine Eispackung.«

»Nein, das stimmt nicht. Sie ist ernsthaft gebrochen, es sieht böse aus. Du musst ins Krankenhaus. Bitte geh. Verstehst du, dass ich hier wegmuss? Schaffst du das allein?«

»Ich will mit dir gehen. Du kannst so nicht Auto fahren. Ich bringe dich …«

»Nein, ich muss eine Weile nur fahren … Bitte hilf mir, den hier zuzumachen.« Ich drückte auf ihren Koffer, während sie den Reißverschluss zuzog. Sie ging durch alle Zimmer und schaute nach Dingen, die sie nicht vergessen wollte, ließ aber fast alles da.

»Bitte, geh nicht«, sagte ich. »Lass uns reden.«

»Ich fass es nicht. Das muss ein Alptraum sein.«

Sie hievte den Koffer vom Bett und stürmte durch die Fliegengittertür auf die Veranda.

»Lass mich mitkommen.«

»Ich rufe dich an. Schaffst du es?«

Ich antwortete nicht, und sie fuhr in die Nacht davon.

Buller und ich brauchten nicht lange zum Packen, wir hatten ja nicht mal ausgepackt. Eine Weile blieb ich im Auto sitzen, um runterzukommen und die Dinge wieder ein bisschen nüchterner betrachten zu können. Dann fuhr ich zum Haupthaus, um irgendwas Angemessenes zu sagen, vielleicht Auf Wiedersehen. Zu gegebener Zeit würde mir hoffentlich was einfallen. In der Dunkelheit der hinteren Veranda zum Wasser hin stierte Mr. Glauchnor vor sich hin.

»Story ist weg«, sagte ich. »Ich weiß nicht, wohin. Ich breche auch gleich auf. Danke für das Essen. Tut mir leid, dass ich solche Unannehmlichkeiten verursacht habe.«

Er bat mich, Platz zu nehmen, und wollte mir sein Glas mit dem Scotch geben. Als ich abwinkte, sagte er: »Trinken Sie nur. Ich habe jede Menge. Ich ertrinke darin.« Ich setzte mich, und als ich doch einen Schluck nahm, geriet meine übliche horizontale Sicht auf die Welt ins Wanken und kippte zur Seite, und ich dachte, ich würde gleich aus dem Sessel fallen. Doch er packte mich am Ellenbogen und richtete mich auf.

»Ich weiß nicht, wie es jemals so weit kommen konnte«, sagte er. »Zu einem bestimmten Zeitpunkt wollten wir es ihr mal erzählen und haben es nicht getan, und danach hatten wir das Gefühl, zu lang gewartet zu haben, und so ging es einfach immer weiter. Aber ich hätte wissen müssen, dass sie es schließlich selbst herausfinden würde. Ich bin, ehrlich gesagt, erstaunt, dass ihre Mutter – nicht Piper, sondern ihre leibliche Mutter – es ihr nicht gesagt hat, als sie sie vor zwei Jahren besucht hat.« Er holte eine Schachtel Marlboro Light aus einer Schublade am Tischende. »Ich rauche nicht«, sagte er.

»In Ordnung.«

»Wirklich nicht.«

»Ich glaube es Ihnen.«

Er zündete sich eine Zigarette an und bot mir auch eine an.

»Ich rauche auch nicht«, sagte ich.

Einen Moment später hörten wir einen gedämpften Knall von oben, dann noch einen. Erschreckt stand ich auf, aber Mr. Glauchnor sagte: »Sie knallt nur Türen. *Sie* läuft nicht weg. Setzen Sie sich wieder, bevor Sie umfallen.«

Ich war froh, als ich saß. Wenn ich stand, pochte es in meinem Kopf, und meine Augen hörten gar nicht auf zu tränen. In der Kehle spürte ich die Gaze.

»Sie sind Storys leiblicher Vater.«

»Ja, Sherlock, Volltreffer! Ich bin Storys leiblicher Vater. Ihr biologischer Vater, wie sie sagt. Sie haben das große Geheimnis gelüftet. Gratuliere! Mehr als zwanzig Jahre lang wusste das außer mir, Piper, meiner Mutter – die, das kann ich Ihnen sagen, all das früh ins Grab gebracht hat – und Storys leiblicher Mutter niemand. Nicht mal unsere Kinder. Jahrelang wusste es wirklich niemand, auch Story hatte nicht den geringsten Verdacht, dabei wurde sie förmlich mit der Nase darauf gestoßen. Hätte sie mir doch bloß nicht so verdammt ähnlich gesehen. Da hat Gott sich einen üblen Scherz erlaubt. Trotzdem ahnte keiner das Geringste. Und dann sind Sie gekommen.«

Ich wollte schon sagen: Es wissen mehr Leute Bescheid, als Sie denken. Meiner Meinung nach die ganze Halbinsel. Aber ich schwieg, weil ich meinen Gedankengang nicht erklären wollte, denn den hätte ich, gelinde gesagt, nur reichlich diffus artikulieren können. Stattdessen fragte ich ihn nach Benjamin.

»Woher, zum Teufel, wissen Sie von dem?«

»Lelia hatte ein Bild von ihm.«

»Au, verdammt. Sie wissen wahrscheinlich mehr, als ich vermute. Benjamin war zu der Zeit Lelias Freund.«

»Das verstehe ich nicht.«

»Es ist auch keine schöne Geschichte, junger Mann.«

Ich versuchte, alle Stücke zusammenzufügen, aber das gelang mir nicht. Er trank den Rest Whisky aus dem Glas, das wir uns geteilt hatten, füllte es wieder und kippte den Inhalt mit einem Schluck herunter. Dann goss er sich erneut ein. »Diese Geschichte habe ich noch nie jemandem erzählt, und ich weiß auch nicht, warum ich sie Ihnen jetzt erzähle. Aber ich schwöre bei Gott, wenn Sie sie jemandem weitererzählen – egal, ob Story, Piper oder sonst wem –, dann bringe ich Sie eigenhändig um. Verstanden?«

Alles klar, ich nickte ihm zu, das glaubte ich ihm sofort.

»Meine Mutter, Gott hab sie selig, hatte so was wie eine Plantage hier unten. Aber es war gar keine. Sie sah nur so aus. Die Familie ihres Vaters besaß mal den Großteil des County. Ungefähr fünfundzwanzigtausend Morgen – über hundert Quadratkilometer Land. Aber das war vor Jahren, und im Laufe der Zeit verkauften sie es und machten einen irren Haufen Geld, von dem meine Mutter beim Tod ihres Vaters einen Teil bekam, aber vor allem ihr großes altes, weißes Plantagenhaus mit Säulen und Gardenien und allem, was dazugehört. Und sie hatte bestimmt – ich würde sagen, zehn oder zwölf oder vielleicht sogar fünfzehn Leute, die dort vollzeit arbeiteten, im Grunde Sklaven, die kochten und saubermachten, den Garten besorgten, den Besitzern den Arsch abwischten und was sonst noch. Und sie gab immer Partys, zu denen alle kamen, und an einem Sommerabend gab sie eine Party zur Feier unseres ersten Hochzeitstages. Damals fühlte ich mich als Herr der Welt. Ich sah gut aus, hatte einen großen Schwanz und alles, aber auch alles, was ich mir wünschen konnte, samt einer absolut tollen Frau, und ehrlich, ich hätte jedes Mädchen kriegen können, das ich wollte. Außerdem war ich der Quarterback im Footballteam gewesen, mehr ging also wirklich nicht. Ben, ein Freund von mir – wir sind zusammen zur Highschool gegangen –, kam mit einem neuen Mädchen zur Party, das sehr viel jünger war als er. Ungefähr vierzehn oder fünfzehn Jahre alt und nicht aus guter Familie. Worauf er nicht gerade stolz war. Damals rümpfte man über so was noch die Nase. Aber mein Gott, sie war wunderschön, und er war verliebt in sie.«

»Das war Storys richtige Mutter?«

»Ja, Lelia war Storys leibliche Mutter.« Er schaute sich um, als wolle er sichergehen, dass wir auch wirklich allein waren. »Und lassen Sie sich eins sagen, sie war schön wie ein verdammtes Gemälde, bei Gott, das schwöre ich. Ein Wahnsinn! Ich glaube, bis zum heutigen Tage habe ich kein schöneres Mädchen gesehen. Sie hatte prachtvolle, weiche Titten und einen straffen Hintern wie ein Junge. Man bekam einen Ständer, wenn man sie nur anschaute. Alle waren also draußen und schlenderten herum und tranken, und es war dunkel, und ich war voll, das bin ich eben immer, und Ben auch, und er war irgendwo anders, und ich ging mit Leely hinunter zum See.«

Eine Weile lang saß Mr. Glauchnor da und hing seinen Gedanken nach, während seine Zigarette im Aschenbecher abbrannte. Ich hatte den Eindruck, dass er im Kopf noch mal alles durchging, um mir seine Erinnerungen möglichst genau schildern zu können.

»Und wissen Sie, was dann passierte?«, sagte er.

»Nein.«

»Sie behauptete – sie *behauptete* –, ich hätte die Situation ausgenutzt.« Als er das sagte, schaute er mich nicht an. So beteuerte niemand seine Unschuld. Er glaubte seiner eigenen Lüge nicht mehr.

»Ist sie zur Polizei gegangen?«

»Wäre sie wahrscheinlich, aber meine Mutter hat sich eingeschaltet, und es floss Geld, um die ganze Sache unter den Teppich zu kehren. Ben verließ die Stadt. Er war stinksauer auf mich. Ich meine, er schäumte vor Wut. Er hätte mir in den Arsch treten sollen. Stattdessen kam er an und erzählte es Piper.«

»Au, verdammt.«

»Deshalb habe ich ihn gehasst. Ich hasse ihn immer noch.«

»Und Lelia – wie haben Sie sie genannt? Leely?«

Mr. Glauchnor nickte.

»Leely wurde schwanger, und Sie – Herr im Himmel, Sie waren verheiratet. Dann was? Kamen Sie und Piper darin überein, das Kind zu adoptieren? Wollte Leely das Kind nicht behalten?«

»Niemand wollte das Kind. In meinem Leben gibt es vieles, worauf ich nicht besonders stolz bin, aber das, worauf ich am wenigsten stolz bin, die eine Sache in meinem Leben, auf die ich am allerwenigsten stolz bin, ist, dass ich einmal spät abends zu Leely gegangen bin. Als sie ungefähr im zweiten Monat war, haben wir uns heimlich getroffen und darüber geredet, was sie machen sollte und was ich machen sollte und – lieber Gott – sie wollte, dass ich sie in den Bauch boxte, damit sie das Baby verlor.«

»Und Sie haben es getan.«

»Ja. Immer und immer wieder, bis sie weinte. Aber sie wollte es.«

»Das Kind hat sie aber offenbar bekommen.«

»Wohl wahr.«

»Was passierte mit Ben?«

»Wie ich gesagt habe, er ist aus der Stadt verschwunden. Manche Leute meinten, das Kind hätte von ihm sein können, und wer weiß, vielleicht stimmte das ja, aber er wusch seine Hände in Unschuld. Er ging zur Armee, und nach zwei Monaten Grundausbildung schoss er sich in der Kaserne mit der Knarre ins Gesicht. Aus Versehen, da bin ich sicher.«

»Meine Güte.«

»Der langen Rede kurzer Sinn, das Baby kam, und wir hatten die Wahl: Meine ganze Familie hätte in derselben gottverdammten Stadt gelebt – in unserer Stadt, der Stadt, die wir zu einer gewissen Zeit fast komplett besaßen –, wir hätten alle in derselben Stadt gelebt wie mein uneheliches Kind und zugesehen, wie es von diesem armen White-Trash-Mädchen großgezogen wurde, oder wir konnten es sozusagen annehmen – Deckel drauf und fertig, und genau das taten wir.«

42

Nachdem Buller und ich nach Old Buckram zurückgekehrt waren, rief mich Story an und sagte, sie sei für ein paar Tage bei BethAnn in Chapel Hill, alles sei in Ordnung. Ich versuchte, mit ihr über das Geschehene zu reden, aber sie wechselte das Thema. Sie war distanziert, hielt unser Gespräch kurz und legte auf, ohne Auf Wiederhören zu sagen. »Ich rufe dich bald an, versprochen«, sagte sie als Letztes. Ich verstand, dass sie Raum und Zeit brauchte, und versuchte, sie ihr zu geben. Am Mittwochnachmittag rief sie an: »Ich muss dir was sagen.« Was, natürlich je nach Kontext, ein Satz ist, den niemand hören will.

Nachdem sie von Lot's Folly weggefahren war, hatte sie ihren Exfreund getroffen. In Charlotte. Da er so viel von den Kämpfen mit ihren Eltern miterlebt hatte, dachte sie, er sei der Mensch auf der Welt, der es wirklich verstehen würde. Freitagnacht war sie bei ihm geblieben und am nächsten Morgen nach Chapel Hill gefahren. Mir zog es den Boden unter den Füßen weg. Es habe keinerlei sonstige Bedeutung, beteuerte sie, aber sie wolle ehrlich mit mir sein.

»Darüber muss ich nachdenken«, sagte ich. »Vielleicht rufe ich dich irgendwann am Wochenende an.«

»Hör mir zu – Es ist nichts passiert, ich schwöre. Ich habe auf der Couch geschlafen. Es fühlte sich vollkommen falsch an, dort zu sein, und ich habe die ganze Zeit an dich gedacht.«

Der Punkt war natürlich nicht, ob sie auf der Couch geschlafen hatte – obwohl ich darüber natürlich sehr froh war –, sondern, dass sie überhaupt dorthin gefahren war. Offenbar war sie doch noch nicht über ihn hinweg, und für eine ernsthafte Beziehung mit mir war es noch viel zu früh.

»Ich muss darüber nachdenken«, sagte ich, komplett durcheinander.

»Wie ist deine Adresse?«

»Du kommst nicht hierher!«

»Schon gut. Nur für den Fall, dass ich dir einen Brief schicken möchte.«

»Bitte schick mir gar nichts.«

»Gib mir bloß deine Adresse.«

»Ich ruf dich später an«, sagte ich und legte auf. Ich war dabei gewesen, den Küchenfußboden zu fegen, und jetzt nahm ich den Besenstiel und zerschlug ihn an einer Holzsäule. Beides ging kaputt. Ich schrie und fluchte und knallte mit den Türen, hielt mich aber gerade noch davon ab, ein Loch ins Klavier zu treten. Um wenigstens noch ein bisschen Dampf abzulassen, nahm ich die paar Bilder, die ich von Story besaß, und warf sie in den Müll. Nach ein paar Minuten holte ich sie wieder heraus. Und wurde schier überwältigt von Kummer, als ich sah, dass eins bei meinem kindischen Wutanfall kaputtgegangen war.

Ich wollte mit Threnody sprechen. Mutter nahm das Telefon ab. Woraufhin ich auflegte wie ein dämlicher Pubertierender. Als ich nach ein paar Minuten noch mal anrief, gingen beide dran, und ich blieb stumm. Dann sagte Threnody: »Ich bin schon dran.« Mutter legte auf, und ich sagte: »Hallo, Bird.«

»Ich dachte mir schon, dass du es bist.«

»Bird«, sagte ich. »Mir geht's hier gar nicht gut.«

»Was ist passiert?« Mitgefühl klang anders.

Ich erzählte ihr eine Kurzversion der Story-Geschichte, für die sie sich aber nicht zu interessieren schien. In peinlichem

Schweigen beendeten wir das Gespräch, und dann ließ ich mich mit Wein und Wodka volllaufen, bis ich bewusstlos neben Buller zu Boden sank. Mit Nasenbluten, hämmernden Kopfschmerzen, einem ausgerenkten Kiefergelenk und einem hartnäckigen Teppichabdruck im Gesicht wachte ich auf. Buller, der nicht hinauskonnte, hatte in eine Zimmerecke gepieselt und jetzt Angst, dass ich ihn ausschimpfte. Aber das tat ich natürlich nicht.

Ich war mit meinen beiden blauen Augen die ganze Woche nicht zur Arbeit gegangen, aber Charlie hatte mich in der Vorwoche gebeten, zur Abtretung einer Forderung nach Recht und Billigkeit zu recherchieren. Er brauchte es für einen Prozess, also rappelte ich mich auf und fuhr in die Kanzlei. Ich schaffte es durch eine ganze Stellungnahme des Berufungsgerichts, aber dann erbrach ich mich. Damit Charlie mich nicht in meinem unseligen Zustand sah, wich ich ihm den ganzen Tag aus. Er bekam es jedoch von Sylvia mit und erwischte mich nach dem Mittagessen. Als er mich sah, musste er laut lachen.

»Was um alles in der Welt ist dir denn passiert? Bist du auf einen Rechen getreten?«

Ich faselte was von einem dämlichen Unfall.

»Wie heißt sie?«, fragte er.

Als ich abends nach Hause kam, klingelte das Telefon, aber ich ging nicht ran. Nach ein paar Minuten klingelte es wieder. Beim dritten Mal nahm ich ab. Es war Story.

»Bist du dran?«

Ich sagte nichts. Ich musste mich sehr beherrschen, damit ich das Telefon nicht gegen die Wand warf. Ich legte den Hörer in den Schoß. Was würde wohl passieren, wenn ich auflegte? Ich hielt ihn wieder ans Ohr.

»Hör mal«, sagte sie, »bitte rede mit mir. Egal, was du sagst.«

»Ich glaube nicht, dass dir das egal ist.«

Sie seufzte. Und ließ eine lange Zeit schweigend verstreichen. »Bist du noch ein paar Stunden da?«

»Warum?«

»Weil ich auf dem Weg bin.«

»Auf dem Weg wohin?«

»Nach Old Buckram.«

»Hör zu – ernsthaft. Ich will nicht, dass du kommst.«

»Ich komme aber doch. Ich bin auf dem Weg. Ich bin in einem kleinen Laden an der 421, und hier will ein Mann ohne Zähne und mit Tyrannosaurus-Rex-Armen mein Auto volltanken. Nur arbeitet er gar nicht hier. Gibst du mir jetzt deine Adresse? Wenn nicht, fahre ich durch die Gegend, bis ich dein Auto sehe.«

Sie kam spät und konnte beim Anblick des Geierhauses ihr Unbehagen nicht verbergen. Obwohl ich überall, innen und außen, Licht gemacht hatte, damit es so einladend wie möglich wirkte, war die gespenstische alte Villa für sie sicher ein Schock. Meine eindringlichen Warnungen hatten nichts gefruchtet. Sie trat durch die mittelalterliche Haustür und bestaunte die riesigen Räume und gekachelten Flure, die in den mäandernden Tiefen des Hauses verschwanden. Ich ging mit ihr herum, um ihr zu zeigen, dass sich keine Monster in den Schatten verbargen. Dann kletterten wir die Wendeltreppe zur Bibliothek hinauf und weiter hoch in den zweiten Stock, wo wir über den Garten zur Stadt schauten. Der Mond schien nicht, und in der Düsternis über dem Morning Mountain sah man die Sterne. Ein silbriges Spinnennetz zierte das alte bronzene Teleskop – eine Ruderpinne auf einem lang verlassenen Schiff.

»Wie findest du es?«, fragte ich. »Grenzt ans Makabre, was?«

»Ein Geisterhaus.«

Ich ging mit ihr zu dem Alkoven mit der merkwürdig abgeschrägten Decke, wo Leute aus der Gegend Tieropfer dargebracht hatten. Der Ziegenkopf und das Pentagramm waren zwar überstrichen, doch immer noch sichtbar, als seien sie mit einer Fackel in die Wand gebrannt. »Hier kannst du schlafen.«

»Von wegen.«

»Ja, dann weiß ich nicht, wo.«

»Wie wär's, wenn ich auf dem Boden in deinem Zimmer schlafe? Nichts für ungut, aber dieses Haus jagt mir Todesängste ein. Unglaublich, dass du ganz allein hier wohnst.«

»Ich bin hier aufgewachsen, die meisten Dämonen habe ich schon gebannt.«

»Trotzdem.« Ihr schauderte sichtbar.

In der Nacht hielt ich sie in den Armen, und sie weinte, und als sie sich ausgeweint hatte, redeten wir bis zum Morgen über ihre Familie und darüber, wie grausam ihr Vater im Licht der neuen Erkenntnisse zu ihr gewesen war, obendrein ganz bewusst. Sie setzte immer noch die einzelnen Puzzleteile zusammen, eins nach dem anderen, Jahr um Jahr.

»Dein Bruder und deine Schwestern wissen es nicht«, sagte ich.

»Doch, das müssen sie. Warum meinst du, wissen sie es nicht?«

»Das hat mir dein Vater gesagt.«

Irgendwie schaffte ich es am nächsten Morgen zur Arbeit, und Story büffelte in der Stadtbücherei für ihr Zulassungsexamen. Bei ihrer Rückkehr war ich schon eine halbe Stunde zu Hause. Den ganzen Tag über hatte ich mit einem Knoten im Magen daran denken müssen, dass sie nach dem Desaster auf Lot's Folly zu ihrem alten Freund gefahren war. Trotz der Zeit, die wir schon miteinander verbracht hatten, waren sie und ich körperlich noch nicht richtig intim gewesen – ein Missstand, dem ich schon auf Lot's Folly sehnsüchtigst hatte abhelfen wollen. In meinem brodelnden Hirn stellte ich mir nun immer vor, wie sie in der Nacht erschöpft und hilflos in seine vertrauten Arme gesunken war, er sie gierig liebkost, beschwichtigt und getröstet und sie ihm die herrliche Nähe erlaubt hatte, die ich bisher nur in meiner Fantasie erlebte.

Um Buller Bällchen zu werfen, gingen wir hinunter bis zu dem verfallenden Garten am Berghang. Dabei fragten wir uns das Übliche: »Wie war dein Tag?« »Gut, und deiner?« »Hast du viel geschafft?« »Ja. Bist du mit deiner Recherche für den Prozess fertig?« Und so weiter und so fort.

Story war wie immer wunderschön. Sie trug ein perfektes, schlichtes weißes Kleid, das sie sacht umwehte. Das Kleid und all das Grün um uns herum ließen mich das Unheilshaus für eine Weile vergessen, und ich hatte eine glückliche, wehmütige Vision von Scott und Zelda, die sich auf der Terrasse des Grove Park vergnügen. Scott in Knickerbockern und Zelda strahlend in den Kleidern, die sie extra für das Sommerhotel ausgewählt hatte. Jetzt sah ich gebannt zu, wie Story den Leinengürtel um ihre Taille aufknotete und direkt unter ihren Brüsten wieder zusammenband. Ich begehrte sie unendlich, doch als ich an die Episode mit ihrem alten Freund denken musste, wurde ich wieder wütend und eifersüchtig und mein Gesicht ganz heiß. Ich schaute weg und bemühte mich um Gleichmut.

Story bemerkte meine Verstimmung. »Was denkst du?«

»Das willst du gar nicht wissen.«

»Aber heute war ein schöner Tag, oder?«

»Doch, ja, und er ist immer noch schön.« Trotzdem ein bitterer Trost.

Buller kam mit seinem Ball wieder den Berg hochgestürmt, und dann spielte er eine Art Neckball mit Story, die ihm das

Sportgerät immer wieder aus dem Maul wand. Wenn sie sich tief bückte, zwang ich mich wegzuschauen, damit mein menschliches Fleisch nicht an Ort und Stelle in Flammen aufging.

Mich selbst, so gut es ging, schützend, sagte ich: »Für Buller ist es wirklich das allergrößte Glück, einen Tennisball zu jagen, ganz egal, wann und wie oft man ihn wirft.«

Story zog sich das blonde Haar aus dem Gesicht. »Ja?«

»Und ist dir aufgefallen, dass er immer weitermacht, immer weiter, bis zum Gehtnichtmehr, egal, wie müde er ist? Solange jemand bereit und willens ist, einen Ball zu werfen, jagt er sie.«

»Ja, schon.«

»Deshalb frage ich mich: *Will* Buller die Tennisbälle holen oder *muss* er? Hat er die Wahl? Wir reden hier über grundlegenden Determinismus.«

Wieder entriss Story Buller den Ball und warf ihn weit über den Garten in eine Hecke. Buller jagte hinterher, als bekäme er nie wieder die Möglichkeit dazu.

»Weißt du«, sagte Story und wischte sich die Hände am Gras ab, »so beschissen das jetzt alles ist – aber ich habe doch ehrlich das Gefühl hierherzugehören. Ich will nirgendwo anders sein. Du verhältst dich zwar halbwegs, als würdest du mich hassen, und ich weiß, geografisch gesehen, nicht mal, wo zum Teufel ich hier eigentlich bin, und bin sowieso vermutlich verrückt, aber etwas in mir sagt mir, dass ich gerade genau hier sein soll.«

»Und das findest du beschissen?«

»Ja. Weil wir so tun, als würden wir einander nicht kennen, oder uns wie Fremde benehmen, die sich gerade kennengelernt haben. Zum Beispiel redest du völlig sinnfrei über Determinismus bei Hunden. Und obwohl ich bei *dir* zu Hause bin, in der hinterletzten Provinz, weit weg von allem, was ich tröstlich und angenehm finde, redest du so gut wie gar nicht mit mir. Ich wiederum habe ein furchtbar schlechtes Gewissen wegen all der Dinge, die passiert sind, aber aus einem unerklärlichen Grund fällt mir kein Ort auf der Welt ein, an dem ich lieber wäre. Ja, ich fühle mich, als sollte ich hier sein.«

Ich wurde weicher. »Ich glaube, ich weiß, was du meinst.«

»Wirklich? Oder behauptest du es nur?«

»Nein, ich meine es wirklich. So habe ich mich auch gefühlt, als dein Vater mich auf dem Wohnzimmerfußboden deiner Eltern verprügelt hat.«

Sie stellte sich vor mich und nahm meine Hände. »Pass auf. Hörst du mir zu? Ja, ich bin zu ihm gefahren, aber ich liebe ihn nicht mehr. Ich weiß, dass dich das stört. Ich weiß, dass du deshalb nicht mit mir redest wie sonst. Aber ich liebe ihn nicht. Es ist doch kein Zufall, dass ich jetzt nicht bei ihm, sondern bei dir bin.«

»Für mich klingt es, als wüsstest du nicht genau, was du willst.«

»Na, dann lass dir eins gesagt sein: Wenn ich bei ihm sein wollte, wäre ich auch dort. Aber ich bin es nicht. Ich habe ihn nach urlanger Zeit zum ersten Mal wiedergesehen.«

»Du hast mich mit einem vermeintlichen Nasenbeinbruch im Haus deiner Eltern allein gelassen und die Nacht bei ihm verbracht.«

»So war es nicht«, sagte sie. »Ich bin einfach nur gefahren. Ich wusste nicht, wohin. Stundenlang. Ich war auf Autopilot. Es ist einfach passiert.«

»Freut mich, dass dein Autopilot dich auf seine Wohnzimmercouch geführt hat.«

»Unsinn. Ich stand unter Schock. Das musst du verstehen. Meine ganze Welt war auf den Kopf gestellt. Ich brauchte einen Realitätsabgleich. Ich musste mit jemandem reden, der das alles verstehen würde und einiges davon mit mir durchgemacht hatte und der mir sagen konnte, dass ich nicht verrückt war …«

»Kapiert«, sagte ich. »Ich bin überzeugt, es spielten auch noch andere Dinge eine Rolle. Was für mich vollkommen in Ordnung ist. Ich akzeptiere es total, wenn du ihn weiterhin treffen willst und mit ihm reden oder sonst was machen willst. Ich kann mich nur nicht bedingungslos in dich verlieben, wenn dein Herz noch immer an ihn gebunden ist. Das ertrage ich nicht.«

Fast lächelte Story.

»Was?«

»Ich glaube, du hast mir gerade gesagt, *dass* du dich in mich verliebst.«

»Nein, habe ich nicht.«

Sie umarmte mich, ihr Gesicht reichte mir gerade mal bis zum Kinn, und als sie zu mir hochsah, schielte sie ein bisschen. Hinreißend.

»Na, da bin ich aber anderer Ansicht.«

Eigentlich wollte ich ihr sagen, dass ich längst vollkommen und unwiderruflich in sie verliebt war. Seit ewigen Zeiten. Das hatte ich ihr nie gesagt, aber oft gefühlt. In gewisser Weise hatte ich ja gehofft, dass meine kindische Märchenbuchliebe (und das damit einhergehende alles verzehrende Begehren) zu etwas abklingen würde, das – wenn wir uns erst einmal besser kannten und ich all ihre abstoßenden Fehler entdeckt hatte – mehr in der Realität verankert wäre. Aber meine Gefühle waren mit der Zeit und wachsender Vertrautheit nur stärker geworden, und ich begehrte sie bis zum Delirium.

»Ach, verdammt, Story«, sagte ich. »Warum tust du mir das an?«

»Ich kann dir nur noch mal sagen: Es ist nichts passiert. Hoch und heilig. Wenn überhaupt, dann hat es mich daran erinnert, warum er und ich nicht mehr zusammen sind.«

Ich konnte nur den Kopf schütteln. Ich glaubte ihr, aber es tat immer noch teuflisch weh.

»Story«, sagte ich töricht, verzweifelt. »Liebst du mich?«

Sie suchte nach einer Antwort, fand aber keine.

»Nein«, sagte ich und trat zurück. »Ich will es gar nicht wissen.«

Wieder umarmte sie mich und drückte sich an mich. »Liebster«, sagte sie. »Ich liebe dich. Wirklich. Ganz, ganz ehrlich, aber … ich bin … ich habe Angst.«

»Warum Angst? Wovor hast du Angst.«

»Ich habe Angst, überhaupt jemanden zu lieben.«

Endlich war Buller doch am Ende seiner Kräfte, und wir gingen ins Haus. Das Reden hatte uns beiden gutgetan. Wir wollten irgendwo draußen essen und danach wieder in die Berge fahren und Sterne gucken.

Im Haus trat Story an die Bar im Großen Saal und sagte: »Ich mache uns was zu trinken.« Sie schien sich wirklich schon ein wenig an den Grusel gewöhnt zu haben.

Ich ging in die angrenzenden Räume und öffnete all die riesigen Fenster und Läden mit der komplizierten Mechanik, um die kühle Sommerluft und das letzte Licht des dunkler werdenden Himmels hereinzulassen. »Du hast die Wahl zwischen Wodka und Rotwein«, sagte ich.

»Haben wir Tonic?«, rief Story.

»Ja«, rief ich zurück. »Fräulein, eine Runde Wodka-Tonic.«

»Sofort.«

Wir saßen zusammen an der Bar und ließen die Beine baumeln, während alle lieblichen, duftenden Klänge des Sommers hereingeweht wurden. Doch mit dem schwindenden Licht sammelte sich über uns und in den Zimmerecken Traurigkeit.

Ich verlor mich in ihrem Anblick. Wonnetrunken in jeder Linie, jedem Bogen. In den feinen Schatten ihrer Schlüsselbeine, dem wunderbaren Schwung ihres langen, feinen Halses, der niedlichen, kringeligen blonden Haarlocke, die ihr von der Stirn über die Wange fiel. Auf ihrer braunen Schulter entdeckte ich eine Sommersprossengruppe. Auf ihren unlackierten Fingernägeln gingen Halbmonde auf. Sie schaute mich tieftraurig an.

»Was diese Szene braucht«, sagte sie, »ist Musik.«

Ich wischte eine Spinnwebe von dem Plattenspieler, der in der Wandnische stand, und zog ein paar Kisten mit seit Jahren nicht gespielten Schallplatten hervor. Wir fingen mit den Ink Spots an und hörten »If I Didn't Care« dreimal hintereinander. Als Story dann eine Walzersammlung – »Von Strauss bis Schostakowitsch« – fand, sprangen wir auf und tanzten. Ich drehte sie im Kreis, und wir paradierten – manchmal übertrieben komisch – im goldenen Licht des Großen Saals, der zum Festsaal wurde, von einem Ende zum anderen. Nach zwei Tänzen waren wir unserer Improvisationen müde und machten uns noch was zu trinken. Während ich neue Musik suchte, schwebte Story mit ballerinenhafter Leichtigkeit durch den Raum, als sei er ein Museum und sie betrachte die Ausstellungsstücke. Ich legte das Larghetto aus Mozarts letztem Klavierkonzert B-Dur auf, und wir tanzten wieder, dieses Mal langsam. Story strahlte und legte den Kopf an meine Schulter.

Nachdem das Larghetto verklungen war, legte ich so laut, dass es durchs Haus schallte, ein Album mit Nocturnes von Chopin auf. Hand in Hand gingen wir nach oben in mein Zimmer, um uns zum Abendessen umzuziehen. Daran angrenzend befand sich ein karg ausgestattetes Wohnzimmer, das halb unter einer steilen, dunklen Treppe in den zweiten Stock lag. An einem Ende stand eine breite Polsterbank mit einem rotbezogenen Sitz, unsere Reisetaschen lagen auf dem Boden. Auch ich hatte, obwohl ich schon so lange hier war, nicht richtig ausgepackt. Der Raum hatte keine Fenster, und damit es gemütlicher wurde, zündete ich Kerzen an.

Doch Story küsste mich und sagte: »Ich mach mich fertig«, ehe sie zum Umziehen ins andere Zimmer ging. Da stand ich nun mit meiner schwellenden Begierde und befürchtete, die Nacht nicht zu überleben. Kopfschüttelnd zog ich meine Arbeitssachen aus und setzte mich auf die Bank, um in meiner Tasche nach einem Paar Shorts zu suchen. Story tauchte in der Tür auf.

Nach kurzem Zögern kam sie zu mir herüber und setzte sich rittlings auf meinen Schoß. Ihr Kleid fiel wie eine Blume um uns herum. Von unten wehte Chopin herauf, und es klang, als säße der Mann leibhaftig am Klavier. Vielleicht wegen der Musik, vielleicht aber auch wegen der schummrigen Dunkelheit unter der Treppe flüsterten wir nur.

»Das brauch ich jetzt«, sagte sie. »Ich brauche es sehr.« Ich spürte, wie sie sich an mich drückte und sich langsam, rhythmisch bewegte. Ihr Mund streifte über mein Gesicht, und während sie sich enger an mich drückte, wurde mir immer heißer, und mein Herz fing wie ein Blasebalg an zu arbeiten.

Sie schob den Stoff beiseite, der uns trennte, und zog mich behutsam in sich hinein. Sie atmete verhalten, ihre Lippen berührten meine. Ich wollte ihre Brüste streicheln, aber sie fing meine Hände ab und legte sie auf ihre zitternden Beine. Ich suchte die warme, nackte Haut unter ihrem Kleid, doch wieder hielt sie mich ab. »Nein«, flüsterte sie. »Nur so, bitte …«

43

Als wir später wieder angezogen waren, war unser Hunger so übermächtig, dass wir uns so schnell wie möglich irgendein Lokal in der Stadt suchen wollten. Es war wieder eine wunderschöne mondlose Nacht, und ich packte eine Kühltasche voll Bier und stellte sie zusammen mit dem Fernrohr aus dem Observatorium und einem Holzstativ auf den Rücksitz des Autos.

»Was macht Buller?«

»Er kommt mit. Hinten auf der Ladefläche.«

»Was macht er, während wir essen?«

»Er macht sich einen schönen Abend im Auto. Du weißt doch, dass er sowieso immer mitkommen will, egal, wohin.«

Wir aßen in einem der beiden zu der Zeit noch offenen Restaurants in Old Buckram. Als Story ein Bier bestellen wollte, erfuhr sie zu ihrer Überraschung, dass das County trocken war, Restaurants also weder Bier noch Wein oder hochprozentige Getränke servierten.

»Deshalb habe ich die Kühltasche im Auto«, sagte ich.

»Können wir sie ins Restaurant holen?«

»Eher nicht.«

»Schade.«

Ein halbes Dutzend Mal wurden wir beim Essen von netten Leuten aus Old Buckram gestört – Leuten aus meiner Teenagerzeit –, die mich erkannten und stehen blieben, um mich zu begrüßen. Ich konnte mich nur an sehr wenige Namen erinnern, wusste aber ganz genau, dass ich im Notfall auf all diese freundlichen Seelen zählen konnte. Ich versuchte, ihnen Story, so gut ich konnte, vorzustellen, und sie freuten sich sehr, sie kennenzulernen. Fast alle sagten: »Story?« und ließen sich den Namen wiederholen, weil sie dachten, sie hätten sich verhört.

Nach dem Essen fuhren wir zu einer einsamen Stelle, wo wir uns vor den Lichtern der Stadt verstecken und die Planeten und Sterne sehen konnten. Das hatte ich seit Jahren nicht getan und auch ganz vergessen, wie viele Wege in den Bergen eigentlich nirgendwohin führen. Alle Straßen von Old Buckram nach Norden und Westen enden im Nichts, weshalb man ja auch dort so viel entdecken kann, wenn man will.

Wir hatten den ehrgeizigen Plan, die Stelle zu finden, an der die drei Staaten Virginia, Tennessee und North Carolina zusammenstoßen. Soweit ich wusste, gab es keinen Grenzstein oder sonst etwas, das diesen Punkt bezeichnete, obwohl Peter Jefferson, Thomas Jeffersons Vater, das Gebiet einmal vermessen hatte. Fraglich, ob überhaupt jemand seine genaue Position kannte. Viele Grenzen in den Bergregionen sind nicht genau festgelegt, und bei dem geringen Wert des Landes lohnt es sich auch nicht.

Als wir die Zivilisation verlassen und eine knappe Stunde stetig bergan gefahren waren – nicht ohne immer wieder anzuhalten, um eine eher nutzlose Karte von North Carolina zu Rate zu ziehen –, bogen wir auf einem Kamm nach links in eine Schotterstraße ein und waren jetzt wirklich mitten im Nichts. Story fuhr, und ich sagte ihr mehr schlecht als recht, wo's langging.

»Du weißt wirklich nicht, wo wir sind oder wohin wir fahren?«, fragte sie.

»Ehrlich gesagt, habe ich null Ahnung«, erwiderte ich. »Auf dieser Straße war ich noch nie. Vielleicht landen wir in Vermont.«

Buller fiepte hinten im Auto.

»Bedeutet das Fiepen was Bestimmtes?«, fragte Story.

»Es bedeutet, dass ihm zu heiß ist. Ich drehe sein Fenster noch ein bisschen runter.«

Ich griff in die Kühltasche auf dem Boden und holte mir ein Peroni-Bier heraus. »Ahh, so leicht und spritzig!«, frotzelte Story. Mit ungefähr acht Kilometern pro Stunde fuhr sie weit übers Lenkrad vorgebeugt wie durch einen Regenguss. Wälder säumten die einspurige Schotterstraße zu beiden Seiten, wir fuhren immer weiter bergauf. Bei tiefen Regenfurchen hielt Story manchmal fast an, und wenn sie einen Schlenker machen musste, rief sie Buller zu: »Halt dich fest!«

Ab und an sahen wir ein paar verstohlen durch die Gegend wackelnde Opossums und mehrere Hirsche, die in den Wiesen standen und uns beobachteten. Die wenigen Häuser in diesem Teil des County waren ein Bild bitterer Armut. Kaputte Autos, überwuchert von ungemähtem Gras. So viel Sperrmüll, dass man einen Flohmarkt damit hätte betreiben können. An etlichen großen (sicherlich nicht mehr funktionierenden) Satellitenschüsseln in kaputten Halterungen hingen Drähte heraus.

Wir kamen an eine Art Kreuzung. Die Straße, auf der wir uns befanden, hörte praktisch vor uns auf, während eine breitere Straße nach rechts abbog und weiter bergauf verlief. Schilder gab es schon lange nicht mehr. Story bat mich um ein Bier.

»Lieber nicht«, sagte ich, »denn du fährst. Wenn du erwischt wirst, musst du es der Anwaltskammer melden.«

»Eins kann ich doch trinken. Komm schon. Wenn du mir keins gibst, halte ich an und hole es mir selbst.«

»Hier oben ist überall Polizei.«

»Ich wette, hier herauf kommt nicht mal sie.«

»Ich wette, du hast recht.«

Wir gaben es schließlich auf, die Stelle zu finden, an der die drei Bundesstaaten zusammentrafen, und hielten im Gras an der Seite einer schmalen Schotterstraße. Zu unserer Rechten ging es steil bergan. Zu unserer Linken auf der anderen Seite der Straße erstreckte sich eine riesige Weidefläche bis zu einer baumlosen Anhöhe in der sternenleuchtenden Ferne. Wir stiegen aus, ich zog den Stacheldrahtzaun auseinander, und Story kletterte durch. Dann gab ich ihr die Kühlbox und das Fernrohr. Bevor ich Buller auch hindurchhelfen konnte, fand er selbst einen Eingang. Ich verfing mich hinten mit dem Hemd am Stacheldraht, und Story musste mich losmachen.

Das Gras wurde von den dort weidenden Kühen oder Pferden kurz gehalten. Aber obwohl es nicht ungewöhnlich in den Bergen ist, auf solchen Wiesen Vieh zu finden, sah ich keinerlei Anzeichen dafür. Trotzdem sagte ich Story, sie solle sich vor Kuhfladen in Acht nehmen, je nach Frischedatum sei es nicht angenehm hineinzutreten. Dann fiel mir ein, wie gern sich Buller in stinkenden Substanzen wälzte. »Platz!«, befahl ich ihm, und als er saß: »Buller Copernicus, wenn du dich in irgendwas wälzt, dann fährst du, so wahr mir Gott helfe, auf dem Dach des Autos nach Hause.« Das nahm er sich zum Glück zu Herzen. Zumindest fürs Erste.

Wandert man in einer klaren, mondlosen Nacht über eine abgeschiedene Weide in den Bergen, verliert man schnell die Orientierung. Von einem Horizont zum anderen sieht man Sterne, die man noch nie gesehen hat; die Milchstraße zieht sich wie ein Sommerwolkenschweif über den Himmel und durch den Schwan. Orientierungspunkte, die einem normalerweise als Wegweiser dienen, existieren nicht mehr, denn selbst der Boden unter den Füßen verliert sich im Dunklen, und dann steht man plötzlich da und betrachtet das prachtvoll leuchtende Universum von der dunklen Erde aus, wie es war, bevor sich das elektrische Licht durch die Schwärze brannte und die Menschen in der Zivilisation für den nächtlichen Himmel blind machte. Wenn es dunkel genug ist, kann man Planeten und Tausende von Sternen und entfernte Galaxien sehen, deren Licht vor Millionen von Jahren erloschen ist.

Nach zehn Minuten erreichten wir den, wie uns schien, höchsten Punkt auf der Wiese. Rein nach Gefühl ging ich weiter und fand eine halbwegs ebene Stelle zum Aufbauen des Fernrohrs. Von der Anhöhe fiel das Gelände ein wenig schräg ab und zog sich in der Dunkelheit meilenweit über stille Hügel und Täler bis zu einem Gebirgskamm, der den sichtbaren Horizont markierte. Die unter uns und in der Ferne in kalte blaue Falten von Hügeln und Bergen gepackten, einsamen Häuser leuchteten wie Sterne im Gewebe der Erde, als wollten sie mit denen am Himmel wetteifern. Ich richtete das Fernrohr zuerst auf Jupiter, der direkt über einer fernen Kette verwitterter Berge strahlte.

»Woher weißt du, dass es Jupiter ist?«

»Ich habe ein paar Astronomie-Kurse belegt«, sagte ich. »Der Jupiter hat eine ganz bestimmte Farbe und Leuchtkraft, und ich suche ihn dort, wo ich die Ekliptikalebene vermute. Außerdem funkelt er nicht wie ein Stern. Wenn wir uns jetzt schlau anstellen, können wir vielleicht sogar ein paar von seinen Monden sehen. Ungefähr so wie Galileo im Jahre 1610.«

Weil ich wusste, dass der Planet bald hinter dem Horizont verschwinden würde, stellte ich das Fernrohr so ein, dass er in der oberen Ecke des Blickfeldes war, und trat beiseite, damit Story durchschauen konnte.

»Berühr das Fernrohr nicht mit den Händen, wenn du durchguckst«, sagte ich.

»Warum nicht?«

»Wenn du es berührst, fängt es ganz leicht an zu zittern, und das Bild wird unscharf.«

»Mann. Unglaublich.«

»Siehst du ihn?«

»Ich fass es nicht, dass ich etwas anschaue, das so weit weg ist.«

»Siehst du seine Monde?«

»Ich glaube, ja. Sie sind alle in einer Reihe. Ah, wo ist er jetzt hin?«

Ich schaute durchs Okular, holte den Jupiter wieder ins Blickfeld und zeigte Story, wie sie das Fernrohr bewegen musste, um zu verfolgen, wie der Planet diagonal über den Himmel zog, und zwar wegen des Objektivs umgekehrt zu der Richtung, die man erwartet. Dann fand ich den Skorpion und erschloss daraus die ungefähre Position des Schmetterlingshaufens. Durchs Fernrohr war der Anblick nicht so beeindruckend, doch etwas 600 Lichtjahre Entferntes anzusehen, war trotzdem nicht alltäglich.

»Wie hast du angefangen, dich dafür zu interessieren?« Story saß auf der Kühltasche, trank ein Bier und streichelte Buller.

»Als ich klein war, ist mein Vater mit mir zu solchen Stellen wie der hier gefahren. Er hat mir alle Sternbilder erklärt. Er zeigte immer auf Himmelsobjekte und ließ mich raten, was es war. Wenn es eine Mondfinsternis oder Sternschnuppenschwärme gab, fuhren wir aufs Land, legten uns eine Decke auf den Boden und schauten zum Himmel.«

»Deine Kindheit war sehr anders als meine.«

»Ja, und sie war noch viel seltsamer, als du dir vorstellen kannst.«

»Wart ihr allein, dein Vater und du, beim Sternegucken?«

»Nein, oft ist auch meine Mutter mitgekommen. Threnody auch, als sie alt genug war. Sie ist ein sehr besonderes Kind.«

»Wie alt ist sie jetzt?«

Ich überlegte, aber es fiel mir nicht gleich ein, und vor Verlegenheit wurde ich rot. »Ich glaube … wahrscheinlich … ist sie fünfzehn …«

»Ich hoffe, ich lerne sie bald kennen«, sagte Story und ersparte mir weitere Peinlichkeiten. »Ihren großen Bruder bewundert sie sicher.«

»Wir standen uns sehr nahe.«

»Aber hier bist du noch nie gewesen?«

»Ich glaube nicht, nein.«

»Du weißt also nicht, wem dieses Land gehört?«

»Nein, woher auch?«

»Dann betreten wir es unbefugt.« Sie lachte.

»Eigentlich ja. Aber keiner schert sich drum. Wenn jemand kommt, sagen wir ihm, was wir hier tun, und alles ist paletti.«

»Wir werden nicht erschossen?«

»Das kann ich dir nicht versprechen. Auf jeden Fall solltest du kein Vieh stehlen.«

Die Nacht wurde kälter, und aus den Wäldern auf der anderen Straßenseite stieg Nebel auf. Ich breitete eine Decke aus, wir legten uns auf den Rücken und betrachteten das langsam kreisende Firmament. Um uns zu wärmen, schmiegten wir uns aneinander. Der Himmel war tiefblau, und unzählige, unendlich weit entfernt vorbeiziehende Sonnen loderten im gleichgültigen Universum über uns. Wie furchteinflößend wäre die Dunkelheit, dachte ich, wenn nicht die Sterne, die Sonne und der Mond leuchten und wir bei Mutter Erde unter uns Geborgenheit finden würden.

Ich dachte über Story und ihren Vater und den Schmerz nach, den er ihr zugefügt und wie weh es ihr getan hatte, dass sie so viele Jahre die Wahrheit nicht kannte, aber ahnte, dass ihr ein wesentlicher Teil ihres Lebens verheimlicht wurde. Ich stellte mir vor, wie sie Abend für Abend mit dieser ungeklärten Leere ins Bett gegangen war, und dann musste ich an die arme

Threnody denken, die etwas Ähnliches erlebte, und empfand einen stechenden Kummer. Wie war es wohl für sie, als uns unser Vater verließ? Was hatte das mit ihr gemacht? Und dann bedachte ich wieder, wie wenig Zeit uns allen blieb, und wie viel Zeit ich hatte verstreichen lassen, seit ich sie das letzte Mal gesehen hatte. Threnody und mich verband so vieles, und sie hätte hier bei mir sein sollen. Etwas in mir war zerrissen, und das lag an der andauernden Trennung von ihr.

Story packte mich am Arm. »Was um alles in der Welt ist das?« Der Boden bebte unter uns.

Wir sprangen auf.

»Wo ist Buller?«

»Ich sehe ihn nicht.«

»Mist, wir müssen hier weg.«

»Wohin? Was ist los?«

In der Dunkelheit sahen wir nichts, hörten aber ein Donnern und wussten, es waren Pferde, und zwar nicht wenige. Sie galoppierten über die Wiese auf uns zu. Etwas hatte sie erschreckt, und den Geräuschen nach zu urteilen, rasten sie direkt unter uns in einem großen Kreis über den Hang.

»Sie laufen vor etwas weg«, sagte ich. »Ich hoffe, es ist nicht Buller.«

»Und ich hoffe, sie sehen besser als wir!«

Die Hände ausgestreckt, stolperten wir blindlings durch die Gegend, um das Fernrohr und die Kühltasche zu finden. Dann gingen wir vorsichtig über den holprigen Boden den Abhang hinunter. Galgenhumorig fragte Story mich, ob ich schon mal gehört hätte, dass jemand von einem Pferd totgetrampelt worden sei. Das traf mich wie aus heiterem Himmel, und ich musste erst einmal heftig schlucken. »Wir werden nicht totgetrampelt«, sagte ich. »Wir müssen nur dafür sorgen, dass sie uns sehen, und dann passiert uns nichts. Aber wo ist Buller?«

Fast so rasch, wie das teuflische Trampeln begonnen hatte, verlor es sich auch schon wieder, doch die Pferde, jetzt zwar sichtbar, wenn auch nur als flüchtige Schemen in der immer noch mondlosen Nacht, waren weiterhin alarmiert und liefen unruhig hin und her. Ich zählte elf, darunter zwei Fohlen, es konnten aber auch mehr oder weniger sein. Sie waren wunderschön, wie alle Pferde, aber an ihren hervorstehenden Rippen und schmutzverkrusteten Flanken, soweit ich sie erkennen konnte, sah ich, dass sich niemand um sie kümmerte. Ich rief Buller, und endlich tauchte er, dreckbespritzt und glücklich hechelnd wieder auf. Story packte ihn am Halsband. Dann nahm ich ihn beiseite und hielt ihm halblaut von Mann zu Mann einen Vortrag darüber, dass große Freiheiten mit großen Verantwortlichkeiten einhergehen. Er akzeptierte es gefasst. Enttäuscht den Kopf schüttelnd kniete ich mich hin und legte ihm die Leine an. Als ich aufschaute, waren die Pferde verschwunden, als seien sie nie da gewesen. Wir waren wieder allein, und wenn Story es nicht hätte bezeugen können, hätte ich überlegt, ob ich mir das Geschehene nicht eingebildet hatte.

»Hier *waren* vor ein paar Minuten Pferde, oder?«

»Ich glaub schon.«

Eine gespenstische Stille senkte sich über den Hügel. Bei all der Aufregung wusste ich nicht mehr, wo das Auto war, und wir diskutierten eine Weile lang leise über die Richtung, die wir einschlagen mussten. Wandten uns hierhin und dorthin, versuchten, uns die Position der Sterne bei unserer Ankunft in Erinnerung zu rufen, entschieden uns für den Westen, und als wir tatsächlich einem Weg bergab folgen konnten, war ich überzeugt, er sei der richtige. Plötzlich wurde mir bewusst, dass jegliches Geräusch aus der Welt verschwunden war, und es lief mir kalt über den Rücken. Kein Vogel sang oder rief, keine Grille zirpte, kein Bach plätscherte, und kein Brummen eines fernen

Autos kam uns zu Ohren. Langsam sehnte ich mich sogar nach dem Geräusch meines eigenen Atmens, doch mehr noch hasste ich es, die unantastbare Stille zu stören.

Wir sahen so gut wie nichts. Story stolperte über einen Stein und verknackste sich den Knöchel, versicherte mir aber, es sei nicht weiter schlimm. Ich fürchtete, dass wir uns verirrt hatten, und eine leichte Panik stieg in mir hoch. Buller, dessen Leine Story sich an den Gürtel gebunden hatte, lief hinter uns, die Nase am Boden. So stapften wir daher, drei kühne Entdecker, die sich den Weg in die unheilverheißende Finsternis ertasteten.

»Sind wir auf dem richtigen Weg?«, fragte Story.

»Ich glaube, ja«, erwiderte ich.

»Hier oben ist es kälter, als ich dachte.«

»Stimmt.«

»Ich glaube, das ist doch die falsche Richtung. Wir hätten mittlerweile am Auto sein müssen.«

Wir blieben stehen und überprüften unsere Position. Rings um uns herum breitete sich der Nebel aus und verdeckte nun sogar die Sterne über uns.

»Wenn wir weiterlaufen, kommen wir irgendwann an einen Zaun«, sagte ich.

»Und dann?«

»Dann gehen wir an dem Zaun entlang, bis wir zu einer Straße kommen.«

»Und woher wissen wir, in welche Richtung wir gehen müssen, wenn wir an dem Zaun sind?«

»Das erkennen wir dann schon.«

»Bist du sicher?«

»Ja, natürlich.« So natürlich fand ich es nicht. Als aber hinter dem Berg langsam Licht aufschien, wusste ich, dass bald der Mond zu sehen sein würde, und schöpfte neue Hoffnung.

Doch der Mond befand sich hinter uns zur Rechten, woraus ich schloss, dass wir uns nach Norden und nicht, wie gedacht, nach Westen bewegten. Wir müssten nach links zurückgehen, erklärte ich Story, aber sie reagierte nicht.

»Story?«

Sie sagte immer noch nichts.

Auf ihrem Gesicht malte sich pures Entsetzen.

»Da ist jemand«, sagte sie.

»Was meinst du?«

»Da – direkt vor uns. Da ist jemand.«

Aus dem Augenwinkel heraus machte ich eine Gestalt aus. Eine einsame Stute, weiß mit weißer Mähne, glänzenden Augen, klapperdürr, geisterhaft, schälte sich im erwachenden Licht des aufsteigenden Halbmondes langsam aus der milchigen Düsternis. Wäre ich abergläubisch gewesen, hätte ich gedacht, es sei der Tod, der uns holen wollte. Ich rief die Stute an, aber sie blieb gespenstisch reglos stehen. Auch als ich auf sie zuging und mit ihr sprach, blieb sie still wie eine Statue. Unsicher, weil ich nicht glauben konnte, dass diese Vision wirklich war, streckte ich die Hand aus, um ihr die Stirn zu streicheln, doch da erwachte sie plötzlich zum Leben, galoppierte davon, und Dunst- und Nebelfetzen wirbelten von ihrer bleichen Mähne und ihrem bleichen Schwanz auf.

Hinter mir schrie Story auf. »Buller!« Von dem Zauberpferd in Panik versetzt, hatte er sich gewunden, um sich getreten, schließlich aus seinem Halsband befreit und Story umgerissen. Völlig irre geworden, war er nicht mehr zu halten. Ich schrie, er solle stehen bleiben, aber er hörte nicht auf mich, sondern versuchte, die weiße Stute zu stellen, und schnappte wütend im vollen Lauf nach ihren Fesseln. Sie stolperte, buckelte und trat ihm fast auf den Kopf. Betäubt blieb er stehen, und die Stute entkam in die Nacht. Ich wiederum war wie ein Verrückter, fortwährend seinen Namen rufend, hinter ihm hergerannt und bis auf ein paar Meter an ihn herangekommen, als die Pferde, angeführt von der weißen Stute, aus der Dunkelheit auf uns zugeprescht kamen, die Augen im Mondlicht glühend wie Kohlen in einer Feuergrube. Mit der Lautstärke von hundert Lokomotiven donnerten sie durch die Wiese auf uns zu, wahrhaftig wie Streitrosse aus den Pforten der Hölle. Buller, der arme Kerl, setzte sich nur und schloss vermutlich die Augen. Immer noch schreiend erreichte ich ihn vor den Pferden und drückte ihn zu Boden. Sein erstauntes Gesicht und das Entsetzen, bis er mich erkannte, werde ich nie vergessen. Ich hielt ihn unter mir, bis die Pferde vorbei waren, wieder im Kreis herum liefen und ruhig wurden. Ich rief nach Story, und sie rief zurück, dass ihr nichts passiert sei.

Als der Mond dann schien, fanden wir den Zaun und gingen über den festgetrampelten Lehmboden an ihm entlang zurück nach oben. Wir gingen bergauf und bergab, an noch mehr Stacheldraht entlang, bis der Zaun im rechten Winkel abbog und parallel zu einer unbefestigten Straße verlief, nicht unähnlich der, auf der wir gekommen waren. »Danke, lieber Gott«, sagte ich, und Story sagte: »Gelobt sei Jesu Christ«, und wir atmeten ein wenig leichter. Story sah das Auto als Erste. Noch an Ort und Stelle schworen wir uns hoch und heilig, bei zukünftigen nächtlichen Abenteuern eine Taschenlampe und einen Kompass mitzunehmen.

44

Ich setzte Buller hinten ins Auto und rubbelte ihn, so gut es ging, mit einem Handtuch ab, während er geduldig zuhörte, was ich ihm an Strafen in Aussicht stellte. Dank der Innenbeleuchtung fand Story überall auf ihren Socken und Schuhen herumkrabbelnde Zecken. An der Straßenseite zog sie sich bis auf die Unterwäsche aus, um auch ja sicherzugehen, dass sie nirgendwo sonst noch welche hatte. Ich tat es ihr gleich. Eine halbe Stunde später hatten wir uns der Zecken mehr oder weniger entledigt, wieder angezogen und waren bereit, nach Old Buckram zurückzufahren. »Wir hätten sterben können«, sagte Story, woraufhin ich Tennyson zitierte: »›Natur, so rot die Zähne und die Krallen‹«, sie aber gelobte, bevor sie auch nur noch einen einzigen Stacheldrahtzaun in den Bergen übersteige, werde sie ihr Testament machen.

Sie fuhr, während ich meine Schuhe aus dem Fenster hielt und den Dreck abschlug. Die Fenster ließen wir offen, um atmen zu können. Eine Weile lang hörten wir Doc Watson – der schien zu passen –, und dann schob ich eine Dan-Bern-CD ein und spielte sie mit voller Lautstärke. Immer und immer wieder ließ ich »Estelle« laufen und sang jedes Wort mit; beim Refrain fiel Story ein *(»Why, baby, why, baby, why, baby, why / Have you turned your back on love«)*, und zusammen sangen wir, bis wir heiser wurden. Dann hörten wir weitere Songs von dem Album, und ich ließ mich ein Weilchen darüber aus, warum Marilyn

Monroe wirklich Henry Miller hätte heiraten sollen, wofür Dan so wortreich plädiert. Schließlich fanden wir den Weg zurück auf die Staatsstraßen. Hier brachte uns etwas an der Nacht und ihrer alles durchdringenden Leere zum Schweigen. Ich machte die Musik aus, und wir sahen zu, wie die Scheinwerfer die doppelten gelben Linien erfassten und diese unter dem Auto verschwanden, bis wir wie hypnotisiert waren. Wir waren das einzige Auto auf der Straße. Wir waren die einzigen Bewohner der Erde, und die Zeit hätte, wenn nicht für uns, gar keinen Grund gehabt zu existieren.

»Ich würde so wahnsinnig gerne morgen früh den Sonnenaufgang sehen. Meinst du, das ginge?« Bei unserer Heimkehr war es zwei Uhr, und Story wollte ihren ersten Sonnenaufgang über den Blue Ridge Mountains sehen.

»Nach nur drei Stunden Schlaf aufzustehen wird aber schwer«, sagte ich.

»Ob wir besser gleich aufbleiben?«

»Wenn du willst. Ich bin dabei.«

»Ich schlaf aber vielleicht ein«, sagte sie. »Wir könnten draußen schlafen, auf dem Balkon.«

»Ja, stimmt.«

»Kann ich in deinen Armen einschlafen? Und weckst du mich, wenn die Sonne aufgeht?«

»Was könnte ich mir Schöneres wünschen, als dass du in meinen Armen einschläfst?«

»Aber weckst du mich auch, wenn es so weit ist?«

»Versuchen werd ich es.« Ich wollte sie ja sehen, wenn das erste Morgenlicht auf ihr Gesicht fiel.

Wir nahmen ein Kissen und meinen Schlafsack mit nach draußen auf den Balkon im ersten Stock. Dazu ein paar Decken, die wir als Matratze hinlegten, den Schlafsack oben drauf. Wir zogen uns aus, wie zwei Kinder, die nackt baden gehen, schlüpften schnell in den Schlafsack und zogen ihn bis zum Hals hoch. Buller machte es sich auf einer Decke neben uns bequem.

»Ich bin so glücklich, dass du hier bist«, sagte ich.

»Ich bin auch glücklich, dass ich hier bin.«

»Ich werde dich vermissen, wenn du wieder fährst.«

»Aber ich bin doch gerade erst gekommen.«

»Stimmt«, sagte ich. »Aber ich weiß es jetzt schon.«

Story küsste mich auf die Stirn und bettete ihren Kopf auf meine Brust.

»Ich bin stolz auf dich«, sagte ich.

»Warum bist du stolz auf mich?«

»Weil du unglaublich mutig bist.«

»Warum sagst du das?«

»Was du im Leben gemacht hast, das war mutig. Alles. Du hast getan, was du für gut und richtig hieltest, selbst wenn die Leute dich mit aller Macht davon abbringen wollten. Gegen alle Widrigkeiten bist du deinem Herzen gefolgt. Trotz all der Leute, die dich bei jedem Schritt daran hindern wollten. Du hast nie aufgegeben, und deshalb achte ich dich und bewundere dich. Meine Mutter hat mir mal vor langer Zeit gesagt, dass man einen Menschen nicht danach beurteilen sollte, wie er sich verhält, wenn alles gut läuft, sondern danach, wie er sein Leben anpackt, wenn alles um ihn herum zusammenbricht. Ich würde sagen, davon hast du in deinem Leben genug gehabt – aber das hat dich nur besser und stärker gemacht, und ich bin stolz, dass du meine Freundin bist.«

Story küsste mich und sagte: »Danke, dass du das gesagt hast.«

In der Dunkelheit wurden immer mehr Sterne über den Bergen sichtbar, bis der Himmel fast voll war. Die Insektenrufe aus den Wäldern hinter dem Haus schwollen an und ab wie Meereswellen.

Ohne mich anzusehen, sagte Story: »Manchmal hältst du mich, als meintest du, ich würde fallen.« Sie küsste mich wieder und schmiegte sich in meine Arme. Um uns herum die Nacht.

Um 5:25, eine volle Dreiviertelstunde vor Sonnenaufgang, fingen die Vögel aufgeregt an, sich für ihre Morgensymphonie einzusingen. Als ich die Augen öffnete, sah ich, dass Story noch schlief. Ich berührte sacht ihr Gesicht und schob ihr eine Strähne hinters Ohr. Als der Himmel im Osten hell wurde, flüsterte ich ihr etwas zu, und sie erwachte. Wir beobachteten, wie sich die Erde langsam zur Sonne drehte.

Während ich uns aus dem Wenigen, was da war, ein Frühstück zubereitete, schaute Story die in Vaters Bibliothek verbliebenen Bücher durch. Ob mein Vater die Bücher in seiner Bibliothek wirklich alle gelesen oder nur gesammelt habe, wollte sie wissen.

»Alle, glaube ich nicht. Aber die meisten schon.«

»Unmöglich.«

»Eigentlich ja.« Ich erinnerte mich daran, wie Vater genau dazu einmal ins Verhör genommen worden war. Und zwar an einem Winterabend, als Dick, einer von Mutters tollen Akademikerbrüdern aus dem Nordosten, zu Besuch war. Nach mehr als zwölf Jahren Studium und Assistentendasein war er stolzer Englischprofessor geworden und dann Dekan des Englischfachbereichs an einem kleinen noblen College für reiche höhere Töchter. Dementsprechend gab es bisweilen eine gereizte, geradezu mit Händen greifbare Spannung zwischen ihm und allen anderen, die eine Meinung zur Literatur hatten.

Normalerweise mied mein Vater einschlägige Diskussionen mit Dick konsequent und erhob bei den meisten Streitpunkten bloß höflich Einwände. Doch an diesem kalten Abend hatten die Schicksalsgöttinnen sie gewaltig auf Kollisionskurs gebracht, und sie konnten und wollten nicht davon abweichen.

Von Wind und Schnee ins Haus vertrieben, saßen wir in der Bibliothek, die das Kaminfeuer in warme Farben tauchte. Onkel Dick schwadronierte des Langen und Breiten über englische Lyrik, während Vater ganz anderen Gedanken nachhing. Wie üblich hatten die Männer schon reichlich Alkohol intus und rosige Wangen. Ich saß neben Vater, hätte aber genauso gut unsichtbar sein können. Auch Mutter hatte sich – was selten vorkam – ein, zwei Cocktails genehmigt, war natürlich angeschickert und entsprechend heiter und wollte sich am Gespräch beteiligen. Aber die Männer ignorierten sie völlig.

Mit einfarbigem Schlips und einem bestimmt drei Meter langen Schal um den Hals, der ihn zu ersticken drohte, saß Dick im Sessel und bewunderte durch seine Hornbrille eines nach dem anderen Vaters Bücher. Ihm ging es buchstäblich schon gegen den Strich, nur am selben Ort zu sein wie Vater. Er ließ sich über irgendein obskures Literaturthema aus und fragte Vater: »Meinst du nicht auch?«, weil er annahm, dieses Gebiet sei zu speziell, als dass Vater sich darin auskennen könne.

»Eines erscheint mir zunehmend relevant, und dir sicher auch, nämlich die Bedeutung des Halbverses für den altgermanischen Stabreim. Meinst du nicht? Die Bedeutung des Halbverses ist nicht zu unterschätzen.«

Vater schluckte den Köder nicht. Er sagte nur zu dieser und ähnlichen Bemerkungen: »Damit bin ich nicht allzu vertraut« oder »Ja, das ist interessant«, oder »Ich fürchte, da komme ich nicht mehr mit«. Mutter wollte, dass Vater sich mehr darauf einließ, und kaute auf ihrem Glas herum, als beobachte sie, wie ihr Lieblingsboxer in den Seilen hing und einen Nierenschlag nach dem anderen einsteckte.

Nach einer halben Stunde einseitiger Sticheleien witterte

Dick einen Schwachpunkt, jedenfalls hatte ich den Eindruck. Eine Zeit lang starrte er Vater durchdringend an, der wiederum hoch zur Decke schaute, als beobachte er eine Mondfinsternis, und gar nicht mitkriegte, was hier ablief. Dick heckte einen Plan aus. Er glitt aus dem Sessel und lief auf Socken zwei Runden durch die Bibliothek. »Henry, du hast wirklich einen ganzen Haufen Bücher hier.«

»Ja, da sind einige zusammengekommen«, sagte Vater lächelnd und beobachtete weiter die Mondfinsternis.

»Viele Bücher«, sagte Dick.

»Ja«, sagte Vater. »Das stimmt. Ein paar waren schon hier, als wir eingezogen sind.«

»Ah, das erklärt einiges.«

»Wieso?

»Du hast vielleicht sogar mehr Bücher als ich«, sagte Dick, als sei das ein Ding der Unmöglichkeit.

»So viele Bücher hast du gar nicht«, mischte sich Mutter ein.

»Du hast die in meinem Büro nicht gesehen!«, erwiderte Dick. »Nur die in unserem Haus. Die in meinem Büro und die, die ich zu Hause habe – das sind Unmengen. Ich habe sie nur nicht alle zusammen an einer Stelle. Sie sind zu wertvoll.«

»Ja, ich glaub's dir, mein Lieber«, sagte Mutter. »Ganz gewiss hast du haufenweise Bücher.«

»Wo kaufst du deine Bücher?«, fragte Dick.

»Ich habe sie im Laufe der Jahre zusammengekauft«, antwortete Vater. »Aus Buchläden im ganzen Land und manchmal auch aus Haushaltsauflösungen. Manche bestelle ich bei Händlern. Ein paar sind Geschenke, aber nicht viele.« Vaters Wangen röteten sich noch mehr. Es war ihm unangenehm, über sich selbst zu reden.

»Ich sammle auch gern Bücher«, sagte Dick. »Aber ich lese sie auch gern.«

Au, Scheiße, dachte ich. Der Fehdehandschuh war geworfen und konnte nicht mehr ignoriert werden.

Mutter stand auf und schlug vor, wir sollten Karten spielen, doch dieses Ablenkungsmanöver verfing nicht. Sie setzte sich wieder hin.

Dicks Unterstellung war durchaus bei Vater angekommen. Er ließ von seiner Mondfinsternis ab und wandte seine Aufmerksamkeit wieder seiner Umgebung zu. Ich sah, dass er angefressen war. Er überlegte kurz, ehe er sagte: »Dick, ich kaufe diese Bücher nicht, damit sie auf den Regalen hübsch aussehen.«

»Dann hast du sie alle gelesen?«, spöttelte sein Schwager.

»Nein, natürlich habe ich sie nicht alle gelesen. Dort sind ein, zwei, die ich nicht gelesen habe« – er zeigte auf die Abteilung, wo die Bücher über Fremdsprachen standen – »und in dem Stapel dort sind ein paar, zu denen ich auch noch nicht gekommen bin. Eines über Relativität macht mir doch einen seltsam unverständlichen Eindruck. Ansonsten aber, ja, die meisten.«

Mein Puls wurde schneller, ich befürchtete, dass mein Vater bloßgestellt würde. Meiner Ansicht nach brachte er sich in eine Situation, in der er nur scheitern konnte. Aber genau das wollte Dick ja, und zwar gründlich.

Mit einem Finger angelte er ein Buch aus der Sachbuchabteilung, das dabei beinahe aus dem Regal fiel. Aber er packte es mit einem Griff am Rücken und schlug es fast gleichzeitig auf. »Was ist mit dem?« Es war der zweite Band der *Weltgeschichte* von H. G. Wells.

Vater, der so unbehaglich dreinschaute, als stünde er vor einem Erschießungskommando, ahnte allmählich, auf was er sich da eingelassen hatte, kniff die Augen zusammen, schaute das Buch an und entgegnete: »Ja, das hab ich gelesen – und den ersten Band auch. Recht gut, wenn auch für meinen Geschmack ein bisschen gestelzt.«

Dick warf das Buch auf den Tisch, Vater zuckte regelrecht zusammen, und Dick holte ein neues. »Und das hier?«

»Das auch«, sagte Vater. »Aber du bist bei den Sachbüchern. Da bin ich nicht so bewandert. Teste mich in der Literatur.«

»Okay, dann Literatur«, sagte Dick mit der ihm eigenen Unverschämtheit. Er stolzierte zur anderen Seite der Bibliothek.

Und so begann das Spiel. Während Mutter protestierte (»Das ist doch albern!«), rief Dick: »Wir machen es so. Ich rezitiere einen Absatz. Etwas, das recht typisch ist und nicht zu unklar. Dann sagst du mir, aus welchem Buch es ist. Natürlich nur Passagen aus Büchern deiner Bibliothek, vermutlich aus welchen, die du gelesen hast. Komm, das wird ein rechter Spaß.«

»Okay«, sagte Vater. »Schieß los.«

»Wie du dir vielleicht denken kannst – du kennst mich ja –, habe ich hier ein bisschen was verstaut.« Er tippte sich zweimal an die Schläfen, womit er natürlich meinte, dass er einiges auswendig konnte. »Das wird ein interessanter … Test.«

»Mach, was du willst«, sagte Vater.

Dick tänzelte, drückte an seinem Kinn herum, als wolle er es melken, und studierte die hohen Bücherreihen. Vor Vorfreude feixend, sagte er wie zu sich selbst: »Ich will es nicht zu schwierig machen. Mal sehen … Ah, das ist was. Das ist gut. Das kennst du wahrscheinlich.« Dann rezitierte er mit Profirednerstimme: »›Und über die Zunge stiehlt sich der erste fade Geschmack des Winters …‹«

»Schon gut«, unterbrach Vater ihn. »*Bekenntnisse des Nat Turner* von William Styron.«

Lange Sekunden verstrichen. Dick war baff.

Wir warteten auf die Auflösung. Vater trank was.

Mutter und ich wagten kaum zu atmen.

Nachdem Dick seine anfängliche Überraschung über die

prompte Antwort überwunden hatte, sagte er: »Nein. Willst du noch mal raten?«

»Noch mal raten?«, fragte Vater.

»Du warst dicht dran«, sagte Dick. »Es ist William Styron, aber *Geborgen im Schoße der Nacht*, nicht *Nat Turner*.«

Die Luft im Zimmer war buchstäblich zum Schneiden. Vater tat mir leid. Mit ihm und unserer ganzen Familie dazu fühlte ich mich gedemütigt. Mit selbstgefälligem Lächeln sagte Dick: »Ich nehme was anderes.« Ich konnte gar nicht hinsehen.

Vater nahm noch einen Schluck und bat mich: »Gib mir *Nat Turner*. Es ist das orangefarbene gleich dort, wo dein Onkel steht. Oben auf dem Rücken ist ein Engel, der ein Schwert schwingt.«

Ich holte das Buch. Bevor Vater es aufschlug, schloss er die Augen und zitierte die gesamte Passage aus dem Kopf.

»Dann kennst du es«, sagte Dick.

»Natürlich«, sagte Vater. »Aber es ist nicht aus *Geborgen im Schoße der Nacht*, sondern aus *Nat Turner*. Du denkst an das falsche Buch.«

»Nein, nein.«

»Ich fürchte, doch.«

»So einen schludrigen Fehler würde ich nicht machen.«

»Da gibt es aber nichts zu diskutieren.«

»Das stimmt«, sagte Dick. »Es ist leicht zu verifizieren.«

Beiden sträubten sich nun buchstäblich die Nackenhaare. Dick stöhnte genervt, als sei Vater ein Kind, das dumme Fragen stellt, und schlug Vaters Exemplar von *Geborgen im Schoße der Nacht* auf. Nachdem er die Seiten eine Weile durchgeblättert hatte, tauchte er mit dem Kopf wieder auf und sah enttäuscht aus. Ich sah einen Hoffnungsschimmer. Dick sagte: »Es steht nicht da, wo ich dachte. Vor meinem inneren Auge kann ich genau sehen, wo es steht.«

Vater gab mir *Nat Turner*, das an einer Seite aufgeschlagen war, und sagte: »Gib das bitte deinem Onkel mit dem eidetischen Gedächtnis.«

Ungläubig las Dick die Zeilen. Ein wenig triefäugig schaute er sich im Raum um, als erwarte er eine bizarre Traumlandschaft zu sehen, die uns alle umgab. Fehlte nur, dass er sich selbst kniff.

»Ja, stimmt, es ist *Nat Turner*«, sagte er. »Sehr seltsam. Ich hätte schwören können …«

Ein triumphaler Moment. Eins zu null für Vater.

Kaum hatte Dick sich erholt, geriet sein Blut wieder in Wallung, und er ging mit neuem Elan an die Sache. »Ändern wir doch ein bisschen die Regeln.« Er schob Vaters Sessel herum, sodass er mit dem Rücken zu den Regalen mit der Literatur saß.

»Muss ich mir auch noch die Augen verbinden lassen?«, fragte Vater.

»Nein, so ist gut«, sagte Dick, und schob den Sessel noch ein bisschen zurecht.

»Und was spielen wir jetzt?«

»Ich wähle ein Buch aus und lese dir einen Absatz daraus vor«, sagte Dick. »Ansonsten ist es im Prinzip gleich. Ich hab dich nur umgedreht, damit du das Buch, aus dem ich lese, nicht sehen kannst.«

Er ging wieder zu den Regalen und wanderte, die »Battle Hymn of the Republic« summend, daran entlang. Hin und wieder überzeugte er sich durch einen verstohlenen Blick, dass Vater nicht schmulte. Dann ging er auf die Zehenspitzen und holte ein Buch aus einem Regal ganz oben, öffnete es in der Mitte und suchte die Passage, die er lesen wollte, sorgsam aus.

»Hier, das ist gut. Bist du bereit?«

»Jawohl«, sagte Vater.

Und wieder begann Dick mit seiner, wenn auch jetzt ein wenig unsichereren Rednerstimme: »›Und so fuhr das große Schiff in den Hafen …‹«

»Zu leicht! Zu leicht!«, schnitt ihm Vater das Wort ab. »Thomas Wolfe, *Geweb und Fels*. Erschienen 1939, Preis drei Dollar. Thomas Wolfe bete ich dir rauf und runter. Frag mich was anderes.«

Dick knallte das Buch zu, Staub flog in die Luft. »Gut geraten. Sehr gut geraten. Das muss ich dir lassen. Aber natürlich kennst du einen Schriftsteller aus North Carolina.«

Vater nahm einen Schluck. Er hatte sein Pokergesicht aufgesetzt, und der Anblick war durchaus bedrohlich.

Dick räusperte sich, wickelte seinen Schal wie ein Lasso ab und wählte von einem Regal dicht über dem Boden ein anderes gebundenes Buch aus, unscheinbar klein, gelblich. Er leckte sich den Daumen an – hätte Vater das gesehen, wäre er stinkwütend geworden – und blätterte die Seiten laut und vernehmlich vor und zurück.

»Fertig?«

»Natürlich.«

»Dann los geht's. ›Tausendmal bat er in Gedanken seine reine, keusche Taube um Vergebung …‹«

»›… und noch viele Tausendmal mehr küsste er das Kreuz, das sie ihm geschenkt hatte‹.«, beendete Vater den Satz, als schaue er Dick über die Schulter. »Ich liebe diesen Text. *Frühlingswogen*. Turgenew. Du findest meine Anmerkungen vorn. Ich habe es vor gar nicht langer Zeit gelesen.«

Voller Staunen schaute ich Mutter an. Sie lächelte liebreich, als wüsste sie etwas, das wir nicht wussten.

»Ah ja«, sagte Dick, legte den Turgenew quer an die falsche Stelle und griff willkürlich ein anderes Buch heraus. »Ernsthaft, so ein Glück kannst du doch nicht haben«, murmelte er in sich hinein. Dann räusperte er sich wieder und hob an: »›Ich komme aus der Hölle‹, sagte Morten …‹«

»Ich komme aus der Hölle«, wiederholte Vater für sich. »Ich komme aus der Hölle.«

»Nimm dir Zeit«, sagte Dick. »Soll ich mehr lesen?«

»Nein«, erwiderte Vater. »Lass mir einen Moment, bitte.«

»›Ich komme aus der Hölle‹«, las Dick noch einmal, als könne dieser spärliche Hinweis überhaupt für jemanden genug sein. »›Ich komme aus der Hölle.‹ Wirklich, nimm dir Zeit.«

»Einen Moment noch«, sagte Vater. Er saß jetzt sehr aufrecht im Sessel, fuchtelte mit der Brille in der Luft herum, konzentrierte sich. »Morten, Morten, Morten …«, flüsterte er.

»Die Zeit ist um!«, rief Dick triumphierend.

»Es ist aus *Sieben phantastische Geschichten*«, sagte Vater. »Isak Dinesen. Vorwort von Dorothy Canfield, glaube ich. Die Fassung, die du in der Hand hast, ist von 1934. Was du gelesen hast, ist aus ›Ein Familientreffen in Helsingör‹, wenn ich mich nicht irre.«

Dick stampfte mit dem Fuß auf. »Donnerwetter!«

»Eine kleine Nebenbemerkung«, fuhr Vater fort. »Vergleiche mal die drei verschiedenen Ausgaben dieses Buches und beachte, wie das Gewicht des jeweils benutzten Papiers dafür sorgt, dass die Bücher verschieden dick sind.«

Dick staunte. Er hatte ein echtes Wunder erlebt, jedenfalls schaute er so drein. Am liebsten wäre ich aufgesprungen und im Zimmer herumgetanzt.

Vater genoss nun alles sichtlich. »Wollen wir tauschen?«, fragte er Dick. »Ich frage dich was?«

Komischerweise war Dick nicht interessiert. Plötzlich war er müde, weil er vorher draußen im Schnee gewesen war. Als er Gute Nacht gesagt hatte, stand Mutter auf und küsste Vater wie ein Kind auf die Stirn. »Sei morgen nett zu ihm«, bat sie ihn, fast, als habe er etwas falsch gemacht. Sie ging, und Vater und ich blieben im Dunklen sitzen. Vater starrte nur an die Wand.

»Eins kannst du mir glauben«, sagte ich zu Story. »Er hat sie gelesen.«

Die Stühle und der Tisch im Esszimmer waren noch staubbedeckt, und wir frühstückten draußen im wild überwucherten Garten. Erst jetzt fiel mir auf, wie sehr er heruntergekommen war. Story hatte ihr anfängliches Entsetzen überwunden und redete nun in schwärmerischen Tönen darüber, wie es wäre, hier in dem großen Haus auf dem Hügel zu wohnen. Ihr Herz sah Schönheit, wo andere sie nicht sahen, und fand es – wie meine Eltern vor so vielen Jahren – romantisch.

»Vielleicht heiratest du eines Tages jemand ganz Besonderen, und dann kommt ihr beide hierher zurück, übernehmt das alles und macht es wieder wunderschön«, sagte sie. Dabei wusste ich, dass ich, wenn ich diesmal ging, niemals zurückkommen würde, auch wenn ich vom Universum eine Million Lebenszeiten bekäme. Mir fiel ein, wie ich Threnody einmal erzählt hatte, dass sie und ich eines Tages ein eigenes kleines Haus am Strand haben würden. Sie hatte mir sicher geglaubt, aber ob es realistisch war oder nicht, spielte damals keine Rolle. Für uns zählte die bloße Vorstellung, dass es wahr werden *könnte*, und wir gestatteten uns diesen Traum. Obwohl wir beide im Grunde wussten, dass wir es nie schaffen würden, tat es mir nun leid, dass ich mein Versprechen gebrochen hatte.

Nach unserer reichlich kurzen Nacht legte sich Story am frühen Nachmittag in einem hellen Raum, in dem der Sommerwind durch die Vorhänge wehte, zu einem Mittagsschläfchen hin. Ich war nicht müde, ging nach draußen, wanderte auf dem Hügel herum und dachte an die alten Zeiten. Ich ging an dem Zaun um das Haus herum entlang und erinnerte mich an die Pferde, die über die Weide galoppiert waren. Von Zeit und Wetter waren die Zaunbretter verzogen, mehrere umgefallen, sie verrotteten auf dem Boden. Der Zaun, ein rechtes Theseus-Paradoxon, hatte dank der zähen Entschlossenheit meiner Mutter wahrhaftig mehr als zwanzig Winter überlebt. Sie war die Hüterin des Ben Hennom: Allen Widrigkeiten zum Trotz und mit seltenen Ausnahmen wuchs und gedieh aufkeimendes Leben, weil sie sich kümmerte; altes Leben hielt sich ihr zuliebe, schlicht aus Respekt, aufrecht. Wie dieser betagte Zaun, den erst bei ihrem Fortgehen der Lebensmut verließ.

In meiner Kindheit arbeitete meine Mutter unzählige Stunden draußen im Garten und auf der überwachsenen Auffahrt. Sie pflanzte Blumen und Bäume, stellte Vogelhäuschen auf, brachte immer wieder die Hecken in Form und hielt das Weideland am Hang für die Pferde in Ordnung. Sie schnitt und pflegte die Strauchreihen auf der Wiese unterhalb des Hauses. Sie reparierte die zerfallenden Mäuerchen und Wege mit Steinen, die sie ausgebuddelt und mit ihrer alten verrosteten Schubkarre aus dem Wald geholt hatte. In krassem Gegensatz zu dem bösen Haus hielt sie sich ihren eigenen Garten Eden. Traf man sie an einem strahlenden Sommersonntagmorgen draußen an, hieß es gleich: »Komm, ich zeige dir, was ich gepflanzt habe!«

Und dann nahm sie einen, ganz aufgeregt, mit auf einen Rundgang zu ihren neuen Fliederbüschen, Maßliebchen und Irissen zwischen den vielen Hartriegelsträuchern und uralten Bäumen. Trotz des unwirtlichen Klimas gelang es ihr, dass unabhängig von der Jahreszeit stets etwas wuchs. Ging der Winter zu Ende, kamen als Erstes die Frühlingschristrosen; manchmal blühten sie schon, wenn im Schatten der Hügel und Bäume noch festgebackener Schnee lag, und dann pflückte meine Mutter eine kleine Vase voll für das Esszimmer, und sie wurden für uns zu Vorboten des Frühlings. Als Nächstes kamen die

Narzissen und Krokusse und der violette Phlox, die sie auf der durch das Haus geschützten Wiese auf der Südseite angepflanzt hatte. Und wenn dann die Tage allmählich länger wurden, ging Mutter gern durch die Wiese und nannte uns den Namen jedes neuen Sprosses und jeder neuen Blume.

Auch die vielen Vogelhäuschen überprüfte sie ständig, und wenn eine Vogelfamilie einzog, freute sie sich wie ein Kind über die Kardinäle und Carolina-Zaunkönige, die kleinen grauen Indianermeisen und Goldzeisige und natürlich die Kolibris. Ich dachte oft, dass Mutter die Seele eines kleinen Singvogels hatte, der nichts mehr liebte als fröhlich singend durch den Forst zu hupfen. Manchmal erwachte sie morgens vor Sonnenaufgang, machte Kaffee, holte Vater vom Schreibtisch, und dann gingen sie hinaus und beobachteten, wie die Milchstraße geradezu senkrecht auf den Horizont fiel und die letzten Planeten in der abnehmenden Dunkelheit des Westens verschwanden. »Ihr würdet euch total wundern, wie viele erstaunliche Dinge man am Himmel sieht, bevor die Sonne aufgeht«, wurde sie nicht müde, uns zu erzählen.

Ich ging zu dem alten Stall hinunter und sah zu meiner Überraschung, dass Teile ihrer Reiterausrüstung noch immer gleich hinter der Tür hingen: Striegel, Hufkratzer, das Messer, mit dem wir immer den Draht um die Heuballen aufgeschnitten hatten. Die Sättel und das Zaumzeug hatte sie offenbar verschenkt oder verkauft, aber fast alles andere war noch da. An der Wand über dem Futterbehälter hing ihr altes Klemmbrett mit Notizen zu den Fohlen, die hier geboren worden waren, den Medikamenten, die sie bekommen hatten, und so weiter, alles in ihrer Handschrift. Es war unerträglich traurig. Meine Mutter tat mir unendlich leid, weil ihr schließlich keine Wahl blieb, als alles hinter sich zu lassen, was sie geliebt hatte.

Ich suchte den alten Pfad hinter dem Stall, der zum knorrigen

Gehölz führte, wohl wissend, dass ich oben am Gipfel des Berges herauskommen würde, aber ich gestand es mir nicht ein. Ja, ich betrog mich damit, dass ich mir einredete, ich würde nach einem kurzen Stück umkehren und rechtzeitig wieder unten sein, wenn Story ausgeschlafen hätte. Aber ich ging weiter. Der Pfad war an manchen Stellen von Laub und umgekippten Bäumen verdeckt, aber ich kannte den Weg, die Felsvorsprünge, die Lorbeerbäume, die Rhododendronbüsche, in denen ich stundenlang gesessen und gelesen hatte. Immer weiter kletterte ich hinauf. Beeilte mich nun, rannte. Der Schweiß lief mir übers Gesicht, in die Augen und in den Mund. Ich geriet außer Atem. Ich rannte und rannte immer weiter hinauf.

Auf der Lichtung mit der Heide ging ich langsamer, um wieder zu Atem zu kommen und klar sehen zu können. Ich kam zum Rand der Felswand und sah, weshalb ich hier war. Nach der langen Zeit – nach all den Jahren – blieb er standhaft dort am Ende der Welt und wachte über das Tal darunter. Wir hatten nichts daran geändert. Er hatte einen Weg gefunden, zu überleben.

Als ich zum Haus zurückkam, war Story wach, saß auf der vorderen Veranda und las in einem von Vaters Büchern.

»Da bist du ja!« Sie stand auf und kam mir entgegen. »Ich hab dich schon gesucht.«

»Tut mir leid«, sagte ich. »Ich hab einen Spaziergang gemacht.«

»Du bist ja klatschnass. Du siehst aus, als wärst du einen Marathon gelaufen. Bist du in der Stadt gewesen? Zu Fuß?«

Ich erwiderte nichts.

»Kommst du mal einen Moment mit mir?«, fragte sie und nahm mich bei der Hand. »Ich habe etwas gefunden, nach dem ich dich fragen wollte.«

Ich folgte ihr ins Haus. Sie ging rasch die blutrote Treppe hinauf in den Flur, der in die Bibliothek mündete, und dann durch einen anderen Flur und schließlich eine offene Tür. In ein Kinderzimmer, an dessen rosa und weiß gestrichenen Wänden Plastikpferde aufgereiht waren und in dem auf einer ansonsten leeren Kommode eine Kinderbrille lag. An einer Wand stand in Holzbuchstaben MADDY – nach ihrer Großmutter.

45

Die Szene: Nacht im Geierhaus. Die Apsis am Ende der Bibliothek im Sternenlicht. Eine Enklave mit einem Sammelsurium an Möbeln: das Büchergestell auf Rädern, Vaters Sessel, in dem er in der Nacht des Literaturduells gesessen und an der Decke nach einer Mondfinsternis Ausschau gehalten hatte. Auf einem Tisch neben mir ein Kerzenständer mit brennender Kerze. Gespenster leisteten mir Gesellschaft, verrottendes Holz knarrte, und ich hielt die ganze Nacht Wache, während Windböen in die offenen Fenster unten wehten, das Haus durchsuchten und nichts fanden. Story schlief in meinem Bett. Ich leerte zwei Flaschen Wein und verbrachte die flackernden Stunden in ernster Betrachtung all dessen, was hier geschehen war. In meinem Kopf auf Repeat gestellt: seine Stimme, seine Worte. Jedes fragile Herz, das jetzt schlägt, bleibt eines Tages stehen (meins, deins, alle).

Morgens, verzweifelt über das Verlorene, halb betrunken und wegen des Schlafmangels halb im Delirium, benetzte ich mir den Nacken mit kaltem Wasser und rief meine Schwester an.

»Bird, ich bin's. Kannst du reden?« Ihr Schweigen schnitt mir ins Herz. »Bird, hör zu … ich habe nachgedacht. Ich möchte dir ein paar Dinge sagen.« Weil es einen guten Anfang nicht gab, fiel ich mit der Tür ins Haus. »Ich weiß, dass ich mich in den letzten Jahren rar gemacht habe. Ich bin weggegangen, weil ich es musste. Das weißt du. Ein bisschen habe ich wirklich geglaubt, dass ich ging, um mein Studium durchzuziehen, und dann wiederkommen und dich holen würde und wir beide all das machen würden, was wir uns immer ausgemalt haben. Aber als ich weg war, war der Schmerz von zu Hause so groß, dass ich mich nicht überwinden konnte zurückzugehen. Selbst der Gedanke war mir unerträglich. Aber allmählich ist es besser. Es geht mir viel besser, und jetzt ist es anders …«

»Ich will nicht darüber reden«, erwiderte sie. »Jetzt nicht. Und ich glaub dir sowieso kein Wort. Ich glaube dir schon seit langem nichts mehr.«

»Was machst du heute? Ich könnte kommen und dich holen.«

»Das würdest du sowieso nicht.«

»Doch. Ich verspreche es. Ich komme sofort.«

»Du hast mir schon so einige Versprechungen gemacht.« Ich wusste, dass ich besser nicht nach Beispielen fragte. Draußen blutete eine unförmige rote Sonne über die Berge im Osten. Durchs Fenster sah ich, wie sie langsam in den Himmel stieg, während Minuten verstrichen, ohne dass Threnody einen Laut von sich gab.

Dann sagte sie: »An eine erinnere ich mich ganz besonders. Du hast versprochen, du würdest zurückkommen. Du hast gesagt, wir würden uns weiterhin oft sehen. Und dann bist du weggegangen. Du hast mich in dem Haus dort gelassen und nicht mitgenommen, und du bist nie wiedergekommen, und du hast nie angerufen und mir nie mehr vorgelesen, und ohne dich zum Vorlesen waren die Bücher nicht mehr das, was sie mal waren. Sie haben mich an dich erinnert und mir eigentlich nur klargemacht, dass du fort warst, und die kalte Stille überall in dem schrecklichen Haus hat gesagt, dass du weg warst und, egal, wo du warst, nicht an mich denken würdest …«

»Ich bin aufs College gegangen«, sagte ich. »Nur aufs College. Mehr nicht. Ich musste gehen. Das wurde von mir erwartet.« Was sollte ich sagen? Threnodys Stimme war von Tränen und Kummer erstickt, und auch mir kamen die Tränen, mit denen der ganze Schmerz herausströmte.

»Ich wäre mit dir gegangen«, sagte sie. »Wusstest du das? Ich wollte mit dir gehen. Das hätte ich gemacht. Ganz bestimmt. Ich hab wirklich geglaubt, du würdest mich mitnehmen. Ist das nicht dumm, wenn man jetzt drüber nachdenkt? Und als du weggegangen bist, dachte ich die ersten paar Monate wirklich, du kämst bald zurück, um mich mitzunehmen. Ich hab sogar gepackt.«

»Du hast gepackt?«

»Ich hatte einen Koffer im Schrank, und den habe ich jeden Freitag rausgeholt und geguckt, ob alles drin war, was ich brauche, und ihn wieder in den Schrank gestellt, damit ich jederzeit gehen konnte.« Ihre Worte nahmen mir den Atem. »Aber du bist nie zurückgekommen«, fuhr sie fort. »Nicht ein einziges Mal. Du bist einfach gegangen und niemals zurückgekommen. Maddy ist gegangen, und dann ist Vater gegangen, und dann bist du gegangen.«

»Threnody, mein Gott … ich wünschte, das wäre alles anders gelaufen. Aber jetzt können wir sowieso nichts mehr daran ändern. Wir können die Zeit nicht zurückdrehen.«

Sie legte das Telefon hin, und ich hörte sie weinen. Ich rief, sie solle das Telefon wieder in die Hand nehmen, und dann: »Thren, willst du ein paar Tage herkommen? Es würde uns beiden guttun, wenn wir ein paar Tage zusammen verbrächten.«

»Ach, du bist bestimmt beschäftigt.«

»Nein. Ich kann mir die ganze Woche frei nehmen. Wir machen nur das, was du willst.«

»Ich will nicht dorthin«, sagte sie. »Ich hasse das alte Haus immer noch. Ich habe es gehasst, als wir dort aufgewachsen sind, und ich hasse es nach wie vor. Ich verstehe nicht, wie du wieder unter dem Dach wohnen und schlafen kannst, wo …«

»Ich weiß. Hör zu, am Anfang war es schwer. Und ich sage auch nicht, dass ich nicht eine Million Mal am Tag daran denke. Jedes Mal, wenn ich durch die Bibliothek gehe, denke ich an dich und an Vater. Der verdammte Vogel ist vermutlich immer noch an der Wand, und ganz bestimmt sitzt Edgar Allan da im Dunklen und wartet, dass ich reinkomme. Und jedes Mal, wenn ich mich ans Klavier setze und anfange zu spielen, denke ich an dich. Daran, wie du oben vom Geländer heruntergeschaut, zugehört und gelächelt hast. Erinnerst du dich auch? Und wie du wie ein kleiner Vogel mit deiner Kinderstimme mit mir gesungen hast, all die vielen Lieder, die wir zusammen gesungen haben. Und jedes Mal, wenn ich aus meinem Zimmer trete und deine Tür sehe, sehe ich vor mir, wie du dort auf dem Boden gelegen und deine Malbücher vollgemalt hast, wenn wir Hausarrest bekamen, weil ich mal wieder irgendeine Missetat begangen hatte. Und ich denke an all die Bücher, die wir gelesen haben, und die Stunden, die du und ich auf diesem Hügel verbracht und versucht haben, alles zu begreifen. Und ja, ich denke auch an die kleine Maddy. Immer, wenn ich durch ihren Flur gehe, an dem Zimmer vorbei, in dem sie drei Jahre gewohnt hat, denke ich an sie und daran, wie sehr sie die Pferde liebte, und ich erinnere mich, wie sie die dicke Brille bekommen hat, weil sie fast blind war, und wie traurig uns das gemacht hat. Ich denke daran, wie ich bei ihrer Beerdigung mit dir zusammenstand und versucht habe, dir zu erklären, was nun, da sie tot war, mit ihr passieren würde. Und weißt du noch, wie wunderschön die ganzen Blumen waren, die die Leute geschickt hatten, und dass es zum ersten Mal nach einem Monat aufgehört hatte zu regnen und der Himmel ganz blau und unendlich war und es keinen Horizont gab? Alle, alle

Verheißungen des Lebens waren für uns zerstört worden, und ich konnte mir nicht vorstellen, dass die Zeit uns überhaupt bis zum nächsten Tag bringen würde. An all das denke ich. Jedes Mal, wenn ich diese Einfahrt hochkomme und durch die Haustür gehe. Aber es gehört alles zu diesem Haus und zu unserem Leben. Wir können nicht zurückgehen und ändern, was geschehen ist.«

Threnody schwieg. »Meinst du wirklich, du kannst mich abholen?«, fragte sie nach einer Weile.

»Ja, meine Süße, ich komme und hole dich. Ich hole dich, so schnell ich kann.«

Sie legte auf. Ich hielt das Telefon weiter ans Ohr, bis das dröhnende Pulsieren des weißen Rauschens mich in die Realität zurückwarf. Der Himmel war mittlerweile grau, die Schatten von tausend Vögeln bewegten sich schwankend über den erodierenden Boden. Vergänglich.

Ich ließ den Kopf hängen. Mit schlaftrunkenen Augen kam Story zu mir und nahm mich in die Arme. Als ich wieder sprechen konnte, sagte ich ihr, ich würde nach Charlotte fahren, um Threnody zu holen.

Unter der Dusche erbrach ich mich. Als hätte man mir einen Schlag in die Magengrube versetzt, stand ich da und klammerte mich am Handtuchhalter fest. Ich hatte ein Gefühl, als seien meine sämtlichen Eingeweide zu einer blutigen, ekelerregenden Masse zerschlagen worden. Ich wusste, dass ich nicht mehr weglaufen konnte. Ich hatte es neun Jahre versucht. Die Leute redeten immer über die Vergangenheit und all ihre Erinnerungen, aber ich hatte keine. Ich schaute nur in eine Richtung. Der Pfeil der Zeit bewegte sich für mich nur nach vorn.

46

In dem Jahr, als mein Vater ging, kaufte ich ihm eine ziemlich rare Ausgabe von Camus' *Der Fremde* zum Geburtstag. Sie war sehr im Preis herabgesetzt, weil sie irgendwann wahrscheinlich einmal nass geworden und der Schutzumschlag eingerissen war. Aber sie stammte aus der ersten amerikanischen Auflage, und ich wusste, dass er das Buch noch nicht besaß, weil es in der Bibliothek fehlte. Als wir zusammensaßen, schlug er es auf und begann zu lesen, schaffte es aber niemals über die erste Seite hinaus. Erst nach vielen Jahren entdeckte ich den Grund. Die erste Zeile hielt ihn davon ab.

An diesem Geburtstag von Vater hatte es weder Kuchen noch Eis noch bunte Kerzen gegeben. Threnody hatte ihm ein niedliches Bild von einer Krähe in einem grünen Bäumchen gemalt, an dessen Stamm unten ein paar Grashalme sprossen. Er hatte das Bild gefaltet und in seinen Schreibtisch gelegt. Weitere Geschenke gab es nicht, und es wurde nicht gefeiert. Als der Abend anbrach, saßen Vater und ich an unseren Plätzen – er auf seinem Schreibtischstuhl, ich auf dem Boden, mit dem Rücken an das Bücherregal neben seinem Schreibtisch gelehnt. Der Wind pfiff durch die Ritzen des alten Hauses und bewegte die Kerzenflammen, die Vaters Schreibzimmer erhellten. Die Wände verloren sich in der Dunkelheit, als sei der Raum zum kalten schwarzen Himmel oben offen. Ohne diese Täuschung hätte er sich wie eine Grabkammer angefühlt.

»Bitte, gieß mir noch ein Glas Wein ein«, sagte Vater. In einer Kiste neben mir stand eine offene Flasche. »Sollen wir uns ein bisschen Musik auflegen?«, fragte er dann. »Du und ich, wir haben immer gern Musik gehört. Daran habe ich so viele schöne Erinnerungen.«

Mir wurde warm ums Herz. »Ja, das fände ich schön.«

»Aber leise. Weck deine Mutter nicht auf. Was wollen wir hören? Schuberts ›Winterreise‹? Nein, keinen Schubert. Weißt du, was ich in letzter Zeit viel gehört habe? Die späten Quartette.«

»Von wem?«

»Von Beethoven. Das a-moll Streichquartett. Der dritte Satz ist mein Lieblingssatz. Siehst du es? Es steht gleich dort.«

Ich legte die Platte auf, und bei den ersten Tönen der Streicher im Crescendo hielt er mir sein Glas hin, um mir zuzuprosten, schaute aber weg, als wolle er das Zittern seiner Hand nicht sehen. Seine Miene war tieftraurig, sein Blick resigniert, besiegt. Er trank den Wein, als sei es das letzte Glas, das er je trinken werde.

»Eins kann ich dir sagen: Ich liebe spanischen Wein. Ich liebe ihn schon mein ganzes Leben lang. Das Wundermittel für Narren – glaub mir! Und vielleicht mal mein Tod.«

»Er ist fast alle«, sagte ich. »Da bleibst du vielleicht am Leben.«

»Nein, die Gefahr besteht nicht. Ich habe noch eine Kiste in der Speisekammer.«

»Ich mache mir Sorgen, weil du so viel trinkst.«

Das ignorierte er, und als er seine Nase ins Glas steckte und die Lippen zurückzog, sah man seine Vampirzähne. Dann sagte er: »Wenn du jemals denkst: ›Dafür habe ich noch Zeit genug, heute bummel ich rum, morgen widme ich mich der Kunst‹, dann hast du schon verloren. Dann hat die Zeit es geschafft, dir vorzugaukeln, sie existiere.«

Wie immer antwortete ich ihm, dass ich das nicht verstand.

»Kein Wunder«, sagte er. »Es gibt ein paar Erkenntnisse, die kann man anderen nicht vermitteln. Die muss man aus eigener Erfahrung gewinnen. Das habe ich nicht immer gewusst, und schon gar nicht in deinem Alter, nein, nein. Ich habe es gelernt.«

An dem Abend war ich einfach zufrieden damit, bei ihm zu sitzen, mit ihm zusammen zu sein und seine, wenn auch nicht immer ungeteilte Aufmerksamkeit zu bekommen. Ich verstand ihn nur noch selten, und ich hasste die Distanz, die mittlerweile zwischen uns herrschte. Doch trotz all meines Frusts und meiner ratlosen Wut liebte ich ihn nach wie vor sehr. Meine kindliche Liebe von früher war allerdings einem enttäuschten, jämmerlichen Mitleid für sein in meinen Augen vergeudetes Dasein gewichen. Doch ich wusste, er hatte ein gutes Herz, ein gütiges Herz, und es war tröstlich, einfach nur mit ihm zusammenzusitzen.

»Ich will dir schon seit Ewigkeiten sagen, dass du ein überaus kluger, einfühlsamer junger Mann bist«, sagte er. »Ich sehe viel von deiner Mutter in dir, und darauf kannst du stolz sein. Sie ist eine außergewöhnliche Frau. Sie ist viel stärker, als ich jemals war. Aus irgendeinem Grund hat sie mich und alle meine Marotten – ja, ich weiß, dass ich sie habe – all diese Jahre ertragen und nie aufgehört, mich zu lieben, obwohl ich ihr so manchen Grund dafür gegeben habe. Ich sehe auch etwas von mir in dir, und das macht mir gleichzeitig Mut und Angst.«

»Warum macht es dir Angst?«

»Schau mich doch an. Willst du so werden wie ich?«

Ich hätte ihm eine Lüge aufgetischt, aber er gab mir keine Gelegenheit dazu.

»Du bist immer so gut zu deiner Schwester. Es ist wunderbar, zu sehen, wie nahe ihr beiden euch steht. Du bist mehr wie ein Vater zu ihr. Wie du ihr jeden Abend vorliest. Wie du ihr schöne Lieder vorsingst, bis sie einschläft. Du bist der Vater für sie, der ich hätte sein sollen. Ich verlasse mich darauf, dass du nicht damit aufhörst.«

»Natürlich nicht. Niemals.«

»Ich brauche dich, du musst mir helfen, mich um sie zu kümmern.«

»Versprochen. Klar doch.« Draußen sammelte der Wind im Tal heulend seine Kräfte, um über das Haus herzufallen. Vergilbte Seiten flogen von Vaters Schreibtisch zu Boden und blieben dort liegen. Er dachte einen Moment nach, dann sagte er: »Bitte, mach die Musik noch mal an. Hast du das gehört? Hör noch einmal richtig zu.« Und wir lauschten, während die Streicher mit ihrer unendlichen Traurigkeit das Dunkle dunkler machten, den Wein roter und die Kerzen einsamer.

»Schönere Musik als diese ist nie erschaffen worden«, sagte er. »Ich wollte immer, dass die Worte in meinem Buch so schön wurden. So edel. So vollkommen im Leid. Aber ich wusste, ich würde es nie erreichen. Das habe ich begriffen … Willst du etwas Wein? Ich geh mal davon aus, dass du fast alt genug dafür bist. Oder bald. Trink ein bisschen. An diesen Augenblick wirst du dich erinnern. Als wir Wein zusammen getrunken haben.« Unbeholfen langte er nach einem leeren Glas in der Ecke seines Schreibtischs, goss es voll und gab es mir. »Komm, setz dich hierher.«

Genau an dem Tag hatte er alle Seiten seines Buches in einen Karton gelegt. Auf der Titelseite stand in einfachen Lettern:

Die Verbrennung des Servetus
Roman
von H. L. Aster

Auf diesem Karton saß ich nun und hatte das Gefühl, ich hätte ein Sakrileg begangen; als säße ich auf dem Grabstein eines geliebten Freundes. Ich dachte an das sinnlose Lebenswerk meines Vaters, warf Poe und dem schwarzen, dahockenden Vogel einen verstohlenen Blick zu, ahnte zum ersten Mal, wie absurd das alles war, und ein riesiger Schmerz um meinen armen lieben Vater überflutete mich. Tief in meinem Inneren hatte ich immer bedingungslos an ihn glauben wollen. Jetzt löste sich die sorgsam errichtete Fassade vor meinen Augen auf, und das tat mir ungemein weh, denn in seinem erloschenen Gesicht sah ich eine wissende Traurigkeit, die kommt, wenn diejenigen, die an einen glaubten, es einfach nicht mehr können …

»Möge die Zeit langsamer für dich vergehen«, prostete er mir zu.

Wir tranken zusammen, und der Wein verbrannte mir Kehle und Zunge wie der Wein beim Abendmahl in der Kirche.

»Ich weiß, dass du was Besseres mit deinem Leben vorhast«, sagte er. »Aber falls du mal freie Zeit zur Verfügung hast, wenn es so was überhaupt gibt, dann schreibst du womöglich selbst ein Buch. Vielleicht kannst du da weitermachen, wo ich aufgehört habe. Du kannst deine Zeit meiner Zeit hinzufügen, und das ist dann vielleicht genug.«

»Du hast doch noch Zeit.«

»Zeit ist nur ausreichend, wenn du den Willen hast, etwas mit ihr anzufangen. Und den habe ich nicht. Zum Teufel mit diesem Leben und diesem Haus. Ich habe mir einmal gewünscht, Valldemossa zu besuchen, stattdessen ist es zu mir gekommen.«

Ich schwieg. Was hätte ich sagen sollen? Sein Fatalismus waren für mich nur Worte. Ich wusste nur, er war mein Vater, und alles, was ich wollte, war ihn beschützen. Ihn für immer festhalten. Ich würde ihn halten und für ihn sorgen, während er die Scherben seiner zerbrochenen Träume in der Hand hielt. So würden wir überleben; zumindest dachte ich das.

»All das hier«, sagte er, »wird in einem Augenblick vorbei sein. Ist es bisher nicht genau so gewesen? Dir wird es nicht anders ergehen. Die Zeit wird ihren Lauf nehmen und dich mit sich forttragen. Die Zeit ist letztendlich nichts als das, womit sich der Mensch die Hölle erklärt. In Wirklichkeit gibt es weder Zeit noch Hölle, aber die Zeit stiehlt einem die Seele, wie es die Hölle nie könnte.«

Seitdem wir die kleine Maddy begraben hatten, waren neun Tage vergangen. Am nächsten Tag würde Vater Threnody zum Abschied küssen.

47

Sie saß draußen, als ich an Hurricanes Haus in Charlotte ankam. Ehe ich aussteigen und sie in den Arm nehmen konnte, war sie schon im Auto. Nachdem sie die Belüftung anders eingestellt und ihren Sitz nach hinten geschoben hatte, sah sie mich endlich an. Na, und jetzt?, sagte ihr Blick.

Sie war gewachsen, fühlte sich aber mit ihrer neuen Größe und den langen Armen und Beinen offenbar immer noch nicht wohl. Ich fand ihre Bewegungen affektiert – gewollt graziös. Das hatte ich noch nie bei ihr gesehen, und ich bedauerte es. Ihre großen braunen Augen in dem bleichen Gesicht waren traurig, sie schien sich in einem bitteren Schmerz wie um einen unsichtbaren Punkt herum zusammenzuziehen. Wie ein eingerolltes gefrorenes Blatt saß sie da.

Mehr als eine Sonnenbrille und ein gebundenes Buch hatte sie nicht mit. Aus unserer Familie ging nie jemand ohne Buch irgendwohin. Ich legte den Arm um sie und sagte: »Hallo, Bird.« Sie wurde ganz klein in meiner Umarmung.

»Tut mir leid, dass ich so lange gebraucht habe, um herzukommen.«

»Schon in Ordnung. Ich hab höchstens zwei Stunden draußen gewartet. Zwar habe ich mir wahrscheinlich einen schweren Sonnenbrand auf den Armen geholt, dafür aber mein Buch zu Ende gelesen. Ich hätte mir noch eins mitnehmen sollen. Vielleicht können wir an einer Buchhandlung anhalten.«

»Kommst du mit mir zurück in die Berge? Wo ist deine Tasche?«

»Ich weiß noch nicht. Ich muss nur mal eine Weile hier raus.«

»Ist Mutter da?«

»Nein.«

»Hast du ihr gesagt, dass ich komme?«

»Nein.«

»Hast du ihr eine Nachricht hinterlassen?«

»Nein, aber ich rufe sie nachher an.«

Eine Zeit lang fuhren wir auf der Suche nach einem Restaurant herum. Nachdem wir einmal hin und zurück über jeden Kanaldeckel auf der Park Road geholpert waren, landeten wir in Uptown auf der Central Avenue in der Nähe von Chantilly gleich hinter Plaza Midwood. Dort fanden wir ein mexikanisches Lokal, das für unsere Zwecke ausreichend festlich war. Ein Dutzend Holztische standen auf einem mit Steinplatten ausgelegten Patio im Schatten einer Markise in den einst sicher kräftigen, jetzt aber verblassten roten und gelben Farben der spanischen Nationalflagge. Sonnengebleichte Luftschlangen hingen an den Gittern in den Ecken, fielen hier und dort herunter und bewegten sich, wenn Autos vorbeifuhren, in unglaublichen Lissajous-Figuren wieder nach oben. Jetzt, vor zwölf Uhr, war das Restaurant fast leer. Im Schatten saßen zwei Kellnerinnen mit weißen Blusen und engsitzenden schwarzen Hosen und warteten auf Gäste.

Threnody bestellte eine Coke, ich eine Bloody Mary. Es war verdammt schwierig, auf den Patioplatten, die von Betrunkenen oder Blinden oder betrunkenen Blinden, jedenfalls nicht von ordentlichen Fliesenlegern verlegt worden waren, den Stuhl so zu stellen, dass er nicht kippelte. Doch der Tisch, entdeckten wir, war im Boden verschraubt, und obwohl er irgendwie schräg stand, doch relativ stabil.

»Ein schöner Tag«, sagte ich.

»Ach ja?«, sagte Threnody. »Mir ist irgendwie kalt.« Sie rieb sich die Hände und zitterte merklich, obwohl es immer wärmer wurde. Ich fragte, ob sie Hunger habe. Sie verneinte.

»Willst du nicht eine Vorspeise?« Als Kind hatte sie immer Vorspeisen gemocht.

»Nein, ich habe wirklich keinen Hunger.«

Ich schlug dennoch die Speisekarte auf und vertiefte mich hinein.

Zwei offenbar ungewaschene, unrasierte Männer in Unterhemden und farbbeklecksten Cargohosen saßen zu unserer Linken in der Ecke des Patios neben der Straße. Ich zählte sechs leere Pacifico-Flaschen auf ihrem Tisch, und der Aschenbecher quoll über von Zigarettenstummeln. Einer der beiden stopfte mittlerweile seine Kippen in eine fast leere Bierflasche, wo sie das Glas vollqualmten und -rußten. Ekelhaft. Die Männer beugten sich bis zur Mitte des Tischs vor, als heckten sie eine Verschwörung aus, doch die Gesprächsfetzen, die ich aufschnappte, bestanden nur aus Gemäkel über ihre Jobs und triviale politische Fragen.

Meine Bloody Mary kam mit einem phallischen Spieß aus Formfleisch, der oben aus dem Glas hervorstak. Zuerst konnte ich mir überhaupt nicht vorstellen, was und wozu es war, und legte es vorsichtig auf meine Serviette.

»Was ist denn das?«, fragte Threnody.

»Wenn ich das wüsste. Trockenfleisch vielleicht?«

»Was ist normalerweise in einer Bloody Mary?«

»Blut natürlich. Das ist die Hauptzutat. Dann Innereien aus einem Kadaver. Ein paar Gallengänge. Patellasehnen. Sellerie. Ein Schuss Wodka.«

»Lecker. Kann ich probieren?«

»Ja, zum Teufel, warum nicht? Vater hat mir schon vor dem

gesetzlich erlaubten Alter Wein angeboten. Es wird dir aber nicht schmecken.«

Threnody steckte ihren Strohhalm in meine Bloody Mary und verzog angewidert das Gesicht. »Ja, und sieh, was aus dir geworden ist«, sagte sie.

»Na, immerhin etwas.«

»War nur Spaß.«

Eine Weile lang machten wir Smalltalk. Über das Buch, das sie gerade gelesen hatte, und das, was ich gerade las, und dass sie nirgendwo hineinpasste, nicht in der Schule und nicht im Leben – ein Vergnügen, das wir teilten –, und sie erzählte mir, dass Mutter Probleme mit Hurricane habe. Immer im Kreis redeten wir um das mitten in uns beiden klaffende Vakuum herum. Ich bestellte noch eine Bloody Mary, dieses Mal ohne den Fleischpfahl, und gab Threnody den Sellerie und die Oliven. Jetzt zitterte ich selbst vor eingebildeter Kälte und nicht eingebildeter Leere, die wir eines Tages füllen mussten, wenn wir je herausfanden, wie.

Ein graubrauner kleiner Zaunkönig hüpfte bettelnd unter unserem Tisch herum und suchte nach Krumen. Threnody schob langsam ihren Fuß auf ihn zu, weil sie hoffte, er werde daraufhüpfen, aber jedes Mal, wenn sie ihm zu nahe kam, flatterte er mit seinen staubigen Flügeln ein Stück weit weg. Sie wollte ein bisschen Brot bestellen, um ihn füttern zu können, aber bevor unsere Kellnerin kam, flog er fort und ließ sich über einer Tür auf der anderen Straßenseite nieder. Die Sonne stand jetzt direkt über uns, brannte durch die Markise, und alles nahm die Farbe von roter spanischer Tonerde an.

»Ich wollte dich immer etwas fragen«, sagte Threnody. »Es ist wirklich wichtig.«

»Nur zu.«

»Warum haben wir alle diese dämlichen Scheißnamen?«

Wir mussten lachen, und dann lächelte sie.

»Du hast einen wunderschönen Namen. Auf der ganzen Welt gibt es niemanden mit diesem Namen.«

»Ich wünschte, ich wüsste, was er bedeutet«, sagte sie. »Ich meine, ich weiß, was er bedeutet – Klagelied! –, und das ist an sich schon deprimierend. Ich weiß nur einfach nicht, warum sie mich so genannt haben.«

»Er ist aus einem Gedicht, das Vater geschrieben hat, bevor du geboren wurdest.«

Sie war überrascht. »Ein Gedicht? Das hat mir nie jemand erzählt. Hast du es?«

»Nein, aber irgendwo ist es bestimmt.«

Sie wurde wieder traurig. »Unser Vater, der Schriftsteller.«

»Ja, unser Vater, der Schriftsteller.«

»Weißt du, was er zu mir gesagt hat?«

»Vater?«

»Ja.«

Ich spürte, wie die Wunde in mir nun doch aufbrach. Ich wollte nicht darüber reden. Ich wollte nicht über Vater oder irgendwas in dem Zusammenhang reden. Wir hatten es doch alle so gut verdrängt. Zumindest ich. Dem wirklich Geschehenen hatte ich mich nicht gestellt. Niemals. Nie.

»Bevor er weggegangen ist«, fuhr Threnody fort.

»Bevor er weggegangen ist? An dem Tag, an dem er weggegangen ist?«

»Ja doch«, sagte sie ungeduldig.

»Nein. Ich weiß nicht, was er zu dir gesagt hat. Woher sollte ich das wissen?«

Wollte ich es überhaupt wissen? Nein, ganz bestimmt nicht!

»Er hat mir gesagt, du würdest dich um mich kümmern.«

»Er hat gesagt, *ich* würde mich um dich kümmern?«

»Ja, das hat er gesagt.«

»Und Mutter?«

»Du verstehst es nicht.«

»Was gibt es denn da zu verstehen? Bird – natürlich kümmere ich mich um dich.«

»Du verstehst es nicht«, sagte sie mit erstickender Stimme und würgte die Worte nur noch hervor. »Hör zu. Er hat gesagt, *du* würdest dich um mich kümmern. Du.«

Sie kam ganz dicht an mich heran, schaute mir in die Augen und wartete, dass ich verstand. Dabei knüllte sie die Papierserviette in ihrem Schoß zusammen, verdrehte sie und riss sie in Fetzen. Langsam ging mir ein Licht auf; endlich ließ ich es zu und begriff.

»An *dem* Tag hat er das gesagt?«, wiederholte ich blöde. Er hatte es mir also aufgebürdet!

»An dem Tag. Bevor du mich fast umgefahren hättest …«

»Nein, Bird, das wusste ich nicht. Ich weiß nicht, was ich sagen soll. Ich wusste nicht …«

»Wahrscheinlich gibt's da auch nichts zu sagen. Ach doch, vielleicht könntest du sagen, dass es dir leidtut. Das ist eigentlich das Einzige. Denn ganz offenbar hast du dich nicht um mich gekümmert, und ich saß an einem Ort fest, und du bist weggegangen und überall herumgereist, hast Reisen ohne mich gemacht, anscheinend ohne einen einzigen Gedanken daran zu verschwenden, was mit mir war.«

»So war es nicht. Ehrlich nicht. Und es *tut* mir leid«, sagte ich. »Es tut mir wahnsinnig leid. Aber, Bird, jetzt versuche ich es ja.«

»Nein, stimmt nicht«, sagte sie. »Kein bisschen. Du verbringst wahrscheinlich drei Stunden mit mir, damit es mir besser geht, und dann lädst du mich wieder bei Mutter ab, und ich sehe dich wieder drei Monate nicht, und dann fährst du wahrscheinlich wieder an den Strand mit Story, und ihr beiden heiratet und kauft euch ein Haus und habt Kinder und dann, Scheiße, Scheiße, wo bleibe ich?«

Das schrie sie heraus, und angesichts meiner unendlichen Verantwortungslosigkeit wurde mir schwindelig im Kopf und flau im Magen. Als hätte ich mich auf einem Spaziergang einmal umgedreht, sei abgelenkt gewesen und hätte in dem Moment mein einziges, hilfloses Kind in einem immer größer werdenden Weizenfeld verloren und würde es nie wiederfinden.

»Warum denkst du, ich sei mit Story ans Meer gefahren?«

»Weißt du nicht mehr, dass du mich in der einen Nacht betrunken angerufen hast? Als du dort hinuntergefahren bist und ihr Vater versucht hat, dich umzubringen, und sie ist zu ihrem Freund gefahren, und du warst allein?«

Ich hatte wahrhaftig vergessen, dass ich sie angerufen hatte, aber jetzt kam sofort alles, die ganzen schrecklichen Ereignisse, überdeutlich zurück: Storys entsetzliche Entdeckung, die einzigartige, alles erdrückende Einsamkeit, die ich empfand, als sie mich dort auf Lot's Folly allein ließ, mit Leuten, die ich nicht kannte und auf deren Bekanntschaft ich auch keinerlei Wert legte; die Tortur der langen Nachtfahrt zurück nach Old Buckram unter einem tief hängenden, sternlosen, mondlosen, planetenlosen Himmel, der Kilometer um Kilometer leer blieb, während ich jedes Mal, wenn ich ohne große Hoffnung hochschaute und vergebens nach Sternen suchte, einsamer wurde; wie ich dann mit gebrochener Nase hungrig, erschöpft und blutverkrustet in der Einfahrt des Geierhauses stand und ein unsichtbarer Sonnenaufgang hinter einer Wand aus Nebel und Rauch und Düsternis erstarb. Und schließlich die betäubende, blutrote Höllenqual, als ich erfuhr, dass Story in einer Zeit der größten Not zu ihm gefahren war, und der Gedanke, dass ich sie wahrscheinlich – wieder! – verloren hatte. Ich schloss die Augen, es schmerzte zu sehr. Threnody, das wusste ich, erkannte, dass ich diesen Schmerz nicht ihretwegen empfand. Natürlich hatte sie recht.

»Bringst du mich jetzt nach Hause?«, sagte sie.

»Ich habe dich gebeten, mit in die Berge zu fahren und dort eine Weile zu bleiben. Machst du wenigstens das?«

»Meinst du echt, ich will zurück nach Old Buckram? Warum, ums Verrecken, sollte ich das jemals wollen?«, stieß sie höhnisch und verletzt hervor.

»Ich weiß, dass du nicht dorthin zurückwillst. Aber wir können auch woandershin fahren. Ich fahre mit dir, wohin du willst. Sag's mir nur. Du und ich. Wo willst du hin?«

Sie dachte darüber nach und sagte: »Das habe ich eigentlich nie gewusst.«

Sie lehnte sich zurück und blickte auf die Straße hinaus. Die Minuten verstrichen, und sie schaute alles, aber auch wirklich alles an, nur mich nicht. Dass die beiden Bier trinkenden Anstreicher gegangen waren, hatte ich gar nicht mitbekommen.

»Bird …«

Sie reagierte nicht.

»Bird, schau mich an.«

Sie begann zu weinen. Ich hatte ihr das Herz gebrochen. Das Leben hatte ihr das Herz gebrochen. Alles hatte ihr das Herz gebrochen. Maddy, Vater, ich. Es war nicht fair.

»Es ist vorbei, Bird. Jetzt bin ich hier. Wir müssen nicht zurück.«

»Ich wusste, dass was Schlimmes passieren würde«, sagte sie, weinte immer noch und bedeckte ihr Gesicht mit den Händen, während sie sprach.

»Sei ruhig. Es ist gut …«

»Ich wusste nicht, wo du warst oder wo Mutter war. Wir waren oben, ich hab gelesen, und er war in seinem Arbeitszimmer, und ich bin zu ihm gegangen und habe ihn gefragt, was er macht. Aber er hat etwas auf ein Stück Papier geschrieben, was ich nicht verstand, und dann hat er sich hingesetzt und mich geküsst und geweint und mein Gesicht in beide Hände genommen und gesagt, es täte ihm leid und du würdest dich um mich kümmern. Ich habe nichts, absolut nichts verstanden.«

»Es tut mir so leid.«

Ich hielt ihre Hand, und sie weinte und bebte am ganzen Körper. Wieder empfand ich, wie sehr ich sie im Stich gelassen hatte. Die Kellnerin kam, um zu fragen, ob wir bestellen wollten, zog sich aber taktvoll wieder zurück. Ich schob meinen Stuhl neben Threnody und legte den Arm um sie.

»Ich hasse ihn, weil er gegangen ist«, sagte sie. »Ich hasse ihn, weil er *mich* verlassen hat. Das durfte er nicht. Und ich hasse ihn, weil ich meine ganze Kindheit über keine Ahnung hatte, wer er war. Ich habe ihn überhaupt nicht gekannt. Er hat mich verlassen, zurückgelassen mit nichts als zehntausend Büchern und tausend Fragen und Alptraumerinnerungen an ihn, wie er wie ein Gespenst durchs Haus gegeistert ist.«

»Er wollte uns nicht verlassen.«

»Doch, wollte er doch. Ganz bestimmt. Jedenfalls hat er es getan.«

»Das ist letztendlich passiert, aber es lag nicht in seiner Absicht.«

»Ich weiß nicht, wie ich es sonst erklären soll.«

Sie trocknete sich die Augen mit den Resten ihrer Serviette und versuchte, ihrer Gefühle Herr zu werden, diesen niemals heilenden Schmerz in sich zu versiegeln, aber ich wusste, dass sie, sobald sie allein war, wieder weinen würde.

»Er hat auch gelitten«, sagte ich. »Er hat mehr gelitten als wir alle.«

Unwillkürlich musste ich an die lateinischen Worte denken, die zu vergessen ich mich so bemüht hatte. »*Consummatum est.*«

»Was?«

»Das ist das, was er auf sein Buch geschrieben hat, das du und ich nicht verstehen konnten. Er hat *consummatum est* geschrieben.«

»Ich weiß nicht, was das bedeutet. Was soll das überhaupt heißen?«

»Es heißt ›Es ist vollbracht‹. Als ich mich auf einen Lateintest an der Wesleyan vorbereitet habe, bin ich darauf gestoßen. Ich weiß es noch genau. Ich hatte ein Gefühl, als sei ich in einen Brunnen gefallen.«

»Das Buch war vollbracht? Meinte er das? Er hätte es beendet?«

»Ich weiß es nicht«, sagte ich. »Es waren die letzten Worte Jesu am Kreuz, vor seinem Tod. Jedenfalls in der lateinischen Übersetzung. Er sagte ›*consummatum est*‹. Es ist vollbracht. *Et inclinato capite tradidit spiritum.* Und er neigte das Haupt und gab seinen Geist auf.‹«

Threnody dachte lange darüber nach. Sie flüsterte die Worte »er gab seinen Geist auf«, als wolle sie ausprobieren, wie sie in ihrem Mund klingen würden. Ich nahm ihre Hand und hielt sie fest. Wir begannen unseren Schmerz gemeinsam zu tragen.

Er verabschiedete sich von Threnody, und ich sah ihn lebend nicht mehr wieder. Erst auf dem Hügel auf dem Gipfel des Ben Hennom, wo der einsame Baum stand. Während Threnody in dem von den Regenwolken verdunkelten Haus saß und darauf wartete, dass er zurückkam, ging er den Berg hinauf, um allein zu sein. Nachdem ich in den Barrowfields nach ihm gesucht und geschrien hatte, bis ich die Stimme verlor, ging ich am nächsten Morgen, sobald es hell genug war, um etwas zu erkennen, den Berg hinauf und fand ihn. Er hing in dem einsamen alten Baum. Auf den Ästen saßen lauter Krähen.

48

Nach den Stunden mit Threnody kehrte ich nach Old Buckram zurück, und Story und ich versuchten fast einen Monat lang mit mäßigem Erfolg, das Haus irgendwie wieder in Schuss zu bringen. Als ich an einem Spätsommernachmittag einmal durch die Räume ging und das hartnäckige Gefühl von etwas Unerledigtem nicht los wurde, fiel mir ein, dass ich nach meiner Heimkehr nicht nur das teuflische Verlies, sondern auch ein weiteres Zimmer niemals betreten hatte: die kleine, von dem merkwürdig geschnittenen Flur halb verborgene Kammer neben der Bibliothek, in der Vater die ganzen Jahre gelesen und geschrieben hatte. Zum Glück war deren Tür bei meiner Ankunft geschlossen gewesen, und ich hatte auch gern so getan, als sei der Raum von innen abgeschlossen oder existiere nicht. Ich wollte keine schlafenden Hunde wecken. Der krampfhafte Versuch, ihn zu vergessen, wäre vielleicht geglückt, wenn ich nicht in ein paar entsetzlichen Nächten aus verstörenden Träumen erwacht wäre. In diesen Träumen ging ich schwerelos durch diesen Flur, öffnete die Tür, und da saß er wie immer und schrieb. Nur dass der rätselhafte Vogel über Poes ausdruckslosem Gesicht einen neuen Sitz gefunden hatte und vollkommen träge und reglos auf Vaters hängender Schulter saß. In diesen Träumen wollte ich mit ihm reden, aber ich schaffte es nie über die Schwelle des Zimmers, und nie drehte er sich zu mir um und sah mich an. Nie fiel ein Wort zwischen uns.

Nachdem ich eine Ewigkeit in dem engen Flur gestanden hatte und mir alle möglichen Gründe einfielen, nicht hineinzugehen, rüttelte ich am Türgriff, und die Tür ließ sich ganz leicht öffnen. Der Raum war dunkel. Ich tastete nach einem Lichtschalter, fand aber keinen. Einen Moment lang wartete ich auf der Schwelle, weil ich hoffte, meine Augen würden sich an die Dunkelheit gewöhnen, und mich fragte, ob Vaters von der Hölle gepeinigter Geist wohl samt dem Vogel erscheinen würde. Dann bemerkte ich an der Wand rechts von Vaters Schreibtisch einen schwachen Lichtkreis, der von dem kleinen runden Fenster kam, das irgendwie abgedeckt war. Obwohl ich ein Viertel meines Lebens mit einem Buch in den Händen zu Vaters Füßen sitzend in diesem Raum verbracht hatte, war es mir nie aufgefallen. Ich ging durch die höhlenartige Dunkelheit und ertastete einen schmalen Riegel, mit dem sich eine Holzverkleidung öffnen ließ. Ein kleines Rosenfenster mit filigranem Maßwerk und abwechselnd klaren und bunten Glasscheiben kam zum Vorschein. Ich stellte mich auf die Zehenspitzen und schaute aus dem Fenster über Schieferdachpfannen. Weit unten sah ich, wie Story zwischen den Sonnenhüten und Drehwurzen herumwanderte und einen Strauß Blumen pflückte. An den zerbröckelnden Mauern des Gartens nickten gelbe Dahlien mit den Köpfen, als sie vorbeiging. Weiter draußen saßen riesige schwarze Krähen in der Wiese und beobachteten alles. Sie waren zurückgekommen. Er natürlich nicht. Sie warten auf ihn, dachte ich.

Ich sah mich in dem nun erhellten Raum um. Der Schreibtisch – wie er ihn verlassen hatte. Der Rabe oder was immer es war, an der Wand. Wolfe. Poe. Chopin. Eine Erstausgabe des *Fremden*, schiefgelesen, die Ecke mit dem Preis abgeschnitten. Eine signierte Erstausgabe von *Schau heimwärts, Engel*, das ihm teurer war als jedes andere Buch. Eine Erstausgabe der *Tales of Mystery and Imagination*, mit blutroter Tinte signiert von Harry

Clarke. Eine King-James-Bibel mit schwarzem Ledereinband. Drei Kerzen; reichlich geflossenes Wachs. Eine Flasche Hill's Absinth, leer. Zwei Flaschen Wodka, leer. Eine Flasche spanischer Wein, auch leer. Ein Streichholzbriefchen. Eine Lampe, ohne Glühbirne. Einundfünfzig Tagebücher, handgeschrieben. Die Titelseite eines unveröffentlichten Romans. *Consummatum est*. Der angesammelte Staub von neun Jahren und eine Handvoll Fotos, die ihm etwas bedeutet haben mussten.

Ich schlug den *Fremden* auf und las die Widmung in meiner eigenen Handschrift. Ich blätterte um und las die erste Zeile des Buches: »Heute ist Maman gestorben.« Allmählich verstand ich.

An einem warmen Freitagnachmittag im September fuhren Story und ich nach Charleston und mieteten ein Zimmer im ersten Stock mit einem großen Balkon, der auf die Battery und den Hafen hinausging. Wir saßen in Schaukelstühlen, und die warme Luft hob Storys Haar von den Schultern und drehte es hin und her. Im Dämmerlicht beobachteten wir die Paare, die die Straße hinauf- und hinabflanierten, ihre Stimmen weich und gedämpft im Geräusch der Hafenwellen. Zwischen uns stand ein kleiner Tisch mit einem Schüsselchen Erdbeeren.

Auf meine Bitte fischte mir Story eine Flasche Bier aus der Kühltasche. Sie hatte so lange in dem Eiswasser gelegen, dass das Etikett auf- und halb abgelöst war. Bevor Story sie mir gab, nahm sie selbst einen kräftigen Schluck. Ich starrte sie ungläubig an und tat bass erstaunt, dass sie tatsächlich meinte, ich würde etwas so Wertvolles mit ihr teilen wollen. Ohne mich anzusehen, streckte sie die Hand aus und nahm meine. Die Straßenlampen gingen an, und wir hörten Pferdegetrappel auf der gepflasterten Straße unter uns – eine Kutsche fuhr durch die Stadt.

Threnody kam strahlend auf den Balkon. Wie ein Segel trug sie einen ausgebreiteten Stadtplan vor sich her und zählte all die Orte auf, die sie an dem Wochenende besuchen wollte. Als Erstes stand, wenig überraschend, Sullivan's Island auf der Liste. Sie wollte sehen, wo »Der Goldkäfer« spielte. Ach, wir hatten es im Blut.

»Ich bin froh, dass du hier bist, Bird«, sagte ich.

»Ich bin auch froh, dass ich hier bin.«

Wie ich so dasaß, versuchte ich den Moment in der Realität zu verankern. Ich wollte ihn im Gedächtnis behalten, aber auch noch etwas anderes. Ich wollte wissen, dass ich jetzt lebte. Ich hielt mich verzweifelt daran fest, denn ich hatte begriffen, dass das Leben und diese Erfahrung so flüchtig wie Atmen waren. Vielleicht war diese gefrorene Zeit auch mehr für Vater und Maddy als für mich.

Ich sah zu Story hinüber, die amüsiert beobachtete, wie die Leute unter uns vorbeispazierten. Ein Paar ging auf der Straße Arm in Arm. Ganz beseelt von diesem Augenblick, schaute der junge Mann zum Himmel hinauf und versuchte, die ersten schwachen Sterne auszumachen.

Und dann ging die Zeit weiter.

49

An einem wunderschönen Oktobertag nahm ich all meinen Mut zusammen und besuchte sein Grab zum ersten Mal, seit wir ihn beerdigt hatten. Auf seinem Grabstein stand das, was er aufgeschrieben hatte.

Henry Larvatis Aster
Ein Fremder auf dieser Welt,
Die Zeit nahm ihn nicht wahr
Non omnis moriar

Ich dachte an ihn da unter dem welken Gras, von der erbarmungslosen Zeit zum Schweigen gebracht, bevor er all dem, was chaotisch in ihm wallte und brüllte, Ausdruck verleihen konnte. Ich stellte mir kurz vor, dass ich ihm meine Augen und Ohren leihen könnte. Damit sollte er an diesem kühlen Herbstnachmittag statt meiner sehen und hören, den Holzrauch von den ersten Feuern des Abends riechen und Einsamkeit und Erregung der anbrechenden Nacht in unserer zeitlosen Stadt spüren. Die Honigwärme eines Scotch auf der Zunge schmecken, durch mich das Leben und die flüchtige Freude all dessen, was lebt, erfahren, und sei es nur für einen Moment. Ich stellte mir vor, wie er wieder sehen und fühlen konnte, durch meine Augen und meinen Körper den herrlichen Oktober in Old Buckram.

Er hatte einen Brief für meine Mutter hinterlassen. Darin stand:

Meine Liebe, meine Herzallerliebste, meine Eleonore. Du hast all die Jahre an mich geglaubt, obwohl ich Dir keinen Grund dazu gegeben habe. Du hast Dein Leben für mich gegeben. All die Stunden, die Du Dich um unsere wunderbaren Kinder gekümmert hast; all die Stunden, in denen Du allein gewartet hast, während ich einsam in meiner Welt saß und schrieb. Diese Zeit ist nun dahin; Du hast sie mir geschenkt. Es tut mir schrecklich leid. Nie hat ein Mann eine Frau so geliebt, wie ich Dich geliebt habe.

»Es hat mir das Herz gebrochen«, sagte mir Mutter später. Und meinte, dass das nun immer so bleiben werde.

Ich weiß nicht, wann er diesen Brief geschrieben hat oder wie sein letzter Tag oder seine letzten Stunden waren. Wie bar aller Hoffnung muss er gewesen sein; wie eng muss sein Leben geworden sein, als er fand, er habe nun genug für eine Lebenszeit gelitten. Als er erkannte, wie absurd das alles war. Als er endlich begriffen hatte, dass es vergeblich war. Wusste, dass er anderen wehgetan hatte und sich selbst auch, denn den messerscharfen Schmerz spürte er ja ebenfalls. Wusste, dass er uns niemals gerecht geworden war und weiterhin versagen würde.

Ich male mir aus, wie er in dem Wissen, was er vorhatte, an dem Morgen aufstand. Ich sehe ihn vor mir, wie er sich ein letztes Mal an seinen Schreibtisch setzte und diesen Brief schrieb, nur ein paar Augenblicke, bevor er Threnody zum Abschied küsste und ihr Lebewohl sagte. Nur Augenblicke, bevor er sein Lebenswerk, die unermüdliche, mühevolle Arbeit seines Lebens nahm und in Flammen aufgehen ließ.

Ich fand es, das Buch meines Vaters, an jenem Abend auf den Barrowfields. An der Kabelrolle, dem hastig zusammengeschusterten Scheiterhaufen, auf dem Maynard den Faulkner hatte verbrennen wollen, aber beinahe meinen Vater als Brandopfer dargebracht hatte. Meinen Augen und Ohren erschien es wie Amseln, die bei meinem Näherkommen aufflogen. Aber die Vögel waren Seiten aus seinem Buch, die von dem aufkommenden Wind hochgewirbelt wurden – schwarz, verbrannt, verloren.

Jetzt sitze ich in der schattigen Laube, es ist fast Mai, und die Hartriegelblütenblätter sind irgendwie überall gleichmäßig verteilt auf dem ordentlich gemähten Gras des Gartens, wie Sterne in einem grüngelben Himmel. Die Vögel rufen, trillern und tschilpen und tanzen um die Wette von einem belaubten Ast zum anderen. Der Wind hat in aller Ruhe die runden Blüten der alten Bradford-Birne gestohlen, die das Glück hatte, den letzten Winter trotz des vielen Schnees und ihres leider gespaltenen Stamms zu überleben. Ein Kardinal und ein Carolina-Zaunkönig kommen und diskutieren kurz, wer als Erster ins Vogelbecken darf, dann fliegen beide ziellos davon. Buller bringt mir seinen Ball, und ich werfe ihn, so weit ich das im Sitzen kann, und er bringt ihn zurück und lässt ihn wieder auf meine Papiere fallen. Unermüdlich.

Nach meiner Rückkehr hierher inspizierte ich einmal hinten im Garten zwei tragisch ungesunde Hartriegelsträucher mit mehreren unansehnlich toten Ästen. Eine Nachbarin vom Fuß des Hügels, die sich kurioserweise angewöhnt hatte, von Zeit zu Zeit vorbeizukommen, eine Frau beträchtlichen Alters und einer entsprechenden Vielzahl an Meinungen, mühte sich den Hügel hoch, um zu sehen, was ich so machte.

»Ich frage mich, was mit diesen Sträuchern ist«, sagte ich, aber eher rhetorisch. »Ob die Wurzeln aus irgendeinem Grund geschädigt sind.«

»Nein«, sagte sie und schaute übers Tal. »Sie sind einfach nur alt. Das passiert mit ihnen, wenn sie alt werden.«

Manche von uns können wahrscheinlich ihr Leben einfach so zu Ende leben, langsam sterbend, manchmal so langsam, dass es außer ihnen selbst eigentlich niemand bemerkt. Andere haben dieses Glück nicht. Sie fallen hinein in diese unglaubliche Dunkelheit, den Tod, ohne dass sie einmal ein bisschen geblüht haben. Und doch leben wir alle unser Leben, in der Gewissheit des kommenden Tages.

Danksagungen

Für Unterstützung und tiefes Verständnis danke ich folgenden außergewöhnlichen Menschen: Chris Clemans, Sarah Bedingfield, Nathan Roberson, Rachel Rokicki, Rebecca Welbourn, Francine Toon, Anna Webber, Anna Jarota, J. Todd Bailey, J. P. Davis, Carrie Ryan, Eric Taylor, Billy und Heide Royal, Ashley Taylor, all den wunderbaren Leuten in der Kanzlei Horack Talley und meiner Familie: Lauren Lewis, Ashley Lewis, Henry Keats und William Kepler, Ray und Devan Vaughn, Lindsay Kahrs und Matthew, Shelly White, Brandi de Jager, Cheryl Lewis, meiner Mutter, und Phillip E. Lewis, meinem Vater.

Anmerkung

Buckram
Material aus Baumwolle oder Leinen, mit Leim o. ä. Substanz versteift und u. a. für Bucheinbände verwendet.

Die amerikanische Originalausgabe erschien 2017 unter dem Titel
»The Barrowfields« bei Hogarth Press, New York.

Dieses Buch ist auch als E-Book erhältlich.

MIX
Papier aus verantwortungsvollen Quellen
FSC® C014496

Verlagsgruppe Random House FSC® N001967

1. Auflage

Neumarkter Str. 28, 81673 München
Covergestaltung: semper smile, München
unter Verwendung eines Motivs von
© Shutterstock/Alexander Evgenyevich
Satz: Uhl + Massopust, Aalen
Druck und Einband: GGP Media GmbH, Pößneck

Printed in Germany
ISBN 978-3-442-75845-6

www.btb-verlag.de
www.facebook.com/btbverlag